Christina Beuther

Ist das jetzt schon Liebe?

atb aufbau taschenbuch

Christina Beuther, geb. 1975, lebt mit ihrem Mann und ihren drei Kindern in Heidelberg. Sie arbeitet als Lehrerin und liebt nicht nur ihre Familie, sondern auch das Schreiben. Im Aufbau Taschenbuch ist bereits ihr Roman »Aber so was von Amore« erschienen.

Nach dem Tod ihrer Mutter Ria kehrt Juli aus den USA zurück in die westfälische Provinz, wo ein altes Haus und ein Brief ihrer Mutter Ria auf sie warten. Rias letzte Worte sind schonungslos, und Juli ist schockiert: Ihre Mutter urteilt über ihr Leben, obwohl sie sie doch gar nicht wirklich kannte. Es braucht viele Stunden, Begegnungen, Feste und Streite, bis Juli erkennt, dass ihre Mutter vielleicht recht haben könnte. Aber was ist das Beste für Juli? Als sie schon ihre Entscheidung gefällt hat, trifft sie auf den Dorfarzt Jan, den sie bereits aus Kindertagen kennt und eigentlich immer unausstehlich fand.

CHRISTINA BEUTHER

IST DAS JETZT SCHON *Liebe?*

ROMAN

atb aufbau taschenbuch

MIX
Papier aus verantwortungsvollen Quellen
FSC® C083411
www.fsc.org

ISBN 978-3-7466-3225-4

Aufbau Taschenbuch ist eine Marke
der Aufbau Verlag GmbH & Co. KG

1. Auflage 2016

Umschlaggestaltung www.buerosued.de, München
unter Verwendung eines Motivs von © Olga Trenkenschu
Gesetzt in der Whitman durch die LVD GmbH, Berlin
Typographie Julia Koslowski, Berlin
Druck und Binden CPI books GmbH, Leck, Germany
Printed in Germany

www.aufbau-verlag.de

Für meine Schwester,
für meine Mutter

und für meinen Vater
*»Mit den Flügeln der Zeit
fliegt die Traurigkeit davon.«*
Jean de La Fontaine

Was wir nicht können,
ist irgendwas wiederholen,
kein Augenblick, kein Moment
kann sich je wiederholen.

Was wir nicht können,
ist irgendwas wiederholen,
wir können nicht zurück,
und warum sollten wir auch?

Bosse »Schönste Zeit«

1. August

Das Klingeln des Telefons hatte sie aus dem Schlaf gerissen. Normalerweise wäre sie erst eine Stunde später aufgestanden, hätte ihre Joggingschuhe angezogen und wäre ihre morgendliche Runde gelaufen: durch den Longfellow Park runter zum Memorial Drive, am Ufer des Charles River entlang, der jetzt im Sommer bereits in der Sonne glitzerte, über die Massachusetts Ave zurück nach Hause. An diesem Morgen war Juli nicht laufen gegangen, sie hatte sich auf dem Rückweg keinen Kaffee in ihrem Lieblingscafé *Hi Rise* am Harvard Square gegönnt, ebenso wenig hatte sie ein paar Worte mit Toni hinter dem Tresen gewechselt. Sie hatte nicht lange geduscht, ihr Müsli gegessen, um sich dann an ihren Schreibtisch zu setzen, durch die geöffneten Fenster den Sommer in ihr Zimmer zu lassen und anzufangen zu zeichnen. Am Nachmittag hatte sie weder die Red Line vom Harvard Square zur Park Street genommen, um sich mit Abby im *Cafe Vanille* in Beacon Hill zu treffen, noch später alte Studienfreunde zum Abendessen im *Dali* am Central Square getroffen. So wie es eigentlich geplant war.

Der Anruf hatte alles verändert.

»Juli«, hatte die vertraute Stimme ihres Onkels am anderen Ende der Leitung gesagt. Sie hatte sich gesetzt und sofort gewusst, dass etwas geschehen sein musste. »Ria ist tot.« In ihr war es leer geworden und dunkel. Ein Gefühl der Enge hatte sich breitgemacht, das die Leere zusammendrückte, so sehr, dass es weh tat. »Es tut mir leid, Juli, heute Nacht ist deine Mutter gestorben.«

2. August

Dreißig Stunden später saß Juli in der Regionalbahn von Köln nach Minden. So kurzfristig hatte sie nur eine Flugverbindung von Boston über Paris nach Köln bekommen. Erschöpft blickte Juli aus dem Fenster. Weite Felder, Bäume, kleine Ortschaften zogen vorbei, verloren sich am weiten Horizont und verschwammen zu unscharfen Punkten, die sich zu einem Mosaik zusammensetzten, zu einem vertrauten Bild, das sie, obwohl es nun ein vages und zerbrechliches Gefühl von Heimat in ihr auslöste, gehofft hatte, weit hinter sich gelassen zu haben. Bielefeld. Herford. Löhne. Porta Westfalica. Das Kaiser-Wilhelm-Denkmal. Die Weser. Gleich würde der Zug in Minden einfahren. Willkommen zurück, dachte sie. Ostwestfalen hatte sie wieder. Vor zwölf Jahren war sie weggezogen. Weit weg. Dann noch weiter weg. Zwei Jahre war es her, dass sie das letzte Mal zurückgekehrt war. Zu der Beerdigung ihrer Großmutter.

Als der Zug einfuhr, erkannte Juli sofort die vertraute Gestalt ihres Onkels Georg auf dem Bahnsteig. Er war gealtert, wirkte in der Menge der Reisenden, die in verschiedene Richtungen über den Bahnhof stoben, jedoch noch immer wie ein Fels in der Brandung, ein sicherer Hafen.

»Juli.« Mehr sagte er nicht, sondern er nahm sie einfach in seine Arme und hielt sie ganz fest. Zum ersten Mal konnte Juli ein bisschen von der Anspannung fallenlassen, die sie seit Stunden gefangen hielt.

»Komm«, sagte er, nahm ihren Koffer, und gemeinsam gingen sie zum Auto. Unterwegs sprachen sie nicht viel. Nur das, was richtig war.

»Und du bist sicher, dass du nicht doch bei uns wohnen willst?« Onkel Georg parkte das Auto vor dem Juli so vertrauten Haus und sah sie besorgt an.

»Nein, ist schon gut. Danke für das Angebot. Ihr müsst euch keine Sorgen machen, aber ich möchte hier sein. Ich brauche ein bisschen Zeit für mich. Und ich bin unendlich müde und muss einfach erst einmal schlafen.« Ihr Onkel nickte, stieg aus, holte ihr Gepäck aus dem Kofferraum und trug es zur Eingangstür.

Als er ein paar Minuten später wieder aufbrach, winkte Juli ihm müde nach, kramte aus ihrer Tasche den Haustürschlüssel hervor, drehte ihn im Schloss um und öffnete die Tür. Langsam trat sie über die Schwelle ins Haus und atmete den vertrauten Geruch ein. Erinnerungen brachen über sie herein. Der Duft von Apfelkuchen. Oma Lene, die mit Schürze aus der Küche tritt, die Hände voller Teig, die sie anlächelt und fragt, wie es in der Schule war. Wie sehr sie dieses Lächeln mochte. Die Geräusche des immer ein wenig zu lauten Fernsehers im Wohnzimmer, die sie beim Einschlafen bis hinauf in ihr Zimmer hören konnte. Abgeschnallte Rollschuhe, die vor der Haustür liegen. Rollsplit. Weiße Stofftaschentücher, mit denen ihre Großmutter ihr die Tränen trocknet, während sie Salbe auf das aufgeschürfte Knie streicht. Das Knarzen der Treppe. Das leise »Schlaf gut, Liebes« und ein sanfter Kuss auf die Stirn. Der Duft von Veilchen-Parfüm und Kamille-Handcreme. Das Gefühl, in den Armen gehalten und getröstet zu werden.

Sie blickte sich um. Hier war sie aufgewachsen. Und trotzdem war da das Gefühl, hier nicht mehr hinzugehören. Dennoch war dieses Haus ihr Zuhause. Ein Ort voller Geschichten. Der von Oma Lene, von Ria und ihrer eigenen. Hier lief alles zusammen.

Ihre Großmutter war ihr Zuhause gewesen. So sehr sie auch nachdachte, Juli hatte kaum Erinnerungen an eine gemeinsame Zeit mit Ria in diesem Haus. Allenfalls an ihre kurzen Besuche. Unausgesprochenes, das sich in der Stille des Schweigens zu einem Summen verdichtete, durch das Haus drang und sich zwischen den vertrauten Wänden breitmachte. Die unbeholfenen Annäherungsversuche ihrer Mutter nach langen Zeiten der Abwesenheit. Das Gefühl konturloser Nähe, sich fremd und dennoch miteinander verbunden zu sein.

Kurz vor Julis drittem Geburtstag war Ria vor der Weite des Horizonts und dem Gefühl, in dieser Weite in Wünschen, Hoffnungen und Träumen eingeengt zu sein, nach Berlin geflohen. Das war die schöne, die poetische Version. Denn zwischen Dauerwelle, Traktoren, Kaffeeklatsch und dem Dorfladen als kulturellem Zentrum war kein Platz gewesen für Rias Liebe zur Kunst und für all ihre Wünsche und Pläne. Ihre Mutter war Schauspielerin gewesen, unruhig von Ort zu Ort und Engagement zu Engagement ziehend. Juli wusste inzwischen, dass Ria sie geliebt hatte. Sie empfand ihrer Mutter gegenüber keinen Groll mehr, und trotzdem spürte sie leise noch immer das schwere Gefühl, alleingelassen worden zu sein, selbst wenn sie Ria inzwischen verstand, denn auch sie hatte diese Weite des Horizonts irgendwann nicht mehr als Freiheit empfunden, sondern als trügerisches Versprechen, als Leinwand einer Zukunft, die sie beklommen zurückließ. Auch Juli war gegangen, als sie die Möglichkeit dazu gehabt hatte.

Als ihre Großmutter vor vier Jahren erkrankte, war ihre Mutter zur Überraschung aller zurück nach Beekelsen gezogen. Sie kam von allein, kümmerte sich um ihre Mutter, pflegte sie und war nach ihrem Tod einfach geblieben. Sie hatte ein kleines Engagement am Mindener Stadttheater angenommen. Juli konnte sich noch gut erinnern, wie sehr sie sich über ihre Mutter gewundert hatte.

Das letzte Mal gesehen hatten sie sich vor einem halben Jahr, als Ria sie in Cambridge besucht hatte. Erst als Juli aus Beekelsen fortgezogen war, hatten sich beide angenähert. Die Entfernung hatte sie näher zusammengebracht. Nicht vertraut miteinander gemacht, sie waren sich nach wie vor immer auch ein wenig fremd, aber doch verbunden, durch etwas, das sich schwer in Worte fassen ließ.

Und nun war Ria nicht mehr da. »Wie ist es passiert?«, hatte sie ihren Onkel am Telefon gefragt.

»Sie hatte ein Aneurysma, das während der Probe im Theater geplatzt ist. Ria war sofort tot.« Ihr Onkel hatte geschwiegen, um dann, etwas leiser, fortzufahren: »Juli, sie wusste davon und kannte die Risiken, wollte sich aber nicht operieren lassen.«

Das passte zu Ria. Sie traf ihre Entscheidungen ohne Rücksicht auf andere. Unbewusst hatte Juli lächeln müssen. Wahrscheinlich hatte Ria es sich genau so gewünscht: während der Probe, auf den Brettern, die ihre Welt bedeuteten und ihr Leben bestimmt hatten. Ein tröstlicher Gedanke.

Juli ging durch das Haus, öffnete die Fenster und ließ die Abendluft hinein. Nach Oma Lenes Tod hatte Ria im Haus einiges verändert. Die bunten großgemusterten Tapeten waren einem hellen Anstrich gewichen, ebenso gab es die Deckenvertäfelung in Eiche rustikal und den großen, sperrigen Eichenschrank im Wohnzimmer nicht mehr. Das alte Sofa hatte sie behalten, es war neu bezogen, aber Juli erkannte die vielen blumenbestickten Kissen wieder, die ihre Großmutter schon immer auf dem Sofa liegen hatte. Auch die Gardinen, Ado Goldkante, hingen nicht mehr, der Blick durch die Fenster war wieder frei. Ria hatte ein paar der alten Möbel, die Oma Lene von ihren Eltern geerbt hatte, aufarbeiten lassen. Den alten Sekretär, die große Truhe, die Standuhr. Sie hatte die Wand zwischen Wohn- und Esszimmer einreißen lassen. Auf dem alten Esstisch war eine Vase mit frischen Blumen aus dem Garten platziert worden, um den Tisch standen verschiedene alte Stühle. Alles wirkte hell und klar. An einer Wand im Esszimmer hingen Fotos in weißen Rahmen. Julis Blick blieb an einem Bild haften. Oma Lene mit ihrem Mann, Ernst, den weder Juli noch ihre Mutter kennengelernt hatten. Er war in den letzten Kriegswochen in Frankreich gefallen. Ihre Großmutter hatte Georg und Ria alleine großgezogen.

Juli kannte das Bild. Es hatte auf Oma Lenes Nachttisch gestanden, sie hatte es allerdings noch nie genauer betrachtet. Ihre Großmutter blickte ihren Großvater verliebt an, der stolz in die Kamera lachte, Onkel Georg strahlend auf seinen Schultern. Oma Lene hatte eine Hand auf ihren Bauch gelegt. Sie war mit Ria schwanger. Julis Großvater war ein großer Mann gewesen. Onkel Georg hatte die Statur seines Vaters geerbt, das weiche und freundliche Gesicht, die blauen Augen, die helle sommersprossige Haut und die rotblonden Haare hatte er von seiner Mutter. Ria dagegen war ihrem Vater wie aus dem Gesicht geschnitten. Seine dunklen, dichten glatten Haare, fast schwarz, die dunklen großen Augen und hohen Wangenknochen, der etwas zu große Mund, der ein wenig aus der perfekten Symmetrie zu fallen schien, das Gesicht durch diesen kleinen Makel aber noch schöner machte. Juli selbst war nichts Halbes und nichts Ganzes. Von ihrer Mutter hatte sie nur die dunklen Haare geerbt, die sich bei ihr jedoch leicht wellten und schwer zu bändigen waren. Ihre Augenfarbe changierte irgendwo zwischen Blau-Grau-Braun und ließ sich nie genau benennen, ihre Nase war bei weitem nicht so vornehm wie Rias, und ihr Mund glich zwar dem ihres Großvaters und ihrer Mutter, bei Juli wirkte er jedoch leicht schief. Sie hatte aufgehört zu hinterfragen, was an ihr vielleicht an ihren Vater erinnerte. Juli kannte ihn nicht. Die Beziehung zwischen Ria und ihm war intensiv gewesen – und vorbei, bevor Ria überhaupt wusste, dass sie mit Juli schwanger war. Sie hatte zu der Zeit in Hamburg gewohnt. Juli wusste nur, dass ihr Vater ein britischer Seemann war. John Moore, das war sein Name. Ria hatte weder ein Foto noch sonstige Informationen, die ihr bei der Suche nach ihm hätten weiterhelfen können. Nicht, dass sie ihn wirklich gesucht hätte. Nur einmal, mit vierzehn, hatte sie nach einem fürchterlichen Streit mit Oma Lene bei der Auslandstelefonauskunft angerufen und nachgefragt, ob sie die Nummer von John Moore aus England haben könnte. Mehr als ein Lachen und ein »Schätzchen, weißt du eigentlich, wie viele John Moores es in England gibt?« war nicht zurückgekommen. Danach hatte sie es nie wieder versucht. Vielleicht auch weil sie nichts vermisst hatte. Bei Oma Lene hatte sie ein liebevolles Zuhause, Onkel Georg füllte die Lücke, die John Moore unwissend hinterlassen hatte, und Mo, ihre Cousine, war wie eine Schwester für sie.

Später dann, als Juli merkte, dass ihr Horizont weiter wurde als der Horizont, den sie sah, wenn sie aus dem Fenster blickte, und als das Gefühl, zwar zu Oma Lene und ihrer Familie, nicht aber nach Beekelsen zu gehören, bestimmender wurde, hatte der Gedanke, einen Vater zu haben, der über die Weltmeere fuhr, etwas Tröstliches. Er erklärte die Weite in ihrem Herzen, ihr unbestimmtes Fernweh, das sie zwischen Volkstanzgruppe, Jugendfeuerwehr, Mofa-Tuning, Herforder Pils und Bacardi Cola immer stärker spürte.

Julis Blick glitt zu den anderen Fotos: Ria mit ihr als Baby, stolz in die Kamera lächelnd. Ihre Einschulung. Mo und sie fröhlich lachend zusammen auf der Schaukel im Garten. Oma Lene, Ria und Juli vor dem Tannenbaum.

Julis Verhältnis zu Ria war lange nicht unbeschwert gewesen. Als Ria fortging und sie bei Oma Lene ließ, hatte sie ihre

Mutter oft vermisst – und sich dann an ihr Fehlen gewöhnt. Oma Lene war zu ihrer wichtigsten Bezugsperson geworden. Nachdenklich betrachtete sie das nächste Bild. Ein Porträt Oma Lenes, das kurz bevor sie erkrankt war aufgenommen worden sein musste und auf dem sie wundervoll getroffen war. Ihre warmen Augen, die runzelige, weiche Haut, Juli konnte fast spüren, wie es sich angefühlt hatte, ihr einen Kuss auf die Wange zu geben.

Das letzte Bild in der Reihe zeigte Ria und Juli auf Cape Cod. Juli nahm das Foto von der Wand. Es war kurz nach Oma Lenes Tod, während Rias Aufenthalt in den USA, entstanden. Sie hatten eine lange Wanderung am Nauset Beach unternommen, und Juli konnte sich noch gut erinnern, dass Ria eine Ruhe und tiefe Zufriedenheit ausgestrahlt hatte, die Juli eigentlich nur von ihrer Großmutter kannte. Ihre sonst so rast- und ruhelose Mutter schien in ihrem Leben angekommen zu sein. »Um klar zu sehen, genügt oft ein Wechsel der Blickrichtung, Antoine de Saint-Exupéry«, hatte Ria ihr bei dem Ausflug gesagt. »Ich bin an dem Punkt, wo ich diese Klarheit habe und alles, was passiert ist, Sinn macht und zu dem geführt hat, was richtig ist. Sollte ich morgen sterben, ist alles gut. Wenn es so weit ist, möchte ich im Wind verstreut werden und einfach dorthin wehen, wohin er mich trägt.« Juli strich sacht über Rias Gesicht und hängte das Bild wieder an seinen Platz. Ihre Augen füllten sich mit Tränen, gleichzeitig öffnete sich ihr Herz, und Juli wusste, dass sie eigentlich nicht traurig sein musste. Denn alles war gut.

Das Schlagen der alten Uhr im Wohnzimmer riss sie aus ihren Gedanken. Es war neun. In Neuengland war es gerade erst drei. Sie war seit über dreißig Stunden auf den Beinen. Plötzlich hörte sie ein zartes Maunzen zu ihren Füßen.

»Petermann, alter Miezekater!« Juli kniete sich hin, nahm

den alten roten Kater auf den Arm und strich über sein getigertes Fell. Petermann begann wohlig zu schnurren. »Mit mir hast du nicht gerechnet, was, du Streuner?« Den Kater auf dem Arm, ging sie in den Garten. Das Gras kitzelte unter ihren nackten Füßen. Es war noch immer angenehm warm. Sie ging vorbei am alten Kirschbaum, an dem früher ihre Schaukel gehangen hatte, durch den Rosenbogen und das kleine schmiedeeiserne Tor in Richtung Feld. Juli atmete tief den Duft ihrer Kindheit ein. Es roch nach Hochsommer, nach den Rosen ihrer Großmutter, frisch gemähten Weizenfeldern, die sich vorher noch sanft im Wind gewiegt hatten, trockenem Gras, reifen Tomaten, dem Mirabellenbaum hinterm Haus. Petermann sprang von ihrem Arm und strich um ihre Beine. Alles fühlte sich vertraut und zugleich doch weit entfernt an. Ihre Mutter war zurückgekommen und geblieben. Sie aber würde nicht bleiben. Eine Weile stand Juli ruhig da, horchte in die Stille. Dann drehte sie sich langsam um. »Komm, Miezekater. Lass uns reingehen. Morgen wird wieder ein langer Tag.« Der alte Kater folgte ihr ins Haus. Juli schloss die Fenster, löschte die Lichter und ging die Treppe hinauf ins Dachgeschoss in ihr ehemaliges Zimmer. Das weiße Messingbett, der alte Schrank, der große Schreibtisch, auf dem sie zu zeichnen begonnen hatte. In der Ecke der dunkelgrüne Ohrensessel. An den Wänden hingen, mittlerweile ein wenig vergilbt, ihre alten Skizzen, im kleinen Regal neben dem Bett standen die *Hanni und Nanni-* und *Anne auf Green Gables-*Gesamtausgaben, Duftkerzen, die nicht mehr dufteten, ein kleiner Eiffelturm von ihrem ersten Ausflug nach Paris, Muscheln aus der Bretagne und ihr alter Kuschelhase. Genau wie Oma Lene hatte Ria nichts verändert. Welcome back, dachte sie, dann räumte sie ihre Sachen in den leeren Schrank, zog sich ihr Nachthemd über, nahm ihren Kulturbeutel, ging über den Flur ins Badezimmer und machte sich bettfein. Zurück im Zimmer, öffnete

Juli das Fenster der kleinen Gaube, kuschelte sich ins Bett, löschte die Nachttischlampe und fiel, Petermann an ihren Füßen, unmittelbar in einen tiefen Schlaf.

3. August

»Juliane, es tut mir so leid. Erst deine liebe Großmutter, nun auch noch deine Mutter. Du musst schrecklich allein sein!« Das nannte man mit der Tür ins Haus fallen. Friedekings Helga gab sich Mühe, überzeugend zu wirken, und drückte Juli nun schon eine ganze Weile. Als Juli versucht hatte, ihr zu verdeutlichen, dass sie sich gern aus der Umarmung lösen würde, drückte Friedekings Helga einfach noch fester zu. »Es ist so traurig! Ach Gott, und noch so jung ...« Juli roch billiges Parfüm und Haarspray. Friedekings Helga hatte sich für den Trauerbesuch schick gemacht, die feinste Bluse aus dem Schrank genommen, die obligatorische ostwestfälische alte Damen-Dauerwelle auftoupiert. Sie war anscheinend so entschlossen, Juli das Ausmaß ihres Beileids zu bekunden, dass sie nicht länger hatte warten können und um kurz nach acht einfach hatte klingeln müssen. Nach dem dritten Klingeln hatte Juli vorsichtig aus dem Fenster gesehen und kurz darüber nachgedacht, einfach nicht zu öffnen. Doch rasch hatte sich die Gewissheit eingestellt, Friedekings Helga ohnehin nicht loszuwerden. Natürlich wusste ganz Beekelsen schon, dass Juli da war. Die Buschtrommeln trommelten noch immer zuverlässig. So würde also ihr heutiger Tag aussehen: Das Unheil würde sie heimsuchen. Die Trauerbesuche: die Apokalypse.

Sie war aus dem Bett gekrochen, hatte sich die wilden Haare schnell zu einem Zopf zusammengebunden, sich das erstbeste Kleidungsstück übergeworfen, das sie zu greifen bekommen hatte, und stand dann Friedekings Helga beim fünften Klingeln in einem buntgepunkteten Sommerkleid recht verknittert gegenüber. Seit einer gefühlten halben Stunde war die nun schon da. Seitdem wurde sie mitfühlend umarmt. Friedekings Helga atmete schwer, dann löste sie die Umarmung und sah Juli erwartungsvoll an. »Auf die Trauer brauche ich erst einmal einen Schnaps. Juliane?« Juli war in Gedanken und kämpfte mit dem Drang, Friedekings Helga nicht einfach vor die Tür zu schieben und ihr die Tür vor der Nase zuzuschlagen. »Hat deine Mutter vielleicht irgendwo noch das leckere Birnenschnäpsgen deiner Oma?« Schon war Friedekings Helga an ihr vorbei ins Wohnzimmer spaziert. »Juliane?« Juli schüttelte sich und drehte sich um. Friedekings Helga saß schon auf dem Sofa und schaute sie hoffnungsvoll an. Der Birnenschnaps ihrer Oma. Morgens um halb neun. Nun denn.

Kurz darauf die Apokalypse 2.0. »Macht man das in Amerika so, dass man gar kein Schwarz trägt, wenn jemand gestorben ist?« Reilings Renate und Friedekings Helga hatten sich die Türklinke in die Hand gegeben, und nun saß ihr Alptraum Nummer zwei in einem schwarzen Kittelkleid gegenüber, die Hände andächtig im Schoß gefaltet und ein Glas Birnenschnaps vor sich auf dem Tisch. Juli saß im Sessel, die Hände ebenfalls gefaltet und das Gläschen Birnenschnaps schon getrunken. Sie sah an sich hinunter und schaute auf die bunten, fröhlich strahlenden Punkte ihres Kleides. Der Birnenschnaps wärmte wohlig ihren Bauch. »Nein, was deine Oma wohl dazu gesagt hätte …« Einatmen. Ausatmen. »Wann ist denn die Beerdigung? War die Pastorin schon da? Als Reiners Heinrich vor ein paar Wochen gestorben ist, da hat sie sich erst einen Tag später gemeldet. Ich finde, das ist eine Frechheit! Reiners Irene hat kurz überlegt, Heinrich von Pastor Wilkens aus der Nachbargemeinde beerdigen zu lassen. Bei Wilkens zu Hause herrschen wenigstens geordnete Verhältnisse. Vier Kinder hat der.

Aber die Pastorin, die hat keine. Und ihr Mann kümmert sich um den Haushalt und den Garten. Das muss man sich mal vorstellen. Da kann man doch sofort kommen, wenn jemand gestorben ist. Die hat doch sonst nichts zu tun.« Julis Gedanken drifteten ab. Wie viel Flaschen Vorrat an Birnenschnaps hatte sie im Keller gesehen? Pastorin Heinemann würde heute auch noch kommen. Juli hoffte, dass Reilings Renate dann nicht mehr da sein würde. »Ich hab schon immer durch die Fenster gesehen, dass deine Mutter viel verändert hat. Die Wand hätte ich ja nicht weggerissen. So kann man ja von der Straße fast durch das ganze Erdgeschoss gucken. Aber deine Mutter hatte schon immer einen ganz eigenen Geschmack.« Reilings Renate blickte wieder auf die bunten Punkte ihres Kleides. »Den hast du wohl geerbt. Aber zur Beerdigung ziehst du was Schwarzes an. Bitte, Juliane, ja? Ich meine, wir sind hier in Beekelsen und nicht in Amerika. Hast du übrigens schon gehört, dass Vollmers Bianca gerade das dritte Kind bekommen hat? Und Schulzes Dörte hat vor einem halben Jahr Weihmeiers Jörg-Uwe geheiratet. Dörte und du, ihr wart doch in der Schule so gut befreundet. Was ist eigentlich mit dir? Ich sehe keinen Ring am Finger. Mensch, Juliane, irgendwann solltest du dir auch mal 'nen Mann suchen. Du wirst nicht jünger. Bist du so wählerisch? Jedenfalls haben Dörte und Jörg-Uwe die Wohnung von Jörg-Uwes Oma umgebaut, mit zwei Kinderzimmern. Wehmeiers Annegret ist ganz glücklich. Ne, ist schon was anderes, wenn die Kinder zu Hause wohnen, als wenn sie wegziehen und nur alle paar Jahre zu Besuch kommen. Hast du vielleicht noch ein Gläschen von dem Schnäpsgen?« Birnenschnaps? Birnenschnaps! Juli schenkte nach. »Danke. Dann gucken wir mal, wie viele zur Beerdigung kommen. Aber du brauchst bestimmt den Saal von Lübkemanns für das Kaffeetrinken. Beerdigung ist Beerdigung.«

Frömrichs Heidrun, Wiegmanns Elfriede und Redekers Irene später hatte Juli es noch immer nicht geschafft, sich zu duschen. Dafür hatte sie Kaffee gekocht, zum Birnenschnaps auch noch den Sherry aus dem Schrank geholt, sich angehört, wie wichtig es war, nach der Beerdigung beim Kaffeetrinken auch ja den richtigen Kuchen von Pranges zu servieren: gedeckten Apfelkuchen, Zimtkuchen und den Butterstreuselkuchen. Reilings Renate sollte besser nicht beim Ausschank helfen. Die hätte ihre Ohren immer überall. Und beim alten Lübkemann müsste sie aufpassen, dass er sie später bei der Abrechnung nicht über den Tisch zog. Blumenschmuck würde immer bei Wehners bestellt. Die machten das einfach am besten. Nicht so neumodisch schlichtes Zeug, sondern richtig schöne Gestecke und Kränze. Und natürlich müsste das gesamte Dorf eingeladen werden. Das wäre einfach so und würde sich auch gehören. Die Zugezogenen könne sie ruhig weglassen.

Juli schloss die Tür hinter Redekers Irene. Draußen schwirrte die Luft. August. The dog days of summer. Drinnen schwirrte Julis Kopf. Ihr war heiß. Sie lehnte die Stirn an die Tür. Eine Fliege flog dreist um sie herum, setzte sich hartnäckig immer wieder auf ihren Unterarm und ließ sich schwer abschütteln. Schmeißfliege. Juli schlug zu, erwischte die Fliege und fühlte Genugtuung. »Alles Schmeißfliegen«, sagte sie laut in die Stille des Hauses. Die Uhr im Wohnzimmer schlug ein Uhr. Das hieß, dass sie nun bis halb drei Ruhe haben würde. Eineinhalb Stunden Mittagsruhe. Kein Rasenmähen, keine Gartenarbeit, der Dorfladen hatte geschlossen, keine Trecker, die durch den Ort fuhren. Schmeißfliegenruhe. Friedekings Helga, Reilings Renate, Frömrichs Heidrun, Wiegmanns Elfriede, Redekers Irene und wie sie alle hießen, lagen jetzt auf dem Sofa und machten ein Mittagsschläfchen, so wie es sich in Beekelsen gehörte. Pastorin Heinemann würde gegen halb vier kommen, das hatte Onkel Georg ihr gestern gesagt, Buhrmesters Klaus, der Beerdigungsunternehmer, gegen 17 Uhr. Einen besseren Moment, zu duschen, würde es heute wahrscheinlich nicht mehr geben. Doch vorher musste Juli ihren knurrenden Magen beruhigen. Sie ging in die kleine blau-weiß gekachelte Küche und fand Brot, Butter, etwas Aufschnitt und Tomaten aus dem Garten. Es war ein merkwürdiges Gefühl, am Tisch in der Küche zu sitzen. Allein. An diesem Platz hatte sie ihre Hausaufgaben gemacht, gemalt oder einfach nur zufrieden zugesehen, während Oma Lene Gemüse geputzt, Kartoffeln geschält, gebacken und gekocht hatte. Ihre Großmutter war eine leidenschaftliche Bäckerin und Köchin gewesen. Diese Leidenschaft hatte sie an Juli weitergegeben. Nun saß sie wieder hier, in Oma Lenes, in Rias Küche, aß Brot, das Ria vor ein paar Tagen bei Pranges gekauft hatte, nicht wissend, dass nicht mehr sie es essen würde, sondern Juli. Der Teller, das Brot, die Butter, der Aufschnitt und die Tomaten verschwammen plötzlich vor Julis Augen. Ihre Tränen tropften auf das karierte Wachstischtuch. Sie war allein. Da war niemand mehr, der hier auf sie wartete. Juli spürte ein tiefes Vermissen in sich. Es verwirrte sie, war sie hier schon lange nicht mehr zu Hause. Aber doch war es die Heimat. Die Gedanken überschlugen sich. Der Verlust ihrer Großmutter hatte bereits eine große Leere in ihr hinterlassen. Dass der Tod ihrer Mutter nun ein Gefühl des Alleinseins hervorrufen würde, darauf war Juli nicht vorbereitet gewesen. Kannte sie dieses Gefühl nicht bereits aus ihrer Kindheit? Als Ria alle Zelte in Beekelsen abgebrochen und sie zurückgelassen hatte. Als sie versuchte, mit den wenigen Besuchen das aufzuholen, worauf sie in der Zeit ihrer Abwesenheit verzichtete?

Juli wischte sich die Tränen von den Wangen und schüttelte den Kopf. Sie musste unter die Dusche. Dringend. Das kühle Wasser würde ihr helfen, wieder klarer zu denken. Und heute Nachmittag würde sie kein Birnenschnäpsgen mehr trinken.

Als Juli frisch geduscht und innerlich aufgeräumt die Treppe hinabkam, klingelte es an der Tür. Sie hatte das Kleid mit den bunten Punkten in den Schrank gehängt und sich für ein schwarzes leichtes Sommerkleid mit Spaghettiträgern entschieden.

»Tach, Juliane.« Vor der Tür standen Bultemeiers Willi und sein Sohn Ingo. Beide lächelten sie breit an. Die Heimsuchung der Ausgeburten der Hölle ging weiter. Julis erster Impuls war es, die Tür zuzuschlagen. Wieso hatte sie den Trecker nicht gehört? Sie blickte auf den Hof. Die beiden waren tatsächlich weder mit dem Deutz-Traktor noch mit dem Mähdrescher gekommen, sondern mit dem Benz. Klar, als Bauer aus Beekelsen fuhr man Deutz-Traktor oder eben Mercedes Benz.

Bultemeiers Willi nahm ihre Hand. »Mein Beileid.«

»Danke.«

Juli war verwirrt und wusste nicht, was dieser Aufmarsch der Beekelsener Prominenz, des Ortsvorstehers und Obermeisters der freiwilligen Feuerwehr a. D. und des aktuellen Obermeisters der freiwilligen Feuerwehr, zu bedeuten hatte.

Juli wollte auch Ingo die Hand geben, doch der zog sie an sich. Seine fleischigen Arme umschlangen sie. Ingo war schon immer korpulent gewesen, aber jetzt war er wirklich feist. Ganz der Vater. Endlich ließ er sie los, guckte sie dämlich an und sagte: »Mein Beileid, Juli.«

»Danke.« Sie würde wohl noch mal unter die Dusche springen müssen.

»Können wir vielleicht kurz reinkommen?« Bultemeiers Willi hatte wieder das Wort ergriffen.

Widerspruch war zwecklos, denn Vater und Sohn Bultemeier hatten jeweils schon einen Fuß in der Tür. Juli blieb nichts anderes übrig, als zu nicken und die beiden ins Wohnzimmer zu begleiten.

Bultemeiers Willi ließ seinen massigen Körper auf das Sofa fallen. Ingo saß breitbeinig auf dem Sessel. Sein Gesicht glänzte rot, und ihm stand Schweiß auf der Stirn. Sein blondes Haar, das sich merklich lichtete, hatte er versucht zu stylen. In ein paar Jahren würde er es wahrscheinlich wie sein Vater angelegt um den Kopf tragen. Der Gürtel seiner Hose schnitt ihm ins Fleisch. Juli nahm den Hocker. Bauern!, schoss es ihr durch den Kopf. Es folgte ein langes Schweigen. Juli setzte sich auf den Drehhocker, schob die Hände unter ihre Oberschenkel und drehte den Hocker leicht von einer zur anderen Seite. Was wollten die zwei? Bultemeiers Willi zog ein Stofftaschentuch aus der Tasche und tupfte sich die Stirn, dabei sah er sich um. Ingo musterte Juli von oben bis unten. Sie zupfte den Saum ihres Kleides über die Knie. Petermann strich um ihre Beine. Danke, Miezekater, auf dich ist Verlass!, dachte Juli und streichelte sein Fell. Ingo streckte die fleischige Hand nach Petermann aus. Doch der Kater wehrte sich und kratzte ihn. Juli musste grinsen und kraulte Petermann am Ohr. Schnurrend schmiegte er sich an sie.

»Und? Wie hast du dir das jetzt gedacht? Verkaufst du das Haus und die Ländereien?« Das war es also. Juli hätte es sich gleich denken können. Bultemeiers Willi versuchte vertrauensselig zu gucken. Sein Gesicht war noch röter geworden. Die Hitze setzte im zu. Er atmete schwer.

»Willi, ich weiß nicht, wie du auf die Idee kommst, dass ich verkaufen möchte«, entgegnete Juli.

»Kind, wie willst du denn das alles bewirtschaften?«

Juli wurde sauer. Ihre Mutter war vor drei Tagen gestorben, und schon kreisten die Geier über dem Haus. Oder saßen feist und dreist auf dem Sofa. Aasgeier.

»Wir wollen dir nur helfen.« Bevor Juli reagieren konnte, lag Ingos Hand auf ihrem Knie. Sie roch seinen Schweiß.

Abrupt stand Juli auf. »Ich bin gestern Abend erst angekommen. Ria ist noch nicht einmal beerdigt. Ich weiß nicht, was ich mit dem Haus machen werde. Vielleicht behalte ich es auch.«

»Natürlich würden wir uns freuen, wenn du wieder nach Beekelsen ziehst.« Bultemeiers Willi hatte seinen Körper vom Sofa gehievt, auch Ingo war aufgestanden und stand viel zu nah neben ihr. »Aber solltest du verkaufen wollen, würden wir dir helfen, so wie man sich in einem Dorf hilft.« Sich selbst am Elend der anderen bereichern, das war es, worauf der feine Herr Ortsvorsteher aus war. Juli wusste, dass Oma Lenes Ländereien günstig lagen, und sie hatte keinen Plan, nicht den geringsten, was sie mit Haus und Ländereien machen sollte, aber sie wusste, dass sie nie im Leben an Bultemeiers verkaufen würde.

»Danke, dass ihr gekommen seid«, hörte sie sich sagen, »aber die Pastorin kommt gleich, und ich wäre vorher gern noch ein bisschen allein.«

»Das verstehen wir.« Ingo tätschelte ihre Schulter. Juli ging vor und öffnete die Haustür. Bultemeiers Willi und Ingo folgten ihr. »Du weißt, dass du auf uns zählen kannst. Hier in Beekelsen sind wir füreinander da. Selbst für verlorene Schafe.« Juli entschied sich, Letzteres unkommentiert zu lassen. Bultemeiers Willi schüttelte ihre Hand und guckte Juli noch einmal eindringlich an. Dann ging er langsam in Richtung Auto. »Ich bin da, wenn du Hilfe brauchst.« Ingo drückte sie noch einmal fest an sich. Wieder etwas zu lange. Juli hatte genug und wand sich aus seiner Umarmung. »Wir sehen uns«, sagte der und stieg in den Benz. Wir sehen uns. Was war das? Eine Drohung? Aasgeier.

Während Juli stirnrunzelnd der Apokalypse 3.0 nachblickte, wie sie im Benz um die Ecke bog, fuhr das Auto ihres Onkels auf den Hof.

»Na, da hattest du ja schon prominenten Besuch«, sagte er, als er aus dem Wagen stieg.

»Die Beekelsener Prominenz«, ergänzte ihre Tante Karin und umarmte Juli. »Es tut mir so leid.« Tante Karin sah sie an und strich mit der Hand über Julis Wange. »Wir sind für dich da, Liebes.«

»Das weiß ich, und das ist ein wunderbar beruhigendes Gefühl in all dem Chaos.«

Sie gingen ins Haus. In der Küche setzte Tante Karin eine frische Kanne Kaffee auf und verteilte den Kuchen, den sie mitgebracht hatte, auf Teller. Juli und Onkel Georg setzten sich auf die Terrasse hinter dem Haus. Es war heiß. Juli musste heute Abend dringend gießen, sonst würde der Rasen verbrennen und die Pflanzen würden vertrocknen.

»Wie geht es dir?«

»Ich bin durcheinander und frage mich die ganze Zeit, ob ich trauriger sein müsste oder verzweifelt. Aber ich denke, für Ria ist es in Ordnung gewesen. Also ist es das vermutlich auch für mich.«

Ihr Onkel nickte, lehnte sich im Stuhl zurück und blickte in den Garten.

»Ich wollte, dass sie mit dir über ihre Entscheidung redet. Aber sie ist stur geblieben. Es tut mir leid.« Er sah sie an.

Juli lächelte. »Das muss es nicht. Es war ihre Entscheidung, und es ist in Ordnung für mich. So war sie eben. She lived her life to the fullest, sagt man in Amerika.«

»Das hat sie.« Tante Karin stand mit einem Tablett in der Hand in der Gartentür. »Und sie hätte nicht gewollt, dass an ihrem Grab geweint wird. Sie hätte gewollt, dass wir tanzen.« Tante Karin stellte das Tablett auf den Tisch, verteilte Tassen und Teller und schenkte dampfenden Kaffee ein. »Genau das sollten wir im Kopf haben, wenn gleich die Pastorin kommt, und nicht die Vorstellungen dieser ostwestfälischen Sturköpfe.«

Bei den entschiedenen Worten ihrer Tante musste Juli lächeln. Anders als ihre Mutter, hatte ihr Onkel sich in Beekelsen und Umgebung immer sehr wohl gefühlt, so dass er nach dem Medizinstudium in Köln in die Heimat zurückgekehrt war. Tante Karin, die er während seiner Studienzeit getroffen hatte, war mitgekommen. Mit einem Zwinkern erzählte sie gern die Geschichte, wie sie ihm aus Liebe aus der rheinischen Hochkultur ins barbarische Ostwestfalen gefolgt war. Ganz warm geworden war sie mit der neuen Umgebung nie, und noch immer eckte sie hin und wieder an, wenn ihr kölsches Naturell auf ostwestfälische Sturheit traf. Julis Onkel hatte bis vor eineinhalb Jahren seine Landarztpraxis in Beekelsen geführt. Sie wusste, dass er eine ganze Weile nach einem Nachfolger gesucht hatte und dass er die Praxis gern früher übergeben hätte. Die beiden lebten im Nachbarort Harmenhusen.

»Schafft es dein Verlobter zur Beerdigung?« Die Frage ihrer Tante riss Juli aus ihren Gedanken. Sie suchte nach den richtigen Worten und schüttelte dann doch nur mit dem Kopf.

»Konnte er sich nicht freinehmen?« Tante Karin sah sie verständnisvoll an.

»Nein«, antwortete Juli schließlich. Josh hätte sich sofort freigenommen und sie begleitet, nur hatte sie sich vor zwei Wochen von ihm getrennt, und es war endgültig. Sie hatte auf eine unverfängliche Situation gehofft, in der sie ihrer Tante und ihrem Onkel hätte sagen können, dass die Hochzeit abgeblasen war. Jetzt musste sie wohl oder übel zugeben, dass sie wieder einmal eine Beziehung beendet hatte. »Ich bin ausgezogen.«

»Oh!« Nun suchte ihre Tante nach den richtigen Worten. »Das tut mir leid. Für euch. Ich meine, für dich. Wir haben Josh ja nicht gekannt.« Juli war nie zusammen mit Josh nach Deutschland gekommen. Das große Familienkennenlernen war im Dezember zur Hochzeit auf Martha's Vineyard geplant. Nun würde es weder eine Hochzeit noch ein Kennenlernen geben.

»Ist schon gut. Es muss euch nicht leidtun. Es hat einfach nicht länger gepasst«, unternahm sie den zaghaften Versuch einer Erklärung.

»Was wollte Bultemeiers Willi eigentlich?« Ihr Onkel baute ihr einen Ausweg, den sie dankbar annahm.

»Das Haus und die Ländereien.«

»Ich fasse es nicht! Deine Mutter ist noch nicht einmal beerdigt, und schon kreuzt der hier mit seinem Sohn auf.« Tante Karin rührte kopfschüttelnd in ihrem Kaffee.

»Ria hat er damals auch ein paar Tage nach Oma Lenes Beerdigung besucht und ihr genau dasselbe Angebot gemacht. Ria hat ihn aus dem Haus geschmissen und ihm sehr deutlich zu verstehen gegeben, dass sie nicht daran denkt zu verkaufen«, begann ihr Onkel. »Er hat es immer wieder versucht, aber Ria ist stur geblieben. So stur, wie auch Oma Lene zu Lebzeiten gewesen war. Auf ihre Ländereien hatten es Bultemeiers schon immer abgesehen. Gerade die Felder auf der Harbünte liegen gut und bringen sehr gute Erträge. Oma Lene hat sie an Krögers Hermann verpachtet, und Ria hat den Pachtvertrag verlängert.«

»Aber was will er mit dem Haus?«

»Irgendwann muss der dicke Prinz doch auch mal von zu Hause ausziehen.« Tante Karin grinste spöttisch.

»Ich verkaufe jedenfalls nicht! Das heißt, eigentlich weiß ich gar nicht, was ich machen werde, aber ich weiß, dass ich definitiv nicht an Bultemeiers verkaufe!«

»Darüber musst du ja auch nicht sofort nachdenken. Du musst dich allerdings um das Überschreiben des Hauses auf deinen Namen kümmern. Ria hat es dir zusammen mit den Ländereien hinterlassen.«

Pachtverträge. Ländereien. Ämter. Erbschaftssteuer. Juli spürte Panik in sich aufkommen. Sie schaffte es gerade so, ihr Leben zu verwalten. »Ich gebe zu, dass ich mich momentan etwas überfordert fühle. An all das habe ich noch gar nicht gedacht.«

»Dafür hast du doch uns. Ich werde dich zu den Terminen begleiten.«

»Genau, dein Onkel hilft dir. Dann hockt er auch nicht die ganze Zeit zu Hause rum und macht mich verrückt, weil er nichts mit sich anzufangen weiß. Der arme Jan, der die Praxis deines Onkel übernommen hat, bekommt schon ständig von Georg Besuch, weil er in der Praxis, die ohne ihn übrigens wunderbar läuft, regelmäßig nach dem Rechten sieht.« Tante Karin knuffte Onkel Georg in die Seite und verdrehte die Augen.

»Jan?«

»Jan Hansing. Du kennst ihn, ihr wart zusammen im Kindergarten und in der Schule. Georg, wann sind Hansings noch mal nach München gezogen? Als Juli und Mo in der achten Klasse waren?«

Ihr Onkel nickte.

»Ein sehr netter junger Mann und ein Segen für die Praxis. Die alten Damen, ach was, auch die jungen lieben ihn«, fuhr ihre Tante fort, und Juli konnte nicht glauben, was sie gerade hörte. Jan Hansing war klein, pummelig, besserwisserisch und arrogant, einfach nur unausstehlich. Sie hatte ihn schon als Kind nicht leiden können und konnte sich nicht vorstellen, dass aus diesem Kotzbrocken ein Mann geworden war, dem die Frauen zu Füßen liegen.

»Vielleicht fahrt ihr mal zusammen in die Praxis. Jan würde sich sicher freuen, dich wiederzusehen.« Wenn ihre Tante nur wüsste …

»Juli.« Onkel Georg nahm ihre Hand. »Kurz bevor wir zu dir gefahren sind, habe ich einen Anruf bekommen. Rias Leiche ist für die Beerdigung freigegeben. Möchtest du sie noch einmal sehen? Wobei ich dich darauf vorbereiten muss, dass sie nach der Obduktion …« Er sprach nicht weiter, und Juli verstand.

Sie atmete tief ein. »Ich möchte sie so in Erinnerung behalten«, antwortete sie dann.

Onkel Georg nickte. »Ich auch.«

Es klingelte. Juli sah auf die Uhr. Halb vier. Sie ging zur Tür und öffnete Pastorin Heinemann.

»Mein Beileid, Juli.« Die Pastorin nahm ihre beiden Hände. »Ria war eine wunderbare Frau, die unsere Gemeinde in den letzten vier Jahren sehr bereichert hat.« Juli wusste, dass sich ihre Mutter in der Gemeinde engagiert, das Weihnachtskrippenspiel einstudiert, Theaterworkshops und Lesungen veranstaltet und Fahrten zu Schauspielhäusern organisiert, auch dass sie sich gut mit Pastorin Heinemann verstanden hatte.

»Hallo, kommen Sie rein. Onkel Georg und Tante Karin sind auch da.«

Pastorin Heinemann folgte Juli auf die Terrasse, wo Tante Karin schon einen weiteren Teller mit Kuchen und eine Tasse Kaffee bereitgestellt hatte.

Um 17 Uhr war die Pastorin wieder gegangen. In drei Tagen würde die Beerdigung stattfinden. Sie hatten über den Verlauf der Trauerfeier gesprochen, Lieder ausgesucht und die Feier geplant, die unkonventionell sein sollte. Juli war es egal, was die Beekelsener von der Trauerfeier halten würden, zu Ria passte sie.

»Ich bin gespannt, wie Buhrmesters Klaus darauf reagiert, aber deine Mutter hätte es genau so gewollt. Gott ist bei dir und steht an deiner Seite«, hatte die Pastorin gesagt, bevor sie auf ihr Fahrrad gestiegen und vom Hof gefahren war.

Buhrmesters Klaus. Juli erinnerte sich daran, wie seine plumpe, joviale und schenkelklopfende Art Ria und sie bei Oma Lenes Beerdigung entsetzt hatte. Kaum dass sie die Tür geschlossen hatte, fuhr sein schwarzer Leichenwagen auch schon auf den Hof. »Bestattungshaus Buhrmester – Bestattungen aus Tradition und Berufung« stand darauf. Trotz der Hitze trug der Bestatter einen schwarzen Anzug. Aus dem Kofferraum holte er einen ebenso schwarzen Aktenkoffer und kam betreten dreinschauend auf sie zu. »Juliane, mein tiefes und aufrichtiges Beileid.« Fest drückte er ihre Hand. »Deine liebe Mutter. Die Besten sterben immer zu jung, nech?« Juli war froh, dass Buhrmesters Klaus ihr dabei nicht auch noch vertrauensvoll auf die Schulter klopfte. Es hätte zu ihm gepasst.

»Guten Abend, Herr Buhrmester«, Onkel Georg kam von der Terrasse auf den Bestatter zu und gab ihm die Hand, »schön, dass Sie es einrichten konnten.« Buhrmesters Klaus zog ein Stofftaschentuch aus seiner Anzughosentasche und tupfte sich die Stirn.

»Guten Abend, Herr Doktor Fiehne. Da sagen Sie was. Momentan ist viel los. Das große Sterben. Aber besser jetzt als im Winter, nech? Bei schönem Wetter wiegt die Trauer nicht so schwer, obwohl dann auch mal jemand in Ohnmacht fällt. Aber wenn Sie dabei sind, muss man sich ja keine Sorgen machen, nech?« Ein kurzes Lachen, das eher an ein Grunzen erinnerte, entfuhr ihm.

Spätestens in diesem Moment hatte Juli beschlossen, nicht mehr genau zuzuhören.

Buhrmesters Klaus folgte ihrem Onkel auf die Terrasse. Tante Karin hatte Kaffee und Kuchen schon zurück ins Haus gebracht. Sie bot dem Gast ein Glas Wasser an, das er mit einem »Ah, Frau Doktor, auf Sie ist Verlass« dankend annahm. Juli wusste, wie Tante Karin es hasste, als Frau Doktor angesprochen zu werden.

»War denn die Pastörsche schon da?«

»Ja, heute Nachmittag«, antwortete Juli und setzte sich ihm gegenüber.

»Na, da war sie dann ja mal verhältnismäßig schnell. Und? Wann soll die Beerdigung sein?«

»Mittwoch um 11 Uhr.«

»Leichenschmaus bei Lübkemann auf dem Saal?«

»Nein.«

»In Reinkings Weinstube?«

»Nein, es wird im Anschluss keinen Leichenschmaus im großen Kreis geben.« Juli sah, dass sich Buhrmesters Klaus fast an seinem Wasser verschluckte.

Er wandte sich an ihren Onkel: »Herr Doktor Fiehne?«

»Wir haben uns dagegen entschieden und möchten den Tag so gestalten, wie er meiner Schwester, Julis Mutter, gefallen hätte.«

»Aber das geht doch nicht. Das Dorf muss doch eingeladen werden.«

»Gerne zum Trauergottesdienst. Weil meine Mutter sich aber für eine anonyme Luftbestattung entschieden hat, wird es auch keine klassische Beerdigung geben.« Juli fing an, Spaß an dem Gespräch zu haben, und auch Onkel Georg schmunzelte vor sich hin.

»Aber ich habe so viele schöne, repräsentative Särge neu im Sortiment.«

»Dann ist es doch gut, wenn wir Ihr Sortiment der schönen, repräsentativen Särge nicht dezimieren und uns für einen schlichten Sarg entscheiden, nech?«, wusste Tante Karin noch eins draufzusetzen.

Buhrmesters Klaus atmete kurz schnapphaft, dann hatte er seine Fassung wieder: »Also ein schlichter Sarg. So soll es sein. Na, dann schauen Sie doch mal hier.« Juli nahm den Katalog, den Buhrmesters Klaus ihr reichte, entgegen und blätterte durch die Seiten. Sie wusste, dass sich Ria nichts aus einem Sarg gemacht hätte. Schließlich fand sie einen hellen ohne Schnörkel. »Der ist es«, sagte sie. Ihr Onkel und ihre Tante stimmten ihr zu. »Gut, dann haben Sie sich also für das Modell Silent Journey entschieden.« *Seilent Jörnej* hatte er gesagt. Buhrmesters Klaus blätterte weiter nach hinten. »Dann brauchen Sie jetzt noch eine Urne. Am beliebtesten ist dieses schlichte Modell in Schwarz mit goldenem Kreuz. Aber das Modell Burgund in Dunkelrot wird auch gern genommen. Besonders schön ist der aparte Deckel mit silbernen Ranken oder aber die De-luxe-Version in Gold.«

»Wir nehmen die weiße.« Juli deutete auf die schlichteste Urne, und ihr Onkel und ihre Tante nickten zustimmend.

»Nun gut, zu Silent Journey einmal das Modell Silver Linings.« Silver Linings. Silberstreifen am Horizont. Das gefiel Juli, und das hätte auch Ria gefallen, selbst wenn Buhrmesters Klaus es *Silwa Liehnings* ausgesprochen hatte.

»Das hätten wir dann. Fehlen noch die Traueranzeigen. Ich habe ein paar zur Ansicht mitgebracht.«

Er holte einen dicken Ordner aus seinem Aktenkoffer.

»Diese hier finde ich persönlich sehr schön.« Buhrmesters Klaus deutete auf eine in Schwarz-Weiß gehaltene Karte, auf der im Hintergrund ein Baum zu erkennen war. Links und rechts vom Baum stand der Anzeigentext: »Mit wehem Herzen nehmen wir Abschied von unserer geliebten Mutter. Ein gutes Herz hat aufgehört zu schlagen und wollte doch so gern noch bei uns sein. Gott helfe uns, den Schmerz zu ertragen, denn ohne dich wird vieles anders sein.«

Das ging ja gar nicht. Gemeinsam mit ihrem Onkel und ihrer Tante blätterte Juli durch den Ordner. Ganz am Ende hatten sie schließlich eine schlichte Karte gefunden, die ihnen gefiel.

»Und der Trauerspruch?«

»Um klar zu sehen, genügt oft ein Wechsel der Blickrichtung«, kam es Juli in den Sinn. »Von Antoine de Saint-Exupéry. Das ist der Trauerspruch.«

Buhrmesters Klaus guckte irritiert. »Aber das ist doch gar kein richtiger Trauerspruch.«

»Das ist das, was auf der Trauerkarte meiner Schwester stehen wird«, sagte Onkel Georg mit Nachdruck.

Zögernd schrieb Buhrmesters Klaus den Spruch auf, und Juli buchstabierte Antoine de Saint-Exupéry.

»Gut, die Karten mache ich heute noch fertig und drucke sie aus. Dann verteile ich sie morgen, dass sie alle auch pünktlich haben, nech? Was den Blumenschmuck betrifft, soll ich bei Wehners schon mal Bescheid sagen, dass ihr morgen vorbeikommt, um alles Weitere zu besprechen? Abrechnen tun wir dann alles über eine Rechnung. Ist am einfachsten, nech?«

»Ich fahre morgen selbst bei Wehners vorbei.« Juli stand auf, um dem Bestatter zu bedeuten, dass sie alles Wichtige besprochen hätten.

»Gut, dann wäre das alles.« Buhrmesters Klaus packte seine Sachen zusammen und stand ebenfalls auf. »Frau Doktor Fiehne. Herr Doktor Fiehne.« Er gab beiden die Hand. Juli brachte ihn zur Haustür. »Auf Wiedersehen, Juliane.« Er sah sie ernst an. Juli vermutete, dass er versuchte, seriös zu wirken. Wieder tupfte er sich mit dem Stofftaschentuch die Stirn. »Wir sehen uns am Mittwoch. Ich kümmere mich um alles. Man nennt mich auch den Bestatter, dem die Lebenden und die Toten vertrauen.« Dann ging er zu seinem Auto, stieg ein und fuhr vom Hof.

»Und? Wie viele Hyänen waren denn schon da?«

»Also, Hyänen noch keine, aber eine ganze Menge Schmeißfliegen und Aasgeier.«

Mo sah sie grinsend an und nahm sie fest in den Arm. »Schön, dich endlich wiederzusehen.«

»Die Frau Tochter …« Onkel Georg und Tante Karin waren gerade dabei zu gehen.

»Herr und Frau Doktor Fiehne … Habt ihr alles so weit gut überstanden?«

»So weit, so gut.« Mit einer Handbewegung bat Juli ihre Cousine ins Haus.

»Na, dann bin ich ja beruhigt. Wann findet die Beerdigung statt?«

»Mittwoch.«

»Mit Kaffeetrinken bei Lübkemanns?«

»Nein. Ich möchte, dass alle, denen Ria wichtig war, im Anschluss hierherkommen. Onkel Georg, Tante Karin, du und Tom und Tante Frieda. Wir feiern unser eigenes Abschiedsfest, so wie es Ria gefallen hätte. Ich koche.«

»Das ist eine sehr schöne Idee.«

»Juli, wir machen uns auf den Weg. Soll ich dich morgen Vormittag abholen, um gemeinsam zu Wehners zu fahren?«, fragte Onkel Georg.

»Das übernehme ich. Ich denke, ich bin da die bessere Beraterin. Mir ist eh langweilig, seit ich Ferien habe. Außerdem habe ich das Gefühl, dass die Madame mich immer mehr einschränkt, da tut Beschäftigung gut.« Mo legte sich in die große breite Hängematte und streichelte ihren Bauch.

»Na gut. Ich komme morgen trotzdem vorbei, und dann gehe ich mit dir die Unterlagen zu den Pachtverträgen durch, ja?«

»Das wäre sehr lieb von dir.«

Ihr Onkel drückte Juli.

»Bis morgen.« Tante Karin gab ihr einen Kuss auf die Wange. »Ich komme mit und kümmere mich in der Zeit ein bisschen um den Garten, ja?«

Juli schloss die Tür hinter den beiden und ging zurück zur Terrasse. »Mo, Mensch, dein Bauch ist beeindruckend! Das ließ sich über Skype gar nicht so sehen. Lass mich überlegen. Noch drei Monate?«

»Fast. Noch zehn Wochen. Unser letztes Telefonat ist aber auch schon eine ganze Weile her. Ich könnte glatt beleidigt sein. Oder ist was passiert? Willst du vielleicht etwas vor mir verbergen?«

Unsicher lachend unternahm Juli einen unbeholfenen Versuch, das Thema zu wechseln. »Wahnsinn, in zehn Wochen bist du Mama.« Sie legte sich neben Mo in die Hängematte und strich ihr über den Bauch.

Mo nahm ihre Hand. »Juli, jetzt kann ich dich auch endlich persönlich fragen, ob du die Patentante unserer kleinen Madame werden möchtest.«

Juli strahlte, rappelte sich auf und fiel ihrer Cousine um den Hals. »Mo, natürlich will ich. Wow!«

»Wie schön!« Mo lächelte glücklich, dann wurde sie ernst. »Und nun sag, wie geht es dir?«

Juli seufzte und ließ sich wieder zurück in die Hängematte fallen. »Ich weiß nicht so recht. Ich fühle mich seltsam. Alles fühlt sich irgendwie unwirklich an, wie ein Film, den ich von außen beobachte, in dem ich aber mitspiele. Ich bin traurig, klar, habe aber auch das Gefühl, dass es für Ria so in Ordnung war. Sie wusste, was passieren konnte, und hat mir die Diagnose bewusst verschwiegen. Und das passt zu ihr. Sie hat sich von niemandem beeinflussen lassen, sondern ihr Leben so gelebt, wie sie es für richtig hielt. So ist sie nun auch gestorben.«

»Das stimmt. Tante Ria war anders. Ein Freigeist.«

»Das Bild gefällt mir. Das passt zum Urnenmodell.« Juli musste lächeln.

»Wie meinst du das?«

»Silver Linings oder *Silwa Lienings*, wie Buhrmesters Klaus gesagt hat.«

»Ach Gott, Bestattungsunternehmer aus Tradition und Berufung.«

»Oder der Bestatter, dem die Lebenden und die Toten vertrauen, nech?«

»Hat er das gesagt?«

»Ja!«

Die beiden Frauen lachten.

»Nicht zu fassen. Wer hat dich denn heute noch alles heimgesucht?«

Juli erzählte von ihrem nervenaufreibenden Vormittag.

»Klingt, als hättest du richtig Spaß gehabt. Wenn ich trinken dürfte, würde ich jetzt sagen: Darauf ein Birnenschnäpsgen?« Mo kicherte.

»Weißt du, wer noch da war? Bultemeiers Willi, zusammen mit Ingo.«

»Oha. Du meinst, der dicke Ortsvorsteher mit seinem Sohn, dem sanften Schweinebauern?«

»Dem was?«

»Ach, ich vergaß, dass du in Amerika nicht in den Genuss des deutschen Privatfernsehprogrammes kommst. Von *Landwirt, ledig, sucht* … hast du noch nie gehört? Die Sender lassen sich immer absurdere Formate einfallen.«

»*Landwirt, ledig, sucht* …? Klingt nach einer Seite im Dorfblatt. Partnervermittlung für heiratswillige Bauern.«

»So ähnlich. Da suchen Bauern Frauen. Ingo würde so wunderbar ins Format passen. Die haben nur so Ingos da, und die bekommen dann immer ganz wunderbare Anmoderationen wie Heini, der ruhige Rinderwirt aus dem beschaulichen Brandenburg, oder Peter, der gemütliche Gemüsebauer aus dem sonnigen Saarland.«

»Ingo, der sanfte Schweinebauer aus dem ordentlichen Ostwestfalen, nicht schlecht. Dann würde bestimmt auch Ingo, der langweilige Landwirt, passen.«

»Ingo, der trottlige Treckerfahrer.«

»Was hältst du von Ingo, der obercoole Ostwestfale?«

»Ingo, der atemberaubende Ackerbauer.«

»Ingo, der stämmige Schweinefreund.«

»Oder Ingo, der potente Pflanzenfreund.«

»Mo, hör auf, da schüttelt es mich. Du meine Güte, der potente Pflanzenfreund. Das will ich mir besser nicht weiter ausmalen.« Mo amüsierte sich bestens. »Schön zu sehen, dass es dir so gutgeht.«

»Hör mal, ich bin schwanger, ich werde Mutter. Da kann es mir nur gutgehen!«

»Ach Mo, ich hab dich vermisst!« Juli lehnte ihren Kopf an die Schulter ihrer Cousine.

»Und ich dich erst mal.«

Eine ganze Weile lagen beide ruhig nebeneinander in der Hängematte und schaukelten sacht hin und her. Irgendwann durchbrach Mo die Stille: »Dann kommt Josh also nicht.«

Ihre Cousine kannte sie zu gut.

»Ich bin vor zwei Wochen ausgezogen.« Juli rang nach Worten. »Es hat nicht gereicht für immer und happily ever after.«

Mo sagte nichts, und Juli war dankbar dafür. Sie hatte momentan nicht die Nerven und die Kraft, sich auch noch mit ihrer zerbrochenen Beziehung auseinanderzusetzen. Sie hatte in den letzten Wochen genug darüber nachgedacht. Doch Juli wusste, dass das Schweigen ihrer Cousine nicht nur stilles Verständnis bedeutete. Juli wusste auch, dass ihre Cousine nur das Beste für sie wollte und sich gewünscht hatte, mit Josh wäre Juli endlich angekommen. »Ich weiß«, flüsterte sie und guckte durch das Blätterdach in den Himmel, »ich kann es mir selbst auch gar nicht richtig erklären.«

»Du warst so glücklich, als du uns erzählt hast, dass du heiraten wirst.«

»Ich glaube, ich war verliebt in den Gedanken, endlich angekommen zu sein. Und Josh ist ein wunderbarer Mann. Das Leben an seiner Seite war traumhaft. Aber der Gedanke, dieses Leben für immer zu führen, hat mir die Kehle zugeschnürt. Es war nicht *mein* Traum. Ich habe gemerkt, dass der Gedanke an die Hochzeit mich immer mehr beunruhigt hat.«

»Dann ist es okay?«

»Es ist mehr als okay.«

Als Mo sich verabschiedete, hatte bereits die Dämmerung eingesetzt.

»Ich hole dich morgen um zehn Uhr ab, ja?«

»Abgemacht.«

»Oder soll ich vielleicht doch noch bleiben?«

»Nein, mach, dass du nach Hause kommst. Es geht mir gut. Und ich bin müde. Der Tag war ziemlich anstrengend. Außerdem der Jetlag. Ich denke, dass ich bald todmüde ins Bett falle.«

Mo nahm sie ihn den Arm.

»Es tut gut, dass du wieder da bist, auch wenn der Anlass ein trauriger ist. Weißt du, wie lange du bleiben wirst?«

»Ich fliege am 31. August zurück, und ich hoffe, bis dahin das meiste geregelt zu haben. Du weißt, wie schlecht ich darin bin, Entscheidungen zu treffen.«

»Juliane Fiehne, die wandelnde und leibhaftige Entscheidungskatastrophe, back in town.«

»Hab ich vorhin etwa gesagt, dass ich dich vermisst habe?«

»Und wie du das hast!« Mo lachte und stieg in ihren kleinen alten, rostigen Fiesta. Den Fahrersitz hatte sie weit nach hinten geschoben, und sie kam nur gerade so noch mit ihren Beinen an die Pedale.

»Und ich hab dich auch vermisst. Bis morgen, Juli.« Hupend fuhr sie vom Hof.

Juli winkte ihr hinterher und setzte sich dann auf die Bank, die vorm Haus stand. Petermann gesellte sich zu ihr. Gedankenverloren strich sie über sein Fell. Sie hatte ihre Familie sehr vermisst. Jetzt, wo sie wieder bei ihnen war, wurde ihr das bewusst. Seit zwei Jahren hatte sie sie nicht mehr gesehen, und die paar Mal, die sie sich neben Geburtstagen und Weihnachten telefonisch gemeldet hatte, konnte man wahrscheinlich an zwei Händen abzählen. Und trotzdem fühlte sie eine tiefe Vertrautheit. Nähe und Verbundenheit knüpften sich wahrscheinlich nicht an einen Ort. Man trug sie im Herzen.

4. August

Juli hatte nicht gut geschlafen. Zu viel war ihr durch den Kopf gegangen. Die Gedanken an das Haus und was damit geschehen sollte, ließen sie nicht zur Ruhe kommen. Sie lebte in Cambridge, sechstausend Kilometer und acht Flugstunden entfernt, und konnte sich nicht vorstellen zurückzukommen wie Ria zurückgekommen war. Der gestrige Tag hatte ihr erneut deutlich vor Augen geführt, dass sie nicht Teil dieser gelebten Freakshow sein wollte, auch wenn in den Augen der Beekelsener sie der Freak war.

Sie gehörte nicht nach Beekelsen, hatte nie hierhergehört. Juli hielt es hier einfach nicht aus. Die Engstirnigkeit und Selbstgerechtigkeit der Leute, ihre Verbohrtheit, wenn es darum ging, etwas anderes im Leben zu wollen, als es hier üblich war, das alles hatte Juli schon damals gestört. Deshalb war sie weggezogen. Nichts hatte sich geändert. Das hatten die gestrigen Besucher bewiesen. Wie hielt ihre Familie es hier aus?

Welche Möglichkeiten blieben ihr also, was das Haus betraf? Vermieten? Sie würde es nicht schaffen, sich von Cambridge aus um Mietangelegenheiten zu kümmern. In Neuengland arbeitete sie als Illustratorin, und ihre *Petermann und Suzie-Lou*-Kinderbücher verkauften sich zwar sehr gut, so dass sie ein mehr als gutes Auskommen hatte, doch sie wusste nicht, ob es reichen würde, einen Verwalter zu bezahlen, der sich um alles kümmerte, was anfallen würde. Oma Lenes Eltern hatten das Haus 1910 erbaut, und es gab immer etwas, das repariert werden musste. Ihre Tante verglich das Haus gern mit dem Kölner Dom, der ewigen Baustelle. Onkel Georg würde ihr sicherlich anbieten, ihr zu helfen, aber sie wollte und konnte ihm die Verantwortung nicht zumuten.

Sollte sie das Haus also verkaufen müssen? Das Haus ihrer Urgroßeltern. Ihrer Großmutter. Ihrer Mutter. *Ihr* Haus? Als sie gestern das Haus betrat, hatte sie das Gefühl, es würde sich eine weiche Decke um sie legen, gewebt aus Momenten, Begebenheiten, Gefühlen und Geschichten, die sie beschützte und geborgen umschloss. Die Mauern des Hauses erzählten von der Vergangenheit. Die Wände atmeten gelebte Tage, und in den Fenstern spiegelten sich bunte Stunden. Das Haus war der Schauplatz ihrer aller Familiengeschichte. Was würde bleiben?

Juli hatte in der Nacht keine Lösung gefunden. Als die Vögel zu zwitschern begonnen hatten, war sie aufgestanden. Der Wecker zeigte 5:08 Uhr. Sie war müde und erschöpft gewesen, doch zu ruhelos, um zu schlafen. Juli hatte Abby angerufen, die sie auf ihre unaufgeregte Art beruhigt hatte. »It will take some time, but it's going to be okay.« It's going to be okay, wiederholte sie danach immer wieder leise vor sich hin sprechend.

Langsam ging die Sonne auf, und der Tag kündigte sich an.

In der Nacht hatte es sich nicht abgekühlt, und die Hitze hing noch immer zwischen den Wänden des Hauses. Juli ging die Treppe hinab und öffnete Fenster und Türen. Petermann kam von seinem nächtlichen Ausflug zurück und lief miauend zu seinem Napf. »Ja, ja, erst schlägst du dir die Nacht um die Ohren, und nun kommst du, um deinen hungrigen Magen zu beruhigen.« Juli füllte den Napf des Katers, hockte sich neben ihn, streichelte über sein Fell und wünschte sich Petermanns Ruhe und Gelassenheit. Satt und zufrieden rieb er seinen Kopf an ihrem Knie. Juli nahm ihn auf den Arm und setzte sich auf die Stufe, die von der Küche auf die Terrasse führte. Sie blickte in den Garten und atmete die Morgenluft ein. Noch immer geisterten die Gedanken der Nacht durch ihren Kopf. Petermann sprang von ihrem Schoß, streifte durch den Garten und verschwand in Richtung Feld.

5:54 Uhr. Juli stand auf, ging zurück ins Haus, die Treppe hinauf in ihr Zimmer und zog sich ihre Laufsachen an. Laufen. Die Gedanken schweifen lassen. Loslassen. Einfach nur Fuß vor Fuß. It's going to be okay.

Juli lief durch das Dorf in Richtung Wesermarsch. Beekelsen war noch nicht ganz wach. Nur vereinzelt waren die Rollläden hochgezogen und Fenster geöffnet. In den letzten Jahren hatte sich nicht viel verändert. Die Vorgärten waren wie schon immer perfekt gepflegt, die Höfe sauber gefegt. Sie lief am Dorfladen vorbei, und der Duft frisch gebackenen Brotes stieg ihr in die Nase. Sie lief vorbei an Weiden, über die Büschings Pferde trabten. Zwischen den Gehöften bot sich ihr der Blick auf die Weser, die ruhig dahinfloss. Dann kam sie am Elternhaus ihrer Schulfreundin Tina vorbei. Tina hatte nie verstanden, dass Juli unbedingt aus Beekelsen fortwollte. All das, was Juli abschreckte, hatte Tina sich heimisch fühlen lassen. Und trotzdem waren sie gute Freundinnen gewesen.

Über die Jahre und die Entfernung war der Kontakt jedoch abgebrochen. Anders als früher fehlte irgendwann das Verständnis für die Wünsche und den Lebensentwurf der anderen. Juli beschloss, in den nächsten Tagen einfach bei Tina zu klingeln.

Dann lief sie in Richtung des Seebergs und der Weserwiesen. Das monotone Fuß-vor-Fuß-Setzen tat ihr gut. Juli ließ die Häuser und Gehöfte langsam hinter sich. Hinter der nächsten Biegung lag das Loch, ein kleiner See. Im Sommer hatten Juli, Mo, Tom und Johannes sich früher heimlich an den »Eltern haften für ihre Kinder«- und »Betreten verboten«-Schildern vorbeigeschlichen, waren über den Zaun geklettert und im Loch geschwommen, so wie es ihre Eltern als Jugendliche wahrscheinlich auch gemacht hatten. Was nicht hieß, dass sie es erlaubt hätten. Das Loch war Ende des Zweiten Weltkrieges entstanden, als in Beekelsen ein kleiner Weserhafen gebaut werden sollte. Der Sinn, in der Provinz, in einem Dorf mit weniger als fünfhundert Einwohnern, einen Hafen anzulegen, hatte sich Juli nie erschlossen. Das Ende des Krieges war gekommen, bevor eine Verbindung zur Weser ausgebaggert wurde, so dass nur ein kleiner See zurückgeblieben war, ein größerer Teich, verwildert und voller Seerosen, aber groß genug, um darin zu schwimmen. Als Kinder waren sie auch durch das kleine Waldstück daneben gestreunt, durch die Reste der geplanten Hafenbefestigung, durch kleine Bunker, die ebenfalls nicht fertig geworden waren. Bei den Gedanken an die alten Zeiten musste Juli lächeln. Mittlerweile war die kleine geteerte Straße zu einem Feldweg geworden, und der Horizont weitete sich. Die Marsch. Vor ihr lagen Maisfelder, die im Wind raschelten, und goldgelbe gemähte Stoppelfelder.

Juli genoss die Stille und die Natur um sich herum und fühlte sich frei. Es tat gut, sich einfach auf das Laufen zu konzentrieren, darauf, Fuß vor Fuß zu setzen, die Gedanken loszulassen und auf Wanderschaft zu schicken. It's going to be okay.

In der Ferne bewegte sich ein Punkt. Ein Läufer, erkannte Juli. Sie war verwundert. Auf der Strecke hatte sie höchstens Treckerfahrer erwartet oder Friedekings Helga, Redekers Irene und andere alte Damen auf dem Fahrrad, auf dem Weg nach Harmenhusen zum Treffen der Landfrauen. Der Punkt wurde größer. Ein Mann, dessen Laufstil leichtfüßig wie dynamisch war, kam ihr entgegen. Er war groß und hatte braune Haare, trug eine knielange dunkelblaue Sporthose und ein weißes T-Shirt. Als sie aneinander vorbeiliefen, lächelte er sie freundlich an und nickte ihr zu.

»Guten Morgen.«

»Guten Morgen.«

Juli nickte zurück und hörte seine gleichmäßigen Schritte langsam leiser werden. Schließlich war sie wieder mit sich allein.

Zu Hause duschte sie lange und entschied sich dann für ein buntgestreiftes T-Shirt und kurze Shorts. Die Uhr des Radioweckers zeigte 8:45. Juli ging in die Küche und öffnete den Kühlschrank. Sie hatte Hunger. Ließ sich mit Rias Vorrat etwas zum Frühstück zaubern? Sie hatte keine Lust, zu Pranges zu gehen und sich frisches Brot zu kaufen. Auf die Blicke, die sie von oben bis unten mustern würden, auf »Juliane, mein Beileid«, das Tuscheln, die Ratschläge und auf die neugierigen Nachfragen hatte sie keine Lust, zumal sie sicher war, dass es sich der ein oder andere Beekelsener heute ohnehin nicht nehmen lassen würde, persönlich vorbeizukommen. Sie würde ihre Ruhe genießen, solange sie sie noch hatte.

Im Kühlschrank fand Juli Milch, Butter und Eier. Was sprach gegen Pancakes? Im Buffetschrank befanden sich Mehl, Zucker und Backpulver. Juli setzte Teewasser auf, trennte ein Ei, vermischte das Eigelb mit etwas zerlassener Butter und Milch und schlug das Eiweiß zu Eischnee. Dann vermengte sie Mehl, einen Esslöffel Zucker, einen Teelöffel Backpulver und eine Prise Salz. Rasch hatte sie die Zutaten zu einem Teig gemischt und hob das Eiweiß unter. Blueberry Pancakes? Noch besser. Juli ging in den Garten. Oma Lenes Blaubeersträucher trugen dicke dunkelblaue Beeren, die herrlich süß schmeckten. Sie erntete eine kleine Schüssel davon und hob sie vorsichtig unter den Teig, butterte Oma Lenes schwere gusseiserne Pfanne, stellte sie auf den Herd und entzündete die Gasflamme. Zufrieden backte sie die kleinen Pancakes. Toni hatte sie bei *Hi Rise* über die Schulter gucken lassen. Sie liebte seine Blueberry Pancakes, obwohl ihre inzwischen definitiv mit seinen mithalten konnten.

Die dampfenden Pancakes auf einem Teller in der einen und eine Tasse mit grünem Tee in der anderen Hand, ging sie durch die Küchentür in den Garten und setzte sich auf die Terrasse. Die Unruhe, die sie in der Nacht verspürt hatte, war verschwunden. It's going to be okay. Sie musste noch keine Antwort auf ihre Fragen haben und würde sich Zeit lassen mit ihrer Entscheidung. Sie hatte den ganzen August.

Wie verabredet, kam Mo um zehn Uhr, und sie fuhren ein paar Ortschaften weiter zur Gärtnerei Wehner. Juli entschied sich für einen schlichten Kranz, dicht gebunden mit bunten Blumen, und gegen das Modell, das Frau Wehner ihr die ganze Zeit andrehen wollte. Zum Kranz bestellte sie einen passenden bunten Strauß aus Sommerblumen, den Frau Wehner bei der Dekoration der Friedhofskapelle in einer Vase auf den Sarg stellen würde.

»Geschafft! Und jetzt?«, fragte Juli, als sie sich anschließend auf den Beifahrersitz von Mos Auto fallen ließ.

»Jetzt nehme ich dich mit zu mir. Tom kommt heute früher

nach Hause und freut sich auch schon, dich endlich wiederzusehen. Und ich kann dir zeigen, wie wir das Haus umgebaut haben, ja?«

Eine Viertelstunde später saß Juli in Mos und Toms Wohnzimmer, und Mo machte in der offenen Küche Eistee. Juli war verblüfft, wie sich das alte Haus, das Tom von seinen Großeltern vererbt wurde, verändert hatte. Mo und Tom hatten versucht, möglichst viel der alten Bausubstanz zu erhalten. Trotzdem wirkte alles neu und modern, und man merkte, dass Tom sich als Architekt verwirklicht hatte. Alte Balken und altes Mauerwerk, klare, moderne Möbel und Lampen.

»Mo, der Umbau ist super geworden.«

»Ich bin auch sehr glücklich damit. Es kann schon Vorteile haben, mit einem Architekten verheiratet zu sein, wobei es mich oft auch in die Verzweiflung getrieben hat.«

»Das habe ich jetzt nicht gehört!« Tom war in die Küche gekommen, legte seinen Autoschlüssel auf den Tisch, umarmte Mo von hinten und küsste ihren Nacken. Dann kam er auf Juli zu.

»Juli, es ist viel zu lange her. Ich weiß, dass das der ganzen Situation nicht richtig angemessen ist, aber ich freue mich, dich zu sehen!«

Er nahm sie in den Arm und drückte sie fest. Juli drückte ihn zurück.

»Juli, Mo und Tom, endlich wieder vereint. Das legendäre Kleeblatt! Zumindest drei Viertel davon.«

»Amen«, sagte Mo, verdrehte ihre Augen und reichte Juli und Tom ein Glas Eistee. »Du siehst, er ist nach wie vor dramatisch veranlagt.«

»Bestimmte Situationen erfordern ein gewisses Maß an Dramatik. Auf uns drei. Prost!« Tom hielt sein Glas Eistee in die Luft.

»Schön, wieder bei euch zu sein. Prost!«

Auch Mo hob ihr Glas. »Na dann, prost. Wollen wir in den Garten? Ich habe das Gefühl, hier drinnen steht die Hitze, und draußen geht zumindest ein kleines Lüftchen.«

Juli verbrachte den Nachmittag zusammen mit Mo und Tom im Garten, und es tat wirklich gut, wieder bei ihnen zu sein. Früher hatten sie fast jeden Tag Zeit gemeinsam verbracht. Sie waren beste Freunde, die es nach dem Abitur alle aus Beekelsen fortgezogen hatte. Ihre Wege hatten sich getrennt. Juli war zum Studium nach Berlin gegangen, Mo hatte in Köln Grundschullehramt studiert, Tom in Aachen Architektur, und Johannes hatte in Karlsruhe Wirtschaftswissenschaften zu studieren begonnen. Als es Mo zum Referendariat nach Aachen verschlagen hatte und sie mit Tom in eine WG gezogen war, hatte es irgendwann zwischen beiden gefunkt. Juli und Johannes hatte das nicht überrascht. Sie waren bereits seit Jahren der festen Überzeugung, dass Mo und Tom füreinander geschaffen waren und sie das auch irgendwann erkennen würden. Nach dem Referendariat hatte Mo eine Anstellung am Schulzentrum in Weserhagen bekommen. Tom war mit ihr zurück in die Heimat gegangen und hatte sich als freier Architekt selbständig gemacht. Vor vier Jahren hatten die beiden dann geheiratet, und nun würden sie bald auch noch Eltern werden. Tom erzählte, dass Johannes regelmäßig zu Besuch kam, das letzte Mal vor fünf Monaten. Er arbeitete für Siemens und lebte seit einigen Jahren in Peking. Juli wusste, dass er inzwischen mit einer Chinesin verheiratet war. Juli und er hielten über Facebook Kontakt.

Am Abend machte Tom Pizza, während Juli und Mo gemeinsam auf der Hollywoodschaukel saßen und schweigend genossen, einfach beieinander zu sein.

Als Juli spät wieder zu Hause ankam, wartete Petermann bereits vor dem Haus und auf der Holzbank neben der Haustür stand ein Korb, gefüllt mit frischem Gemüse, Brot, selbstgekochter Marmelade und einem handgeschriebenen Zettel.

Liebe Juli, da habe ich heute leider Pech gehabt, und du bist unterwegs. Es tut mir so leid, dass deine Mutter verstorben ist. Ihr plötzlicher Tod hat mich tief bewegt. Du bist in meinen Gedanken, und ich schließe dich in meine Gebete ein. Ich komme morgen wieder. Herzlichst, Frieda.

P. S.: Ich dachte, du könntest die Sachen brauchen, da ich denke, dass du keine große Lust hast, zu Pranges einkaufen zu gehen.

Juli war gerührt. Tante Frieda war die beste Freundin ihrer Großmutter gewesen. Juli konnte sich an keine Zeit erinnern, in der sich Oma Lene und sie nicht täglich getroffen, gemeinsam Obst eingekocht, Kaffee getrunken, Kuchen gegessen, gehäkelt oder gestrickt hatten. Juli hatte Frieda seit ihrer Kindheit Tante genannt, obwohl sie gar nicht miteinander verwandt waren. Sie würde morgen früh gleich bei ihr vorbeigehen.

Den Korb im Arm und Petermann um die Füße, schloss sie auf. Hinter der Tür lagen viele weiße Kuverts mit schwarzem Rand. Kondolenzbriefe. Juli stellte den Korb in der Küche ab, sammelte die Umschläge auf und setzte sich an den Küchentisch. An das Trauerhaus Fiehne. An Juliane Fiehne. Trauerfamilie Fiehne. Juli öffnete die Umschläge und begann die Post zu lesen. »Liebe Trauerfamilie, wir drücken Euch unser aufrichtiges Mitgefühl aus …«, »Liebe Juliane, für uns alle unfassbar, mussten wir vom Tod Deiner lieben Mutter erfahren …«, »Liebe Familie Fiehne, meine Worte werden wohl kaum imstande sein, Eure Trauer über Rias Tod zu lindern …«, »Ein geliebter Mensch ist nicht mehr da – das Leben setzt einen Herzschlag lang aus – und die Welt hielt für einen Augenblick den Atem an …«, »Wenn die Zeit vollendet ist und ein lieber Mensch von uns geht, verliert die Sonne ihren wärmenden Schein, und wir trauern in der Dunkelheit dieser lichtlosen Tage …«. Sie legte die Karten zur Seite und sah auf die alte Küchenuhr, die schon getickt hatte, als Juli noch klein gewesen war. Zehn vor zehn. Sie spürte Müdigkeit in sich aufkommen. Deshalb beschloss sie, die Gedanken, die die Schreiben in ihr hervorriefen, beiseitezuschieben, und füllte Petermanns Futternapf, schloss die Haustür ab, löschte die Lichter und ging nach oben ins Schlafzimmer.

5. August

Am nächsten Morgen wachte Juli ausgeruht auf. Der Tag mit Mo hatte ihr gutgetan und sie die Sorgen, die fehlenden Antworten auf ihre Fragen, vergessen lassen.

Sie duschte, zog sich Shorts und ein Top an, band sich die nassen Haare zusammen und ging nach unten in die Küche. Dort machte sie sich eine Kanne grünen Tee, schmierte sich ein Brot mit der selbstgekochten Marmelade von Tante Frieda, nahm ein Blatt Papier und einen Stift aus der Schublade und setzte sich nach draußen auf die Terrasse.

Wieder hatte es sich in der Nacht nicht richtig abgekühlt, und sie spürte die Wärme der Sonne auf ihrer Haut. Juli schloss die Augen, richtete ihr Gesicht in Richtung Sonne, atmete tief ein und aus und ließ sich von den Sonnenstrahlen kitzeln. Dann öffnete sie die Augen, nahm den Stift in die Hand und schrieb groß »to do« auf das Blatt Papier. Eine Liste zu machen würde bestimmt helfen; das war zumindest ihr Plan. Sie musste über das Haus nachdenken und rechtliche Fragen klären, und sie sollte sich Gedanken über das Menü für Rias Abschiedsfest machen und die notwendigen Zutaten besorgen. Außerdem würde sie heute unbedingt Tante Frieda besuchen und bei Tina vorbeischauen. Die Fragen, die das Haus betrafen, würde sie heute ausblenden, jedenfalls so gut es ging. Zunächst würde sie das Menü zusammenstellen. Juli lehnte sich im Stuhl zurück und dachte darüber nach, was sie zubereiten und kochen könnte. Im kleinen Gemüsegarten hatte sie Pflücksalat gesehen. Ria hatte Kirschtomaten angebaut, die bereits rot leuchteten und darauf warteten, geerntet zu werden. Die Blaubeer- und Brombeersträucher waren voller Früchte. Das Kräuterbeet duftete. Juli notierte: Kräuter-Pflücksalat mit Ziegenkäsebrot und Holundervinaigrette, frische Pasta mit Ofentomaten, Oma Lenes Buttermilchkaltschale mit frischen Beeren und einen Lime-Cheesecake. Die Planung des Menüs entspannte sie. Juli schwor auf die meditative, beruhigende Kraft des Hefeteigknetens oder Gemüseschneidens, wenn man sich nur auf das Kneten oder die Bewegung des Gemüsemessers konzentrieren musste und sich alles andere einfach ausblenden ließ. Der Einkaufszettel war schnell geschrieben. Juli fand einen großen Korb und musste auch nicht lange nach Rias Autoschlüssel suchen. Dann stieg sie in den alten Golf, klappte das Verdeck nach hinten und drückte die Kassette ins Kassettendeck. Klassik. Johann Sebastian Bach. Ria hatte Klassik geliebt. Wenn sie zu Besuch in Cambridge gewesen war, hatten sie zusammen Konzerte des Boston Symphony Orchestras besucht. Anders als Ria konnte sich Juli für diese Musik nicht begeistern, doch sie genoss die gemeinsame Zeit mit ihrer Mutter, weshalb sie sie stets zu den Veranstaltungen begleitete. Einmal hatte Juli Ria nach Tanglewood in die Berkshires eingeladen, wo das Boston Symphony Orchestra jedes Jahr ihr Sommerquartier bezog und unter freiem Himmel Konzerte gab. Gemeinsam hatten sie auf einer Decke gelegen, in den Himmel geblickt und den Klängen der

Symphoniker gelauscht. Sie dachte gern daran zurück, und deshalb ließ sie die Musik laufen.

Die Erinnerung im Herzen, Wind im Haar, Sonne im Gesicht und Bach im Ohr, fuhr sie über den Dicken Berg. Links und rechts der Straße lagen gelbe Stoppelfelder, die in der Sonne leuchteten. Am Straßenrand stand ein großes Schild: *Erntefest in Beekelsen vom 22. bis 24. August.* Das Erntefest, natürlich, jährlich am vierten Wochenende im August. Manche Sachen änderten sich nie. Mittwoch: Erntekronebinden beim Erntebauern. Freitag: Disko für die Dorfjugend. Samstag: Tanz. Und Sonntag der Höhepunkt: der große Erntewagenumzug mit anschließender Feier unter der Erntekrone auf dem Festzelt. Als Kind hatte sie das Erntefest geliebt, vor allem den Umzug der geschmückten Wagen. Onkel Georg hatte Mo und ihr am Schießstand Plastikblumen geschossen, und sie hatten Pommes und Bratwurst gegessen. Mit vierzehn Jahren hatten Johannes, Tom, Mo und sie das erste Mal zur Disko gedurft. Sie hatten sich unsagbar cool gefühlt und zu *Macarena*, *Zehn kleine Jägermeister* und *Firestarter* getanzt. Nur wenige Jahre später hatte sich ihr Bild vom Erntefest geändert, und es war in Julis Augen mehr ein alljährliches kollektives Besäufnis, bei dem schlechte Musik gespielt wurde. Seitdem hatten sie sich lieber zu Hause bei Tom getroffen und Grunge gehört. Juli musste schmunzeln, als sie an Mo, Tom, Johannes und sich in zu großen Flanellhemden und zerrissenen Jeans, Chucks an den Füßen, dachte. Tom und Johannes hatten die Haare länger getragen und versucht, sich einen Ziegenbart stehen zu lassen, und im CD-Player hatte Eddie Vedder *Alive* in der Endlosschleife gesungen. Ganz in ihren Gedanken gefangen, summte sie das Lied vor sich hin.

Juli fuhr durch Diepen, an Bruchsen und Holzhausen vorbei nach Weserhagen. Mit dem Bus hatte die Fahrt zum Schulzentrum nach Weserhagen früher fünfundvierzig Minuten gedauert. Mit dem Auto war man natürlich schneller, und nach einer Viertelstunde fuhr Juli mit dem Wagen ihrer Mutter auf den Parkplatz des Supermarktes.

Zurück in Beekelsen hievte sie den vollen Einkaufskorb aus dem Auto und schleppte ihn ins Haus. Zusätzlich zu den Zutaten, die auf ihrer Einkaufsliste standen, hatte sie ein paar Flaschen Wein und Prosecco gekauft. Nachdem sie alles in den Küchenschränken verstaut hatte, dachte sie an die Liste. Um das Menü hatte sie sich also gekümmert. Jetzt würde sie sich erst mal bei Tante Frieda melden. Juli nahm ihren Schlüssel, holte Oma Lenes Rad aus dem Schuppen und machte sich auf den Weg.

Tante Frieda freute sich riesig über den Besuch. Juli traf sie im Garten, wo sie auf einer Leiter stand und Mirabellen pflückte.

»Tante Frieda, ich weiß nicht, ob das eine gute Idee ist.«

»Juli, Liebes. Komm, sei so gut und nimm mir den Eimer ab, anstatt so vorlaut zu sein. Du kannst mir beim Kochen der Mirabellenmarmelade helfen.«

Tante Frieda war inzwischen achtundachtzig, fünf Jahre jünger als Oma Lene heute gewesen wäre, aber noch immer so quirlig, wie Juli sie in Erinnerung hatte, auch wenn Tante Frieda sich beschwerte, dass ihr vieles nicht mehr so schnell und leicht von der Hand ging wie früher.

Am Nachmittag – nach einer herzlichen Umarmung, einem langen Gespräch und einem großen Stück Kuchen – war Juli mit drei noch heißen Gläsern köstlicher Mirabellenmarmelade, einem Korb herrlich duftender, reifer Mirabellen und einer gestreichelten Seele wieder in Rias Haus zurückgekehrt.

Juli hatte mit Tante Frieda über das Haus gesprochen und darüber, dass sie nicht wusste, was sie tun sollte.

»Weißt du«, hatte Juli gesagt, »das war Oma Lenes Zuhause, und so schwer es mir auch immer noch fällt, es zu verstehen, war es auch der Ort, an dem Ria wirklich zu Hause war.«

»Und was ist mir dir?«, hatte Tante Frieda gefragt.

»Ich weiß es nicht … Oma Lene war mein Zuhause. Beekelsen war es nicht. Ich bin in Neuengland angekommen. Hierher zurückzukehren kann ich mir nicht vorstellen. Und doch fällt es mir schwer, mich von dem, was an meine Kindheit und meine Zeit mit Oma Lene und Ria erinnert, zu trennen. Das Haus ist für mich wie ein Museum. Mit all den Erinnerungsstücken, die, wenn es nach mir geht, noch über Jahre so erhalten bleiben sollten. Aber ich kann das Haus nicht von Amerika aus verwalten. Und jemanden für die Instandhaltung zu bezahlen, ist zu teuer. Überhaupt wäre das Ganze nur ein Herauszögern dessen, was ich mich jetzt vermutlich nicht traue: das Haus aufzugeben. Denn mein Zuhause wird es nicht wieder werden. Ich frage mich die ganze Zeit, was Ria dazu bewegt hat zurückzukehren.«

Tante Frieda hatte sie in den Arm genommen: »Es ist Heimat. Und das hat deine Mutter verstanden.«

»Warum erst, als Oma krank wurde? Warum ist sie nie meinetwegen zurückgekehrt?«

»Ach, Kind, deine Mutter hat dich geliebt, auch wenn sie es anders gezeigt hat, als man es sich als Kind wünscht.«

Juli hatte genickt, auch wenn sie nicht wirklich verstanden hatte. Tante Frieda hatte ihr über den Kopf gestrichen und war fortgefahren: »Ich bin froh, dass ihr euch in den letzten Jahren nahegekommen seid. Deine Großmutter wusste immer, dass euch etwas verbindet.« Tante Frieda hatte gelächelt. »Deine Mutter hat erst spät gewusst, wo sie wirklich sein möchte. Aber manch einer spürt es sofort in sich, und ein anderer muss einen langen Weg gehen, um es zu wissen. Vielleicht muss man manchmal auch mit der Endlichkeit von etwas, von dem man glaubte, es wäre selbstverständlich, konfrontiert werden.«

Jetzt, wo Juli wieder in Oma Lenes Küche stand, dachte sie noch mal über diesen Satz nach. War Heimat endlich? Hätte sie, wenn sie das Haus verkaufen würde, keine Heimat mehr? Doch bevor sie sich wieder zu sehr in ihren Sorgen und Bedenken verlor, schüttelte sie den Kopf und band sich Oma Lenes Schürze um. Sie würde sich ein anderes Mal Gedanken darüber machen. Es war noch eine Menge für morgen vorzubereiten. Die Buttermilchkaltschale musste über Nacht kühlen. Juli goss Buttermilch, Joghurt und Zitronensaft in eine Schüssel, gab Vanillemark, Puderzucker und Saucenpulver hinzu und mixte alles gründlich mit dem Pürierstab. Sie tauchte einen kleinen Teelöffel in die Masse und kostete. Vor ihrem inneren Auge tauchten Bilder auf: heiße Sommertage, Hausaufgaben auf der Terrasse, Oma Lene, die Juli einen Teller Buttermilchkaltschale hinstellt und ihr über den Kopf streicht. Die Erinnerung tat gut. Juli stellte die Schüssel in den Kühlschrank.

Dann zerkrümelte sie Vollkornbutterkekse und ein paar Cantuccini, vermengte mit den Händen Kekskrümel mit geschmolzener Butter und etwas Vanillezucker und drückte die Keksmasse auf den Boden einer Springform, die sie anschließend ebenfalls in den Kühlschrank stellte.

Juli weichte Gelatine in Wasser ein, rührte Quark, Mascarpone und Puderzucker glatt, wusch Limetten unter heißem Wasser, rieb die Schale ab und presste die Limetten aus. Die Handgriffe beherrschte sie im Schlaf. Juli löste die Gelatine in heißem Limettensaft auf, rührte zügig ein paar Esslöffel Quarkcreme unter und mischte die Gelatine rasch und gründlich unter die übrige Quarkcreme. Dann schlug sie Sahne steif und hob Sahne und Limettenschale vorsichtig unter die Quarkcreme. Die Masse strich sie auf den gekühlten

Keksboden und stellte den Kuchen zugedeckt erneut in den Kühlschrank.

Blieb noch die Vinaigrette. Dijon-Senf, Holunderblütensirup, Weißweinessig, Olivenöl, etwas Salz und Pfeffer mischen, fertig.

Juli strich sich die Haare aus der Stirn und schaute sich um. Die Küche war ein einziges Chaos. Erschöpft, aber zufrieden ließ sie sich auf den Küchenstuhl fallen.

Kurze Zeit später klingelte es. Juli löste die Schürze, legte sie zur Seite und ging zur Haustür.

»Hallo, Juli.«

»Tina. Was für eine schöne Überraschung. Ich wollte dich auch noch besuchen kommen.«

Tina umarmte sie herzlich.

»Na, jetzt komme ich dir zuvor. Es tut mir so leid.«

Juli wusste nicht, was sie entgegnen sollte. Sie zweifelte nicht an Tinas Aufrichtigkeit, doch sie fühlte sich nicht wohl in der Rolle der übertraurigen Tochter, von der sie das Gefühl hatte, sie einnehmen zu müssen, um den Erwartungen an eine Hinterbliebene zu entsprechen.

»Komm doch rein.«

»Gern.« Tina folgte ihr und sah das Durcheinander in der Küche. »Was ist denn hier passiert?«

»Ich habe für morgen vorbereitet.«

»Morgen?«

»Ich gebe im kleinen Rahmen ein Abschiedsfest für Ria. Nach der Trauerfeier.«

»Dann stimmt es doch, was sie sich bei Pranges erzählen, dass es nur eine Trauerfeier in der Friedhofskapelle und keine Beerdigung mit anschließendem Kaffeetrinken gibt? Reilings Renate meint, dass dir das die Heinemann eingeredet hätte.«

»Das ist totaler Quatsch! Immer dieser Dorftratsch. Als hätten die nichts anderes zu tun, als sich ständig Gedanken über

Sachen zu machen, die sie nichts angehen!« Juli merkte, wie sie wütend wurde. »Ria hat sich eine anonyme Luftbestattung gewünscht. Und mit dem ganzen Dorftralala hat sie eh nie was am Hut gehabt. Warum sollte es jetzt ein öffentliches Kaffeetrinken geben? Nur damit Reilings Renate und wie sie alle heißen betreten an der Tafel sitzen, Pranges Kuchen essen und so tun, als würden sie trauern?«

»Wie kommst du darauf, dass sich deine Mutter hier nicht wohl gefühlt und nicht auf ihre Art in die Dorfgemeinschaft eingebracht hat?«

»Ich weiß es eben«, kam es aus ihrem Mund. Dabei klang sie unsicherer, als sie sich gerade noch gefühlt hatte.

»Beerdigungen sind hier nun mal eher klassisch. Die Leute wundern sich.«

»Na, das ist doch hier nichts Neues. Komm, lass uns lieber über etwas anderes reden.«

Juli war es leid, dass der Tod ihrer Mutter das einzige Thema war, worüber die Leute mit ihr sprechen wollten. Tina hatte sich verändert und schien noch mehr zu einer Beekelsener Vorzeigeeinwohnerin geworden zu sein, als sie es damals schon war.

»Wie lange wirst du bleiben?«

»Ein paar Wochen, bis alles geregelt ist. Nicht länger.«

»Sie haben bei Pranges auch erzählt, dass Bultemeiers Willi da war, weil er das Haus und die Ländereien kaufen will.«

»Ja, der war zusammen mit Ingo da. Die beiden hatten nichts Besseres zu tun, als direkt vorbeizukommen und sich als große Helfer aufzuspielen. Der Besuch war sehr unangenehm. Es war klar, worauf sie hinauswollten. Aber ich verkaufe nicht. Zumindest nicht an Bultemeiers. So viel weiß ich dann doch schon.«

Tina schwieg, und es setzte eine unangenehme Stille ein. Juli merkte, dass sich die Gegenwart ihrer Freundin befremdlich anfühlte, und meinte, dass ihnen beiden nicht mehr viel gemein war.

»Schreibst du noch deine Bücher?«, durchbrach Tina das Schweigen.

»Ja. Bald erscheint das erste Buch auch in deutscher Übersetzung.«

»Wow, das ist toll.«

Wieder Stille.

»Hast du gehört, dass Dörte und Jörg-Uwe inzwischen verheiratet sind?«

»Hat sie doch keine bessere Partie gefunden?« Juli hätte sich für diese unüberlegte Bemerkung ohrfeigen können. Sie hatte vergessen, dass ihre Freundin lange in Jörg-Uwe verliebt gewesen war. Und so wie Tina nun schaute, war sie es vermutlich noch immer. Doch Jörg-Uwe hatte schon immer nur Augen für Dörte gehabt und war ihr wie ein unterwürfiges Hündchen hinterhergedackelt, ganz gleich, ob sie gerade etwas mit jemandem gehabt oder sie ihn wie einen Idioten behandelt hatte. »Tut mir leid, Tina. Mensch, sei froh, dass sie sich doch noch gefunden haben, und trauere ihm nicht hinterher.

Hey, du willst doch keinen Masochisten. Du willst einen Mann.«

»Den Spruch kenne ich. Es ist nur so, dass Dörte noch immer das alte Spiel treibt und auf Teufel komm raus mit anderen Männern flirtet und was weiß ich noch. Sie weiß gar nicht, was sie an Jörg-Uwe hat.«

»Manche Menschen ändern sich nie.«

Stille.

»Juli, was ganz anderes: Ich habe doch am 14. August Geburtstag, und ich würde mich freuen, wenn du um 16 Uhr zu Kaffee und Kuchen kommen würdest. Die anderen Mädels freuen sich bestimmt auch. Du kannst gern Mo mitbringen, wenn sie Lust hat. Es ist viel zu lange her, dass ich sie das letzte Mal in Ruhe gesehen habe. Am 16., dem Samstag, feiere ich groß im Dorfgemeinschaftshaus. Komm doch. Wird bestimmt lustig. Und ich würde mich freuen.«

Juli hatte keine Lust, weder auf ein Treffen mit Tinas Mädels noch auf die große Geburtstagsfeier im Dorfgemeinschaftshaus mit all den Menschen aus dem Dorf. »Was die Beekelsener wohl dazu sagen würden? Feiern, obwohl meine Mutter verstorben ist? Das gehört sich hier doch so gar nicht«, sagte sie schließlich.

»Ach, komm, das kann uns egal sein. Wir machen, was wir wollen. Man wird nur einmal dreiunddreißig, und ich hätte dich gern dabei.«

Da war sie doch noch, die alte Tina. Also gut, sie würde es schon überstehen.

»Du hast mich überzeugt.«

Am Abend kam Onkel Georg zu Besuch. Gemeinsam gingen sie die ganzen Ordner durch, die sie im Regal über dem Schreibtisch in Rias Zimmer fanden. Ria hatte das Land auf zehn Jahre an Krögers Hermann verpachtet, der es gern übernehmen würde. Onkel Georg hatte ihn am Morgen angerufen. Beide waren sich einig, dass Juli das Angebot, sobald das Land auf sie überschrieben war, annehmen würde, selbst wenn der Verkauf keinen großen Gewinn abwerfen würde. Darum ging es ihnen auch gar nicht. Zumindest das hatte sie entschieden.

Nachdem ihr Onkel sich verabschiedet hatte, nahm Juli einen Korb, ging in den Garten und erntete Kirschtomaten, pflückte Blaubeeren und Brombeeren, die sie morgen für ihr Menü brauchen würde. Petermann streifte durch den Garten und jagte Hummeln hinterher. Die Kirschtomaten rochen nach Sommer. Aus dem Wohnzimmer drangen Tschaikowskis Violinkonzerte in den Garten. Es war noch immer warm. Eine schwüle Hitze hing in der Luft. Juli sah in den Himmel. Ob Ria irgendwo dort oben war und auf sie schaute?

Morgen würde die Trauerfeier stattfinden. Sie merkte, wie sie unruhig wurde. Der vertraute Unwillen, Entscheidungen treffen zu müssen. Sie sollte eine Runde laufen gehen, das würde helfen, die Gedanken zu ordnen. Langsam stand sie auf und ging ins Haus, um sich umzuziehen.

Kurz darauf lief sie los in Richtung Wesermarsch. Fuß vor Fuß. Ohne nachzudenken. Die langsam untergehende Abendsonne tauchte die Stoppelfelder in goldenes Licht. Juli genoss die Einsamkeit. Niemand weit und breit. Nur sie. Fuß vor Fuß. In ihrem eigenen Rhythmus. Sie wurde von einem leichten, warmen Wind getragen. Schritt für Schritt nahm die innere Unruhe ab.

6. August

Juli hatte das Gefühl, die Sonne schiene heute besonders hell. Die Hitze flirrte in der Luft, und es war keine Wolke am Himmel. Am Morgen hatte sie sich bewusst für das gepunktete Sommerkleid entschieden. Es war ihr egal, ob sich das auf einer Beerdigung in Beekelsen gehörte oder nicht. Sie würde heute das bunte Kleid tragen. Ria hätte das sicher gefallen.

Mo und Tom hatten sie um Viertel vor elf abgeholt. Auch Mo trug eine weite bunte Flatterbluse. »Und das liegt nicht daran, dass ich wegen der Madame in nichts Schwarzes mehr passe«, erklärte sie stolz und mit einem Zwinkern.

Julis Onkel und ihre Tante warteten vor der Kapelle, Onkel Georg in einer schwarzen Hose und einem weißen Hemd, Tante Karin hatte sich eine große rote Stoffblume an ihr schwarzes Leinenkleid gesteckt und sich ein farbenfrohes geblümtes Tuch um die Schultern gelegt. Beide nahmen sie in den Arm.

Juli hatte das Gefühl, neben sich zu stehen und sich und alles von außen zu beobachten. 10:55 Uhr. Hier stand sie nun in einem fröhlich gepunkteten Sommerkleid mit den Menschen, die ihr etwas bedeuteten, vor der Friedhofskapelle in Beekelsen. Aus der Kapelle hörte sie Stimmengewirr nach außen dringen. Julis Onkel legte ihr einen Arm um ihre Schulter, und gemeinsam gingen sie in die Kapelle. Sie bemerkte, wie das Gemurmel verstummte, als sie die Kapelle betraten, sah die versammelten Beekelsener, spürte die Blicke, die auf sie gerichtet waren. Pastorin Heinemann kam auf sie zu, umarmte sie herzlich und brachte sie an ihren Platz. Sie sah den schlichten Sarg mit dem großen Blumenstrauß und zwei Kränzen, ihrem eigenen und einem von Onkel Georg, Tante Karin, Mo und Tom. Auf der weißen Schleife stand »Ich setzte den Fuß in die Luft, und sie trug. Hilde Domin«. Ria hatte Domins Lyrik geliebt. Ihr Onkel hatte sich für Zeilen aus einem Gedicht entschieden, die wunderbar passten, wie Juli fand. In der Kargheit der Kapelle waren die Sommerblumen heitere bunte Farbkleckse. Juli sah, dass Kerzen brannten und neben dem großen eisernen Leuchter ein kleiner Strauß gelber Rosen stand. Sie wusste, dass die Blumen aus Tante Friedas Garten waren. Als sie nach vorn ging, legte sie ihre Hand behutsam auf den Sarg und sprach die Zeilen Hilde Domins leise an ihre Mutter gerichtet. »Ich setzte den Fuß in die Luft, und sie trug.« Ein warmer Schauer der Liebe durchströmte ihren Körper. »Es ist gut, Mama.« Lächelnd drehte sie sich um und setzte sich wieder zu ihrer Familie.

Pastorin Heinemann hatte die richtigen Worte gefunden. In ihrer Trauerrede hatte sie Ria gezeichnet, wie sie war. Als Lebemenschen, immer darauf bedacht, auf das zu hören und dem zu folgen, was in ihr klang. Manchmal vielleicht zu sehr mit dem Kopf durch die Wand, aber mit Blick nach vorn.

Sie standen vor der Friedhofskapelle. Juli wusste, was nun kommen würde. Beekelsen würde kondolieren. Ein schwarzer Trauerzug würde an ihrem Onkel und ihr vorbeiziehen, ihre Hand schütteln und ihr Beileid bekunden.

»Nochmals mein Beileid, Juliane. Deine arme Mutter. Hach Gott.« Friedekings Helga.

Eine feste Umarmung. »Juli, ein schöner Trauergottesdienst. Pastorin Heinemann hat so wunderbare Worte gefunden.« Tante Frieda.

»Mein aufrichtiges Beileid. Juliane, hast du in den letzten Tagen über mein Angebot nachgedacht?« Bultemeiers Willi.

»Juli.« Eine vertraute Stimme, Arme, die sie fest umschlangen. »Johannes!«

Johannes lächelte sie an. »Ich wollte da sein, und hier bin ich. Beziehungsweise hier sind *wir*. Juli, das ist Mai-Lin.« Neben Johannes stand eine Chinesin, die Juli aufrichtig anlächelte und ihr die Hand gab.

»Ich hatte gehofft, dass wir uns irgendwann unter fröhlicheren Umständen kennenlernen. Mein Beileid.«

»Danke, dass ihr gekommen seid. Ich bin gerade wirklich sprachlos.«

Wieder umarmte Johannes sie, und Juli war froh und dankbar, dass er da war.

»Mein Beileid, Juliane. Ich mochte deine Mutter, vor allem ihre ehrliche Art.« Krögers Hermann.

»Ein buntes Kleid? Ich denke nur an deine liebe Großmutter. Nun denn, du bist erwachsen. Mein Beileid.« Reilings Renate.

Jemand nahm ihre Hand. »Es tut mir leid. Und ganz gleich, was die anderen vielleicht sagen oder denken: Ich finde es gut, dass ihr es so gemacht habt, wie es deine Mutter gewollt hätte.« Tina.

»Unsere Anteilnahme, Juliane. Und ist das Kaffeetrinken auf Lübkemanns Saal oder im Dorfgemeinschaftshaus?«

»Es gibt kein Kaffeetrinken.«

Große Augen. Betretenes Schweigen. Frömrichs Heidrun und Wiegmanns Elfriede.

»Juliane, mein Beileid, auch im Namen von unserem Jörg-Uwe und Dörte. Die beiden konnten sich heute leider keinen Urlaub nehmen. Ich soll dich aber ganz lieb grüßen und dir sagen, dass du gern vorbeikommen sollst. Die beiden haben es bei uns so schön ausgebaut.« Wehmeiers Annegret.

Inzwischen war es brütend heiß geworden, und eine sengende Hitze hing über dem Friedhof, so dass die Beekelsener nach dem Kondolieren schnell in ihre Autos oder auf ihre Räder stiegen und nach Hause fuhren.

Juli wusste nicht, wie viele Hände sie geschüttelt und wie oft sie beschlossen hatte, lieber nicht genau hinzuhören. Dennoch hatte sie auch aufrichtige Anteilnahme gespürt, in einem ehrlichen Blick oder einem offenen Wort.

Mo und Tom waren mit Johannes und Mai-Lin vorgefahren, und die Männer hatten den Gartentisch unter den Apfelbaum gestellt. Mo hatte eine der weißen Tischdecken aus dem Schrank geholt und Oma Lenes große Kristallvase mitten auf dem Tisch platziert. Als Juli mit Onkel Georg und Tante Karin in den Garten kam, war sie zusammen mit Mai-Lin gerade dabei, Blumen, die sie im Garten geschnitten hatten, in der Vase zu arrangieren. Tom und Johannes trugen die Gartenstühle in den Schatten des Baumes. Juli spürte, dass sie diese Menschen vermisst hatte, und es berührte sie, wie vertraut und verbunden sie sich ihnen nach den vielen Jahren dennoch fühlte. Onkel Georg fuhr mit Tante Frieda kurz zu ihr nach Hause, und die beiden kamen mit einem großen geflochtenen Korb, zugedeckt mit einem karierten Leinentuch, zurück.

»Du meine Güte, Tante Frieda, was hast du denn im Korb?«, fragte Juli.

»Ich habe zwei große Krüge Limonade gemacht. Die trinkt ihr Kinder doch so gern.«

»Da hat Tante Frieda recht. Ihre Limonade ist köstlich!«, rief Tom.

Juli ging in die Küche und band sich die Schürze um. Aus dem Wohnzimmer drang Chopin in den Garten. Geschirr klapperte. Die Luft roch nach Sommer. Sie lächelte und wusste, dass es Ria wunderbar gefallen hätte. Dann stellte sie den Backofen an, nahm ein Brett aus dem Küchenschrank und ein scharfes kleines Gemüsemesser aus der Schublade und begann zufrieden die Kirschtomaten zu halbieren, Knoblauchzehen zu schälen und in hauchdünne Scheiben zu schneiden. Beides verteilte sie auf einem tiefen Backblech, streute frischen Rosmarin und frischen Thymian aus dem Garten darüber und gab etwas Zucker, Meersalz, Pfeffer, Balsamicoessig und zwei Löffel von dem guten Olivenöl dazu. Das Blech kam nicht direkt in den Backofen. Es konnte ruhig ein wenig durchziehen.

Juli nahm das Baguette, schnitt es und bestrich die Scheiben mit dem frischen Ziegenkäse. Am Ende gab sie etwas Honig, Kräuter und getrocknete Blüten darüber und schob die Crostini zum Gratinieren in den Backofen.

Im Anschluss verteilte sie Salat, den sie am Morgen geerntet hatte, auf den alten Tellern mit dem Goldrand, die zu Oma Lenes Aussteuer gehört hatten, schnitt zwei Avocados vom Kern und in Scheiben, legte sie um den Salat und streute ein paar Blaubeeren darüber. Sie holte die Holundervinaigrette aus dem Kühlschrank, schüttelte sie noch einmal und gab sie über den Salat. Auch das Baguette mit dem warmen Ziegenkäse war fertig. Juli richtete die Platten an, band sich die Schürze los und trug die ersten Teller in den Garten.

Als sie wieder in den Garten kam, war der einfache Gartentisch unter dem Apfelbaum zu einer festlichen Tafel geworden, gedeckt mit altem Geschirr, dem Familiensilberbesteck, das schon Oma Lene von ihren Eltern geerbt hatte, und den feinen Kristallgläsern, die ihre Großmutter nur zu besonderen Anlässen aus dem Vitrinenschrank geholt hatte. Tom schenkte kühlen Wein ein.

»Ich möchte gerne ein paar Worte sagen«, ergriff Onkel Georg das Wort, als alle Platz genommen hatten. »Liebe Juli, vor allem möchte ich ein paar Worte an dich richten, aber natürlich auch an alle anderen, an die Familie und Freunde, die wir gemeinsam dieses Abschiedsfest feiern, von dem ich sicher bin, dass Ria es sich genau so gewünscht hätte.

Ria war wie ein Vogel, flog vom einen Ort zum andern und war schwer einzufangen. Es war immer ihr Wunsch, sich selbst zu verwirklichen. Und das hat sie mit der ihr eigenen Konsequenz ihr Leben lang gemacht. Ich bin mir sicher, dass Ria dort, wo sie ihren Fuß in die Luft gesetzt hat, bei uns ist und ihre Freude daran hat, dass wir hier im Garten, in dem Zuhause, in das es sie zuletzt gezogen hat, zusammen sind. Und darum finde ich es angemessen, auf Ria anzustoßen, auf ihre Unabhängigkeit, das Unkonventionelle in ihr, das Unangepasste und auf ihre Freiheit. Und wir stoßen auf Juli an, darauf, dass du, ganz gleich, wo du bist, immer weißt, dass du hier ein Zuhause hast.« Onkel Georg hob das Glas. Julis Herz weitete sich, sie stand auf, ging zu ihm und umarmte ihn. Unsagbar fest.

»Wie lange wirst du bleiben?« Johannes hatte das Tablett mit den schmutzigen Tellern auf den Küchentisch gestellt und zusammen mit Mai-Lin begonnen, die Teller in die Spülmaschine zu räumen. Juli hatte gerade das Blech mit den Tomaten in den Backofen geschoben.

»Bis Ende August.« Sie setzte sich auf den Küchenstuhl. »Es ist so viel zu überlegen, und ich habe so gar keine Ahnung, was ich mit dem Haus machen soll. Und dann der ganze Papierkram. Diese Bürokratie.«

»Du könntest verkaufen?«

»Das wäre das Einfachste. Aber es schlummern so viele Erinnerungen zwischen den Wänden. Mein Lebensmittelpunkt ist Cambridge, und ich kann mir nicht vorstellen, wie Mo und Tom zurückzukommen, aber ein Verkauf hat etwas Endgültiges. Ich weiß nicht, wie ich es besser in Worte fassen kann. Es klingt vielleicht albern …«

»Nein, das klingt gar nicht albern«, unterbrach sie Mai-Lin. »Man spürt die Liebe in diesem Haus, die guten Erinnerungen kommen auf.« Mai-Lin setzte sich neben sie. »Ich verstehe dich. Johannes und ich mussten das Haus meiner Eltern vor zwei Jahren auflösen. Es ist mir sehr schwergefallen. Da ist der Gedanke, keinen Ort zu haben, an den man zurückkehren kann. Obwohl ich mir nie hätte vorstellen können, auch nur zurückzuwollen. Das war und ist noch immer ein, wie sagt man, diffuses Gefühl?«

Juli nickte verständnisvoll. Aber sie konnte sich absolut noch nicht vorstellen, dass dieses Gefühl, von dem Mai-Lin sprach, irgendwann verschwinden würde. Johannes riss sie aus ihren Gedanken.

»War es ein Problem, dir die Auszeit zu nehmen?« Er lehnte an der Spülmaschine.

»Nein, das ging schon. Ich habe dem Verleger eine E-Mail geschrieben. Das fünfte *Petermann und Suzie-Lou*-Bilderbuch soll im kommenden Sommer erscheinen. Die meisten Illustrationen habe ich schon fertig, und ich kann neue Ideen und Skizzen einfach mailen. Im Herbst erscheint der erste Band in Deutschland.«

Wie aufs Stichwort tigerte Petermann miauend durch die

Tür. »Hey, Petermann, alter Kater, da wirst du auf deine alten Tage auch noch in Deutschland berühmt.« Johannes kniete sich hin und kraulte den Kater hinter dem Ohr.

»Dann ist das also der berühmte Petermann, der faule, weise alte Kater? Johannes ist ein treuer Fan. Wir haben alle deine englischen Ausgaben.«

Mai-Lin kniete sich neben Johannes und streichelte dem Kater ebenfalls das Fell, und Petermann genoss diese ausgiebige Streicheleinheit in vollen Zügen.

»Das ist er.«

»Und Suzie-Lou, die überdrehte Katzendame?«

»Die ist frei erfunden. Das heißt, ich will nicht ausschließen, dass es irgendwo eine überdrehte Katze gibt, die diesen Namen hat, aber mir ist keine bekannt.«

»Na, inzwischen werden zumindest einige Katzenmamas eine Suzie-Lou haben. Da bin ich mir sicher.«

Johannes konnte recht haben. Die *Petermann und Suzie-Lou*-Bücher waren erfolgreich, und sie hatte ein paar englische Kinderbuchpreise gewonnen.

Das erste *Petermann und Suzie-Lou*-Bilderbuch war im Rahmen von Julis Masterarbeit entstanden. *Petermann und Suzie-Lou und der Schrecken aus dem Charles River*. Julis Professorin an der Boston University hatte die Arbeit an eine befreundete Lektorin weitergeleitet, und kurz darauf stand das Bilderbuch in den Buchhandlungen. Das war jetzt acht Jahre her.

Die Backofenuhr piepste. Es war an der Zeit, das Nudelwasser aufzusetzen.

Zwanzig Minuten später halfen Tante Karin und Mo Juli in der Küche. Tante Karin goss die Penne ab. Währenddessen nahm Juli das heiße Blech aus dem Backofen, Mo rieb frischen Parmesan.

Juli füllte Penne und Ofentomaten in große alte Porzellansuppenschüsseln und stellte sie mitten auf die Tafel. Sie waren das Größte, was sie im Geschirrschrank hatte finden können.

»Voilà, der Hauptgang. Ofentomaten mit Penne.«

»Juli, das duftet köstlich.«

»Warum habe eigentlich nicht auch ich mehr von Oma Lenes Kochgenen abbekommen?«, fragte Mo.

»Das wüsste ich auch gern!«, ergänzte Tom.

»Dein Vater hat sie jedenfalls auch nicht geerbt«, kommentierte Tante Karin trocken.

»Dann hoffen wir mal, dass die Madame sie hat. Ich sehe das jetzt einfach so, dass ich das Gute, was in mir schlummert, einfach weitergebe. Ausgeglichenheit, Taktgefühl, Kochtalent.« Mo legte die Hand auf ihren Bauch.

»Na dann man tau, min Deern!« Tante Frieda kniff Mo in die Wange. »Auf deine kleine Deern bin ich sowieso schon gespannt.«

Nach dem Nachtisch hatte Tante Karin Kaffee gekocht. Juli hatte den Birnenschnaps nach draußen geholt und in die kleinen Schnapsgläser geschenkt, die sie noch von Oma Lenes Kaffeeklatsch kannte. Sie erhob sich, um etwas zu sagen.

»Ihr Lieben, ihr kennt mich und wisst, dass ich besser im Zeichnen bin als im Reden, dass ich nicht gerne Reden halte und oft auch nicht die richtigen Worte finde, aber es ist mir wichtig, euch zu sagen, wie froh und dankbar ich bin, dass ihr hier bei mir seid. Ganz gleich, was kommt, ich weiß, dass ich mich auf euch verlassen kann und dass ihr für mich da seid. Das bedeutet mir unsagbar viel. So viel, dass ich jetzt auch schon wieder aufhöre, weil es ja unsagbar ist. Ach was, ihr wisst schon, was ich sagen will.«

Juli sah in die Runde. Sie sah in Mos Gesicht, in Toms, in das ihres Onkels und ihrer Tante, in Johannes' und Mai-Lins und in Tante Friedas. In die Augen ihrer Liebsten, die sie offen anblickten und in denen sie sich fand, so wie sie war.

Juli dachte an eine Postkarte, die eingerahmt in Rias Zimmer hing. Darauf stand ein Gedicht von Hilde Domin. Sie konnte sich nicht genau an die Zeilen erinnern, aber sie wusste, dass es darin um Liebe und Geborgenheit ging. Darum zu wissen, dass liebende Menschen einen kannten und wissen lassen, dass es sie gibt. Sie war am Tag ihrer Ankunft beim Gang durchs Haus lange vor der Karte im Rahmen stehen geblieben und hatte die Zeilen auf sich wirken lassen. Und Juli wusste, warum das Gedicht ihrer Mutter so sehr gefallen hatte.

Die Abschiedsfeier zog sich bis in den späten Abend. In den Bäumen hingen Lampions, Kerzen wurden entzündet und neue Flaschen geöffnet, Gläser klangen. Erinnerungen wurde Raum gegeben. Bilder Rias hingen in der warmen Abendluft und setzten sich zu einem Himmel zusammen. Ein Himmel voller Sterne, die durch das Blätterdach des Apfelbaumes schimmerten und Geschichten erzählten und bewahrten.

7. August

Juli öffnete Fenster und Türen und ließ die frische Morgenluft ins Haus. Der Wetterbericht sagte, dass der Tag wieder heiß werden würde, und doch hatte es sich in der Nacht angenehm abgekühlt. Die Luft war klar.

Sie atmete tief ein und aus. Es war gerade sieben Uhr. Noch spätabends hatten sie alles gemeinsam aufgeräumt, nur die Lampions hingen noch in den Bäumen, bewegten sich sachte im leichten Wind und erzählten vom gestrigen Tag.

Sie entschied sich für eine Laufrunde. Rasch ging sie die

Treppe nach oben, zog sich ihre Sportbekleidung und -schuhe an und lief los.

Langsam erwachte auch Beekelsen. Ein paar Autos fuhren an ihr vorbei, der Milchwagen überholte sie, als sie in den Weserauenweg bog. Die Weser schimmerte in der Morgensonne. Auf einer Wiese stakste ein Storch und suchte im nassen hohen Gras nach Fröschen. Auf dem Loch schwammen zwei Schwäne leise Kreise.

Der Horizont öffnete sich, und die Wesermarsch lag vor ihr. Fuß vor Fuß. Ganz bei sich. Juli atmete die frische Luft tief ein. Und wieder aus. Fuß vor Fuß. Sie fühlte sich frei.

Wieder sah sie den anderen Läufer in der Ferne, der ihr entgegenlief. Zwei Punkte, die sich im gleichen Takt in der Weite aufeinander zubewegten und sich näherten. Fuß vor Fuß. Schritt für Schritt.

Er lächelte sie an. »Guten Morgen.«

Juli lächelte zurück. »Guten Morgen.«

Dann war ihre flüchtige Begegnung vorbei, und die Punkte entfernten sich langsam voneinander, im gleichen Takt, jeder in eine andere Richtung, in die Weite des Horizonts. Fuß vor Fuß. Schritt für Schritt.

Zurück zu Hause setzte Juli sich frisch geduscht in den Garten. Vor ihr dampfte eine Tasse grüner Tee, und sie klappte ihr Notebook auf. Abby hatte eine Nachricht geschickt.

»Dear Juli, hope you're doing fine. All our thoughts and love go out to you and your wonderful family. I'm so sure that you'll find the answer to your questions inside your beautiful soul. Your heart will lead the way. We all miss you and keep you in our prayers. xo Abby«

Juli musste schmunzeln. Mo würde bei der E-Mail sicherlich die Augen verdrehen. Für ihre Cousine war Abby eine klassische Amerikanerin und die Mail das perfekte Beispiel von Oberflächlichkeit. Doch Juli lebte inzwischen lange genug in Amerika, um die auf den ersten deutschen Blick vielleicht aufgeblasenen Worte zu verstehen, und selbst wenn die Worte pathetisch und übertrieben klingen mochten, ließen sie Raum für Unverbindlichkeit. In Amerika wogen die Worte nicht so schwer wie in Deutschland und gaben nicht so viel preis; etwas, das Juli sehr mochte. Sie tat sich mit Verbindlichkeiten eher schwer. Es dauerte ohnehin sehr lange, bis sie jemanden wirklich in ihr Leben ließ und auch das zurückgeben konnte, was ihr entgegengebracht wurde. In Amerika konnte sie oft überspielen, was sie wirklich dachte oder fühlte.

Vor zehn Jahren war sie im Rahmen eines Stipendiums nach Neuengland gegangen, um für zwei Semester an der Boston University zu studieren, deren Kunsthochschule einen ausgesprochen guten Ruf hat. Auf Wohnungssuche hatte sie schließlich vor Abbys Tür gestanden, die für ihre kleine Wohnung eine Mitbewohnerin gesucht hatte. Sie hatten sich sofort verstanden, und eine Stunde später waren beide in Abbys altem Toyota Corolla zu Julis Hotel gefahren, um die zwei Koffer zu holen, mit denen sie in Amerika angekommen war und in denen ihre Habseligkeiten steckten. Abby studierte an der Harvard University in Cambridge Jura. Sie kam aus Rockport, einem kleinen Ort ein paar Meilen nördlich von Boston, an der Spitze Cape Anns direkt am Meer gelegen, wo ihre Eltern ein kleines Hotel führten, das bei reichen alteingesessenen Bostoner Familien sehr beliebt war, um dort Hochzeiten oder Geburtstage zu feiern. An den Wochenenden hatten Abby und Juli oft bei Feierlichkeiten ausgeholfen.

Als das Stipendium auslief, war Juli nicht zurück nach Berlin gegangen. Sie war geblieben.

Während Abby inzwischen eine erfolgreiche Anwältin in einer angesehenen Bostoner Kanzlei war, verheiratet war und mit ihrem Mann Pete, einem Zahnarzt, und ihren eineinhalbjährigen Zwillingen Mia und Jasper in einem kleinen Haus in Beacon Hill lebte, wohnte Juli noch immer in ihrer kleinen Wohnung in Cambridge im Erdgeschoss eines kleinen viktorianischen Hauses unweit des Harvard Squares. Ihre Vermieter waren Anton und Suzan, ein bezauberndes altes Ehepaar, neunundachtzig und vierundachtzig Jahre alt, die sie einmal im Monat zum Tee einluden. Suzan saß dann mit ihren lilagrau gefärbten und leicht toupierten Haaren auf dem Sofa und führte Small Talk, während Anton daneben saß, aufmerksam Tee nachschenkte und ihr Suzans selbstgebackene Cookies reichte. Juli mochte diese Nachmittage, die trotz aller Unverbindlichkeit in ihrer Regelmäßigkeit ein vages Gefühl von einem Zuhause vermittelten.

Juli wohnte nun schon seit insgesamt sechs Jahren dort, und sie mochte ihre Wohnung. Sie mochte die Holzveranda, die um das Haus führte. Die Schaukelbank, die von der Decke hing, und auf der es sich wunderbar die heißen Sommertage aushalten ließ, im Schatten der Veranda, eine kalte Limonade oder einen frischen Eistee in der Hand. Sie mochte die kühlen Herbstabende des Indian Summer, in eine Decke gehüllt mit einer Tasse heißem Apple Cider. Das Geräusch der knarzenden Eingangstür, die offene Küche, von Anton vor fünfzig Jahren selbstgebaut, die Schränke, gestrichen in fröhlichem Gelb, das lichtdurchflutete Wohn- und Esszimmer mit dem weißen Tisch und den alten Stühlen, die sie im Keller des Hauses gefunden hatte, dem Einbauschrank mit den kleinen Glastüren und dem großen, gemütlichen dunkelbraunen Ledersofa, das sie sich von ihrem ersten *Petermann und Suzie-Lou*-Honorar gekauft hatte. Das Bad war klein, reichte ihr aber vollkommen. Hauptsache war, dass es eine Badewanne gab, selbst wenn man sich im Bad nicht richtig umdrehen konnte. Ihr Schlafzimmer hingegen war groß. Das weiße Kingsize

Bett stand neben den Flügeltüren, die auf die Holzveranda und in den hinteren Garten führten, und ein eingebauter Wandschrank bot genug Platz für ihre Kleidung. Das Zimmer ging um eine Ecke. Der große Schreibtisch, den sie auf einem Flohmarkt in den Berkshires gefunden hatte, war Julis absoluter Lieblingsort. Er stand unter einem breiten Fenster mit Blick in den Garten. Hier hatte sie genug Platz und Raum zum Zeichnen.

Die Wohnung war ihr Rückzugsraum. Selbst als sie zu Josh nach Boston in sein schickes großes Penthouse im North End gezogen war, hatte sie ihre Wohnung behalten. Um in Ruhe zu arbeiten, wie sie es ihm immer wieder erklärt hatte. Er hatte es nie wirklich verstanden, warum sie ihren Schreibtisch dem großen, hellen Arbeitszimmer mit Blick auf den Hafen, das er ihr eingerichtet hatte, vorzog. Vor nun drei Wochen hatte sie ihre letzten Sachen zusammengepackt, den Verlobungsring auf den Esstisch gelegt, die Tür des Penthouses ein letztes Mal hinter sich zugezogen und war zurück nach Cambridge gegangen. Vielleicht hatte sie geahnt, dass es irgendwann so kommen würde. Sie kannte sich und ihre Angst davor, etwas Endgültiges einzugehen. Es hatte einfach nicht geklappt. Wieder nicht. Eigentlich hatte Juli es schon gewusst, als er während eines Strandspaziergangs auf Cape Cod strahlend vor ihr gekniet, den Verlobungsring seiner Großmutter in der Hand, und sie mit zitternder Stimme gefragt hatte, ob sie seine Frau werden wolle. Aber sie hatte sich und Josh so gern eine Chance geben wollen und versucht, nicht auf den Zweifel, der sich in ihr breitmachte, zu hören. Schließlich war Josh perfekt. Juli hatte ihn auf Abbys und Petes Hochzeit kennengelernt. Als sie einander vorgestellt wurden, war Juli sofort hin und weg gewesen. Josh war charmant, humorvoll, vielseitig interessiert, sportlich und sah dazu auch noch sehr gut aus. Er kam aus einer angesehenen alteingesessenen Bostoner Familie, arbeitete sehr erfolgreich in der besten Bostoner Kanzlei, war großzügig und las ihr jeden Wunsch von den Augen ab. Das Leben, das er ihr bot, hatte sie fasziniert. Elegante Dinnerpartys, Wochenenden auf dem Familienanwesen auf Martha's Vineyard, Abendessen in noblen Restaurants, Ausflüge mit dem Cabrio in die Berkshires oder mit der Segelyacht in Richtung Cape Cod, Urlaub auf den Bahamas … Seine Eltern waren reizend gewesen und hatten sie mit offenen Armen in ihre Familie aufgenommen.

Zwei Jahre hatte sie dieses Leben geführt, das so gar nichts mit ihrem eigentlichen Lebensstil zu tun gehabt hatte. Wahrscheinlich war das der Grund, warum sie nie mit Josh nach Deutschland geflogen war, obwohl er gern ihre Familie kennengelernt und gesehen hätte, woher sie kam. Vielleicht war das auch der Grund dafür, warum sie so unbedingt gewollt hatte, dass es funktioniert. Sie hatte sich eingeredet, dass es wunderbar war, den nächsten Schritt zu gehen und zu heiraten.

Immer wenn ihre Beziehungen an einem gewissen Punkt angekommen waren, legte sich irgendetwas in Juli quer, und sie hatte das Gefühl, keine Luft mehr zu bekommen. Ein unbestimmtes Panikgefühl, das sich dennoch sehr konkret anfühlte, so dass sie ausbrechen musste, um wieder atmen zu können.

Eine ganze Reihe kaputter Beziehungen lag hinter ihr. Bei Josh hatte sie wieder einmal gehofft, dass es anders enden würde, denn trotz allem sehnte sie sich nach dem großen Versprechen einer tiefen Liebe und der Gewissheit, angekommen zu sein. Josh bot ihr so viel. Ein Leben, das so faszinierend war, so anders als ihr Leben in Beekelsen. Wieder war jedoch die Panik in ihr aufgestiegen, sich festlegen zu müssen, zusammen mit dem Gefühl, dass es nicht passte. Dass *sie* nicht passte. Und erneut war eine Beziehung zerbrochen, weil Juli den nächsten Schritt, der eigentlich eine logische Konsequenz war, nicht gehen konnte. Im Führen von Beziehungen war sie genauso gut wie im Fällen von Entscheidungen. Doch Juli hatte sich schon lange vorher entschieden, nur nicht den Mut gehabt, zu ihrer Entscheidung zu stehen. Sie hatte ihre Sachen gepackt, nur einen Koffer, der alles enthielt, was in dem Penthouse ihr gehörte, den Ring abgestreift, ihn auf den Tisch gelegt und die Tür hinter sich zugezogen. Zu Hause in ihrer Wohnung hatte sie alles Persönliche, was sie an Josh erinnerte, in eine Kiste geräumt. Josh hatte es nicht verstanden. Er hatte vor ihrer Tür gestanden, um mit ihr zu reden, um eine Erklärung zu bekommen. Sie hatte nicht geöffnet und war auch nicht ans Telefon gegangen, wenn er angerufen hatte. Wie sollte sie es ihm erklären, wenn sie es sich selbst nicht erklären konnte? Seitdem war auch Josh aus ihrem Leben verschwunden, und obwohl es jetzt noch weh tat, ihn so verletzt zu haben, konnte sie wieder atmen.

Julis Blick fiel wieder auf Abbys Mail. Sie hatte keine Lust, eine Antwort zu tippen, und klappte das Notebook zu. Sie würde heute Nachmittag einfach bei Abby anrufen. Noch war es zu früh, in Neuengland war es mitten in der Nacht.

Dann schlug sie die dunkelgrüne Mappe auf, die sie mit in den Garten genommen hatte, und sah über ihre Entwürfe. Sie würde die Zeit nutzen und weiter an ihnen arbeiten. Arbeiten half immer, das Grübeln zu verdrängen.

Petermann sprang auf den Tisch.

»Da kommst du gerade recht, Miezekater.« Sie deutete auf das Papier. »Schau, das bist du.«

Juli kraulte ihn hinterm Ohr. Petermann schnurrte, drückte seinen Kopf gegen den ihren und legte sich mitten auf die ausgebreiteten Bogen Papier.

»So war das jetzt nicht gedacht.« Juli lachte, fotografierte den zufrieden schnurrenden Kater auf ihren Entwürfen und schickte das Foto an ihre Lektorin.

»Was soll's. Hast dir eine Streicheleinheit verdient.«

8. August

Fuß vor Fuß. Die Wesermarsch. Juli war alleine. Der Jogger, den sie eigentlich erwartet hatte, kam ihr nicht entgegen, und sie spürte eine Ahnung von Enttäuschung.

Sie war heute Morgen später aufgewacht als an den Tagen zuvor. Am Abend hatte sie lange im Wohnzimmer gesessen, alte Fotoalben durchgeblättert und in Rias Lyrikbänden gelesen. Obwohl das Haus so viele Erinnerungen bewahrte, Geborgenheit in den Zimmern hing und Juli umfasste und die Wände eine Leinwand voller fröhlicher Geschichten waren, hatte Juli sich einsam gefühlt. Alleingelassen. Sie hatte wieder über das Haus nachgedacht. Was sollte sie damit machen? Juli hatte es nicht gewusst. Und auch heute Morgen wusste sie es nicht. Würde sie bis Ende August eine Entscheidung getroffen haben?

Nachdem sie vom Laufen zurückgekehrt war, hatte Juli zwei Nachrichten auf ihrer Mailbox. Die erste war von Mo:

»Hey, Cousinchen, ich bin's. Schieb es auf die Schwangerschaftsdemenz, dass ich es bisher komplett vergessen habe, aber Tom und ich geben heute eine Grillparty, zu der wir dich natürlich gern einladen möchten. So ab acht? Johannes und Mai-Lin kommen auch und noch ein paar andere Freunde und Kollegen, die du bestimmt mögen wirst. Ich probiere es später noch mal. Oder du rufst zurück. Wie dem auch sei, wir sehen uns heute Abend, und ich freu mich. Tschüs!«

Die zweite Nachricht war von Johannes:

»Ich bin's, Johannes. Sollen Mai-Lin und ich dich heute Abend abholen? Mit den Rädern, so wie früher?«

Schnell tippte sie die Antworten:

»Ich freu mich auch! Bis später.«

»Gern. Um viertel vor acht?«

Den Tag verbrachte sie damit, weiter an ihren Illustrationen zu arbeiten. Draußen stand die Hitze. Deshalb saß sie am großen Esstisch im Haus, alle Skizzen um sich herum ausgebreitet. Juli wusste, dass ihrem Verleger die Bilder bereits gefielen, sie fand jedoch immer etwas, das sich verfeinern oder trefflicher verändern ließ. Irgendwann würde ihre Lektorin sagen: »Juli, it's enough. We're done!«, und einfach beschließen, dass sie fertig waren und das neue Buch erscheinen konnte. So war es bisher immer gewesen. Juli musste schmunzeln, wenn sie daran dachte, wie entschieden und genervt ihre Lektorin den Satz immer vorbrachte.

Es klingelte. Juli sah auf die Uhr. Es war zehn vor sieben. Die Zeit war nur so dahingerauscht. Sie stand auf und ging zur Tür. Durch das kleine Fenster in der Tür sah sie Bultemeiers Ingo. Juli verdrehte die Augen und sandte ein Stoßgebet zum Himmel, dann öffnete sie die Tür.

»Ingo«, seufzte sie.

»Hallo, Juli.«

Ingo war direkt vom Feld gekommen, so sah er jedenfalls aus. Und so roch er auch. Sein Gesicht glänzte rot, Schweißperlen standen ihm auf der Stirn. Sein blauer Arbeitsoverall klebte an ihm.

»Ich wollte fragen, ob du über unser Angebot nachgedacht hast?«

Juli konnte es nicht fassen. Die Trauerfeier hatte erst vor zwei Tagen stattgefunden, wie konnte er schon wieder hier auftauchen und sie fragen, ob sie über das Angebot nachgedacht hätte? Und hatte sie nicht bereits beim ersten Besuch deutlich gesagt, dass sie nicht an sie verkaufen würde?

Sie atmete tief ein und sagte dann bemüht ruhig: »Ich muss nicht über euer Angebot nachdenken, weil ich nicht an euch verkaufen werde.«

»Aber was willst du denn mit dem Haus? Willst du etwa zurück nach Beekelsen ziehen?«

»Das ist meine Sache.«

Ingo musterte sie. Sein Blick behagte ihr nicht.

»Vielleicht kann ich dich das nächste Mal bei einer Flasche Wein überzeugen?«

Juli sah ihn an und betrachtete sein rotes Gesicht, die Augen, die sie abtasteten, die grobe Hand, mit der er sich den Schweiß von der Stirn zu wischen versuchte, das kleine Schweißrinnsal, das langsam den feisten Nacken runterrann. Ekel machte sich in ihr breit. Diesen unmöglichen Abend zu zweit wollte sie sich nicht genauer ausmalen.

Sie schlug Bultemeiers Ingo mit einem, wie sie meinte, eindeutigen »Nein, verdammt noch mal, ich verkaufe nicht an euch« die Tür vor der Nase zu und ging zurück ins Wohnzimmer. In ihrem Kopf pochte die Wut. Sie wusste, dass Bultemeiers sich nicht zu schade für eine penetrante Beharrlichkeit waren. Dass Ingo also zwei Tage nach der Trauerfeier ihrer Mutter vor der Tür stand, um sie an das Angebot zu erinnern, das sie bereits beim ersten Besuch abgelehnt hatte, sollte sie nicht weiter verwundern. Aber dass er sie fragte, ob er sie bei einer Flasche Wein davon überzeugen könne, doch zu verkaufen, zeugte von einer schweren Form übersteigerter Selbsteinschätzung. Juli schüttelte den Kopf.

Die alte Uhr im Wohnzimmer schlug sieben Uhr und holte sie aus ihren Gedanken. Johannes und Mai-Lin würden sie in einer Dreiviertelstunde abholen. Juli räumte ihre Illustrationen zusammen und legte sie vorsichtig zurück in die dunkelgrüne Mappe. Dann ging sie nach oben, um sich frisch zu machen und umzuziehen. In Jogginghose und dem alten ausgeleierten T-Shirt mit Snoopy-Aufdruck, das sie heute Morgen nach dem Duschen aus dem Schrank genommen hatte, wirkte sie vielleicht auf Bultemeiers Ingo so anziehend, dass er gleich mit einer Flasche Wein vorbeikommen wollte, unter Leute wollte sie sich damit aber nicht wagen.

Sie zog ihre Jeansshorts aus dem Schrank. Dazu entschied sie sich für ein helles Blusentop mit bunter Stickerei am Ausschnitt. Ihre Haare steckte sie vor dem Badezimmerspiegel locker hoch. Sie zog sich einen dünnen Lidstrich, benutzte Wimperntusche und etwas Lipgloss. In der Schmuckschatulle vor dem Spiegel fand sie goldene Rosen-Ohrhänger. Ria hatte sie von Oma Lene geerbt. Ihre Großmutter hatte sie zu besonderen Anlässen getragen, und sie erinnerte sich, die Ohrringe in Neuengland oft an Ria gesehen zu haben. Juli nahm sie aus dem Schmuckkästchen und legte sie an.

Es klingelte. Schnell griff Juli nach ihrer dünnen dunkelblauen Strickjacke, schlüpfte in ihre Flipflops und rannte nach unten.

Draußen warteten Johannes und Mai-Lin.

Rasch holte Juli Oma Lenes Rad aus dem Schuppen. »Fahren wir durch die Wesermarsch oder über die Beekelsener Dorfstraße?«

»Die Beekelsener Dorfstraße hat mehr Kurven.« Johannes sah sie grinsend an.

»Was meinst du damit?«

Er holte eine Flasche *Saurer Apfel* aus seinem Rucksack und hielt sie triumphierend in die Höhe.

»Johannes, das ist doch jetzt wohl echt nicht dein Ernst?«

»Warum nicht? Hey, Juli, wie früher. Und schließlich muss ich meine Frau auch in die Geheimnisse des Kurventrinkens einweihen.«

»Des was?«

Mai-Lin sah die beiden verwirrt an.

»In die Geheimnisse des legendären Kurventrinkens«, wiederholte Johannes grinsend, als ob Mai-Lin dadurch verstünde. Er küsste sie auf die Wange.

»Sollte ich vielleicht Angst haben?«

Mai-Lin schaute fragend zu Juli.

Juil lachte. »Keine Sorge. Indem du Johannes geheiratet hast, hast du das Schlimmste schon überstanden.« Dann wandte sie sich an Johannes: »Aber die Dorfstraße? Da sieht uns doch jeder.«

»Ja, und? Ist der Ruf erst ruiniert, lebt's sich völlig ungeniert. Komm schon, Juli. Wir zwei haben doch die Verantwortung, meine Frau in die Hochform der ostwestfälischen Trinkkultur einzuweihen.«

»Na dann man tau!«

Juli stieg aufs Rad, und gemeinsam fuhren sie los.

Sie hatten eine ganze Weile gebraucht, um nach Harmenhusen zu kommen. Johannes war es nicht gelungen, Mai-Lin und Juli davon zu überzeugen, an jeder Kurve zu halten, wie es für das Trinkspiel aus Jugendzeiten üblich war, ganz gleich wie er gebettelt und an die alten Tage erinnert hatte. Immerhin hatten sie ihm jede dritte Kurve zugestanden. Für Juli war das Ganze wie eine Zeitreise gewesen. Als Jugendliche hatte das Kurventrinken bei ihnen Tradition gehabt. Auf dem Weg zu den Zeltfesten der umliegenden Ortschaften waren sie an den Kurven kurz von ihren Rädern gestiegen, hatten sich ein Schnapsglas und eine Flasche *Saurer Apfel* geteilt, um ein wenig »vorzuglühen«, wie sie es nannten. Nur dass sie damals lieber den abgelegeneren Weg genommen hatten und nicht wie heute über die Dorfstraße gefahren waren.

Redekers Irene war ihnen entgegengekommen, und Johannes hatte ihr übermütig zugeprostet. Sie war rot angelaufen, und Juli hatte so etwas verstanden wie »Immer noch so flegelhaft wie früher«. Alle drei hatten sie gekichert, und Johannes hatte beschlossen, dass das gerade Stück der Straße an diesem Punkt definitiv eine kleine Kurve aufwies.

»Willkommen, ihr Lieben!« Mo kam fröhlich auf sie zu, als sie lachend durch die Pforte in den Garten traten. Es lief Musik, und ein paar Gäste, die Juli nicht kannte, standen, eine Flasche Bier oder ein Glas Wein in der Hand und in Gespräche vertieft, um Stehtische. Sie hatten kurz aufgesehen und ihnen freundlich zugelacht. Tom stand hinter dem Grill und beäugte kritisch den aufsteigenden Qualm. Mit einer Zeitung wedelte er Luft.

»Hey, super, da seid ihr ja«, sagte er und wedelte weiter Luft in die rauchende Glut. »Keine Sorge, das sieht jetzt vielleicht noch nicht danach aus, aber die Glut wird super.«

»Der Grillmeister hat gesprochen«, sagte Mo. »Sind wir einfach mal verhalten optimistisch. Setzt euch doch. Was wollt ihr trinken?«

»Nach Johannes' super Idee brauche ich erst einmal ein Wasser«, antwortete Juli.

»Ich bitte auch«, schloss sich Mai-Lin an.

»Was für eine Idee war das?«

Johannes grinste und holte die Flasche *Saurer Apfel* aus dem Rucksack. »Wir sind mit dem Rad da.«

»Kurventrinken?« Tom war an den Tisch gekommen. »Die Flasche ist ja noch fast voll, das wäre früher anders gewesen.«

»Die zwei Ladys hier haben sich ein bisschen zimperlich angestellt.«

Mai-Lin knuffte ihn in die Seite. »Pass auf, was du sagst, mein Freund.« Johannes zwinkerte ihr zu.

Juli fand, dass beide wunderbar zusammenpassten.

»Also, erst einmal zwei Wasser. Johannes, was möchtest du?«

»Ein Pils.«

»Kommt sofort.«

»Warte, Mo, ich helfe dir.« Juli folgte Mo ins Haus. Auf dem Küchentisch standen Salate und aufgeschnittenes Brot, und der Kühlschrank war gefüllt mit Getränken, Bier, Sekt, Wein, Säften und Wasser.

Juli leerte ihr Glas in einem Zug.

»Tom hat gewissenhaft eingekauft. Die letzte richtige Party, bevor es erst einmal nächtliche Privatpartys mit der kleinen Madame geben wird.« Mo streichelte ihren Bauch.

»Sie wird bestimmt ein ganz liebes und ruhiges Baby.«

»Du meinst also, minus mal minus ergibt plus?«

Juli musste lachen, hielt ihre Hand auf Mos Bauch und sagte: »Wie auch immer, ob lieb oder ruhig, sie wird auf alle Fälle bezaubernd.«

Es klingelte, und Mo öffnete die Tür und begrüßte weitere Gäste. Juli nahm sich ein Bier aus dem Kühlschrank und ging in den Garten. Der Abend hatte keine Abkühlung gebracht. Juli hatte eher den Eindruck, die drückende Schwüle des Tages hätte noch zugenommen. Tom stand am Grill, Johannes und Mai-Lin unterhielten sich an einem der Tische mit anderen Gästen, und Juli fragte sich, ob sie ihr vielleicht bekannt vorkamen.

»Juli?« Eine Frau kam auf sie zu.

»Hanna? Mensch, das ist ja ewig her.« Hanna hatte mit ihr Abitur gemacht. »Wie geht es dir?«

»Gut. Ich hab vom Tod deiner Mutter gehört. Tut mir leid. Ich bin gestern erst aus dem Urlaub zurückgekommen, sonst wäre ich bei der Beerdigung dabei gewesen.« Es wirkte aufrichtig.

»Danke. Das ist lieb von dir. Aber lass uns heute Abend von etwas anderem reden. Wie geht es dir? Was machst du?«

»Mir geht es gut. Ich habe vor ein paar Jahren die Kanzlei meines Vaters in Weserhagen übernommen.«

»Das, was du eigentlich nie …«, begann Juli.

»Genau, das was ich eigentlich nie wollte«, ergänzte Hanna. »Ich habe auch eine ganze Weile darüber nachgedacht. Aber die Kanzlei läuft gut, und es macht Spaß. Ich bin froh, dass ich den Schritt gemacht habe. Und kannst du dich noch an Tobi und Mark erinnern? Die beiden waren im Jahrgang über uns.«

»Mos Tobi?«

Hanna nickte. »Die beiden sind inzwischen Partner der Kanzlei.« Hanna zeigte auf einen der Stehtische, und Juli erkannte die Männer wieder. Ihre Cousine und Tobi waren zu Schulzeiten eine ganze Weile lang ein Paar gewesen, und Mo hatte lange Zeit versucht, sie mit Mark zu verkuppeln.

»Komm, Kirsten ist auch da. Ihr habt doch früher zusammen Volleyball gespielt, oder? Sie ist jetzt eine Kollegin von Mo.« Hanna zog sie mit sich.

»Du illustrierst Kinderbücher?« Kirsten sah sie begeistert an.

»Irgendwie war das früher im Kunst-LK schon klar«, lachte Hanna.

Und Mo erklärte stolz: »Und im Herbst erscheint der erste *Petermann und Suzie-Lou*-Band in Deutschland.«

Juli merkte, wie sie ein wenig verlegen wurde.

»Das ist doch nichts Besonderes.«

»Und wie das was Besonderes ist«, sagte Hanna.

»Na ja, es hat sich einfach ergeben. Eine glückliche Fügung. Ihr macht was *wirklich* Sinnvolles. Du kämpfst für das Recht, und Kirsten und Mo sind für Schüler da, die sonst kaum jemanden haben. Das finde ich viel beeindruckender.«

»Gut, ich finde zwar, dass es auf alle Fälle sinnvoll ist, Kindern durch Kinderbücher Geschichten zu schenken und ihre Phantasie anzuregen, aber wenn du auf der Suche nach der pubertären Realität bist, dann schlage ich vor, dass du einfach mit in den Ferienkurs kommst, den Mo im Schulzentrum anbietet.«

»Mensch, das ist eine super Idee! Warum bin ich nicht selbst darauf gekommen?«, stimmte Mo begeistert zu.

»Was ist das für ein Ferienkurs?« Juli blickte fragend von ihrer Cousine zu Kirsten.

»Also, es ist eher ein Modellprojekt für unsere ganz *besonderen* Schüler«, begann Mo zu erklären.

Und Kirsten ergänzte: »Für die, deren Lebensentwurf sich nicht so richtig mit unseren Gesetzen deckt.«

»Also für die, die ich sonst später kennenlerne«, präzisierte Hanna treffend.

Mo erwiderte lachend: »So in etwa.«

»Und wie kann ich euren potentiellen Schwerverbrechern helfen? Ich wage zu bezweifeln, dass sie sich für Petermann und Suzie-Lou und deren Geschichten interessieren.«

»Jetzt tu nicht so, als könntest du nur putzige Katzen zeichnen. Was ist aus der Streetart geworden, die du im Studium so toll gefunden hast? Graffiti gehen immer.«

»Ich habe keine Baggypants und einen zu großen Kapuzenpulli dabei, geschweige denn Spraydosen. Die haben mir die Cops in Boston abgenommen, als ich gerade dabei war, die Old City Hall zu verzieren«, bemerkte Juli, doch Mo ging einfach über ihren Kommentar hinweg:

»Du wärst mal ein ganz neues role model.«

»Na toll, ich sehe schon, ich habe keine andere Wahl und werde eure Kids wohl kennenlernen.«

»Super! Ich nehme dich Dienstagvormittag mit.« Mo war ganz euphorisch.

Mittlerweile war es dunkel geworden. Lichterketten leuchteten in den Bäumen, und auf den Tischen brannten Kerzen und Windlichter. Fröhliches Stimmengewirr und ausgelassenes Lachen drangen durch den Garten. Ein paar Gäste tanzten. Es war noch immer drückend und schwül. Juli ging durch die Pforte vor das Haus, atmete tief durch und genoss einen kleinen Moment der Ruhe. Sie sah in den Himmel. Es waren keine Sterne zu sehen. Schwere Wolken hatten sich vor den dunklen Himmel geschoben, und der Duft von Gewitter lag in der Luft.

Ein Fahrrad fuhr auf den Hof. Juli blickte zur Seite. Jemand stieg vom Rad und kam auf sie zu. Ein Umriss in der Dunkelheit, der schnell größer wurde. Juli erkannte die Silhouette. Groß, athletisch, braunes Haar. Vor ihr stand der Jogger, den sie auf ihren morgendlichen Laufrunden getroffen hatte. Er hatte grüne Augen, was ihr im vagen Aneinander-Vorbeilaufen nicht aufgefallen war. Nun blickten die Augen sie offen an.

»Jan, da bist du ja endlich!« Tom trat durch die Pforte. »Und, habt ihr euch wiedererkannt?« Er grinste.

Juli starrte den Läufer an. Dieser attraktive Mann hier sollte Jan Hansing sein? Der Jan Hansing, an den sie sich erinnerte, war viel kleiner als sie, mit Zahnspange, unsportlich und richtig pummelig, ein Besserwisser und überhaupt ein totaler Idiot. Sie erinnerte sich noch genau daran, wie er immer alles hatte kommentieren müssen, wie sie hatte widersprechen müssen. In einem dieser Wortgefechte hatte er vor der ganzen Klasse zu ihr gesagt, sie würde sich, genau wie ihre Mutter, für etwas Besseres halten. Und das kam ausgerechnet von ihm, der immer alles besser wusste! Tränen waren ihr in die Augen geschossen, und alle hatten gelacht. Jan am lautesten. Seine Worte hatten sie damals unsagbar verletzt. Jan hatte sich nie dafür entschuldigt. Manche mochten es vielleicht albern finden, dass sie ihm diesen Vorfall aus Kindertagen noch immer übelnahm, aber sie erwartete eine Entschuldigung – von dem gutaussehenden, charmant wirkenden Jan Hansing.

»Hallo, Juli. Ist lange her.« Er gab ihr die Hand, und Juli fühlte einen elektrischen Schlag, der ihr tief in den Körper fuhr. Sie hielt die Luft an, und auch Jan schien kurz zusammenzuzucken. Seine grünen Augen sahen sie seltsam an, doch seine Hand hielt noch die ihre.

»Komm, Lars und Johannes sind auch da. Lass uns gleich einen Termin für ein Tennisdoppel ausmachen. Johannes ist nur zwei Wochen hier.«

Tom zog ihn hinter sich her in den Garten. Jans und Julis Hände lösten sich, und Juli atmete endlich aus.

Jan. Sie stand noch eine Weile verwirrt vor dem Haus, dann ging auch sie wieder durch die Pforte zurück in den Garten in Richtung des fröhlichen Stimmengewirrs.

Mo war auf dem Gartensofa eingeschlafen. Hanna tanzte eng umschlungen mit Tobi, der nun allem Anschein nach *ihr* Tobi war. Johannes hielt Mai-Lin im Arm. Sie unterhielten sich lachend mit Tom, Jan und einem Mann, der Lars sein musste. Noch immer spürte Juli das Zucken, das sie durchfahren hatte, als sich ihre und Jans Hand berührt hatten. Jans Kopf drehte sich in ihre Richtung, und ihre Blicke begegneten sich für einen Moment. Juli hatte das Gefühl, die aufgestaute Hitze des Tages würde sie umhüllen. Sie wandte sich ab, ging in die Küche, öffnete den Kühlschrank, atmete die kalte Luft ein und holte sich ein weiteres Bier. Noch immer spürte sie den Schlag in ihrem Körper. Was war das gerade zwischen ihnen gewesen?

»Juli?« Johannes steckte den Kopf durch die Tür. »Mai-Lin und ich fahren nach Hause. Kommst du mit?«

Juli überlegte. Sie sah auf die Uhr. Es war fast eins, aber von Müdigkeit konnte noch nicht die Rede sein.

»Nein, danke, ich denke, ich bleibe noch.«

»Sicher?«

»Ganz sicher.« Sie würde später beim Aufräumen helfen.

»Wir sehen uns!«

»Das werden wir.«

Dann ging Johannes zurück in den Garten, wo Mai-Lin wartete. Er legte seinen Arm um sie, und beide verschwanden in der Dunkelheit in Richtung ihrer Räder.

Juli setzte sich in die Hängematte und ließ sich nach hinten fallen.

»Wir müssen noch anstoßen.« Mark trat aus der Dunkelheit und setzte sich neben sie. Er hatte zwei Schnapsgläser und eine Flasche *Averna* in der Hand.

»Und auf was?«, fragte Juli lachend.

»Ach, wir finden schon was. Weißt du, dass Tobi mich immer mit dir verkuppeln wollte?«

»Und Mo mich mir dir.«

»Ja, und?«

»Da gab es den Tim. Traum meiner schlaflosen Teenie-Nächte. Sorry, Mark.«

»Nicht schlimm, bei mir gab's Valerie.«

»Die Valerie aus der Stufe über uns?«

»Genau die. Und jetzt wird bestimmt auch nichts aus uns?« Mark sah sie treuherzig an.

Juli musste lachen. »Nein, tut mir leid, aus uns wird bestimmt nichts.«

»Na dann, auf Tim und Valerie und darauf, dass aus uns auch jetzt nichts wird.«

Mark schenkte den *Averna* in die Gläser. Juli hob das Glas.

Nachdem sie zweimal auf Tim und Valerie getrunken hatten, hatte Mark Juli einfach auf die improvisierte Tanzfläche gezogen. Irgendwann hatte sich Juli dann erschöpft auf einen der Sitzsäcke fallen lassen, die auf der Terrasse standen.

Es waren nur noch ein paar Gäste da. Hanna und Tobi verabschiedeten sich gerade und nahmen auch Mark mit, Kirsten war ebenfalls nicht mehr da. Der Mann, der Lars gewesen sein musste, war auch vor wenigen Minuten gegangen. Mo schlief noch immer auf dem Gartensofa. Juli hielt nach dem Läufer Ausschau. Nach Jan. Bei der Erinnerung an die Berührung ihrer Hände und an Jans grüne Augen spürte sie ein leichtes Schwindelgefühl. Doch er schien schon gegangen zu sein. Juli schüttelte den Kopf, dann stand sie auf und ging ins Haus. Sie würde ein Tablett suchen und Tom helfen, die Teller und Gläser zusammen- und ins Haus zu räumen.

Auf dem Küchenschrank entdeckte sie ein Tablett, das geeignet schien. Juli reckte sich, aber wenige Zentimeter fehlten.

»Warte, ich helfe dir.«

Hinter ihr stand Jan. Sie spürte seinen Körper, der kurz ihren Rücken berührte, als er das Tablett vom Schrank holte.

»Danke, aber ich hätte das schon selbst geschafft«, sagte sie schnell und fragte sich im selben Moment, warum sie so bissig reagierte. In seiner Gegenwart fühlte sie sich irgendwie unwohl. Sie wurde nervös, und dieses Gefühl behagte ihr gar nicht.

»Das ziehe ich nicht in Zweifel, aber ich war einfach schneller.« Jan grinste und reichte ihr das Tablett. Dabei berührten ihre Finger wieder leicht seine Hand. Und wieder fühlte Juli einen kurzen elektrischen Schlag. Auch Jan schien ihn gespürt zu haben.

»Das Gewitter scheint nicht nur die Luft aufzuladen«, sagte er, und Juli verfing sich in seinen Augen. Gern hätte sie erwidert, dass er sich das wohl einbilden musste, doch sie brachte keinen Ton heraus. Sie, die sonst so schlagfertig war, war plötzlich gehemmt.

»Hier bist du.« Mo stand verschlafen in der Tür. »Ich hab dich gesucht. Muss wohl eingeschlafen sein.« Mo kam auf Juli zu und lehnte den Kopf an ihre Schulter. »Hallo, Jan. Haben dich die verliebten alten Damen doch noch auf unsere Party gelassen.« Mo lächelte ihn an.

»Das haben sie, wenn auch erst ziemlich spät.«

»Ich erinnere mich daran, wie meine Mutter es immer gehasst hat, wenn die alten Damen simuliert hatten, mein Vater zum Hausbesuch da war, hier und da noch ein Schnäpsgen mittrinken sollte und Mühe hatte, nach Hause zu kommen.« Mo zeigte mit dem Zeigefinger zwischen Juli und Jan hin und her. »Und habt ihr euch beide vertragen?« Sie lachte. »Oder hat meine Cousine sich wieder von ihrer besten kratzbürstigen Seite gezeigt?«

Bevor Juli entrüstet etwas entgegnen konnte, erwiderte Jan: »Ich denke, wir schlagen uns ganz gut. Und was unsere Vergangenheit betrifft, stand ich ihr da wahrscheinlich in nichts nach.« Er sah Juli wieder an, die dem Blick nicht standhalten konnte.

»Unserer Vergangenheit?«, entfuhr es ihr nun doch.

Mo lachte und nahm ihre Cousine in den Arm. »Manche Dinge ändern sich nie. Meint ihr, dass ich euch trotz der ungeklärten Problematik allein lassen kann? Ich muss jetzt ins Bett. Ignoriert das Chaos einfach. Das beseitigen Tom und ich morgen.« Mo drückte Juli einen Kuss auf die Wange, umarmte Jan und schlurfte langsam in den Flur.

Juli und Jan blieben in der Küche zurück. Er musterte sie noch immer. Unbewusst fasste Juli sich an die Fingerkuppe, die Jans Hand berührt hatte.

Dann stellte sich Jan aufrecht vor Juli. »Liebe Juliane Fiehne, ich möchte nicht mehr mit dir streiten und entschuldige mich hiermit aufrichtig für jeden Kommentar, der blöd und unpassend war.«

»Oh, das waren so einige …«

»Psst«, er legte seinen Zeigefinger sacht auf ihre Lippen. »Nicht wieder streiten.« Er nahm ihre Hände. »Nimmst du meine Entschuldigung an? Kreuze bitte an: Ja, Nein, Vielleicht.« Er grinste breit, und Juli war froh, dass er die angespannte Stille, die sich nach Mos Verschwinden zwischen ihnen breitgemacht hatte, durchbrochen hatte. Aber obwohl er es ihr so leichtmachte, brachte Juli keinen Ton heraus und blieb ihm die Antwort schuldig. Sie fühlte sich ertappt und wie ein trotziges Schulmädchen.

»Na gut, überleg's dir«, sagte Jan und ließ ihre Hände los. »Meinst du, wir können Tom einfach so allein lassen?«

»Auf keinen Fall.« Juli stand auf, froh darüber, dass er das Thema gewechselt hatte, nahm das Tablett und ging nach draußen. Mit weichen Knien. Jan folgte ihr.

Nach einer Stunde hatten sie das Chaos im Garten und im Haus beseitigt.

»Halb vier! Ihr seid die Besten! Jetzt falle ich aber gleich todmüde ins Bett.« Tom drückte sie. »Jan, bringst du Juli bitte nach Hause? Ihr fahrt eh in die gleiche Richtung.«

»Na klar.«

»Nicht nötig, ich kann auch allein fahren!«, schaltete sich Juli ein.

»Mo würde mich köpfen, wenn sie mitbekäme, dass du allein gefahren bist. Keine Widerrede, sonst wecke ich deine hochschwangere Cousine und petze. Sie kann fuchsteufelswild werden, wenn man sie aus dem Tiefschlaf weckt.«

Juli winkte ab, und im nächsten Moment standen sie und

Jan allein auf dem dunklen Hof. Ein paar Meter weiter verbreitete eine Straßenlaterne Licht, das dumpf gegen die Dunkelheit ankämpfte.

»Na dann wollen wir mal.« Jan saß schon auf seinem Rad und fuhr langsam los. »Kommst du?« Juli seufzte leise, dann stieg sie auf Oma Lenes Drahtesel und holte ihn rasch ein. Jans Gegenwart machte sie nervös und brachte sie durcheinander.

Die Luft war schwül und schwer. Das Gewitter hatte sich nicht verzogen, sondern hing noch immer bedrohlich aufgeladen vor dem schwarzen Himmel. Schweigend fuhren sie nebeneinanderher, zwei Lichtkegel, die gemeinsam in die Dunkelheit leuchteten. Sie bogen in die Wesermarsch. Juli fuhr schnell, Jan hielt locker mit.

»Ich hätte auch allein fahren können. Du musst mich nicht begleiten«, hörte sie sich sagen.

»Ich weiß«, entgegnete Jan ruhig. Juli meinte, ein Lächeln zu hören, als er fortfuhr: »Doch noch die alte charmante Kratzbürste.«

Jetzt kam er ihr mit Ironie! Das gab es ja wohl nicht! Weder damals noch jetzt war sie eine Kratzbürste. Er allerdings war nach wie vor der alte Besserwisser. »Soll ich dir mal was sagen?«, zischte sie wütend und trat unweigerlich fester in die Pedale.

»Ich bitte darum.« Jan hatte keine Probleme, mit ihr mitzuhalten.

»Wenn ich sagen müsste, dass ich dich heute …« Bevor Juli aussprechen konnte, merkte sie, wie ihr Vorderrad nach vorne wegbog. Kurz darauf fiel sie über den Lenker auf die Straße. Juli spürte den warmen Asphalt unter und sah den schwarzen Himmel über sich.

»Juli?!« Jan war sofort neben ihr. Ganz nah. »Ist alles in Ordnung?« Juli fühlte sich benommen. »Juli?!« Sein Kopf schob sich vor den schwarzen Himmel. Seine Hände umfassten vorsichtig ihr Gesicht. Sie setzte sich langsam auf.

»Hast du Schmerzen? Tut dir irgendwas weh?«

Sie versuchte sich zu sammeln und sagte dann: »Ich glaube, es ist alles in Ordnung. Mein Knie und mein Ellenbogen brennen, und die Rippen tun ein wenig weh.«

»Darf ich einmal fühlen? Um sicherzugehen, dass nichts gebrochen ist?«

Juli nickte in die Dunkelheit. Es war stockfinster. Sie konnte gerade so Jans Umrisse erkennen. Er half ihr beim Aufstehen und stand dann direkt vor ihr. Juli konnte seinen Atem spüren. Jan war groß. Julis Kopf reichte bis zu seinem Kinn. »Jetzt nicht erschrecken.«

Vorsichtig tastete seine Hand ihren Brustkorb ab. Seine Berührungen hinterließen ein Brennen auf Julis Körper. Ihr Herz pochte so laut in ihrer Brust, dass sie sich sicher war, er würde es fühlen. Plötzlich zuckte sie zusammen.

»Tut es hier weh?«, fragte Jan besorgt.

»Ein bisschen.«

»Du hast Glück gehabt, denke ich. Auf den ersten Blick ist nichts gebrochen, nur leicht geprellt. Es wird bestimmt blaue Flecken geben.«

Seine Hände ruhten auf ihrer Taille. Dann löste er die Berührung.

»Was macht dein Kopf?«

Er strich ihre Haare aus der Stirn und legte eine Hand um ihre Wange.

»Ist okay.«

Okay war übertrieben. Ihr Knie schmerzte fürchterlich. Auf ihrem Brustkorb lag ein unangenehmer Druck. In Juli drehte sich alles. Die schwüle Hitze. Der Sturz. Und die Gefühle spielten verrückt.

»Bei dir zu Hause gucke ich noch einmal genauer.«

Jan hob Julis Rad auf. »Das Vorderrad ist total verbogen. Damit kannst du auf keinen Fall fahren. Ich schlage vor, wir lassen es hier, und ich hole es morgen ab. Komm, ich fahre dich nach Hause.« Er hatte sein Rad aufgerichtet. »Ich habe zwar leider keinen Gepäckträger, aber dafür eine komfortable Fahrradstange zu bieten.«

»Ich kann auch laufen.« Das war gelogen.

»Mit dem Knie? Es ist zwar dunkel, aber ich sehe, dass du humpelst. Nun komm schon. Ich meine, ich kann mir lebhaft vorstellen, wie du wütend den Weg entlangstampfst, nur um es dir und mir zu beweisen, aber dich in diesem Zustand nach Hause zu bringen, ist meine ärztliche Pflicht, und du wirst mich nicht los. Also, gib auf.«

Er reichte Juli die Hand. Sie hatte keine andere Wahl, auch wenn es ihr nicht passte. Sie verlor nicht gern die Kontrolle. Erst recht nicht, weil sie sich eingestehen musste, dass sie sich zu ihm hingezogen fühlte. Warum konnte sie nicht einfach über ihren Schatten springen? Jan hat sich so nett entschuldigt. Er war wirklich charmant. Und witzig. Und sie verhielt sich wie eine richtige Zicke.

Jan half ihr auf die Fahrradstange und fuhr langsam los. Seine Arme umschlossen sie. Juli spürte seinen trainierten Oberkörper an ihrem Rücken. Sie kämpfte gegen den aufkommenden Schwindel, gegen die Schwüle, gegen ihr laut pochendes Herz, die Spannung, die in der Gewitterluft hing und in ihren Körper drang.

Juli hatte das Gefühl für die Zeit verloren. Irgendwann fuhren sie dann auf den Hof von Julis Haus. Der Bewegungsmelder am Hauseingang sprang an. Unbeholfen stieg sie von der Fahrradstange. »Danke, dass du mich nach Hause gebracht hast. Von hier aus schaffe ich es alleine.« Sie hoffte versöhnlich zu klingen.

»Juli, du hattest einen schweren Fahrradsturz.« Auch Jan stieg vom Rad und lehnte es an den Schuppen. »Ich lasse dich nicht eher allein, bis ich dich noch einmal im Licht untersucht und mir deine Verletzungen angesehen habe.«

Juli sah an sich hinunter. Am Knie hatte sie eine große dreckige Schürfwunde, ebenso am Ellenbogen.

Sie sah ein, dass es das Klügste war, Jan seiner Arztpflicht nachkommen zu lassen. »Okay«, sagte sie daher. Dann ging sie zur Tür, und er folgte ihr. Als sie aufschloss, spürte sie ihn dicht hinter sich. Das Schwindelgefühl nahm wieder zu. Juli machte Licht und humpelte in die Küche.

»Warte, ich helfe dir. Setz dich am besten auf den Küchentisch.« Jan hob sie hoch und fand neben der Spüle eine kleine Glasschüssel, die er mit Wasser füllte. »Gibt es hier irgendwo einen Verbandskasten?« Juli erinnerte sich daran, dass Oma Lene immer einen Verbandskasten im kleinen Schrank über dem Kühlschrank verwahrt hatte. Sie zeigte auf ihn.

»In dem Schrank sollte eigentlich einer sein.«

Jan hatte ihn schon gefunden und kniete sich vor sie. Vorsichtig reinigte er die Schürfwunde am Knie und wickelte fachmännisch einen Verband. Juli sah ihm dabei zu. Seine dunkelbraunen Haare waren leicht gelockt und fielen ihm immer wieder in die Stirn. Sie war versucht, sie ihm aus der Stirn zu streichen. Juli zuckte zusammen. Was war nur in sie gefahren?

Jan stand auf, nahm ihre Hand und hob ihren Arm. »Kannst du deinen Arm leicht beugen? So. Ja.« Juli spürte die Augusthitze der letzten Tage, die sich hartnäckig zwischen den Wänden breitgemacht hatte. Und sie spürte die Hitze, die sich in ihr ausbreitete. Das Glühen, das Jans Berührungen hinterließen.

»So. Den Verband lässt du erst mal um. Macht es dir was aus, dein Top kurz hochzuheben? Ich möchte noch einmal deinen Brustkorb und deine Rippen abtasten.« Jan lächelte sie an.

Juli wurde verlegen. Aber hatte sie eine andere Wahl? Selbst wenn sie ohnmächtig werden würde, er war Arzt. Langsam zog sie ihr Top hoch. Alles in ihr war angespannt.

Seine Hand berührte sie. Wieder ein Schlag. In ihr brannte es. Wieder musste auch Jan den Schlag gespürt haben, denn er hatte die Berührung gelöst und sah sie an. Keiner der beiden sagte etwas.

»Nicht erschrecken, ich versuche es noch einmal.«

Juli war nicht sicher, ob Jan zu ihr oder ob er zu sich selbst sprach. Sie fühlte seine Hände, sein sachtes Tasten. Ihr Herz schlug ihr bis zum Hals, und sie musste sich darauf konzentrieren zu atmen. Juli guckte nach unten. Jan hatte sportliche Unterarme und schöne Hände. Lange, gerade Finger, die vorsichtig ihren Brustkorb berührten. Sie hielt die Luft an und blickte auf den gefliesten Küchenboden. Juli konzentrierte sich auf das schwarz-weiße Muster. Ihr Blick fuhr die Fugen nach. Sie wurde ruhiger, auch wenn es in ihr nach wie vor glühte. Jans Hände lösten sich von ihr.

»Es wird bestimmt eine Weile weh tun, wenn du dich bewegst. Aber du hast zum Glück nur leichte Prellungen.« Juli ließ ihr Top los und blickte wieder hoch.

»Aufs Laufen musst du in der kommenden Woche leider verzichten.« Er musterte sie, und sein Kopf kam näher. Fast berührten sich ihre Nasenspitzen. Jan sah ihr tief in die Augen.

»Hast du Kopfschmerzen?«

In ihrem Kopf drehte sich alles, aber Kopfschmerzen hatte sie nicht.

»Nein.«

»Gut.« Jan stellte sich wieder gerade hin und machte einen Schritt nach hinten. »Es kann aber trotzdem sein, dass du eine leichte Gehirnerschütterung hast. Solltest du Kopfschmerzen bekommen oder sollte dir übel werden, rufst du mich sofort an, ja?«

Julis Kehle war trocken.

»Versprochen?«

»Okay.«

»Hier hast du meine Karte.« Er legte sie auf den Tisch.

»Danke.« Juli rutschte vom Tisch. Unbeholfen standen sich beide gegenüber. Jan lächelte sie an. Juli lächelte zurück. »Danke für deine Hilfe.« Sie brachte ihn nach draußen.

»Bis morgen.«

Jan fuhr vom Hof, drehte sich noch einmal um und winkte ihr zu, bevor ihn die Dämmerung verschluckte.

Juli schloss die Tür und ging zurück in die Küche. Sie nahm die Visitenkarte in die Hand, die auf dem Tisch lag, und las: Dr. med. Jan Hansing.

Irgendetwas hatte sich zwischen ihr und Jan aufgeladen. Etwas, das Juli nicht in Worte fassen konnte, das sich in ihr ausgebreitet und sie intensiv gespürt hatte. Sie schüttelte den Kopf. Es musste am Wetter liegen. Einen anderen Grund konnte es nicht geben. Jan Hansing …

Juli legte die Karte zurück auf den Tisch, löschte das Licht und ging die Treppe hinauf in ihr Zimmer. Sie öffnete das Fenster. Es ging kein Wind. Noch immer war die Luft aufgeladen, noch immer lag eine schwere Schwüle in ihr.

9. August

Knie, Ellenbogen und Rippen schmerzten noch immer, als Juli sich irgendwann im Bett umdrehte und auf den Wecker guckte. 10:53 Uhr. Sie wusste nicht, wann genau sie endlich ins Bett gefallen war. Sie wusste nur, dass sie unruhig geschlafen hatte. Noch war sie nicht bereit für den Tag. Bilder der letzten Nacht tanzten in ihrem Kopf, und immer wieder war Jan Teil der Erinnerungsschnipsel, die vor ihrem inneren Auge vorbeizogen. Juli drängte sie nach hinten. Sie war zu müde, um sie zu ordnen.

Am frühen Morgen hatte es gewittert, und die Spannung der Nacht hatte sich entladen. Die Luft, die durch das kleine Fenster in ihr Zimmer wehte, war frisch und klar.

Juli setzte sich im Bett auf und atmete tief ein und aus. Sie fühlte sich, wie sie sich nach ihrem ersten Boston Marathon gefühlt hatte: Alles tat weh. Sie stand langsam auf, schleppte sich ins Badezimmer und betrachtete sich im Spiegel. Ihre Haare standen wild um den Kopf, sie war blass. Unter ihren Augen sah sie dunkle Ringe. Juli schob ihr T-Shirt nach oben. Am Brustkorb hatte sich ein blauer Fleck gebildet. Jans Berührungen hatten keine Male hinterlassen, jedenfalls keine äußeren. Sie öffnete den Wasserhahn und hielt ihr Gesicht unter das kalte Wasser. Die Kühle vertrieb das Chaos im Kopf. Ihre Lebensgeister zogen wieder ein. Der Blick in den Spiegel bestätigte, was sie sich erhofft hatte: Sie sah frischer und wacher aus. Das kalte Wasser hatte ihre Wangen rosig gefärbt. Juli fühlte sich viel besser.

Auf dem Boden lagen die Jeansshorts und das Blusentop, die sie gestern Abend getragen hatte. Sie warf beides in die Wäsche, zog sich ein weites oranges Top und olivfarbene kurze Baumwollshorts an und ging nach unten.

Dort öffnete sie die Tür in den Garten. Petermann strich, zurück von seinen nächtlichen Abenteuern, um ihre Beine. Er musste sie, oder vor allem seinen Futternapf, schon sehnsüchtig erwartet haben.

Mit einem belegten Brot und einer Tasse grünem Tee setzte sie sich auf die Terrasse. Die Sonne schien, es war angenehm, nicht so drückend wie am gestrigen Tag.

Der gestrige Tag. Jan. Er geisterte noch immer in Julis Kopf herum. Seine grünen Augen. Sein Lächeln. Die intensive Spannung. Sie kam nicht weiter dazu, über das, was Jan gestern Abend in ihr ausgelöst hatte, nachzudenken, denn ihr Onkel betrat den Garten.

»Onkel Georg, hallo.«

»Hallo, Juli.« Er küsste sie auf den Kopf und setzte sich ihr gegenüber. »Ich wollte mal nach dem Rechten schauen und gucken, wie es dir geht.« Er sah den Verband und fragte besorgt: »Was ist dir denn passiert?«

»Nichts Dramatisches. Auf dem Rückweg von Mos und Toms Party hatte ich einen kleinen Fahrradunfall. Ein Schlagloch. Alles halb so wild.«

»Wirklich?«

»Keine Sorge. Jan hat mich nach Hause gebracht und verarztet. Schau«, sie hob ihren Arm, »alles ganz professionell gesäubert und verbunden.«

Ihr Onkel lehnte sich im Stuhl zurück und grinste sie an.

»Na, dann muss ich mir ja wirklich keine Sorgen machen, wenn Jan dich nach Hause gebracht hat.«

In seinem Gesicht machte sich ein Grinsen breit.

»Was soll das denn jetzt heißen?«

Onkel Georg hob abwehrend die Hände. »Nichts. Er ist ein sehr guter Arzt. Du warst in den besten Händen.«

Juli merkte, wie sie rot wurde, und fühlte sich, als wäre sie wieder fünfzehn Jahre alt. Sie streckte ihm die Zunge raus. Wenn sie sich schon wie fünfzehn fühlte, konnte sie sich auch so verhalten. Ihr Onkel lachte, und auch Juli schüttelte lachend den Kopf. »Okay, können wir vielleicht das Thema wechseln?«

»Können wir. Ich weiß jetzt ja, dass es dir gutgeht. Okay. Wir haben am Montagmorgen einen Termin beim Notar und im Anschluss einen Termin auf dem Amt, um das Haus und das Land auf dich zu überschreiben.«

»Gut, das bedeutet dann, dass sich diese beiden Punkte meiner Liste nicht mehr nach hinten schieben lassen.«

»Welche Punkte? Und was für eine Liste?«

»Was mache ich mit dem Haus, und welche rechtlichen Fragen müssen geklärt werden?«

»Ich verstehe. Wenn ich dir irgendwie helfen kann, dann lass es mich wissen.« Ihr Onkel lächelte sie aufmunternd an.

Es klingelte. Juli stand auf, küsste ihren Onkel auf die Wange und sagte: »Danke. Das werde ich bestimmt.« Dann ging sie zur Haustür. Jan. Juli öffnete und wusste auf einmal nicht so richtig, wohin mit sich. Jan strahlte sie an.

»Wie geht es meiner Patientin heute?«

»Ich denke, sehr gut.« Onkel Georg stand hinter Juli. »Sie wurde schließlich auch bestens verarztet. Hallo, Jan.«

»Hallo, Georg.« Sie schüttelten sich die Hand, und Onkel Georg klopfte Jan auf die Schulter. »Na, dann will ich dich mal mit deiner Patientin allein lassen. Ich bin schließlich im Ruhestand.« Während er pfeifend zum Auto ging, grinste er über beide Ohren.

Wieder fühlte sich Juli, als wäre sie ein Teenager. Wobei es einen Unterschied gab: Sie fand Jan gar nicht mehr so doof wie vor mehr als fünfzehn Jahren.

»Hast du gut geschlafen?«

»Ja, Herr Doktor, ich hab gut geschlafen. Der Brustkorb spannt ein bisschen, und ich habe einen blauen Fleck, aber ansonsten ist alles in Ordnung.« Ihr gelang ein schiefes Lächeln.

»Und was macht dein Kopf?«

»Alles bestens.«

»Gut. Ich würde gern noch mal die Schürfwunden ansehen. Nicht, dass sich doch etwas entzündet. Und ich hab dein Fahrrad aus der Marsch geholt und bei Kordings ein neues Vorderrad besorgt.«

Neben der Haustür stand Oma Lenes Fahrrad und sah unversehrt aus.

»Der Rahmen hat sich zum Glück nicht verzogen. Es ist also bereit für neue Ausflüge.«

»Du hast es ja schon repariert. Danke schön! Was bekommst du von mir?«

»Nichts.«

»Das geht nicht.«

»Doch.«

Juli wusste nicht, was sie sagen sollte.

»Aber …«

»Kein Aber, gut ist. Ich hatte beim alten Kording noch einen Gefallen offen. Das Rad hat mich nichts gekostet, und das Umbauen und -spannen ging schnell.«

»Ich sehe, du hast raus, wie es in Beekelsen funktioniert.«

»Das kann man so sagen.«

Reilings Renate fuhr auf dem Fahrrad am Haus vorbei und guckte beide mit großen Augen an.

»Tach, Frau Reiling«, rief Jan ihr zu.

»Hallo, Herr Doktor.« Schnell guckte sie wieder nach vorn und fuhr weiter.

»Dann weißt du auch, dass sie jetzt bestimmt direkt zu Friedekings Helga fährt und ihr brühwarm erzählt, dass sie dich bei mir auf dem Hof gesehen hat. Morgen sind wir dann *das* Thema bei Pranges im Laden.«

»So wird's sein. Manche Sachen ändern sich eben nie. Dabei mache ich doch nur einen normalen Hausbesuch.«

Jan grinste sie frech an, und seine grünen Augen musterten sie.

»Na, dann muss ich leidende Patientin dich jetzt wohl reinbitten, damit du dich um meine Wunden kümmern kannst.«

»Das ist meine Pflicht. Darauf habe ich den Hippokratischen Eid geschworen.«

»Dann wollen wir den alten Hippokrates nicht enttäuschen.«

Sie drehte sich um und ging durch das Haus in den Garten. Jan folgte ihr, und Juli konnte sich ein Grinsen nicht verkneifen. Er flirtete mit ihr. Was er konnte, konnte sie schon lange, auch wenn sie sich nicht sicher war, ob sie sich darauf einlassen wollte.

Juli saß auf einem Gartenstuhl. Jan hockte vor ihr. Vorsichtig löste er den Verband. Juli musterte ihn. Der Jan Hansing, der sie untersuchte, hatte nichts mehr von dem kleinen, pummeligen Jungen, an den sie sich erinnerte. Jedenfalls optisch. Der erwachsene Jan trug helle, locker sitzende Shorts, ein grünes T-Shirt und Flipflops. Um seine Augen herum erkannte Juli feine Lachfältchen, die ihm ausgesprochen gut standen. Er hatte einen Dreitagebart, der ihn leicht verwegen aussehen ließ, und einen schönen Mund mit vollen Lippen. Juli erschrak bei dem Gedanken daran, wie es wohl wäre, ihn zu küssen. Sie merkte, wie ihr wieder heiß wurde.

»Sieht alles gut aus. Die Wunden sind trocken. Ich lege dir keinen neuen Verband um. Es ist besser, wenn die Wunden an der Luft sind. Dann heilen sie schneller.« Jan war ganz nah bei ihr. Juli schloss kurz die Augen, atmete ein und aus und vertrieb ihre wirren Phantasien. Als sie die Augen wieder öffnete, sah er sie besorgt an.

»Ist alles in Ordnung?«

Juli stand auf. »Ja. Möchtest du etwas trinken?«

»Gern. Ein Wasser.«

In der Küche fächerte sich Juli etwas Luft zu. Am Wetter lag es gerade definitiv nicht, dass ihr so heiß war. Sie schenkte Mineralwasser in zwei Gläser, ging wieder auf die Terrasse und reichte Jan ein Glas.

»Danke.«

Sein Handy klingelte.

»Entschuldige, das Diensthandy. Ich habe diesen Monat recht oft Bereitschaftsdienst.« Juli wollte beim Telefonieren nicht stören. Sie nahm ihren Frühstücksteller und die Teetasse und räumte beides in der Küche in die Spülmaschine. Jan kam hinterher.

»Ich muss leider los. Und dir geht es ja wieder gut.« Er küsste sie schnell auf die Wange. Sein Dreitagebart kitzelte. Er roch gut.

»Bis bald, Herr Doktor. Und danke für den Hausbesuch.«

Jan lachte sie an. »Bis bald.«

Dann stand sie alleine in der Küche.

Was konnte sie machen, um sich zu zerstreuen? Sie konnte schließlich nicht den ganzen restlichen Tag damit verbringen, sich immer wieder dabei zu erwischen, wie sie an Jan dachte. Juli lag in der Hängematte. Tante Frieda war kurz da gewesen, um sie zum Kaffeetrinken einzuladen, und sie hatten ein wenig über den Garten geplaudert. Anschließend waren ihre Gedanken sofort wieder zu Jan gewandert. Dann waren Johannes und Mai-Lin kurz vorbeigekommen, um sich zu vergewissern, dass sie gut zu Hause angekommen war. Als sie ihren Verband sahen, hatten sie sich besorgt erkundigt, was passiert war, und sich schließlich für ein paar Tage nach Frankfurt verabschiedet, um einen alten Studienfreund von Johannes zu besuchen. Nachdem beide gefahren waren, hatte sie schon wieder an Jan gedacht. Sie hatte bei Mo angerufen, sich für den Abend bedankt und ihr von ihrem kleinen Unfall erzählt. Sie war kurz davor gewesen, ihr von der Spannung zu erzählen, die sie in Jans Anwesenheit gespürt hatte, und dass ihr der Doktor nicht aus dem Kopf ging. Doch dann hatte sie es lieber für sich behalten. Sie würde bald zurück nach Neuengland fliegen und hatte gerade erst ihre Verlobung gelöst.

Auf naive Schwärmereien konnte und wollte sie sich nicht einlassen.

Es half alles nichts. Juli stand auf, ging ins Haus und setzte sich an den zum Schreibtisch umfunktionierten Esstisch. Der deutsche Verlag hatte erste Covervorschläge geschickt, die sie sich anschauen würde, und die Übersetzung hatte Juli teilweise noch nicht richtig gefallen. Sie klappte ihr Notebook auf. Die Arbeit würde sie ablenken. Wie immer. Juli öffnete ihr E-Mail-Postfach.

»Liebe Frau Fiehne, unsere Grafikabteilung hat in Anlehnung an die Cover der amerikanischen Ausgaben Ihrer Petermann und Suzie-Lou-*Bücher ein paar Vorschläge entwickelt, die ich Ihnen als Anhang maile. Unser Favorit ist die erste Datei. Was meinen Sie? Herzlichst, Susanne Wiegant*« Sie öffnete den Anhang.

10. August

Tante Friedas Donauwellen schmeckten köstlich, und der Kaffee tat gut. Juli war müde. In der Nacht war sie über ihren Entwürfen aufgewacht und hatte auf die große Standuhr gesehen. Ihr Blick war noch leicht verschwommen gewesen. Die Zeiger hatten kurz nach drei gezeigt. Juli hatte ihren geprellten Brustkorb gespürt, und ihr Rücken hatte durch das krumme Sitzen weh getan. Verschlafen war sie nach oben gegangen. Dort hatte sie sich auf ihr Bett gelegt.

Tante Frieda hatte den kleinen Tisch in ihrem Esszimmer gedeckt. Ihr feines Geschirr stand auf der guten Damast-Tischdecke. Vieles im Haus erinnerte Juli an den Einrichtungsgeschmack ihrer Großmutter: Der massive Eichenschrank, der Vitrinenschrank mit den guten Gläsern. Die Strukturtapete an den Wänden, die Teppiche auf dem Boden und die Gardinen vor den Fenstern. Tante Frieda lebte allein. Onkel Karl, ihr Mann, war gestorben, als Juli noch in die Grundschule gegangen war. Die beiden hatten keine Kinder.

»Möchtest du noch eine Tasse Kaffee?« Tante Friedas wache Augen blickten sie an, und Juli war sich sicher, dass sie, was das gefühlte Alter betraf, heute viel älter war als Tante Frieda.

»Unbedingt.« Sie nickte.

»Ich habe Krögers Hermann getroffen. Er ist sehr glücklich, dass du die Ländereien an ihn verkaufst.«

»Das ist doch schön. Onkel Georg hat mit ihm gesprochen. Morgen habe ich übrigens erst einen Termin beim Notar und dann auf dem Amt.«

»Und weißt du schon, was du mit dem Haus machen wirst?«

»Ehrlich gesagt, nein. Ich weigere mich noch etwas, intensiv darüber nachzudenken, obwohl ich weiß, dass ich irgendwann eine Entscheidung fällen muss.«

»Lass dir Zeit, Kind. Irgendwann, wenn die Zeit reif dafür ist, wirst du die Entscheidung in dir spüren.« Tante Frieda legte ihre Hand auf Julis Arm. »Wenn mich das Leben etwas gelehrt hat, dann das.«

Heute mochte sich Juli zwar älter vorkommen, als sich Tante Frieda fühlte. Was die Weisheit eines langen Lebens betraf, hoffte Juli, irgendwann die stille Zuversicht und Einsicht in das, was passierte und passieren würde, zu haben, mit der Tante Frieda dem Leben begegnete.

11. August

»Neben den Ländereien, dem Haus und allem, was im Haus und auf dem Grund ist, hat Ihre Mutter Ihnen auch noch eine gewisse Summe Geld hinterlassen.«

Doktor Damke, der Notar, zeigte Juli ein Formular, auf dem detailliert aufgelistet war, was sie nun erben würde. Sie musste mehrere Dokumente unterschreiben, die er gegenzeichnete, mit seinem Siegel versah und ihr dann überreichte.

»Damit ist der offizielle Teil erledigt. Gut.« Er räusperte sich. »Ihre Mutter hat mich außerdem gebeten, Ihnen Folgendes auszuhändigen.« Juli sah ihn, die gesiegelten Dokumente in der Hand, irritiert an. Doktor Damke blätterte in seiner schweren schwarzen Dokumentenmappe und fand ein weißes Kuvert, das er ihr überreichte. *Juli* stand in Rias Handschrift auf dem Umschlag. Juli blickte fragend auf, und ihre Augen fanden die ihres Onkels, der eine Augenbraue gehoben hatte.

»Ich gehe davon aus, dass Sie im Anschluss noch einen Termin auf dem Amt haben, damit die Überschreibung des Hauses und des Grundes rechtskräftig eingetragen werden können?«, wurde Doktor Damke geschäftig und riss Juli aus ihrer Verwirrung.

»Ähm, ja«, sagte sie und steckte den Brief zusammen mit den Dokumenten in ihre Tasche.

Ihr Onkel ergänzte: »Deshalb müssen wir jetzt auch aufbrechen.« Doktor Damke war aufgestanden, und sie folgten ihm zur Tür.

»Ich wünsche Ihnen alles Gute«, sagte er zum Abschied und drückte ihre Hand. Ein fester Händedruck, den Juli kaum wahrnahm, weil sie mit ihren Gedanken woanders war. Sie konnte es kaum erwarten, den Umschlag zu öffnen. Hatte ihre Mutter ihr tatsächlich einen Brief hinterlassen?

Vier Stunden nachdem Juli und Onkel Georg dem Notar zum Abschied die Hand geschüttelt hatten, war alles offiziell auf Julis Namen überschrieben, und Juli saß bei ihrem Onkel und ihrer Tante im Wohnzimmer. Sie fühlte sich seltsam.

Die Gefühle brachen über sie herein. Mit der Überschreibung des Hauses auf ihren Namen war alles so endgültig. Nach Oma Lene war nun auch Ria fort. Und von ihr wurde nun eine Entscheidung gefordert. Tränen rannen über ihre Wangen.

»Juli, was ist los?« Onkel Georg sah sie an.

»Ich weiß es nicht. Ich fühle mich gerade überfordert. Ich weiß nicht, was ich machen soll, was ich machen will, was das Richtige ist.«

Ihr Onkel war aus seinem Sessel aufgestanden, setzte sich neben sie und nahm sie in den Arm. Juli barg ihr Gesicht an seiner Brust und fühlte, wie Onkel Georg ihr sacht über die Haare strich.

»Hey, nicht weinen. Dafür gibt es keinen Grund, das habe ich dir schon einmal gesagt. Die Entscheidung, die du treffen wirst, wird die richtige sein. Möchtest du vielleicht, dass wir Rias Umschlag zusammen öffnen?«

Onkel Georgs Worte brachten Zuversicht. Den Umschlag aber wollte sie ganz bestimmt allein öffnen. Sie wusste nicht, was er mit sich bringen und was sie beim Lesen fühlen würde. In dieser Sache sah sie ganz klar, trotz Chaos. »Danke, aber ich denke, ich wäre dabei lieber für mich.«

»Jetzt sei nicht so traurig«, wandte sich ihre Tante liebevoll an sie. »Denk nicht immer so viel über alles nach. Wir Kölner sagen, et kütt wie et kütt und …«

»… et hätt noch emmer joot jejange«, ergänzte Juli.

Onkel Georg hatte sie nach Hause gefahren. Als er vom Hof fuhr, steckte Juli den Schlüssel ins Schloss, öffnete die Tür und trat ins Haus. Oma Lenes Haus. Rias Haus. Das Haus, in dem sie groß geworden war. Nun war es ihr Haus. Juli atmete den vertrauten Geruch ein, ging durch die Räume, streifte mit der Hand über die Wände und lauschte dem vertrauten

Knarzen des Holzfußbodens. Alles wirkte intensiver als bereits am Tag ihrer Rückkehr auf sie ein.

Sie machte im Wohnzimmer Licht und setzte sich auf das Sofa. Langsam zog sie Rias Umschlag aus der Tasche und fuhr mit dem Zeigefinger sacht ihren Namen nach. *Juli*. Rias Handschrift war schnörkellos und gerade, entschieden, ganz anders als die ihre. So unterschiedlich wie ihre Handschriften, so unterschiedlich waren auch sie und ihre Mutter gewesen.

Schließlich öffnete sie das Kuvert, faltete einen Brief auseinander, strich vorsichtig über das Papier und begann zu lesen.

Liebe Juli,

ich hätte mich gern persönlich von Dir verabschiedet. Aber das hätte bedeutet, dass ich meine Feigheit ablegen und über meinen Schatten springen müsste. Und obwohl es das ist, was mich mein Leben lang eingeschränkt und bestimmt hat, schaffe ich es nicht mal in dem Moment, in dem mir diese Überwindung so unendlich wichtig wäre. Deshalb bleibt mir nur, Dir diesen Brief zu schreiben.

Ich weiß, dass es egoistisch ist, die Entscheidung, mich nicht operieren zu lassen, alleine zu fällen. Dennoch bin ich sicher, dass Du meinen Entschluss verstehst. Du weißt, es war mir immer wichtig, selbstbestimmt zu sein, und von diesem Prinzip will ich bis zu meinem Tod nicht abweichen.

Meine Angst, nach einer Operation nicht mehr bewusst leben zu können und die Kontrolle über mein Leben zu verlieren, nicht mehr selbstbestimmt, sondern eingesperrt zu sein, ist zu groß. Ich möchte in der mir verbleibenden Zeit wach, klar, unbändig und voller Freude bleiben.

Vor dem Tod habe ich keine Angst. Aber ich hätte mir mehr Zeit gewünscht. Denn ich habe zu spät erkannt, was das Richtige ist und mir wirklich guttut. Ich hätte mir mehr Zeit mit Dir gewünscht,

Juli. Für uns. Ich habe mein Leben in vollen Zügen genossen, aber ich wünsche mir, dass ich die Antworten auf vieles, das mich lange Zeit getrieben hat, früher gefunden hätte. Sicher hätte ich dann einiges anders gemacht. Auch was Dich – uns – betrifft.

Es ist ein seltsames Gefühl, diesen Brief zu schreiben und zu wissen, dass Du ihn erst lesen wirst, wenn ich tot bin. Ich bin noch so voller Tatendrang – und doch weiß ich, dass alles schlagartig vorbei sein kann und ich nicht mehr das erlebe, was ich mir noch so sehr wünsche: Ich wollte Dich immer glücklich wissen, aber ich weiß, dass Du noch nicht angekommen bist.

Nun, ich bin es in Oma Lenes Haus, an dem so viele Erinnerungen hängen. Du weißt, wovon ich rede. Es ist jetzt Dein Haus, und Du wirst entscheiden müssen, was damit geschieht. Ich weiß, dass es Dir schwerfällt, Entscheidungen zu treffen, und dass Du ihnen gern aus dem Weg gehst, habe aber das volle Vertrauen in Dich, dass Du das Richtige tun wirst. Was mir aber wichtiger ist als das Haus, ist die Botschaft, die ich Dir hinterlassen möchte.

Ich habe nie den richtigen Moment gefunden, mit Dir über all das, was mir auf dem Herzen liegt, was ich mir für Dich wünsche, zu sprechen, habe es vor mir hergeschoben. Vermutlich war ich feige. Ich hatte Angst vor Deiner Reaktion, möglichen Vorwürfen, davor, in Deinen Augen zu sehen, wie verletzt Du bist. Denn wir hätten über die Vergangenheit reden müssen. Es hätte so vieles aufgewühlt, und ich hatte Sorge, dem nicht gewachsen zu sein. Mein Leben lang bin ich davor weggelaufen, mich unangenehmen Situationen zu stellen. Sah ich Probleme auf mich zukommen, bin ich vor ihnen geflohen, in der Hoffnung, sie damit aus der Welt zu schaffen. Ich bin so glücklich, dass wir uns in den letzten Jahren nähergekommen sind. Und ich fürchtete, mit einem falschen Wort unsere mittlerweile gute Beziehung zu zerstören, wohl wissend, dass Du vermutlich immer auf Antworten von mir gewartet hast. Aber auch dieser Verantwortung habe ich mich nie stellen können.

Meine liebe Juli, es tut mir so leid, dass ich dafür nie den Mut aufgebracht habe.

Ich bin mir dessen bewusst, dass ich nie die Mutter gewesen bin, die ich vielleicht hätte sein müssen, und hoffe, Du verzeihst mir und weißt, dass ich Dich wie nichts anderes auf der Welt liebe und immer geliebt habe. Doch auch die Liebe zu Dir konnte das laute Rufen tief in mir nicht zum Verstummen bringen, so sehr ich es mir auch gewünscht habe. Ich sehnte mich so sehr nach Freiheit – und war nicht bereit, Kompromisse einzugehen. Die Situation, einem Kind lehren zu müssen, was im Leben wichtig ist, hat mich damals überfordert. Ich wusste selbst nicht, was für mich wichtig ist. Erst jetzt, wo ich Frieden mit mir und meinem Leben schließe, sehe ich ein, dass ich meine Freiheit teuer bezahlt habe.

Wer hätte gedacht, dass mich meine Suche an den Ort zurückführt, von dem ich einen großen Teil meines Lebens meinte, er würde mich erdrücken? Ich habe zu spät verstanden, dass man eigene Freiheit nicht findet, indem man versucht, die Weite des Horizonts zu durchbrechen, und immer weiterzieht. Eigene Freiheit liegt in einem selbst. Solange man nicht mit sich im Reinen ist, wird die Suche kein Ende nehmen.

Juli, wir sind uns so ähnlich. Du trägst die gleiche Rastlosigkeit in Dir, die mich fast mein ganzes Leben lang getrieben hat. Glaub bitte nicht, dass ich Deine Entwicklung nicht genau beobachtet habe. Ich hatte stets ein Auge auf Dich, auch wenn ich nicht immer da war. Und ich möchte jetzt die Chance nutzen, Dir doch noch auf den Weg geben zu können, was für das Leben wichtig ist.

Es ist gut, Flügel zu haben, die die eigenen Gedanken in die Welt tragen. Aber was sind wir letztlich ohne unsere Wurzeln? Wir treiben orientierungslos im Wind, auf der Suche nach einem Ort, der uns aufnimmt und an dem wir wirklich zu Hause sind. Und doch scheinen wir unfähig, irgendwo anzukommen und uns zu veran-

kern, denn unsere Flügel wollen weiterfliegen. Die eigene Herkunft, das, was man mit auf den Weg bekommen hat, glauben ignorieren zu müssen, um sich im Gegenentwurf zu verwirklichen, ist vertane Zeit.

Mach nicht die gleichen Fehler, die ich gemacht habe! Wenn mich mein Leben eines gelehrt hat, dann, dass man erst bei sich ankommt, wenn man aufhört, vor den eigenen Selbstzweifeln, vor dem, was man ist, wegzulaufen, und sich und seine Geschichte annimmt. Juli, es ist wichtig, dass Du einen Ort hast, an dem Du Du selbst sein kannst. Ich habe lange gedacht, genau diesen Ort suchen zu müssen, bis ich eingesehen habe, dass er in mir selbst liegt. Ich habe gelernt, auf meine Gefühle zu hören und dort zu verharren, wo ich Liebe spüre.

Du bist eine wunderbare junge Frau und hast so vieles in Dir – Kreativität, Herzensgüte, Humor, unbändigen Willen, Mut. Und doch klingt auch in Dir das Rufen. Du bist ebenso auf der Suche nach einem Sinn in Deinem Leben, den Du bisher nicht gefunden zu haben scheinst.

Liebes, Deine Angst davor, Entscheidungen zu treffen, hemmt Dich. Entscheidungen bedeuten ein klares Bekenntnis. Deine gescheiterten Beziehungen, Dein Weglaufen vor einer festen Bindung, das alles kenne ich von mir. Ich möchte Dir nicht sagen, was richtig oder falsch ist. Ich möchte Dich nur bitten, über meine Worte nachzudenken. Wirf auch mal einen Blick zurück, gib Menschen in Deinem Leben eine wahre Chance. Schau auf die Beziehung zu Josh: Du bist mit ihm verlobt, und doch hast Du Dich schon lange von ihm verabschiedet.

Versperre Dich nicht vor der Liebe, und stelle Dich Deinen Ängsten. Du wirst sehen, dass Du vertrauen kannst. Ich als Deine Mutter habe Dich enttäuscht – und das tut mir aufrichtig leid. Aber ich möchte Dich ermutigen, anderen vorurteilsfrei zu begegnen.

Ich wünsche Dir, dass Du vieles anders machst als ich. Auch wenn ich am Ende zu mir selbst gefunden habe, hoffe ich, dass Du einen anderen Weg gehst, der Dich schließlich aber ebenso glücklich macht.

Entschuldige bitte, dass ich so ehrlich bin. Vielleicht denkst Du, dass ich kein Recht dazu habe, aber ich finde, das habe ich sehr wohl, denn ich habe meinen Anteil an Deiner Suche, da der Schlüssel zu eines jeden Seele in seinen eigenen Erfahrungen ruht, in den Spuren, die hinterlassen wurden. Meine Spuren, die ich in Deinem Leben hinterlassen habe, sind vage, teilweise sicherlich vernarbt, weil ich als Mutter vieles falsch gemacht habe. Leider kann ich Geschehenes aber nicht mehr rückgängig machen.

Ich wünsche Dir, dass Du den Mut findest, in Dich zu schauen, und dass Du zulässt, dass neue Spuren hinzukommen, selbst wenn es hin und wieder vielleicht auch schmerzliche Erfahrungen sein könnten. Trau Dich, Gefühle zuzulassen! Vertraue, liebe und lass Dich fallen. Haste nicht weiter, so wie ich, die ich viel zu lange gehastet bin. Das Leben soll nicht die Flucht vor der eigenen Geschichte sein, sondern die Geschichte, die das eigene Leben schreibt.

Ich wünsche mir, dass Du über meine Worte nachdenkst. Ich verstehe, wenn Du wütend bist oder enttäuscht, denn ich war Dir gegenüber nie so fair, mit Dir über meine Gefühle und Gründe für Entscheidungen, die ich im Leben gefällt habe, zu reden. Aber ich möchte mit diesem Brief die Chance nutzen, Dir all das zu sagen, was ich Dir schon viel früher mit auf den Weg geben wollte und wovon ich glaube, dass es Dir vieles klarer werden lässt. Man kann von den Fehlern anderer lernen. Lerne Du von den meinen.

Ich bin die Letzte, die Dir sagen kann: Bleib! Und dennoch wünsche ich es mir – und Dir. Nimm Dir die Zeit, die bleibt, Juli! Hör auf Dein Herz. Daraus mag sich Dein Glück ergeben.

Das Leben will riskiert werden. Es ist ein Wunder, das sich ungeduldig und rastlos auf der Suche nach etwas Unbestimmtem nicht entfalten kann, das jedoch, wenn man achtsam und bei sich ihm leise, geduldig und voller Vertrauen die Hand hinhält, sichtbar wird als all das, was man ist, was einen ausmacht und was man in sich trägt, und das Raum gibt, für die Menschen, die wir lieben und die uns lieben.

Du bist in meinem Herzen. Ich liebe Dich.

Deine Ria

Der Brief lag in Julis Schoß. Sie hatte ihn zweimal gelesen, hatte die Worte auf sich wirken lassen. Benommen blickte sie in den Raum. Was wusste Ria überhaupt von ihrem Leben? Wie kam sie darauf, sie wäre unstet, unglücklich, unentschlossen? Wut und Enttäuschung stoben in ihr durcheinander und übertönten das leise Flüstern, dass ihre Mutter vielleicht recht haben könnte.

12. August

»Juli?« Oma Lenes Stimme. »Juli?« Ihre Großmutter saß neben ihr und strich ihr über den Kopf. »Schön, dass du endlich wieder zu Hause bist.« Juli sah Oma Lenes weiße Haare, die sie zu einem Knoten gebunden hatte, die lachenden Augen, die sie ansahen und umarmten, die vertrauten Falten, die das Leben in ihr Gesicht gezeichnet hatte.

Im nächsten Moment saß Ria neben ihr. Ria hatte sie angesehen, und Juli hatte das Gefühl, ihr Blick würde in ihr Innerstes dringen. »Ich kenne dich, auch wenn du es nicht wahrhaben willst.«

Juli wachte schweißgebadet auf, setzte sich laut atmend im Bett auf und blickte sich um. Sie war allein. Keine Ria. Keine Oma Lene. Aber ein Herz, das bis zum Hals schlug. Sie fand nur langsam in die Realität zurück. Oma Lene. Die Sehnsucht traf sie unvermittelt und mit ganzer Wucht. Die Augen ihrer

Großmutter waren voll tiefem Verständnis und bedingungsloser Liebe. Rias wissender Blick, ihre Worte, die noch in Juli nachklangen. Sie sah auf den Wecker. Kurz vor acht. Petermann lag zu ihren Füßen und sah sie verschlafen an. Juli stand auf. Mo würde sie in zwei Stunden abholen und mit zu ihrem Ferienkurs nehmen. Juli fragte sich, was sie sich dabei gedacht hatte zuzusagen. Aber für eine Absage war es zu spät.

Zunächst galt es aber erst mal, das klopfende Herz zu beruhigen. Juli verspürte den Drang, sich zu bewegen, zu laufen. Die Prellung tat nicht mehr so weh, nur noch ein leichtes Ziehen erinnerte sie an den Unfall. Eine kleine Runde würde schon gehen.

Fuß vor Fuß. Einatmen. Ausatmen. Ihr Brustkorb spannte und zog nur ein wenig. Schritt für Schritt. Die Bilder und Worte im Kopf. Juli versuchte sich auf das Laufen zu konzentrieren, darauf, monoton Fuß vor Fuß zu setzen und an nichts zu denken. Doch die Bilder und Worte blieben. Sie war allein in der Wesermarsch. Sie wurde schneller. Fuß vor Fuß. Schritt für Schritt. Rias Brief. Die Worte blieben.

»Wie geht es dir?« Mo sah Juli mit besorgtem Blick an. »Tom hat gestern Abend mit Jan Tennis gespielt, und Jan meinte, du hättest Glück gehabt.«

Juli ließ sich auf den Beifahrersitz fallen: »Es wird. Ich war heute eine kleine Runde laufen. Es hat nur noch ein bisschen im Brustkorb gezogen.«

»Du hättest dich noch schonen sollen«, sagte ihre Cousine. »Aber gut, du hast ohnehin deinen eigenen Kopf. Dann wollen wir mal. Bereit für, wie hat es Kirsten so schön formuliert, die pubertäre Realität?« Mo grinste.

»Habe ich eine andere Wahl?«, fragte Juli lachend zurück.

»Nein! Ich kenne keine Gnade.« Mo legte den Rückwärtsgang ein. »Und die fünf Herzchen, die uns erwarten, auch nicht.« Sie lachte und fuhr vom Hof.

»Fünf gnadenlose Herzchen? Das klingt verheißungsvoll. Was genau haben sie denn verbrochen, um in den Ferien Zeit mit Lehrerin Gnadenlos verbringen zu müssen?«

»Die fünf sind eine buntgemischte Truppe.« Mo wurde wieder ernster. »Jeder ist aus einem anderen Grund da. Manche hatten Probleme mit dem Gesetz, andere sind in der Schule verhaltensauffällig. Aber im Grunde haben alle das Herz am rechten Fleck, auch wenn es auf den ersten Blick vielleicht nicht so scheinen mag. Marcel hat eine Kleinkriminellen-Karriere hinter sich. Hier ein Ladendiebstahl, da ein kleiner Deal. Gleiches gilt für Zoltan und Tiffany. Mayla ist dabei, weil sie immer wieder gegen andere hetzt und mobbt, und Sami hat die erste Ferienwoche im Jugendarrest verbracht, weil er jemanden krankenhausreif geprügelt hatte. Er ist ein sehr intelligenter Junge, auch sehr kreativ. Aber manchmal hat er seine Aggressionen nicht richtig unter Kontrolle. Für alle ist der Ferienkurs die letzte Chance, nicht von der Schule zu fliegen.«

»Hm«, war das Einzige, was Juli dazu einfiel.

Mo sah sie an. »Dein Hm ist der Grund, warum ich im Vorfeld auch gar nicht mehr über sie sagen möchte. Lern sie einfach kennen, und sei ohne Vorurteile. Die begegnen ihnen schon genug. Ja, sie sind oft vielleicht schwierig, aber meine Erfahrung ist, dass sie sehr wohl in der Lage sind einzusehen, wie sie sich zu verhalten haben. Man muss es ihnen nur auf die richtige Weise mitteilen.«

»Die da wäre?«

»Ruhig, freundlich, bestimmt und konsequent.«

»Aye, aye, Frau Witte. Und was steht heute auf dem Programm? Was hast du in dem großen Korb da auf der Rückbank versteckt?«

»Heute wird zusammen gekocht. In dem Korb sind die Zutaten für unser Menü.«

»Jetzt weiß ich auch, warum du mich gleich zwangsverpflichtet hast.«

»Es kann nie schaden, als Kochniete einen Kochprofi dabeizuhaben. Wir machen einmal im Monat etwas zusammen als Team. Diesmal kochen wir eben gemeinsam. Ich bin gespannt, wie sie es schaffen, alles zuzubereiten, ohne sich die Köpfe einzuschlagen.« Mo lachte laut auf, als sie in Julis erschrockene Augen blickte. »War nur ein Scherz. Heute geht es darum, dass sie sich untereinander absprechen und es als Team schaffen, die drei Gänge, Salat mit Dressing, Lasagne, Crêpes mit gebratenen Bananen und Karamellsauce, zuzubereiten. Und zwar natürlich so, dass es auch schmeckt. Es ist toll, dass du dabei bist. Sie können von dir lernen.«

»Ich bin auf jeden Fall gespannt und helfe, wo ich kann.«

»Das freut mich.« Mo fuhr von der Bundesstraße ab nach Weserhagen. »Denn das ist noch nicht alles.«

Juli sah ihre Cousine fragend an.

»Eine wichtige Säule des gesamten Projekts sind Paten, die die Schüler dabei unterstützen, ihre Stärken zu festigen. Es haben alle meiner Schäfchen einen Paten, bis auf Sami. Und da kommst du ins Spiel.«

»Sami war der mit dem Jugendarrest, richtig?«

Mo nickte.

»Aber wie stellst du dir das denn vor? Ich habe doch gar keine Erfahrung mit schwierigen Jugendlichen. Außerdem muss ich bald zurück nach Neuengland.« Juli sah ihre Cousine ungläubig an.

»Ich weiß, aber ich wäre froh, wenn überhaupt erst mal jemand die Patenschaft übernähme. Vielleicht schaffst du es, dass er etwas ruhiger wird. Sami ist unglaublich kreativ und kann toll zeichnen. Er hat immer einen kleinen Skizzenblock dabei. Manchmal sind seine Bilder vielleicht ein bisschen verstörend, aber sie haben eine unsagbare Ausdruckskraft. Jedenfalls für mein Laienauge. Ich glaube, dass man ihn über die Kunst kriegen kann. Und wer, wenn nicht du, könnte das schaffen?«

»Warum kann ihn nicht ein Kunstlehrer der Schule begleiten?«

»Unsere Kunstlehrerin hat Angst vor ihm. Sie ist sehr empfind...«

»Eure Kunstlehrerin, eine studierte Pädagogin, hat Angst, und ich soll das dann einfach so schaffen?!«

»Juli, ich weiß, dass Sami der schwierigste Problemfall der Gruppe ist. Er kann herablassend und aufbrausend sein. Das Jugendamt kann auch Paten vorschlagen, und so ist er in zwei soziale Projekte gerutscht, die nichts waren. Zwischen ihm und seinen bisherigen Paten hat die Chemie leider einfach nicht gestimmt. Aber Sami ist sehr wohl sozial kompetent. Er hat zum Beispiel einen ausgeprägten Gerechtigkeitssinn. Als Patin würdest du keine Verpflichtungen dahingehend haben, ihn zu verändern. Aber du würdest ihm dabei helfen, auf der richtigen Spur zu bleiben, und könntest ihm vielleicht dabei helfen, an etwas festzuhalten, das ihm Spaß macht. Und ich denke, das mit euch, das könnte einfach passen. Ihr beide interessiert euch für Kunst. Das ist eine gute Basis, denke ich.«

»Ich weiß nicht.«

»Jetzt lern ihn doch erst einmal kennen. Bitte. Gib ihm eine Chance, ja? Wenn er in dieser Woche keinen Paten findet, fliegt er aus dem Projekt.

Es wären maximal zwei halbe Tage in der Woche. Dienstags bin ich immer da. Einmal im Monat finden gemeinsame Aktionen statt, wie das Kochen heute. An den anderen Dienstagen kommen die Paten, die Zeit haben, und gemeinsam wird an den Einzelprojekten weitergearbeitet. Wenn ein Pate am Dienstag nicht kann, übernehme ich. Den anderen Patentermin in der Woche legen Schüler und Pate gemeinsam fest.«

Juli atmete tief durch. Richtig wohl war ihr nicht dabei, doch sie spürte, wie wichtig es Mo war.

Juli seufzte. Schließlich sagte sie: »Also gut. Ich lerne ihn erst mal kennen.«

»Danke!« Mo sah sie mit leuchtenden Augen an, dann setzte sie den Blinker und fuhr auf den Lehrerparkplatz.

»Marcel, komm, sei doch mal so lieb und trag die Kiste mit den Zutaten in die Küche.« Mo hatte sich aus dem Auto gekämpft und die Rücksitztür geöffnet. Juli sah sich um.

Ein großer, sehr schlanker Junge, ganz in Schwarz gekleidet, eine große Wollmütze auf dem Kopf, obwohl es sicherlich schon über fünfundzwanzig Grad warm sein musste, kam auf sie zu, gefolgt von einem Mädchen, das recht korpulent war, gemessen an ihrem Kleidungsstil aber keine Probleme damit zu haben schien. Sie trug ein kurzes weißes Kleid mit schwarzem punkigem *Wild One*-Aufdruck, das eher nach zu großem Top aussah, pinke Chucks, hatte dunkelrot gefärbte Haare, schwarzgeschminkte Augen und mehrere Piercings im Gesicht.

»Und Tiffany, du kannst bitte die Tasche mit der Tischdeko tragen, ja?«

Die zwei schienen zwar nicht sonderlich begeistert zu sein, aber sie taten, um was Mo sie gebeten hatte, und murmelten »Hallo, Frau Witte«, was allerdings in lautem Motorengeknatter unterging, denn ein Motorroller bog rasant um die Ecke und kam neben Mos Auto zum Stehen. »Hallo, Zoltan«, sagte Mo und nickte dem Jungen zu, der vom Roller gestiegen war und seinen Helm abgenommen hatte. Marcel war groß und schlaksig, Zoltan klein und gedrungen. Er trug enge Jeans, ein türkisfarbenes T-Shirt mit weitem V-Ausschnitt und hohe Basketball-Sneakers. Seine dunklen Haare waren an den Seiten kurzrasiert und oben auf dem Kopf mit Gel seitlich in Form gebracht. »Tach, Frau Witte. Kann ich noch eine rauchen, bevor es losgeht?«, fragte er und holte eine Packung Zigaretten aus seiner Hosentasche.

»Die Antwort auf deine Frage kennst du«, erwiderte Mo freundlich. Juli schloss, dass das eine deutliche Verneinung gewesen sein musste, denn Zoltan steckte die Zigaretten gleich wieder in seine Hosentasche.

»Wisst ihr, wo die anderen sind?« Schulterzucken und ein undeutlich genuscheltes »Mir doch egal«.

»Ach, ich mag es, so motiviert begrüßt zu werden«, ging Mo über das »Mir doch egal« hinweg und schloss die Schule auf.

»Da kommt Mayla«, sagte Tiffany und deutete auf ein Mädchen, das betont lässig über den Schulhof schlenderte und langsam auf die Gruppe zukam. Mayla war groß und schlank und hatte lange schwarze Haare. Sie trug eine weite tiefsitzende Jeans, ein ebenso weites geringeltes T-Shirt mit tiefem Ausschnitt, der über eine Schulter fiel, Vans und eine Baseballkappe. Juli fiel ihr gelangweilter Gesichtsausdruck auf. Genauso gelangweilt, wie sie guckte, sagte sie »Hallo«.

Mo nickte Mayla zu: »Willkommen.« Sie blickte in die Runde. »Und? Lust zu kochen?«, fragte sie fröhlich.

»Hunger hab ich, aber das Kochen überlasse ich Tiff und Mayla. Die sind dafür geboren.« Zoltan grinste breit.

»Ey, pass auf, du Mist…« Bevor Mayla zu Ende schimpfen konnte, fiel Mo ihr ins Wort.

»Hey! Keine Schimpfwörter. Meine Madame hört inzwischen mit. Und Zoltan, nach dem Spruch ist klar, wer heute Zwiebeln schält.«

»Zwiebeln? O Mann, Frau Witte!«

Juli musste grinsen. Mo hatte alle im Griff; ruhig, freundlich, bestimmt und konsequent. Wo aber war Sami?

»Ey, Frau Witte?«, fragte Zoltan und ließ sich auf einen der Stühle in der Schulküche fallen. »Wer is'n das?« Er zeigte mit dem Finger auf Juli.

»Meine Verstärkung«, antwortete Mo. »Und jetzt kannst du deinen Finger wieder runternehmen.«

Die Tür ging auf, und ein großer Junge kam in die Küche. Er hatte dunkelbraune kurze Haare, trug tiefsitzende Shorts, ein dunkelblaues T-Shirt und Flipflops. »Hab verschlafen.«

»Na, jetzt bist du ja da, und wir haben auch noch nicht angefangen. Beim nächsten Mal bist du aber bitte pünktlich. Guten Morgen, Sami. Du siehst so aus, als ob deine Nacht zu kurz gewesen wäre?«

»Hat bestimmt die ganze Nacht wieder gezockt«, kommentierte Marcel und erntete von Sami nur einen genervten Blick.

»Ist ihre Verstärkung von der Kripo?«, fragte Zoltan und sah Juli an.

Juli musste lachen. »Klar. Heute aber in Zivil.« Fünf Augenpaare richteten sich auf sie, Sami blickte sie herausfordernd an. »Nein, keine Sorge. Ich habe so gar nichts mit der Kripo zu tun.«

»Und ich hoffe, ihr auch nicht«, ergänzte Mo.

»Vom Jugendamt?«, unternahm Tiffany einen Versuch, und Juli fragte sich, was noch alles kommen würde.

Mo wandte sich an alle: »Bevor hier jetzt weiter wild gemutmaßt wird, will ich euch meine Verstärkung kurz vorstellen. Ich bin froh, dass ich meine Cousine Juli Fiehne für unser Projekt gewinnen konnte. Sie lebt und arbeitet seit Jahren als erfolgreiche Künstlerin in Amerika. Heute wird sie uns beim Kochen helfen, denn in dem Bereich ist sie nämlich auch eine Künstlerin.« Immer noch fünf Augenpaare, eines weiterhin herausfordernd. Juli blickte zurück, und Sami hielt ihrem Blick stand. Eine Woche Jugendarrest, erinnerte sie sich und beschloss, dass es besser war, sich auf keinen Wer-hält-dem-Blick-länger-stand?-Wettbewerb einzulassen. Sie sah zu Mo, die sie fröhlich anstrahlte. »Aber du kannst dich natürlich viel besser selbst vorstellen.« Sie nickte ihr zu, und Juli überlegte, was sie sagen konnte.

»Nun gut, das Leben will es, dass ich gerade für ein paar Wochen in Deutschland bin. Frau Witte hat mir von eurem Projekt erzählt. Ich bin gespannt darauf, euch kennenzulernen, und helfe, wo ich kann.«

»Dann können Sie doch für uns kochen.« Zoltan grinste sie breit an.

»Ich kann dir gern zeigen, wie du eine Zwiebel schneidest.«

»Und damit geht's dann jetzt auch direkt los. Hier sind die Rezepte, im Korb die Zutaten. Dann legt mal los«, ergriff Mo das Wort, und alle wurden geschäftig. Samis Blick ruhte noch eine Weile auf Juli, bis auch er mit anpackte.

Mayla und Marcel schnitten Karotten und Sellerie für die Lasagne. Tiffany bereitete den Crêpe-Teig zu. Juli hatte Zoltan gerade gezeigt, wie man eine Zwiebel schnitt, und in dessen Augen sammelten sich Tränen.

»Boah, diese verfickte Zwiebel!«

»Du wirst es überleben.« Mo klopfte ihm aufmunternd auf die Schulter.

»Ey, Mayla, pack das Handy weg. Keine Fotos!«, rief er.

»Komm schon, das steigert deine Chancen bei den Frauen. Der harte Zoltan ganz gefühlvoll.«

»Ey, ich warn dich!«

»Mayla, Handy weg. Du kennst die Regel.« Mo war bestimmt. »Auch wenn es ein tolles Foto geworden wäre.«

»Sag ich ja«, grummelte Mayla, steckte das Handy aber zurück in ihre Tasche.

»Frau Witte, wo ist denn die Karamellsauce für die Crêpes? In der Tasche ist sie nicht«, wandte sich Sami an Mo.

»Die Karamellsauce? Verdammt! Die hab ich total vergessen. Schwangerschaftsdemenz …«

»Gibt's Zucker?«, schaltete sich Juli ein. Mo nickte.

»Gut, klauen wir uns ein bisschen von der Sahne, die für die Béchamelsauce gedacht ist, und ein bisschen Milch und machen unsere eigene Karamellsauce.« Juli stellte sich neben Sami und holte einen Topf aus dem Schrank. Von einem pubertierenden Jugendlichen, der herausfordernd guckte, würde sie sich nicht aus der Ruhe bringen lassen. Im Gegenteil, sie würde ihm ruhig, freundlich, bestimmt und konsequent zeigen, wie man eine eigene Karamellsauce machen konnte, die viel besser war als gekaufte.

»Gleich hat der karamellisierte Zucker die richtige Farbe. Einen kleinen Moment noch.«

Juli stand neben Sami vorm Herd, und beide sahen dem Zucker beim Karamellisieren zu.

»Kochst du zu Hause auch?«, fragte Juli.

»Ja.« Eine kurze Antwort war besser als keine Antwort.

»Du kannst jetzt den Topf vom Herd nehmen und langsam die Sahne einrühren. Vorsichtig, die Masse ist sehr heiß und sprudelt gleich recht stark.«

Es dampfte, als Sami die Sahne einrührte, und schnell hatte die Sauce eine wunderbare Konsistenz.

Juli ging an den Gewürzschrank und holte Meersalz. »So, und davon streuen wir jetzt ein bisschen in die Sauce.«

»Von dem Salz?«

Juli nickte. »Willst du eine besonders leckere Karamellsauce oder eine besonders leckere Karamellsauce mit dem gewissen Etwas?«

»Das ist mir so was von egal.«

»Das kann dir egal sein, mir ist besonders lecker aber nicht gut genug.« Juli streute, während Sami noch immer rührte, eine Prise Meersalz in die Sauce.

»Done. Jetzt kannst du kosten.« Sie tunkte einen Löffel in die Sauce und reichte ihn Sami. »Aber vorsichtig, ist noch sehr heiß.«

Zögernd nahm Sami den Löffel und probierte. Für den Hauch einer Sekunde war alles Herausfordernde aus seinem Blick verschwunden, und Juli lächelte. Ihre Karamellsauce kriegte jeden, zumindest für einen klitzekleinen Moment. Sami legte den Löffel in die Spüle und sagte nichts.

»Boah, Sami, die Sauce …« Mayla sah ihn mit vor Begeisterung aufgerissenen Augen an. »Wahnsinn, ey! Darin könnte ich baden.«

»Dir hat zwar oft jemand 'nen Schlag zu viel auf den Hinterkopf verpasst, aber echt, Alter, die Sauce ist geil!«, pflichtete Zoltan ihr bei.

»Danke, du Vollarsch.«

»Hey, es reicht! Aber abgesehen von der Ausdrucksweise, muss ich den beiden recht geben. Sami, die Karamellsauce ist ein Traum.«

Juli meinte ein leichtes Lächeln in Samis Gesicht zu erkennen.

Später war alles gespült und weggeräumt, und der Küche sah man das zuvor herrschende Chaos nicht mehr an.

»Tschüs, Frau Witte, bis nächste Woche«, verabschiedeten sich die fünf.

»Tschüs, ihr Lieben.«

»Tschüs, Frau Fiehne.«

»Tschüs.«

Alle machten sich auf den Weg.

»Und?« Mo sah Juli bittend an.

»In Ordnung. Ich versuch's.« Dieses Projekt war ihrer Cousine eine Herzensangelegenheit, und sie wollte es wenigstens versuchen.

»Oh, das ist so super!« Sie drückte Juli kurz und fest, dann rief sie laut Sami hinterher.

Sami drehte sich um und schlenderte zu ihnen zurück. Juli bekam leise Zweifel, dass es die richtige spontane Entscheidung gewesen war, Samis Patin zu werden.

»Pass auf, ich mach das kurz und will nicht um den heißen Brei herumreden. Du brauchst eine neue Patin und ein neues Projekt, sonst fliegst du aus der Gruppe und von der Schule. Frau Fiehne würde es gern mit dir versuchen.« Juli wusste nicht genau, wie sie gucken sollte, und hoffte, dass ihr Blick annähernd aufmunternd aussah und nicht extrem zweifelnd.

»Und was soll das Projekt sein? Kein Kochprojekt.«

»Frau Witte hat gesagt, dass du sehr gut zeichnest. Ich weiß noch nicht, wie es genau aussehen könnte, vielleicht hast du ja auch eigene Ideen, aber ich würde gern in Richtung Künstlerisches Gestalten gehen, bin da aber auf deinen Input angewiesen.«

»Also ein Kunstprojekt.« Sami kniff die Augen zusammen.

»Genau.« Juli nickte.

»Wann treffen wir uns?«

»Freitag um 12 Uhr?«

»Und wo?«

Juli sah Mo fragend an.

»Wie wäre es im Kunstraum des Jugendzentrums? Das kann ich regeln. Frau Flösser ist schließlich auch mit im Boot.«

»Okay.« Sami drehte sich um und ging.

»Ooookay«, sagte Juli und blickte zu Mo, die über beide Ohren strahlte, »ich gebe zu, dass mir ein bisschen mulmig zumute ist.«

Mo stieg ins Auto und klemmte sich mühsam hinter das Lenkrad. »Lange passe ich hier wirklich nicht mehr rein … Das klappt schon mit dir und Sami. Ich hab ein gutes Gefühl.«

»Du bist auf Hormonen. Natürlich hast du ein gutes Gefühl.« Juli ließ sich auf den Beifahrersitz fallen, und Mo fuhr los.

»Er hat zugesagt und sich nicht verweigert. Das ist für Sami ein großer Schritt.«

»Das mag ja sein, aber was mache ich, wenn ich keinen Zugang finde und er meine Ideen komplett verweigert? Ich habe doch keine Ahnung vom Patin-Sein.«

»Du wirst die richtigen Ideen haben. Als Patin sollst du seine Stärken fördern und anregen. Sami soll an der Umsetzung aber aktiv beteiligt sein, das heißt, dass du ihn als Profi in etwas unterstützt, was ihm Spaß macht und er gut kann. Tiffany rappt zum Beispiel sehr gern und hat einen Rapper aus Hannover zum Paten, der ihr dabei hilft, eigene Songs zu schreiben und aufzunehmen. Und Marcel geht begeistert zur Jugendfeuerwehr. Sein Pate ist Feuerwehrmann. Mayla tanzt sehr gut. Ihre Patin leitet ein Tanzstudio, und Mayla unterstützt sie bei ihren Kindertanzkursen. Und Zoltan hat durch seine Sozialstunden entdeckt, dass er gut mit älteren Menschen kann. Er plant und veranstaltet gemeinsam mit seiner Patin Nachmittage im Altenheim von Weserhagen. Sollte er im kommenden Schuljahr seinen Abschluss schaffen, hat er die Ausbildungsstelle zum Altenpfleger schon sicher.«

»Aber ich kenne Sami doch gar nicht. Da finde ich es schwer, sein Verhalten einzuschätzen.«

»Das ist mein Part im Gesamtprojekt. Ich berate zusammen mit Suse Flösser vom Jugendzentrum Paten und Schüler, kläre auf und begleite. Im Vorfeld wurden über jeden teilnehmenden Schüler in Zusammenarbeit von Schule, Jugendamt, teilweise Polizei und natürlich dem Elternhaus Berichte für die Paten geschrieben. Samis Bericht habe ich dabei. Erinnere mich, wenn wir bei dir ankommen, daran, dass ich ihn dir gebe.«

»Hm.« Juli war nicht überzeugt.

»Juli«, Mo sah sie ernst an, »ihr zwei schafft das. Lass Sami einfach mit Ideen kommen. Es kann zermürben, einfach bei ihm zu bleiben und zu warten, dass etwas von ihm kommt, aber wenn er das Gefühl hat, dass man sich wirklich für ihn interessiert, dann kommt da ganz viel. Man darf bei ihm nur nicht den Fehler machen und ihn zu etwas drängen. Dann macht er dicht.«

Mo fuhr auf den Hof und blickte das Haus an.

»Ach, wie war's eigentlich beim Notar? O Mann, sorry, das habe ich vorhin bei der Hinfahrt völlig vergessen zu fragen.«

»Es ist nun alles überschrieben und im Grundbuch auf mich eingetragen.«

»Dann ist es jetzt also dein Haus.« Sie lächelte. »Hast du schon eine Ahnung, was du damit machen wirst?«

Juli schüttelte den Kopf. Auch hatte Juli vor lauter Sami, Karamellsauce und Patenfrage überhaupt nicht weiter über Rias Brief nachgedacht. Nun kam die Unsicherheit wieder in ihr hoch.

»Ich glaube, Ria möchte, dass ich bleibe. Zumindest eine Weile. Sie hat mir einen Brief hinterlassen, den ich gestern vom Notar bekommen habe«, erklärte Juli. »Lust auf einen Kaffee? Dann erzähle ich dir alles.«

Mo saß am Küchentisch, während Juli Kaffeepulver in die Maschine füllte. »Ria möchte, dass du bleibst, um in Ruhe darüber nachzudenken, was du mit dem Haus machst?«

»Nein. Meine Mutter, die in ihrem Leben ja *so* viel Zeit mit mir verbracht hat, ist der Auffassung, dass ich mich selbst nicht annehme und darum keine Verbindlichkeiten eingehen kann«, antwortete Juli sarkastisch. »Sie findet, dass ich vor mir selbst weglaufe und dass ich es mir in Unverbindlichkeiten bequem gemacht habe. Ich soll mich finden«, fuhr sie fort. Sie zog den Brief aus ihrer Hosentasche und legte ihn vor Mo auf den Tisch.

Als Mo den Brief gelesen hatte, legte sie ihn vorsichtig wieder auf den Tisch. Sie lehnte sich zurück und atmete tief ein, bevor sie ruhig sagte: »Ria hat recht.«

»Was?!«, fragte Juli ungläubig.

»Es stimmt, was sie in dem Brief geschrieben hat. Du bist rastlos, triffst nicht gerne Entscheidungen, denkst über alles so lange nach, bis die Gedankengänge sich als wirres Knäuel in deinem Gehirn verworren haben, und hast immer, wenn es in deinen Beziehungen verbindlich wurde, Reißaus genommen. Gerade erst wieder bei Josh.«

»Es ging mir einfach zu schnell. Ich war noch nicht so weit.«

»Juli, du bist zweiunddreißig. Ihr wart zwei Jahre zusammen, und du wirktest glücklich. Worauf wolltest du warten?«

»Jetzt fall du mir nicht auch noch in den Rücken!«

»Das hat nichts damit zu tun, dir in den Rücken zu fallen. Ich bin ehrlich zu dir. Vielleicht solltest du über das, was Ria dir geschrieben hat, in Ruhe nachdenken und es nicht unwirsch zur Seite schieben.«

»Mo, das ist nicht fair. Ja, vielleicht tu ich mich mit Entscheidungen schwer, und vielleicht grübele ich zu viel. Es mag auch sein, dass ich nicht gut darin bin, mich auf Beziehungen einzulassen, aber das heißt doch nicht, dass ich vor mir weglaufe. Ich will und werde nicht länger bleiben, als bis alles geregelt ist. Mag sein, dass Ria sich hier gefunden hat, wie sie sagt. Ich werde es sicher nicht.«

»Das ist der andere Punkt. Juli, weißt du, dass ich manchmal das Gefühl habe, du würdest dich für deine Herkunft schämen? Du kommst nur, wenn es sich nicht vermeiden lässt, und wenn du da bist, betonst du immer, dass du nicht länger als nötig bleiben wirst.«

»Das stimmt nicht.«

»Dann erkläre mir, warum du das letzte Mal auf Omas Beerdigung hier warst und es in den zwei Jahren, die du mit Josh zusammen warst, kein einziges Mal hierhergeschafft hast? Wann wärst du das nächste Mal gekommen, wenn Ria nicht gestorben wäre?« Mo sah sie ruhig an. Juli suchte nach Worten, fand jedoch keine und zuckte schließlich mit den Schultern. »Juli, ich will dich nicht angreifen. Ich weiß nicht, wie es ist, die Mutter während der Kindheit nur selten zu sehen. Aber ich weiß, dass du Oma Lene hattest, die immer für dich da war. Sieh deine Kindheit bitte etwas reflektierter. Warum versuchst du so zwanghaft, dich von Beekelsen abzunabeln? Hast du darüber einmal nachgedacht?«

Juli senkte den Kopf. Mos ehrliche Worte hatten sie getroffen. Sie wusste, dass ihre Cousine recht hatte.

»Ich finde, dass Ria dir einen wunderschönen Brief hinterlassen hat, in dem sie ein wirklich gutes Bild von dir gezeichnet hat. Ich glaube nicht, dass es ihr in erster Linie darum ging, dass du hierbleiben sollst, sondern darum, dass du dein Leben hinterfragst, und das sollten wir vielleicht alle hin und wieder tun.« Mo nahm ihre Hand. »Der Brief beweist, wie sehr sie dich geliebt hat, auch wenn sie es so selten gezeigt hat.«

Juli war noch immer verärgert. Wegen Ria. Sie lief nicht vor sich weg, und sie hatte auch keine Probleme mit ihrer Geschichte. Und was ihre gescheiterten Beziehungen betraf, hatte sie bisher einfach nicht den richtigen Mann getroffen. Und auch auf Mo war sie wütend. Weil es Mo immer schaffte, die richtigen Worte zu finden. Sie versuchte etwas in ihr zu ordnen, das durcheinandergeraten war, selbst wenn Juli es nicht wollte.

»Jetzt guck nicht so finster. Lass dir den Brief einfach noch mal in Ruhe durch den Kopf gehen und denk über Rias Zeilen nach. Vielleicht kannst du ihr ja doch in dem einen oder anderen Punkt zustimmen. Und heb dir diesen finsteren Blick lieber für Bultemeiers Ingo auf«, Mo grinste, »sollte der sich noch mal trauen zu kommen, nachdem du bei seinem letzten Besuch so unfreundlich zu ihm warst.« Mo puzzelte nicht nur Julis ungeordnete Gedanken zusammen, sie brachte sie auch immer wieder zum Lachen.

»Danke. Jetzt habe ich das Bild wieder vor Augen: Der feiste und rotglänzende Ingo, der verschwitzt und schmierig grinsend vor der Tür steht und sich erkundigt, ob ich das Angebot nun annehme. Dabei habe ich doch schon beim ersten Besuch gesagt, dass ich nicht an ihn und seinen Vater verkaufe.«

Mo schüttelte sich. »Der war schon früher so unangenehm.«

»Das ist ja noch nicht alles. Als ich immer noch beim Nein geblieben bin, hat er doch tatsächlich gefragt, ob ich mich bei einer Flasche Wein umstimmen ließe.«

Mo riss die Augen auf. »Wie bitte? Nein, das glaube ich jetzt nicht!«

»Doch!« Juli goss schmunzelnd Kaffee in Mos Tasse. »Und dann hab ich ihm die Tür vor der Nase zugeschlagen.«

»Juli, du bist grandios!« Mo lachte dreckig, und dann ergänzte sie mit einem Zwinkern: »Aber den Doktor Hansing, den hast du ins Haus gelassen, nech?«

Juli verdrehte die Augen. »Die Beekelsener Buschtrommeln … War ja klar, Rellings Renate ist mit dem Rad vorbeigefahren.«

»Keine Sorge, ich habe nichts von deinem Unfall erzählt. Ihre kleine Welt hat uns früher schon nicht interessiert. Was sollten wir uns heute darum kümmern?«

»*Dir* hat das ganze Gerede schon früher nichts ausgemacht. Ich ärgere mich heute genauso darüber, wie ich es früher getan habe.«

»Und ich verstehe noch immer nicht, warum es dir so wichtig ist. Ich meine, lass sie doch einfach reden. Ihr Gerede ist doch nichts, was wirklich wichtig ist.«

»Das weiß ich, aber ich ärgere mich trotzdem.«

»Die Geschichte von dir und Jan ist aber auch zu schön! Die Beekelsener Tratschdamen sehen wahrscheinlich schon die nächste Lovestory vor Augen. Und dafür müssen sie nicht mal den Fernseher einschalten.« Mo legte dramatisch ihre rechte Hand schmachtend an ihr Herz. »Die hübsche, unnahbare Tochter, die zur Beerdigung ihrer Mutter zurück nach Hause kommt und die etwas Geheimnisvolles umgibt, und der junge, charmante und gutaussehende Landarzt, für den alle Frauen des Dorfes schwärmen, ganz gleich ob sie in der Pubertät oder weit über die Wechseljahre hinaus sind.«

Juli sagte nichts, aber Mo verstand auch so. »Moment. Du auch?«

»Ach, was weiß denn ich.«

Juli erzählte Mo alles, was in den letzten Tagen geschehen war, angefangen mit den ersten beiden flüchtigen Begegnungen beim Laufen. Sie erzählte von der Spannung, die sie am Freitag gespürt und die sich entladen hatte, als sie sich zufällig berührten, und davon, dass sie immer wieder an ihn denken musste.

Mo hörte aufmerksam zu.

»Aber eigentlich ist er noch immer der Besserwisser von früher.«

»Ich glaube eher, dass ihr euch nicht viel nehmt. Früher wie heute.« Mo lachte.

»Es ist mir gerade einfach alles zu viel. Es überfordert mich. Ich muss einen klaren Kopf haben und über so vieles nachdenken, das wichtig ist. Was mache ich mit dem Haus? Verkaufen? Irgendwie ist es mein Zuhause. Was ist, wenn es dieses Zuhause nicht mehr gibt? Auch wenn ich gar nicht mehr hier leben will und einen anderen Ort als Lebensmittelpunkt habe? Ich muss in Ruhe darüber nachdenken. Da kann es doch nicht sein, dass ich Jan Hansing wiederbegegne, den ich früher so gar nicht leiden konnte, fast so wenig wie Dörte, und jetzt immer wieder an ihn denken muss, nur weil wir uns ein paar Mal hier im Dorf begegnet sind. Außerdem habe ich gerade erst aufgehört, über Josh nachzudenken. Rias Brief vereinfacht mir die Situation nicht unbedingt. Natürlich stelle ich mein Verhalten Josh gegenüber zwangsläufig noch mal in Frage. Und jetzt sag nicht wieder, ich dächte zu viel und zu wirr.«

Mo sah sie an, den Blick ganz ruhig auf sie gerichtet. »Die Erinnerung knüpft sich nicht an das Haus, auch nicht an Beekelsen. Du bist es, die sie bewahrt. Juli, selbst wenn dieses Haus nicht mehr deins sein sollte, kannst du an diesen Ort zurückkehren. Du trägst ihn in dir. Wir alle haben ihn in uns. Du, Papa, ich, alle, die in diesem Haus ein und aus gegangen sind. Kein Haus der Welt kann diese Erinnerungen bewahren, wenn wir es nicht selbst tun. Mach dich bitte nicht verrückt.«

Wieder hatte Mo recht.

»Das ist das eine«, setzte sie dann an. »Komme ich zum anderen. Lass es zwischen Jan und dir knistern! Ihr seid erwachsen! Menschen können sich ändern, und ich denke, Jan hat das bewiesen. Mann, Juli, sei nicht immer so kompliziert, und denk nicht immer über alles nach, sondern mach einfach das, wonach dir ist. Carpe diem! O Captain, mein Captain! Misses Fiehne, sind Sie eine Frau oder eine Amöbe?« Mo guckte dramatisch.

Juli musste lachen. *Der Club der toten Dichter*. Was hatten Mo und sie geschwelgt, gelitten und geweint. Nicht nur einmal. Carpe diem. Seize the day. Nutze den Tag. Sie war keine Amöbe.

Später lag Juli im Garten mitten auf dem Rasen und blickte in den blauen Himmel. Hin und wieder schoben sich weiße Wolken vor die Sonne und zogen dann weiter. Eine kleine schwarze Ameise krabbelte über ihren Arm. Petermann jagte wieder einmal Hummeln hinterher. Die roten Stockrosen am Haus wiegt sich sacht im Wind.

Juli hing ihren Gedanken nach. Sie zog Jans Karte aus der Tasche ihrer Shorts und drehte sie in ihren Händen. Die Sprechstunde war seit einer halben Stunde vorbei, und sicherlich hatte er noch Hausbesuche zu erledigen. Sie steckte die Karte wieder in ihre Hosentasche, drehte sich auf den Bauch und stützte ihr Kinn auf ihre Hände. Petermann kam zu ihr und stupste seinen Kopf an ihren. »Ich rufe ihn nachher an und lade ihn zum Essen ein. Ist ja nichts dabei. Ein einfaches Dankeschön für seine Hilfe, schließlich hat er auch Oma Lenes Rad repariert.« Petermanns Schnurrbarthaare kitzelten. Juli setzte sich in den Schneidersitz, nahm Petermann auf den Schoß und kraulte seinen Bauch. Der alte Kater ließ es gern mit sich geschehen und schnurrte zufrieden. »Deine Gelassenheit hätte ich auch gern«, flüsterte Juli in sein Ohr. Petermann hatte seine Augen geschlossen und döste, mit sich und der Welt im Reinen, vor sich hin.

»Hey.« Juli schreckte auf, und sofort begann ihr Herz zu pochen. Vor dem kleinen schmiedeeisernen Tor am Feld stand Jan. »Darf ich reinkommen?«

»Natürlich.« Juli nickte. Er lehnte sein Rad an die Hecke. Das Tor quietschte leicht, als er es öffnete und in den Garten trat. Juli wollte aufstehen.

»Bleib ruhig sitzen. Ich setze mich einfach zu dir. Ich muss zu einem Hausbesuch, und da lagst du auf dem Weg. Ich wollte kurz nach dir sehen.« Jan lächelte und setzte sich neben sie. Er trug lässig sitzende Jeans, ein weißes T-Shirt und Turnschuhe – und er sah so verdammt gut aus. Dann würde sie ihn eben jetzt einladen. Was war schon dabei?

»Das trifft sich gut, ich wollte dich nämlich anrufen.«

»Geht es dir nicht gut?« Jan klang besorgt.

»Nein, also, ich meine, doch, es geht mir gut. Ich wollte dich zum Essen einladen. Als Dankeschön dafür, dass du das Rad aus der Marsch geholt und repariert und dich um meine Verletzungen gekümmert hast. Vielleicht morgen, so gegen 20 Uhr? Hier, bei mir. Solltest du Zeit haben … und Lust.«

Petermann war von ihrem Schoß aufgestanden, gähnte und streckte sich neben ihr. An seiner Gelassenheit und Tiefenentspannung konnte sie sich nicht weiter festhalten. Juli war jetzt ein wenig nervös, aber abgesehen von dem kurzen Stottern zu Beginn, hatte sie die Einladung doch recht locker rübergebracht. Seine grünen Augen musterten sie, und er lächelte. Aber er schien zu überlegen, was er sagen sollte. Vermutlich ist er sich nicht sicher, ob er den Abend mit einer Zicke verbringen möchte, dachte Juli.

»Du musst dich nicht verpflichtet fühlen«, schob sie schnell hinterher.

»Danke für die liebe Einladung. Ich komme sehr gern, auch …«

»Auch wenn du mich immer noch kratzbürstig findest oder der alte Kording dir noch einen Gefallen schuldig war und du schließlich Arzt bist und den Hippokratischen Eid geleistet hast und es darum zu deinen Aufgaben gehörte, dich um meine Verletzungen zu kümmern und zu gucken, wie es mir geht …«

»Auch wenn ich dafür Tennis mit Tom ausfallen lassen

muss.« Jan grinste sie an. »Wobei all das, was du aufgezählt hast, natürlich ebenso stimmt.«

Jans Handy piepste.

»Ich muss los.« Er stand auf. »Wir sehen uns dann morgen Abend.« Juli stand ebenfalls auf, und beide standen sich gegenüber. »Tschüs.« Jan küsste ihre Wange und Juli küsste seine.

»Tschüs. Und bis morgen.«

Jan war schon durch das schmiedeeiserne Tor, als Juli ihm hinterherrief: »Und übrigens, ja!«

Er drehte sich um und sah sie fragend an. »Ja?«

»Ja ist meine Antwort auf deine Entschuldigung.«

Er grinste verschmitzt und sagte: »Ich freu mich, Kratzbürste.«

Juli musste lachen. »Ich freue mich auch, Besserwisser«, entgegnete sie, hob leicht die Hand und winkte. Jan winkte zurück, dann stieg er auf sein Rad und war kurz darauf hinter der dichten Hecke verschwunden. Der Jan Hansing, der gerade vom Hof gefahren war, hatte nichts mehr von dem Jan Hansing, den sie als Kind so gar nicht hatte leiden können.

Juli ließ sich wieder ins Gras fallen und guckte in den blauen Himmel. Noch immer zogen vereinzelte weiße Wolken über ihn dahin. Die Sonne stand tiefer und tauchte alles in warmes Abendlicht. Mos Worte kamen ihr in den Sinn. Sie nahm ihr Handy.

»Juli?«

»Ich bin keine Amöbe.«

»Und das heißt?«, fragte Mo ein wenig verwirrt.

»Ich habe Jan als Dankeschön morgen Abend zu mir eingeladen und werde kochen. Und er kommt!«, erklärte Juli beschwingt und sah Mo förmlich am anderen Ende der Leitung breit grinsen.

»Also dann darf man dich wirklich nicht mehr Amöbe nennen! Wobei es klar war, dass er kommt.«

»Warum war dir das klar? Ich war mir da nicht so sicher.«

»Unbeteiligte sehen die Sache vielleicht immer etwas anders als Involvierte. Das sollte als Erklärung reichen.«

Juli musste lachen. »Ja, ähm, das klingt natürlich plausibel. Wie konnte ich das vergessen!«

»Und womit bekochst du ihn?«

Juli wusste genau, was sie kochen würde. Das Menü hatte sie schon am Nachmittag zusammengestellt, als sie das Telefonat mit Jan in Gedanken geprobt hatte.

»Es gibt italienischen Brotsalat mit Ricotta-Kräuter-Creme, geschmortes Rinderfilet mit Tomaten und Ciabatta und eine Schokoladen-Pavlova mit frischen Beeren aus Oma Lenes Garten.«

»Da komme ich auch!«

»Du bist aber nicht eingeladen.«

Mo lachte nur. Das vertraute Lachen. Wie konnte ein so zartes Wesen wie Mo lachen wie ein betrunkener Bauarbeiter?

»Mo, ich hab dich lieb.«

»Und ich hab dich mindestens genauso lieb!«

13. August

Am Morgen war Juli sofort hellwach gewesen. Obwohl sie beschlossen hatte, nicht nervös zu werden, weil sie Jan schließlich nur eingeladen hatte, um ihm zu danken, nun wirklich gar nichts dabei war und es darüber hinaus andere Dinge gab, die weitaus wichtiger waren, merkte sie doch, wie die Aufregung, die ihrer Meinung nach eigentlich gar nicht da zu sein hatte, langsam zunahm.

Sie war gelaufen, bis nach Harmenhusen und zurück. Dabei hatte sie die Prellung kaum noch gespürt. Jan war ihr nicht entgegengekommen, und Juli wusste nicht, ob sie nun enttäuscht darüber oder erleichtert war. Ganz gleich, das Laufen hatte gutgetan. Zurück zu Hause hatte sie sich ruhiger gefühlt. Juli hatte schnell geduscht, im Garten ein paar Rosen geschnitten und war mit Rias Golf zu ihrem Onkel und ihrer Tante gefahren, um sich für die Hilfe bei der Beerdigung und den gemeinsamen Notarbesuch zu bedanken. Sie hatten gemeinsam im Garten gesessen, Kaffee getrunken und sich unterhalten. Als Mo um kurz nach eins auf ihrem Handy anrief, um zu fragen, wie denn die Vorbereitungen des Abends liefen, war Juli schlagartig bewusst geworden, dass sie die Zeit vergessen hatte. Sie hatte sich verabschiedet und war nach Weserhagen einkaufen gefahren. Die Frage nach Jan hatte sich Onkel Georg verkniffen. Das hatte Juli ihm angesehen.

»Juli, na, das gibt es doch nicht!«

Juli stand mit ihrem Einkaufswagen vor dem Kühlregal und suchte den Ricotta. Gab es einen Ausweg? Vielleicht sollte sie einfach so tun, als hätte sie sich nicht angesprochen gefühlt. Nein, es gab keinen Ausweg. Juli sah aus den Augenwinkeln, wie jemand zielstrebig auf sie zusteuerte. Sie kannte die Stimme.

»Dörte, hallo.«

»Mensch, ich wollte schon so lange vorbeikommen und dir mein Beileid aussprechen. Am Tag der Beerdigung musste ich leider arbeiten. Und jetzt treffe ich dich hier im Supermarkt.«

Ein Treffen, auf das Juli gut und gerne hätte verzichten können. Juli hatte Dörte schon als Kind nicht leiden können, und ihr unmittelbares Gefühl sagte ihr, dass sich daran auch nichts geändert hatte oder ändern würde. Verglichen mit ihrer Abneigung Dörte gegenüber, war Jan früher einer ihrer besten Freunde gewesen.

»Annegret hat dir aber doch hoffentlich Jörg-Uwes und meine Grüße ausgerichtet?«

»Das hat sie, danke.«

Dörte musterte sie von oben bis unten. Sie hatte vorhin einfach Shorts und Top vom Stapel im Kleiderschrank genommen und war ungeschminkt losgefahren. Dörte hingegen war gestylt, als hätte sie eigentlich nach Kampen auf Sylt fahren wollen und nicht in einen profanen Supermarkt in Weserhagen. Ihr blondierter Bob war perfekt frisiert, im Haar steckte eine Markensonnenbrille. Dörte trug eine enge Jeans, die ihre schlanken Beine betonte, hochhackige Ankleboots, in denen Juli sich bestimmt einen Bänderriss zugezogen hätte, und eine enge weiße Bluse, die Dörtes Dekolleté präsentierte. Ihre Augen waren stark geschminkt, als hätte sie heute noch etwas anderes vor, als im *Wesermarkt* einzukaufen. Sie war Journalistin bei der *Mindener Zeitung*, das wusste Juli von Mo.

»Sag, wie geht es dir? Nimmt dich alles bestimmt schlimm mit.« Da spürte man gleich das investigative Talent, das sie für die Berichte über Erntefeste, den Spatenstich für die Verlängerung der Bundesstraße und Vereinsjubiläen brauchte.

»Mir geht es so weit ganz gut.«

»Du, ich muss dich hier jetzt leider so stehenlassen, aber ich habe noch einen wichtigen Termin, ein Interview. Tina hat gesagt, dass du morgen auch zu ihrer kleinen Geburtstagsfeier kommst? Das ist doch schön, dann quatschen wir mal wieder in Ruhe, ja?«

Dörte umarmte Juli und hauchte ihr einen Kuss auf die rechte und auf die linke Wange. Juli roch schweres Parfüm.

»Tschau, tschau.«

Sie drehte sich um und stöckelte in Richtung der Kassen. Juli musste zugeben, dass sie wie früher schon eine wahnsinnige Figur hatte, richtig hübsch fand sie Dörte allerdings immer noch nicht. Sie hatte ein Knautschgesicht, in dem Augen, Nase und Mund zu nah zusammenstanden. Für Mo und Juli war Dörte immer der lebende Beweis gewesen, dass die Männer eben doch nicht ins Gesicht einer Frau guckten, sondern auf andere Äußerlichkeiten achteten. Juli sah Dörte nach. Dann schüttelte sie den Kopf. Eine gute Sache hatte das Treffen mit Dörte gehabt: Sie hatte Juli an Tinas Geburtstag erinnert. Den hatte Juli vollkommen vergessen. Sie brauchte ein Geschenk. Darum würde sie sich später noch kümmern. Jetzt würde sie erst mal den Ricotta suchen.

Auf dem Rückweg nach Beekelsen hatte Juli kurz an dem kleinen Buchladen gehalten, in dem sie zu Schulzeiten viele ihrer Freistunden verbracht hatte, und sie war schnell fündig geworden. Die Buchhändlerin hatte ihr einen Liebesroman empfohlen, der Tina bestimmt gefallen würde. Sie war zufrieden.

Mittlerweile war es kurz vor vier. Bisher hatte sie es gut geschafft, die Tatsache, dass Jan heute Abend zum Essen kam, auszublenden und nicht weiter darüber nachzudenken.

»Denk nicht immer über alles nach, sondern mach einfach das, wonach dir ist«, hatte Mo gesagt. Und genau das würde Juli tun. Sie wollte Jan sehen, sie wollte in seine Augen schauen und mit ihm flirten. Und sie würde nicht nachdenken. Juli band sich Oma Lenes Schürze um und begann mit den Vorbereitungen.

Die Pavlova war im Backofen. Juli nahm eine Schüssel und ging in den Garten. Die Sonne stand hoch am Himmel. Es war heiß und schwül, und wieder hing ein Gewitter in der Luft. Augusthitze. Barfuß ging sie über das trockene Gras. Petermann lag im Schatten des Brombeerstrauchs und döste vor sich hin. Der Garten war voller herrlicher Brombeeren, Blaubeeren und Tomaten. Sie schnitt Petersilie, Basilikum und Liebstöckel. Juli hielt die frischen Kräuter an ihre Nase und atmete den intensiven Geruch ein. Sie hatte gestern Abend gegossen, doch der Garten war schon wieder trocken. Juli stellte die Schüssel zur Seite, rollte den Wasserschlauch aus und drehte den Hahn auf. Heute Abend würde sie nicht dazu kommen. Kaltes Wasser spritzte angenehm auf ihre nackten Füße. Auch Petermann hatte ein paar Tropfen abbekommen. Verärgert sah er sie an, stand auf und suchte sich einen neuen Platz.

Zurück in der Küche wusch Juli die herrlich reifen Kirschtomaten und schnitt sie in kleine Viertel, gab Essig und Öl darüber, etwas Meersalz und Pfeffer und stellte sie zur Seite. Vom Ciabatta, das sie heute Morgen gekauft hatte, schnitt sie ein paar Scheiben ab, die sie würfelte. Oma Lenes schwere Pfanne stand auf dem Gasherd. Der Geruch heißen Olivenöls. Juli gab die Brotwürfel zusammen mit etwas Knoblauch in die Pfanne und ließ sie goldbraun werden. Die Brotwürfel stellte sie neben die Glasschüssel mit den Kirschtomaten. Dann zupfte sie Basilikumblättchen von den Stängeln und pürierte sie zusammen mit saurer Sahne, rührte den Ricotta unter und schmeckte mit Meersalz, Pfeffer, etwas Zucker, Cayennepfeffer und frischgepresstem Zitronensaft ab. Lecker. Die Ricotta-Basilikum-Creme stellte sie in den Kühlschrank. Für die Vorspeise war alles vorbereitet. Juli sah auf die Uhr. Die zeigte sechs Uhr an. Noch zwei Stunden. Sie öffnete eine Flasche Rotwein und goss sich ein Glas ein. Dann häutete, halbierte und entkernte sie die großen Tomaten und pellte die Schalotten. Ihre Augen brannten und tränten vom scharfen Geruch. Juli nahm das Fleisch aus dem Kühlschrank, würzte es mit Salz und Pfeffer. Sie holte den alten gusseisernen Schmortopf ihrer Großmutter aus dem Keller und rieb in mit Olivenöl aus, so wie es Oma Lene immer gemacht hatte. Dann gab sie etwas Olivenöl und Sherry hinein und legte das Fleisch dazu, anschließend gab sie die Schalotten darüber, Petersilie, Liebstöckel und das restliche Basilikum, zum Schluss die Tomaten. Salz und Pfeffer. Fertig. Halb sieben. Perfekt. Um neun würde der Hauptgang fertig sein. Juli stellte den Topf auf den Gasherd und legte den Deckel darauf. Das Essen würde nun auf kleiner Flamme kochen. Nun musste sie nur noch Sahne schlagen, das Chaos beseitigen und den Tisch auf der Terrasse decken. Um halb acht war sie fertig. Die Sahne stand im Kühlschrank, die Küche war wieder sauber, und der Tisch war mit einer weißen Leinentischdecke, Oma Lenes Goldrandgeschirr, ihren guten Kristallgläsern und dem alten Silberbesteck gedeckt. Teelichter und ein paar einzelne Sommerblumen waren in kleinen Vasen auf dem Tisch verteilt. Juli roch an sich. Ihr war heiß, und sie war verschwitzt. Sie musste dringend noch einmal unter die kühle Dusche.

Das Wasser rann ihren Körper hinunter. Was machte sie hier eigentlich? Gleich würde Jan kommen. Doch in ein paar Wochen war sie wieder in Cambridge. Sie würde nicht bleiben. Warum hatte sie sich dazu hinreißen lassen, ihn einzuladen? Was war mit der Männerpause, die sie sich geschworen hatte? Das kühle Wasser hatte die Fragen an die Oberfläche gespült, die Juli tagsüber zu verdrängen versucht hatte. Doch selbst die vermeintliche Klarheit und Einsicht änderten nichts daran, dass Juli bei dem Gedanken an Jan ihr flatterndes Herz fühlte, das tanzend in ihrer Brust schlug. Nicht immer stundenlang über alles nachdenken, sondern einfach machen, das waren Mos Worte gewesen, und genau das würde sie tun. Mo und Ria irrten sich; sie konnte sehr wohl los- und etwas einfach auf sich zukommen lassen. Das würde sie beiden beweisen – ebenso wie ihrem eigenen zögernden Selbst.

Juli stieg aus der Dusche, trocknete sich ab und föhnte rasch ihre Haare, dann zog sie sich einen dünnen Lidstrich, tuschte ihre Wimpern und legte ein leicht rosa schimmerndes Lipgloss auf. Sie betrachtete sich im Spiegel. Ihre Haare waren heute nicht so wild wie an manch anderen Tagen, so dass sie sie einfach offen ließ. In den letzten Tagen hatte sie etwas Farbe bekommen, und auf ihrer Nase tanzten ein paar freche Sommersprossen. Die hatte sie von Oma Lene geerbt. Oder von John Moore, sollte auch er Sommersprossen gehabt oder noch immer haben. Julis Blick fiel auf den kleinen Wecker, der auf dem Regal vor dem Spiegel stand. Zehn vor acht. Schnell ging sie in ihr Zimmer und entschied sich für das graue leichte Kleid mit Spaghettiträgern. Dann lief sie die Treppe hinunter, holte die Ricotta-Basilikum-Creme aus dem Kühlschrank, füllte Brotkrümel und die Kirschtomaten in zwei Gläser und darüber die Creme. Juli trank einen Schluck Wein, als es auch schon klingelte.

»Hallo.« Jan trug lässige beige Bermudas, ein hellblaues Hemd, dessen Ärmel er hochgeschlagen hatte, und Sneakers. Eine Haarsträhne fiel ihm ins Gesicht, und er strich sie nach hinten. In der Hand hatte er eine Sonnenblume und eine Flasche Rotwein. Er lächelte, und Juli hatte das Gefühl, sich erst einmal sammeln zu müssen. Er sah wahnsinnig gut aus.

»Hallo, schön, dass du da bist.«

Beide küssten sich zur Begrüßung auf die Wangen. Juli schloss dabei kurz die Augen. Jan sah nicht nur zum Dahinschmelzen aus, er roch ebenso gut. Nach Sommer. Nach frischer Dusche. Ihr fiel auf, dass er sich rasiert hatte.

»Danke schön für die Einladung.« Er überreichte ihr die Blume und die Flasche Wein. »Für dich.«

»Danke, das ist lieb, wäre aber nicht nötig gewesen. Ich hätte dich auch so reingelassen.«

»Ich weiß, ich erwecke den Eindruck, vertrauenswürdig zu sein.« Er grinste.

»Du erweckst nur den Eindruck, vertrauenswürdig zu sein? Ob ich es mir dann lieber noch mal überlegen sollte, dich ins Haus zu lassen?« Juli grinste zurück.

»Keine Sorge, ich bin Arzt.«

»Ich weiß, der Arzt, dem die Frauen aus Beekelsen vertrauen.«

»'N Abend, Doktor Hansing. Hallo, Juli!« Wie aufs Stichwort fuhr Redekers Irene auf dem Fahrrad am Haus vorbei und guckte beide mit großen Augen an.

»Tach, Frau Redeker.«

»Hallo, Irene.«

Redekers Irene fuhr fast in den Graben, als sie ihren Hals beim Vorbeifahren verbog, um die beiden auch genau sehen zu können.

Als sie vorbeigefahren war, fingen Juli und Jan an zu lachen. »Na, da hätte der Herr Doktor fast zeigen müssen, was er so kann. Komm lieber rein, bevor noch jemand verletzt wird.«

Jan folgte Juli in die Küche, und sie fühlte ein Kribbeln im Bauch. Er war nah hinter ihr.

»Ich habe im Garten gedeckt. Geh ruhig schon mal vor. Ich hole schnell eine Vase.«

Sie ging ins Wohnzimmer und suchte im alten Holzschrank nach einem passenden Gefäß für die Sonnenblume. Ganz hinten fand sie eine Kristallvase.

»Kann ich dir noch mit etwas helfen?« Juli erschrak und stieß sich den Kopf im Schrank.

»Hast du dir weh getan?« Er stand im Türrahmen und machte einen Schritt auf sie zu.

»Nein, nein.« Sie fühlte sich selten dämlich, stand rasch auf und hielt sich den Hinterkopf.

»Lass mal sehen.«

Sachte strich Jan Julis Haare zur Seite, und es durchzuckte sie. Juli tat einen Schritt nach hinten. »Ist schon gut«, sagte sie. »Du kannst dich vielleicht um die Musik kümmern. Die Anlage steht dort drüben.« Obwohl sie sich den Kopf nur ein wenig gestoßen hatte, fühlte sie sich leicht benommen. Die Hitze des Tages hing nicht nur zwischen den Wänden des Hauses, sie flirrte auch zwischen ihnen. Jan hatte die Hände in den Hosentaschen.

»Was möchtest du denn hören?«, fragte er.

»Such einfach was Schönes aus.« Juli hatte sich wieder gefangen, zumindest halbwegs, ihre Knie waren noch immer weich. Sie ging in die Küche und atmete tief durch, dann füllte sie die Vase mit Wasser und stellte sie mit der Sonnenblume auf die Terrasse. Aus dem Haus klang Clueso in den Garten. Jan hatte ihren iPod gefunden.

In der Küche standen sich beide wieder gegenüber.

»Rotwein?«

»Sehr gern.«

Juli drückte Jan die Flasche Wein in die Hand. »Vielleicht kannst du uns schon einmal einschenken? Ich komme sofort mit dem ersten Gang.«

»Das mache ich.« Jan ging voraus in den Garten. Vorsichtig hob Juli den Deckel des Schmortopfes. Heißer Dampf kam ihr entgegen, das Essen köchelte vor sich hin. Das Fleisch würde noch ein wenig brauchen. Perfekt. Juli nahm die beiden Gläser mit der Vorspeise aus dem Kühlschrank und streute noch ein paar Blätter frisches Basilikum darüber. Als sie auf die Terrasse trat, war Jan gerade dabei, die Windlichter anzuzünden.

»Auf der Fensterbank lagen Streichhölzer, und ich dachte, ich mache mich weiter nützlich.« Er lächelte sie an. Seine Augen strahlten. Juli lächelte zurück und stellte den ersten Gang auf den Tisch. Dann hob sie die beiden Weingläser und reichte ihm eins. Wieder berührten sich ihre Hände leicht, und es kam Juli so vor, als hätte Jans Hand ihre Finger einen kleinen Moment länger gehalten. Er blickte ihr tief in die Augen. Sie hielt sich an ihrem Weinglas fest.

»Schön, dass du gekommen bist. Auf den Abend.« Dabei sah sie ihn ebenso intensiv an und hob ihr Glas zum Anstoßen. Die Gläser klangen hell in den Garten hinein.

»Danke noch mal für die Einladung. Es sieht alles wunderbar aus, und«, Jan stockte kurz, »und auch du siehst wunderschön aus.«

Juli wurde verlegen. Sag was, flüsterte ihre innere Stimme. »Danke.« Noch was! »Du siehst auch gut aus.« Sie setzten sich, und Juli fuhr schnell fort: »Guten Appetit.«

»Danke. Juli, das sieht köstlich aus.«

»Dann hoffe ich, dass es auch genauso schmeckt, wie es aussieht.«

Juli hatte den ganzen Tag nicht viel gegessen, und dennoch war sie nicht richtig hungrig. Sie war aufgeregt. Obwohl es ihr leichtfiel, sich mit Jan zu unterhalten und mit ihm zu lachen, hatte sie immer wieder das Gefühl, in seinen Augen, die sie unverwandt ansahen, zu versinken.

»Es tut mir leid, dass deine Mutter gestorben ist. Sie war meine Patientin. Ich mochte sie. Sie war anders; unangepasst und frei.«

Juli hörte die Aufrichtigkeit in seiner Stimme.

»Dein Onkel und ich haben versucht, sie von einer Operation zu überzeugen. Aber sie war sich sicher, dass sie sie verweigern wollte.«

Juli hatte das Gefühl, dass es ihn ehrlich beschäftigte. »Ich weiß. Meine Mutter hat immer das gemacht, was sie für richtig hielt. Ihr Leben war konsequent und macht in dieser Konsequenz Sinn. Auch ihre Entscheidung, sich nicht operieren zu lassen, war konsequent.«

»Dein Onkel meinte, deine Mutter wäre erst vor ein paar Jahren zurück nach Beekelsen gezogen?«

»Ja, als meine Großmutter krank wurde. Als sie starb, ist sie geblieben. Irgendwas hat sie hier gehalten. Ehrlich gesagt, versuche ich zu verstehen, was es war. Sie hat ihr Leben eigentlich damit verbracht, diesen Ort hinter sich zu lassen, um das machen zu können, was sie wollte und von dem sie geträumt hatte. Das scheint sie hier nie gefunden zu haben. Zumindest nicht, als ich noch ein Kind war. Ich weiß nicht, was sie hierher hat zurückkommen lassen.«

»Vielleicht hat sie schließlich hier gefunden, wonach sie so lange vergeblich woanders gesucht hat.«

»Ich weiß es nicht. Was sollte es sein? Ich weiß nur, dass es für sie gestimmt hat. Und das zu wissen, reicht ... denke ich«, sie dachte an den Brief, den Ria ihr hinterlassen hatte, »auch wenn es mich verwirrt und ich es nicht so recht einordnen kann.«

»Hast du sie vermisst?«

»Nein, oder ... doch, ja. Ich habe Oma Lenes Liebe gehabt, bei ihr fühlte ich mich immer zu Hause. Ich war anfangs zu jung, um zu verstehen, was Ria da tat, und ich erinnere mich auch nicht mehr an alles. Aber später, als ich alt genug war, habe ich begonnen Fragen zu stellen und zu zweifeln. Auch an mir habe ich gezweifelt. Ich habe mich gefragt, warum Ria nicht bei mir sein wollte ... oder konnte. Manchmal dachte ich, sie möchte mich nicht in ihrem Leben haben. So hat es sich jedenfalls angefühlt. Oma Lene hat immer versucht, zwischen Ria und mir zu vermitteln. Daran erinnere ich mich. Vor allem aber hat sie die Lücke gefüllt, die Ria hinterlassen hat.«

»Und heute?«

»Ich bin immer noch enttäuscht, aber heute verstehe ich Ria ein bisschen besser. Sie war frei, hat immer selbst entschieden und nie Angst gehabt vor dem, was die Entscheidungen mit sich brachten. Manchmal wünsche ich mir mehr von ihrer Gradlinigkeit.«

Juli war überrascht, wie leicht es ihr fiel, Jan gegenüber so ehrlich zu sein. Er sah sie ernst an, und Juli spürte die aufsteigende Sehnsucht nach seiner Nähe.

»Der Hauptgang wartet.« Sie stand auf und nahm die Vorspeisengläser in die Hand. »Ich bin gleich wieder zurück.«

In der Küche brauchte sie einen Moment, um sich zu sortieren. Sie stellte die Gläser in die Spüle und fächerte sich Luft zu, dann nahm sie ein großes Brett und das Brotmesser aus der Schublade des Küchenbuffets und schnitt Baguette. »Wo hast du denn einen Flaschenöffner?« Jan erschien hinter ihr in der Küche, die Flasche Rotwein in der Hand, die er mitgebracht hatte. »In der Schublade.« Sie deutete auf das Buffet und nahm den Deckel vom Schmortopf.

»Das riecht köstlich.« Jan stand hinter ihr und sah über ihre Schulter. Wieder fühlte Juli die Spannung, die zwischen ihnen hing, und meinte zu spüren, wie sich das Knistern in ihr ausbreitete. Seine Wange berührte leicht ihre Haare. Ihr Herz klopfte.

Juli drehte sich um. Ihre Stirn stieß an Jans Kinn.

»Ähm, kannst … kannst du bitte das Brot nach draußen tragen?«

Jan war ganz nah.

»Na klar.«

Mit den Häkeltopflappen ihrer Großmutter trug sie den heißen Topf auf die Terrasse und stellte ihn auf den Tisch. Jan schenkte beiden Wein in die leeren Gläser.

»Juli, das riecht nicht nur köstlich, das schmeckt noch viel besser.« Er tunkte ein Stück Baguette in den Sud.

»Danke schön.«

»Was für Romane schreibst du?«

»Oh, ich schreibe keine Romane.«

»Dann habe ich Tom bei unserem letzten Tennisspiel falsch verstanden. Er hat mir davon erzählt.«

»Ach, so ganz falsch ist das auch nicht, ich schreibe und illustriere Bilderbücher.«

»Und um was geht es?«

Wie aufs Stichwort tigerte Petermann durch das schmiedeeiserne Tor, und Juli deutete auf ihn.

»Um ihn, den alten Petermann. Und seine Katzenfreundin Suzie-Lou. Und um die Abenteuer, die sie zusammen erleben und bestehen. Es sind Kinderbücher.«

»Tom meinte auch, dass die Bücher sehr erfolgreich sind und du Preise dafür bekommen hast?«

»Petermann und Suzie-Lou scheinen bei den Kindern in Amerika und England ganz gut anzukommen. Gerade arbeite ich an den Illustrationen für den fünften Band. Und in Deutschland kommt bald der erste Band in einer Übersetzung in die Buchläden.«

»Das heißt, Petermann ist berühmt?« Jan streichelte das Fell des Katers, der es sich schnurrend gefallen ließ.

»Das ist ihm herzlich egal, solange er seine Ruhe hat und ich seinen Napf fülle.«

»Pass auf, bald strömen die Fanscharen nach Beekelsen und möchten ein Foto mit ihm. Bultemeiers Willi hätte garantiert nichts gegen den Petermann-Tourismus.«

»Aber ich!« Auch Juli streckte ihre Hand aus und kraulte Petermann. »Keine Sorge, Miezekater. Ich pass auf dich auf!« Ihre Hand berührte Jans. Jans Finger legten sich auf ihre.

»Mit dir würde ich gerne tauschen, alter Petermann. Du wohnst mit einer tollen Frau unter einem Dach und wirst wahrscheinlich jeden Tag so bekocht wie ich heute Abend.«

Jan sah hoch und fixierte Juli. Petermann stand auf, schüttelte sich und schlich langsam in Richtung Feld. »Wenn du Trockenfutter magst, kannst du gern öfter zum Essen kommen«, antwortete sie, und Jan lachte. Juli stand auf, und ihre Hände lösten sich voneinander. »Dessert?«

Juli hatte die Sahne auf der Pavlova verteilt. Dann die Beeren. Jan hatte im Türrahmen gestanden, sein Weinglas in der Hand, und ihr dabei zugesehen. Er hatte neue Musik aufgelegt. Jack Johnson. *»All at once, the world can overwhelm me … A feeling that we have no control.«* Juli spürte die Schwüle, die in der Luft hing, nur wusste sie nicht, ob es die Schwüle der Gewitterluft oder Jans Anwesenheit war, die zu einer kaum auszuhaltenden Spannung anwuchs.

Hängematte. Sommernacht. Nachtfalter, die um die Windlichter schwirrten. Das Herz, das in Juli tanzte. Jans Augen, die sie ansahen. Sein Lächeln. Seine Lippen. Jan hielt ihre Hand und strich leicht über ihren Unterarm. Juli spürte, dass seine Gegenwart etwas mit ihr machte, das sie so noch nie erlebt hatte. Nicht mal bei Josh. Ihr Bauch kribbelte.

»Jetzt habe ich so viel über mich erzählt. Erzähl mir etwas von dir. Was muss ich über dich wissen, Jan Hansing?«

»Was willst du wissen?«

»Warum seid ihr damals nach München gezogen?«

»Mein Vater hat eine Professur an der Uniklinik angetreten.«

»Ich erinnere mich, er ist auch Arzt, oder?«

Jan nickte.

»Und was ist aus dem kleinen pummeligen Jan Hansing geworden, heute der Arzt, dem die Beekelsener vertrauen?«

»Hey, das war jetzt frech.« Er lachte. »Ich war nicht pummelig, vielleicht ein bisschen untersetzt. Und bei der guten bayerischen Luft bin ich dann irgendwann gewachsen.«

»Und warum bist du aus München zurück nach Ostwestfalen gekommen?«

»Ich habe das alles hier immer vermisst. Die Natur, die Weite, den etwas verschrobenen ostwestfälischen Menschenschlag. Irgendwie hat es mich zurückgezogen.« Jan schenkte Wein in die leeren Gläser. »Ich habe mich in Bayern nie zu Hause gefühlt. Die bayerische Mentalität, die Berge. Das hat mich eingeengt. Ich brauche das platte Land. Das Spröde. Hier fühle ich mich zu Hause.«

»Ausgerechnet in Beekelsen?«

»Genau hier.«

»Onkel Georg ist froh, dass du seine Praxis übernommen hast.«

»Er hat mir sehr geholfen und mich herzlich aufgenommen.«

»Deine Eltern sind bestimmt stolz auf dich.«

»Na ja. Mein Vater hätte gern gesehen, dass ich, wie mein älterer Bruder, in seine Fußstapfen getreten und an die Münchener Uniklinik gegangen wäre, aber ich bin sehr gern Landarzt. Am Klinikalltag stört mich das Anonyme. Hier kenne ich meine Patienten und nicht nur ihre Krankenakte. Ich mag den persönlichen Kontakt. Warum bist du weggegangen?«

Juli musste nicht lange überlegen, und es platzte geradezu aus ihr heraus: »Obwohl hier alles so weit ist, haben die Menschen einen so begrenzten Horizont, eine so festgefahrene und einseitige Meinung von richtig und falsch.«

»Wie meinst du das?«, fragte Jan.

»Der Weg, den man zu gehen hat, scheint so festgeschrieben, und wenn der Weg anders verläuft, als man es hier kennt, dann wird es diskutiert, kommentiert und persönlich genommen. Hier ist einfach alles Schwarz oder Weiß. Es gibt kein Grau.«

»Vielleicht nimmst *du* es einfach zu persönlich?«, bemerkte er ernst, und Juli fühlte sich plötzlich angegriffen.

»Klar nehme ich es persönlich. Aber das verstehst du wahrscheinlich nicht, weil es bei dir anders ist. Du bist schließlich Doktor Hansing, zurückgekommener verlorener Beekelsener Sohn. Dass du dich bewusst für Beekelsen entschieden hast, obwohl deine Eltern Zugezogene waren, macht deinen Heiligenschein nur noch strahlender.« Sie klang sarkastisch. »Aber ich bin Juli, die mit den Flausen im Kopf. Juli, die bunt statt Trauerfarbe trägt. Das geht ja gar nicht. Juli, die ihren eigenen Kopf hat, sich nicht anpassen will. Wie ihre Mutter! Mir reicht es, das alles bis Ende August zu haben. Länger halte ich es hier nicht aus.«

»Dann frage ich mich, wie du es den ganzen Abend mit einem Beekelsener ausgehalten hast.« Jan sah sie fragend an. Und Juli war von sich selbst überrascht. Warum hatte sie so heftig reagiert?

»So habe ich es doch nicht gemeint. Du bist kein Beekelsener.«

»Doch, Juli, das bin ich. Und ich bin's gern. Aber das passt wahrscheinlich nicht in dein Schwarz-Weiß-Denken.« Jan schien amüsiert, und Juli wusste wieder, warum sie so wütend geworden war. Mister Besserwisser …

»Na klar, der Herr weiß es wieder mal besser. Aber wie lange warst du noch mal weg, und seit wann bist du erst wieder zurück? Als ob du eine Ahnung hättest, wie mein Leben hier war. Du tust so, als hättest du die Weisheit gepachtet.«

»Ich finde eher, du betrachtest alles und jeden von oben herab. Aber was ist denn los mit dir? Wieso bist du so gereizt?« Lächelte er etwa? Die feine Lachfalte, die sie vorhin noch so anziehend gefunden hatte, kam ihr jetzt spöttisch vor.

»Weißt du was, Doktor Jan Hansing?« Sie funkelte ihn an, und Jan erwiderte ihren Blick. »Du siehst vielleicht nicht mehr aus wie früher, bist jetzt groß, athletisch und gutaussehend, aber du *bist* noch genauso! Ich habe gedacht, du hättest dich geändert. Aber da habe ich mich wohl getäuscht«, warf sie ihm wütend an den Kopf. Jan kam einen Schritt auf sie zu, strich ihr eine wilde Strähne aus dem Gesicht und küsste sie sanft auf die Stirn. »Manche Dinge ändern sich wohl nie«, flüsterte er, bevor sie in der Lage war zu reagieren. »Ich fand dich und deinen Charme früher schon etwas sonderbar, doch auch irgendwie bezaubernd.« Er ging zu seinem Rad.

»Gute Nacht, Juliane Fiehne. Danke für den schönen Abend.«

Dann war er in der Dunkelheit verschwunden, und Juli blickte ihm fassungslos hinterher. Was nahm er sich raus? Dieser blöde Besserwisser! Er musste schon immer das letzte Wort haben. Da fuhr er einfach davon und ließ sie allein mit ihrer Wut. War es Wut? Juli atmete tief ein und aus. Oder war es Angst? Angst, dass sie sich in diesen Mann verlieben würde. Oder war sie es nicht schon längst?

14. August

Juli saß in Rias Zimmer zwischen den ganzen Sachen, die sie aus den Schränken geräumt hatte, um sie zu sortieren. Sie war mit sich allein. Aber sie hielt es kaum mit sich allein aus, und trotzdem war sie nicht ans Telefon gegangen, als Mo angerufen hatte. Sie wollte nachdenken. Den Versuch unternehmen zu ordnen. Sie fühlte sich einsam und verloren in dem, was sich gerade ihr Leben schimpfte. Ihre Welt war ein einziges Durcheinander. Ihr wurde bewusst, dass sie dabei war, sich in Jan zu verlieben. Aber sie wusste auch, dass sie das vor ein großes Problem stellte. Ihr Leben fand in Neuengland statt, und Ende des Monats würde sie dorthin zurückkehren. Sich hier in Beekelsen, wo sie sich nicht vorstellen konnte zu leben, zu verlieben, war mehr als ungünstig. Außerdem hatte sie sich gerade erst von Josh getrennt. Aber warum eigentlich genau? Juli kam unweigerlich ins Grübeln. Sie musste sich eingestehen, dass es nicht fehlende Liebe war. Oder das Gefühl, nicht zusammenzupassen. Es hatte vielmehr mit ihr selbst zu tun. Wann immer sie eine Beziehung führte, gab es zwangsweise Kollateralschäden. Ria hatte recht, vielleicht lief sie vor sich weg. Sie stand sich selbst im Weg. Und das lag unter anderem daran, dass sie sich nicht gern auf ihre Gefühle einließ. Sie hatte ihren eigenen Kopf und ihr Leben und ihre Gefühle gern unter Kontrolle. Jemanden in ihr Leben zu lassen, kostete sie immer große Überwindung. Es fiel ihr nicht leicht, anderen zu vertrauen oder Einblick in ihre Welt zu gewähren. Wenn es ernst wurde, baute sie immer eine Wand vor sich auf. Sie wollte immer die Kontrolle behalten. Das war wahrscheinlich der Grund dafür, dass sie eine Beziehungsniete war. Aber auch der Ansatz, mit Männern zu flirten und Spaß zu haben, ohne sich auf Gefühle einzulassen, hatte bei ihr einfach nicht funktioniert, weil diese schließlich doch immer wieder ins Spiel kamen. Sie hatte ihr Leben in Cambridge gerade wieder im Griff, das Chaos, das sie hier in Beekelsen durcheinanderwirbelte, konnte sie gar nicht brauchen.

Schon wieder war sie abgedriftet. Sie wollte doch Rias Sachen sortieren. Juli stand vor dem Kleiderschrank ihrer Mutter, strich mit der Hand über die Kleidung, nahm eine Bluse aus dem Schrank und roch daran. Sie atmete ein. Ria. Der Duft war ihr nicht so vertraut wie der ihrer Großmutter, und doch war er das heimliche Versprechen eines Zuhauses – das es so nicht mehr gab. Juli sank auf Rias Bett und begann zu weinen. Was sollte sie machen? Was war das Richtige? Die Gefühle und Gedanken prasselten auf sie herein. Die Endgültigkeit traf sie mit einer Wucht, und das Gewicht der Entscheidungen, die getroffen werden mussten, wog schwer. Sie musste eine Entscheidung fällen. Sie war nicht nur eine Beziehungsniete, sie war mindestens ebenso eine Entscheidungsniete. Sie hasste Entscheidungen, weil sie klare Meinungen erforderten. Wieder hallten Rias Worte in ihrem Kopf. Juli drehte sich auf die Seite und schlug ihre Arme um die Knie. Sie war müde. Die Nacht war kurz und unruhig gewesen, und sie selbst war wütend gewesen, wütend auf sich selbst. Der Schlaf deckte Juli langsam zu. Er war ein geflüstertes verführerisches Versprechen einer ruhigen Leere. Sie schloss die Augen und kuschelte sich in die Decke.

Als sie aufwachte, war Juli zunächst orientierungslos. Verschlafen blickte sie sich um. Sie war in Rias Zimmer, in Rias Bett. Die Sonne schien durch das Fenster. Ihr Handy hatte gepiepst. Eine Nachricht von Mo.

»Wie war's gestern? Tom und ich müssen jetzt gleich los. Wir hören uns später, ja? Und viel Spaß bei Tina. Ich wäre gern mitgekommen.«

Tina! Die Uhr auf ihrem Display zeigte 16:17 Uhr. Tina hatte zu 16 Uhr eingeladen, und in Beekelsen war man pünktlich. Na wunderbar. Nicht, dass es schon reichte, heute vermutlich von oben bis unten beäugt zu werden, jetzt kam sie auch noch zu spät. Juli sprang aus dem Bett und lief ins Badezimmer. Ihre Haare standen wild in alle Richtungen ab. Ihr Gesicht sah verschlafen und mitgenommen aus. Dunkle Ringe hingen unter ihren Augen. Zum Duschen war keine Zeit, also steckte sie sich schnell die Haare lose hoch, spritzte sich kaltes Wasser ins Gesicht, tuschte sich die Wimpern, haute sich leicht auf die Wangen und gab etwas Gloss auf die Lippen. So richtig zufrieden war sie zwar nicht, aber immerhin sah sie schon frischer aus. Was zog man zu einem Geburtstagskaffeetrinken an? Juli entschied sich für ein kunterbunt gemustertes Top und ihren Jeansrock. Flipflops. Tasche. Geschenk. Fertig. Schnell lief sie die Treppe nach unten, durch die Haustür, dann holte sie das reparierte Rad aus dem Schuppen und fuhr los.

»Juli, schön, dass du endlich da bist!« Tina hatte ihr die Tür geöffnet.

»Sorry, dass ich zu spät bin. Alles Liebe und Gute!« Juli umarmte Tina und überreichte ihr das Geschenk. »Happy Birthday. Mo kann leider nicht kommen. Tom und sie schauen sich heute den Kreißsaal an. Ich soll dich lieb von ihr grüßen.«

»Ich weiß, sie hat angerufen. Danke schön. Komm rein, die anderen sind schon alle da und warten gespannt auf dich.«

Juli verstand das beinahe als Drohung. Sie unternahm einen Versuch zu lächeln, war sich aber nicht sicher, ob es nicht ein wenig gequält ausgesehen hatte. Selbst wenn, Tina hatte es nicht gestört. Sie strahlte, als sie vor Juli ins Wohnzimmer trat.

»Schaut, wer endlich da ist: Juli!«

Fünf Augenpaare sahen sie an, musterten sie von oben bis unten. Wie erwartet. Sabrina, Claudia, Michaela, Bianca und Dörte. Wie schön …

»Hallo«, sagte Juli in die Runde und hob die Hand.

»So, dann würde ich sagen, dass wir jetzt mal alle anstoßen. So jung kommen wir nicht wieder zusammen.« Tina legte Julis Geschenk in ein Regal, in dem Juli Duschgel neben Körperlotion und Briefumschlägen entdeckte. Der Ostwestfale dachte praktisch. Auf dem Sideboard standen Teller und Kuchen.

Plopp. Tina hatte eine Flasche Prosecco geöffnet und füllte sieben Gläser, die sie anschließend verteilte.

»Schön, dass ihr alle gekommen seid.«

»Juli, es tut mir leid, dass Frank und ich es nicht zur Beerdigung deiner Mutter geschafft haben.« Vollmers Bianca saß ihr gegenüber und guckte mitfühlend. Ihr Kurzhaarschnitt wirkte rausgewachsen. Sie trug eine schlechtsitzende Jeans, und ihr T-Shirt spannte am Bauch.

»Jelko und Ole waren beide krank. Die Sommergrippe. Dazu unser Baby Tjark. Und Frank hat auch gekränkelt.«

»Kein Problem. Und danke für eure Karte.«

»Willst du sie mal sehen?«

»Wen?«

Bianca lachte: »Na, meine drei Süßen.«

Das war ein harter Themenwechsel, aber gut. Juli hatte gerade »Gern« gesagt, da hatte Bianca bereits Fotos aus der Tasche geholt.

»Das ist Jelko, unser Großer, wird in drei Wochen sechs. Das hier ist Ole, kommt ganz nach seinem Papa, findest du nicht auch?« Juli war sich nicht sicher, ob sie nun Frank in ihm erkannte oder nicht. Und so wie sie Frank in Erinnerung hatte – sie waren zusammen im Konfirmandenunterricht gewesen –, war sie sich auch nicht sicher, ob sie es Ole wünschen würde.

»Ja, und das ist Tjark, gerade vier Monate alt. Ein richtiger Sonnenschein.«

Ein ganz schön dicker Sonnenschein.

Bianca sah auf die Uhr. »Ich kann auch gar nicht so lange bleiben. Hab die Jungs bei der Schwiegermutter gelassen.«

»Worüber wir alle dankbar sind«, schaltete sich Dörte ins Gespräch ein, »sonst würde man sein eigenes Wort nicht verstehen.« Bianca guckte betreten.

Juli lächelte Bianca an. »Die sind alle drei sehr süß!« Bianca strahlte zurück. Kurz darauf klingelte ihr Handy, und sie musste gehen.

Sabrina, Claudia und Michaela waren in ein Gespräch vertieft. Tina war in die Küche gegangen, um frischen Kaffee aufzusetzen. Sabrina und Claudia hatten definitiv den gleichen Friseur, nur dass Claudia zusätzlich blonde Strähnchen hatte. Dörte telefonierte draußen auf dem Hof. Vielleicht hatte sie heute Abend noch etwas vor, so wie sie sich zurechtgemacht hatte. Sie trug ein schwarzes Top und einen engen kurzen Jeansrock, so dass Juli sich in ihrem Rock fast bieder vorkam. In hohen Schuhen stolzierte Dörte über den Hof und wackelte mit dem Hintern. Dabei war gar kein Mann in der Nähe, dem sie hätte schöne Augen machen können. Gekonnt war eben gekonnt. Wäre Mo doch nur da. Sie hätten zusammen einen Heidenspaß gehabt.

Tina setzte sich neben sie.

»Danke für das Buch.«

»Ich hoffe, es ist was für dich.«

»Gute Bücher kann man nie genug haben«, flüsterte Tina verschwörerisch, »Duschgel schon.« Juli musste laut lachen.

»Ich habe gehört, du bleibst in Beekelsen?«, wandte sich Sabrina an sie.

Es war schlagartig still. Alle guckten Juli erwartungsfroh an, und Juli sah verwundert zurück.

»Nein.«

»Aber Bultemeiers Erika hat bei Pranges erzählt, dass du nicht verkaufst.«

»Und das heißt dann gleich, dass ich bleibe?«

Sabrina guckte ein wenig verwirrt. Es schien sie aber der investigative Ehrgeiz gepackt zu haben: »Dann verkaufst du doch?«

»Ich weiß es noch nicht.« Juli stellte fest, dass sie Sabrina mit ihrer Antwort überforderte.

»Aber wenn du es noch nicht weißt, warum hast du dann direkt Bultemeiers Angebot ausgeschlagen?« Claudia wollte es jetzt genau wissen, und Juli merkte, wie sie gerade so richtig Lust bekam, ganz genau zu antworten. Bevor sie allerdings loslegen konnte, schaltete Tina sich ein:

»Manchmal muss man sich eben mit Entscheidungen Zeit lassen. So, möchte noch jemand Prosecco?«

»Ich!« Dörte war wieder in den Raum gekommen. »Entschuldigt, ein wichtiges Telefonat.« Sie blickte geheimnisvoll in die Runde. »Ich muss später noch mal zu Doktor Hansing. Mein verstauchter Knöchel …« Sie lächelte vielsagend und fasste sich dabei an den linken Fuß.

Doktor Hansing? Jan. Juli gefiel Dörtes Lächeln in Verbindung mit Jan so gar nicht. Und ein verstauchter Knöchel? Trug man dann so hochhackige Schuhe?

»Ist die Sprechstunde nicht schon vorbei?«, fragte Claudia verwirrt. Juli wunderte diese Einfältigkeit nicht.

»Jan hat gesagt, dass ich gern kommen soll.«

Sie hatte »Jan« gesagt … Dieses Grinsen. Juli kannte Dörtes triumphierendes Lächeln.

»So richtig verstaucht sieht dein Knöchel aber nicht aus. Vielleicht solltest du vorher noch die Schuhe wechseln.« War Tinas Bemerkung gerade ein wenig schnippisch gewesen?

»Jan hat geschickte Hände. Und nichts gegen eine gute Nachsorge«, ging Dörte süßlich flötend über Tinas Kommentar hinweg. »Tina, danke für die Einladung. Es war schön, einmal wieder in Ruhe gequatscht zu haben. Wir sehen uns am Samstag. Ich habe ganz vergessen, dich von Jörg-Uwe zu grüßen.« Sie nahm ihr kleines Täschchen, küsste Tina affektiert auf beide Wangen und stolzierte nach draußen. Juli sah ihr fassungslos hinterher. Dörte war auf dem Weg zu Jan. Und es machte ihr ziemlich viel aus.

»Ich mache mich dann auch auf den Weg. Jürgen kommt gleich von der Arbeit, und ich muss noch kochen.« Claudia war aufgestanden.

»Ich komme auch mit. Es war schön, Tina. Und der Kuchen war köstlich. Bis Samstag.« Sabrina nahm ihre Tasche. »Kannst du mich vielleicht mitnehmen? Ich muss leider auch los.

Tschüs, Tina. Tschüs, Juli. War schön, dich mal wieder gesehen zu haben.«

Und weg waren sie. Blieben Michaela und Juli. »Tina, ich würde gern noch bleiben, gerade wo die anderen so schnell aufgebrochen sind. Aber wir haben donnerstags doch immer Posaunenchor, und es ist die vorletzte Probe vorm Erntefest«, entschuldigte sich Michaela, und Juli merkte, dass sie die Einzige war, die es auch ernst meinte. »Wir sind nur noch so wenige, da müssen bei den Proben einfach alle da sein.«

»Ist gut, Micha, ich verstehe das und freue mich, dass du da warst. Wir sehen uns Samstag?«

»Auf jeden Fall.«

»Grüß Carsten von mir.«

Tina brachte Michaela zur Tür. Als sie zurückkam, fragte sie: »Prosecco?«, und hielt die Flasche hoch.

»Prosecco!«

Juli und Tina saßen nebeneinander auf dem Sofa.

»Du hast recht«, sagte Tina in die Stille.

»Dörte?«

Tina nickte. »Sie war ruhiger geworden und wirkte mit Jörg-Uwe auch sehr glücklich. Und dann ist Jan aufgetaucht …«

Das konnte doch gar nicht sein. »Dann hat sie eine Affäre mit ihm?« Juli hatte Angst vor der Antwort und ärgerte sich über sich selbst. Das, was sie sich gerade zusammenreimte und was in ihrem Hirn einfach Sinn ergab, hätte wunderbar in einen der Arztromane gepasst, die Oma Lene so gern gelesen hatte. Der gutaussehende Doktor Flirty, der reihenweise die Herzen der einsamen und liebeshungrigen Dorfbewohnerinnen bricht. Welcher Band war sie? *Dr. Flirty, der Arzt, dem die Herzen zufliegen – Herzflimmern in Ostwestfalen*, Band 7? Gleich nach dem Dörte-Band? *Das Glück erreicht Dr. Flirty auf High Heels.*

»Das kann ich mir nicht vorstellen. Dörte hat bestimmt hier

und da was laufen, aber nicht mit ihm«, sagte Tina entschieden.

»Bist du sicher?« Juli wurde regelrecht nervös.

»Ja. Ich weiß, dass sie es mehrfach versucht hat, aber er scheint hart zu bleiben. Und das stachelt sie an. Mensch, da hat sie einen so lieben und guten Mann …«

Juli schob ihr eigenes kleines Elend zur Seite. Tinas Problem wog schwerer als ihres. Tinas Problem hieß Jörg-Uwe, und das schon seit Jahren. Juli legte den Arm um ihre Freundin.

»Hier gibt es doch bestimmt auch noch andere tolle Männer.« Juli fand, dass sie tatsächlich recht zuversichtlich geklungen hatte.

»Lieb, dass du es versuchst, Juli. Aber hast du dich in den letzten Tagen mal umgeschaut?«, fragte Tina resigniert.

»Ach, komm, hier gibt es noch echte Mannsbilder. Denk doch nur an Bultemeiers Ingo. Viel Land, ein dicker Traktor, sogar 'nen Mähdrescher in der Scheune, ein Körper zum Ankuscheln, bestimmt auch romantisch, und das Tollste ist die Schwiegermutter, die es auch noch dazugibt.«

Tina musste laut lachen: »Gott bewahre! Dann bin ich doch lieber allein.«

»Bist du sicher?«

»Juli!«

»Ich meine ja nur. Und eigentlich kann es mir ja auch ganz recht sein, denn es ist gut möglich, dass *ich* ihm verfalle: Ganz animalisch stand er vor ein paar Tagen vor meiner Tür, in Arbeitskleidung, mit rotglänzendem Gesicht und Schweißflecken. Romantisch, wie er ist, wollte er mich bei einer Flasche Wein davon überzeugen, doch an ihn und seinen Vater zu verkaufen.«

Tina lachte Tränen. »Hör auf. Das ist nicht dein Ernst! Das hat er versucht?«

»In der Tat.«

»Ach, Juli, schön, dass du wieder da bist.«

Sollte sie an der Praxis vorbeifahren und gucken, ob Dörtes Auto davor parkte? Es war kurz nach acht. Juli und Tina hatten zu zweit weitergefeiert, den Kuchen aufgegessen und die Flasche Prosecco geleert. Nun saß sie auf dem Rad und dachte darüber nach, einen kleinen Umweg zu fahren. Nur einen ganz kleinen. Onkel Georgs alte Praxis war gar nicht weit weg. Sie musste nur in den Eichengrund, dann links in den Beekenweg, und schon wäre sie da. Sie könnte ganz unauffällig vorbeifahren und einfach gucken. Juli bog in den Eichengrund. Was war schon dabei? So eine kleine Radtour durch den Heimatort? Außerdem gab es viele Wege nach Hause. Und wenn einer von ihnen nun mal an der alten Praxis ihres Onkels vorbeiführte? Whatever! Links in den Beekenweg. Juli bremste. Wie peinlich war sie gerade? Was versprach sie sich überhaupt davon, bei Jan vorbeizufahren? Was würde sie sagen, wenn er vor der Praxis stünde? »Hey, Jan, bin gerade ganz zufällig bei dir vorbeigekommen«? Das würde er ihr doch nie glauben. Das wäre nun wirklich Groschenromanniveau. Außerdem war sie noch wütend auf ihn wegen gestern Abend. Und was, wenn Dörte noch da war, beide vielleicht vor dem Haus standen? Auf Dörtes dämliches Grinsen konnte sie verzichten. Juli drehte um. »Jan hat gesagt, dass ich gern kommen soll. Er hat sooooooo geschickte Hände. Seine sanften Berührungen vollbringen Wunder. Und nichts gegen eine gute Nachsorge.« Juli äffte Dörte nach und verdrehte die Augen. Eigentlich passten die beiden doch perfekt zusammen. Dörte und Doktor Flirty. Juli nahm den direkten Weg nach Hause. Wütend trat sie in die Pedale. Wütend auf sich und ihre pubertären Anwandlungen. Wütend, dass Dörte sie immer noch so aufregen konnte. Wütend darüber, dass sie so oft an Jan dachte. Wütend, dass ihr Herz so klopfte.

Sie hatte sich dann also für den direkten Nachhauseweg entschieden. Dort angekommen, kochte sie sich grünen Tee und legte sich mit dem Bericht über Sami, den Mo ihr dagelassen hatte, in die Hängematte. *Sami Aziz* stand auf der Mappe. Juli begann zu lesen. Sie wollte nicht weiter über Jan oder Dörte nachdenken. Morgen war ihr erstes Treffen mit Sami, und sie hatte weder seine Akte gelesen noch eine genaue Idee, wie das Kunstprojekt aussehen könnte.

Sami war sechzehn Jahre alt. Er hatte eine deutsche Mutter und einen ägyptischen Vater, der die Familie allerdings verlassen hatte, als Sami noch ein Baby war. Sein Bruder war sieben Jahre älter als er. Die alleinerziehende Mutter hatte ihre beiden Söhne zu ihren Eltern gegeben, als Sami fünf Jahre alt gewesen war. Seit einem Jahr schien sie zu versuchen, Kontakt zu Sami aufzunehmen, was Sami aber verweigerte. Zu seiner Großmutter, die vor drei Jahren gestorben war, hatte er ein sehr enges Verhältnis, und seinen Großvater, der dement war und seit ein paar Jahren im Pflegeheim lebte, besuchte er regelmäßig. Aus der Pflegefamilie, zu der er nach dem Tod seiner Großmutter gekommen war, haute er immer wieder ab, was Mo handschriftlich ergänzt hatte.

In der Grundschule war Sami ein guter und unproblematischer Schüler gewesen, so dass er zur fünften Klasse aufs Gymnasium wechselte. Dort gingen allerdings die Probleme los, und mit der Zeit verweigerte Sami immer mehr, sich an Regeln zu halten und regelmäßig zur Schule zu gehen, weshalb er schließlich auf die Realschule gewechselt hatte. Aber auch dort schien er Probleme gehabt und gemacht zu haben, und so war er letzten Endes an Mos Schule gelandet. Was die Noten betraf, schien er sich gefangen zu haben, allerdings hatte er seine aggressiven Ausbrüche noch immer nicht im Griff. Wieder hatte Mo handschriftlich ergänzt, dass es wichtig war, ihn einfach in Ruhe zu lassen, wenn er aggressiv und wütend wurde, da nach der Wut in der Regel auch die Einsicht käme und Sami in der Lage wäre zu reflektieren.

Ende letzten Jahres war er auf einer Party in eine Schlägerei mit einem anderen Jungen geraten, dem er das Jochbein gebrochen hatte, was der Grund dafür war, dass er eine Woche Jugendarrest bekommen und ein Anti-Aggressions-Training zu absolvieren hatte. Juli las Mos Eintrag, dass er seitdem schwermütig wäre und sich schämen würde.

Sie legte den Bericht zur Seite. Was hatte sie sich nur dabei gedacht, Mo zuzusagen? In ihrem eigenen Leben passierte gerade zu viel, wie sollte sie da einem orientierungslosen Jugendlichen dabei helfen, sein Leben wieder auf die Reihe zu bekommen? Allerdings tat er ihr auch leid. Wie oft war in seinem Leben das erschüttert und enttäuscht worden, was selbstverständlich sein sollte: das Gefühl bedingungslos vertrauen zu können und geliebt zu werden. Juli blickte in den Abendhimmel, dachte an ihre Großmutter und fühlte sich umarmt. »Danke«, sagte sie leise in die Stille des Gartens.

15. August

Als Juli am nächsten Morgen aufwachte, fühlte sie sich schlecht. Sie hatte nicht richtig gut geschlafen und war von einem diffusen Traum in den nächsten geraten. Sie hatte mit Sami vor einer weißen Leinwand gestanden und keine Ahnung gehabt, was sie nun machen sollte. Dann war ihr Jan lächelnd in der Wesermarsch entgegengejoggt, doch kurz bevor sich ihre Wege getroffen hatten, hatte Dörte sie triumphierend grinsend auf ihren High Heels überholt. In einem anderen Traum hatte Jan behutsam Dörtes Knöchel abgetastet. Kurz darauf hatten Juli und Jan zusammen auf dem Rasen im Garten gelegen und in den Himmel geschaut. Seine Hand hatte die ihre gehalten, und er hatte sich langsam zu ihr gedreht. Diesen Traum hätte sie gern weitergeträumt, doch dann war Petermann auf das Bett gehüpft und hatte sie darauf hingewiesen, dass der Tag begonnen und er Hunger hatte. Der Wecker auf dem Nachttisch hatte kurz vor acht gezeigt. Sie war aufgestanden, hatte Petermann den Napf gefüllt, die Fenster geöffnet und die klare Morgenluft ins Haus gelassen. Nun stand sie barfuß und im Nachthemd im Garten und wässerte die Pflanzen. Nach seinem Frühstück hatte sich Petermann satt und zufrieden in Richtung Feld verabschiedet. Erste Bienen schwirrten durch die Luft. Juli hielt ihr Gesicht in die Sonne. Es würde wieder heiß werden. Sie spürte die Hitze, die sich im leichten Wind ankündigte und sich später wie eine Decke über das Land legen würde. Noch war es angenehm. Sie schloss die Augen und atmete tief ein und aus. Dann ging sie ins Haus, zog sich ihre Sportsachen an, nahm ihren iPod und lief los.

Die Weser lag ruhig in ihrem Bett und schimmerte golden im Licht der Morgensonne, die sich in der Wasseroberfläche des Seebergs spiegelte. Einfach nur laufen. Fuß vor Fuß. Vorbei am Loch. Die Weite der Wesermarsch. Einatmen und ausatmen. Ob Jan heute früh gelaufen war? Sein Gesicht tauchte vor ihrem inneren Auge auf. Nein. Weg damit. Einfach nur laufen. Juli zog an und wurde schneller. Fuß vor Fuß. Allein. Julis Atem ging schneller. Sie spürte ihren Puls. Weiter.

Hinter Harmenhusen war sie umgedreht. Juli war ganz bei sich. Es ging nur darum, den Blick nach vorn zu richten. Ihre Lungen brannten, und das schnelle Pochen ihres Pulses füllte sie aus. Juli schwitzte. Das Loch. Sie wurde langsamer, stoppte dann, streckte ihre Arme in die Höhe, atmete ein und aus und dehnte sich am morschen Zaun. Langsam beruhigte sich ihr Puls, und sie atmete wieder gleichmäßiger. Juli kletterte über den Zaun, an dem ein »Betreten verboten«-Schild angebracht war. Brombeersträucher und wilde Rosenbüsche, an denen erste Hagebutten hingen, wucherten, und es war nicht leicht, zum See zu kommen. Vorsichtig bahnte Juli sich ihren Weg. Das Loch lag still vor ihr. Sie sah sich um. Sie war allein. Das dunkle Wasser versprach eine kühle Umarmung. Juli zog sich aus. Langsam ging sie ins Wasser und tauchte unter, die Kälte umschloss sie und strömte in ihren Körper. Sie tauchte auf und schwamm ein paar Züge. Eine aufgeregte Ente verschwand schimpfend im dichten Schilf. Juli ließ sich im Wasser treiben. Eine Libelle flog über den See, berührte die Wasseroberfläche. Kleine Kreise brachen sich. Sie fühlte sich losgelöst und frei.

»Sag mal, was bist du eigentlich für eine Cousine?«, wurde Juli von ihrer Cousine begrüßt, als sie auf den Hof lief. Mo saß auf der Bank vor dem Haus. »Ich hab schon angefangen, mir Sorgen zu machen.«

Juli hatte komplett vergessen, dass Mo kommen würde. Gestern Abend hatte sie irgendwann bei Mo angerufen, jedoch nur die Mailbox erreicht. In der Nacht hatte sie eine Nachricht bekommen: »*Sorry, konnte nicht drangehen. Jan war da. Tom hatte ihn angerufen, weil ich schlimme Rückenschmerzen hatte und mich nicht bewegen konnte. Die Madame lag wohl auf dem Ischias … Ich komme morgen früh vorbei. Dann können wir in Ruhe reden – bin doch so gespannt und habe es trotzdem geschafft, nicht bei Jan zu recherchieren, wie euer Abend war ;-) Ach, und ich hab Neuigkeiten wegen des Kunstprojekts. Küsschen!*« Und Juli hatte geantwortet, dass sie sich freuen würde.

»Damn! Mo, tut mir leid.« Mo stand etwas beschwerlich von der Bank auf.

»Schon gut. Ein kühles Getränk und einen Kaffee, und ich bin wieder besänftigt.«

Juli schloss auf, Mo folgte ihr in die Küche und ließ sich auf einen der Küchenstühle fallen.

»Geht's dir wieder besser?«

»Alles wieder in Ordnung. Hat aber schon ganz schön gezogen. Tom hat bei Jan angerufen und bestimmt komplett panisch gewirkt.«

Juli lachte, reichte Mo ein Glas Wasser und dachte an Jan.

»Danke. Mensch, ist mir heiß. Ein Kind im Hochsommer durch die Gegend zu tragen, hat schon etwas Heldenhaftes.«

Juli musste lachen. »Du bist mir schon so eine Heldin!«

Mo tat empört, grinste dann aber auch. »Wo wir gerade bei heldenhaft sind: Wie war's gestern bei Tina? Hast du's heldenhaft ertragen? Und worauf ich noch viel gespannter bin«, sie klimperte mit den Augen, »wie war dein Abend mit Jan?«

Juli setzte sich auf den zweiten Küchenstuhl.

»Der Abend war wunderschön, aber …« Juli wusste nicht, wie sie es ausdrücken sollte. Eigentlich wusste sie gar nicht, was nach dem Aber folgen sollte.

»Aber?«

»Ich weiß es nicht. Jan ist toll, klug, aufmerksam, lustig. Er sieht unsagbar gut aus, und er riecht phantastisch. Wir haben uns die ganze Zeit unterhalten, ohne dass es irgendwie verkrampft war. Es hat ganz schön geknistert.« Juli machte eine Pause. Immer noch war es nicht leicht, das auszusprechen, was in ihrem Kopf schwirrte. Mo sah sie erwartungsvoll an.

»Wir haben zusammen in der Hängematte gesessen und Händchen gehalten.« Die Erinnerung fühlte sich gut an.

»Ja? Und dann? Ich warte noch immer auf das Aber.«

»Und dann war er wieder klein, pummelig, blöd und überheblich, und wir haben uns gestritten.«

»Wie? Das ist jetzt doch wohl nicht dein Ernst?«

»Doch.«

»Und worüber?«

»Über Beekelsen.«

Mo verdrehte die Augen. »Was hast du gesagt?«

»Warum fragst du, was *ich* gesagt habe?«

»Darauf muss ich nicht antworten, oder?«

»Also gut.« Juli atmete aus. »Ich habe irgendwann gesagt, dass die Leute in Beekelsen engstirnig sind und der Horizont hier so begrenzt ist. Und dass ich es hier nicht länger als bis Ende August aushalte. Das war eben eine der Sachen, die er komplett falsch verstanden hat.«

»Vielleicht ist das Problem eher, dass man deine Aussage nicht groß anders meinen kann?«

»Ich verstehe inzwischen ja sogar, dass es ihn verärgert hat.«

»Na, immerhin. Das nenne ich doch mal einen Anfang.«

»Aber ich war so wütend, weil er wieder so besserwisserisch war. Und weißt du, was er dann gemacht hat? Als ich gerade richtig wütend war und ihm an den Kopf geworfen habe, dass ich mich wohl getäuscht habe, als ich dachte, dass er sich geändert hätte, hat er mich einfach angelächelt, mir einen Kuss auf die Stirn gegeben, gesagt, dass er mich immer schon sonderbar und bezaubernd fand, und ist gegangen.«

Mo guckte entzückt. »Das ist ja süß.«

»Das ist gar nicht süß.«

»Ach komm, Juli, wo ist das Problem?«

»Das Problem ist, dass ich Ende August zurück nach Boston fliege, es so viele andere Sachen gibt, über die ich nachdenken muss, und mir das Chaos in meinem Kopf definitiv reicht. Da brauche ich keinen Jan Hansing, der sich in meine Gedanken schleicht.«

Mo saß ihr gegenüber und sagte nichts. Sie sah sie einfach nur an, und Juli fühlte sich ertappt, weil Mo längst verstanden hatte und wusste, was sie sich einfach nicht eingestehen wollte.

»Ich weiß, ich denke an ihn. Mein Herz pocht, sobald nur sein Name fällt. Und als Dörte gestern seinen Namen gesäuselt hat, hat es mir überhaupt nicht gefallen. Ich habe keine Lust auf einen Doktor Flirty, der munter durch die Gegend balzt.«

»Wie?« Mo stutzte. »Wie kommst du jetzt von der finalen Einsicht auf Dörte? Oder auf Doktor Flirty?«

»Dörte war auch bei Tina. Du hättest sie sehen sollen. Aufgetakelt und mit wahnsinnig hohen Schuhen. Am Ende ist sie zu Jan gerauscht. Er sollte sich noch mal ihren Knöchel ansehen. Und obwohl seine Sprechstunde eigentlich schon vorbei war, hat er zugesagt, ihn sich anzuschauen. Sie hat doch allen Ernstes behauptet, einen verstauchten Knöchel zu haben. In den Schuhen? Niemals!« Juli geriet in Rage. »Und dann ihr Spruch: Er hat soooooooo gefühlvolle Hände, und seine Berührungen …« Juli äffte Dörte nach. »Das konnte ich so gar nicht haben. Und ich will nicht, dass mich Dörtes dämliches Gehabe und ihre Männergeschichten so aufregen. Ich muss darüber nachdenken, was ich mit dem Haus mache und mit Rias Sachen. Ich will nicht wie ein verliebter Teenager mit dem Fahrrad auf Umwegen durch das Dorf und bei ihm vorbeifahren, nur um zu gucken, ob er da ist oder ob Dörte noch bei ihm ist!«

»Das hast du gemacht?« Mo grinste.

»Nein, aber ich hätte es fast gemacht. Auf halber Strecke bin ich umgedreht und nach Hause gefahren. Nachher hätte ich das Traumpaar noch gestört. Ich habe dann Samis Bericht gelesen.«

»O Mann, und ich konnte nicht drangehen, als du angerufen hast. Tut mir leid.«

»Ich hatte gehofft, dass du mir in dem ganzen emotionalen Chaos hättest helfen können. Mo, ich weiß nicht, was ich machen soll.«

»Hm.« Mo lehnte sich zurück und legte eine Hand auf ihren Bauch. »Du bist verliebt, willst aber nicht verliebt sein. Und ich kann verstehen, dass du das Gefühlschaos bezüglich Jan momentan nicht gebrauchen kannst. Dörte lasse ich jetzt mal außen vor. Die war schon immer scheiße, und den Drang, sich immer in den Vordergrund spielen zu müssen, den kennen wir doch schon ewig. Klar, dass sie es bei Jan versucht. Guck dir doch an, was hier in Beekelsen und Umgebung rumläuft. Lass es mich in drei Kategorien einteilen: Die, die sie schon verschlissen hat. Das sind dann wohl die meisten. Die, die sie nie anrühren würde. Gut, das sind nur ein paar. Und dann ist da noch ihr Jörg-Uwe. Den siedele ich zwischen den anderen beiden an.«

Juli musste schmunzeln.

»Und dann zieht Jan Hansing zurück nach Beekelsen. *Doktor Jan Hansing.* Jung, sympathisch, extrem gut aussehend. Klar, dass sie ihn als frische Beute ausgemacht hat und alles versucht. Aber Jan ist eben auch intelligent und garantiert kein Doktor Flirty, wie du ihn nennst. Die ist ihm viel zu blöd.«

»Wir haben bei so einigen gedacht, dass Dörte ihnen zu blöd wäre.«

»Komm, jetzt vergleich Tim nicht mit Jan. Klar ist er freundlich zu ihr, er ist ja auch ihr Arzt. Aber mehr nicht. Er war bei dir und hat deine Hand gehalten. Juli, ich kenne Jan, und das nicht erst seit eineinhalb Jahren. Er ist ehrlich. Und jetzt muss und will ich das auch nicht weiter ausführen.« Mo war bestimmt. Damit war das Thema Dörte, zumindest für sie, erledigt. Mo war auch kein gebranntes Kind. Weder Tobi noch Tom waren Dörtes Reizen je erlegen.

»Aber er hat sich seit vorgestern nicht mehr gemeldet.«

»Du dich doch auch nicht. Vielleicht ist auch eine Entschuldigung deinerseits fällig, Juli?«

Mo stand auf und drückte Juli. »Das ist momentan alles ein bisschen viel. Ich weiß. Aber mach dir nicht immer so viele Sorgen. Irgendwann wirst du wissen, was du mit dem Haus machst, und es wird richtig sein. Hier ist deine Heimat.« Mo legte ihre Hand auf Julis Herz. »Hier sind die Erinnerungen. Cambridge ist der Ort, an dem du lebst und an dem es dir gefällt. Aber die Heimat trägst du in dir. Und jetzt hör auf, dich zu benehmen, als wärst du fünfzehn! Wenn du Jan wirklich wiedersehen möchtest, dann spring über deinen Schatten, geh zu ihm und rede mit ihm. Sieh nicht immer gleich schwarz.«

Mos Worte hatten gesessen.

»So, und damit ist meine Standpauke beendet. Haben Sie etwas zu Ihrer Verteidigung zu sagen, Frau Fiehne?«

»Nein. Ich muss das erst mal sacken lassen. Danke, Mo. Ich glaube, ich brauche manchmal einfach jemanden, der mir einen Spiegel vorhält.«

»Gut, dann denk drüber nach, was ich gesagt habe. Und jetzt komme ich vom Hölzchen aufs Stöckchen. Ich habe mit Suse Flösser vom Jugendzentrum telefoniert. Ihr habt eine große weiße Außenwand, die ihr gestalten könnt, wie ihr wollt. Sie ist heute um zwölf Uhr da und zeigt euch, wo. Wenn ich es richtig verstanden habe, ist es die Wand, die zum Schulhof hin liegt. Geld, um Material zu kaufen, ist im Projekttopf. Und Juli, ganz ehrlich? Bevor du gleich losmusst, musst du dringend duschen.«

Juli sah auf die Uhr. Es war zehn nach elf. »Oh, dann muss ich mich beeilen.« Sie stand auf.

»Dann husch du nach oben unter die Dusche. Ich finde allein raus. Und ruf mich an und erzähl, wie's war, ja?«

»Wird gemacht!« Juli drückte Mo einen Kuss auf die Wange. »Und danke. Für alles.«

»Ach, komm, da nicht für.«

Auf dem Weg nach Weserhagen war Juli ein bisschen flau im Magen gewesen, doch Sami hatte zur Begrüßung sogar leicht gelächelt. Zumindest glaubte sie, ein Lächeln erkannt zu haben. Jetzt standen sie zusammen mit Suse Flösser vor einer weißgrundierten Außenwand des Jugendzentrums.

»Das ist eure Wand. Eigentlich sollten Graffiti-Künstler aus Hamburg die Wand mit Jugendlichen aus Weserhagen gestalten, doch dann standen die Gelder leider nicht mehr zur Verfügung.« Sie steckte die Hände in die Hosentasche. »Ich bin gespannt, was ihr draus macht. Wenn was ist, ich bin im Jugendcafé.«

Eine Weile standen Juli und Sami nebeneinander und guckten schweigend auf die Wand.

»Und? Hast du schon eine Idee?«, fragte Juli schließlich.

Sami gab keine Antwort. Mo hatte gesagt, es könne gut sein, dass er provozieren würde, und sie einfach ruhig bleiben sollte. Das mit dem Ruhigbleiben war zwar leichter gesagt als getan, aber sie würde ihr Bestes geben und es versuchen. Nach einer Weile unternahm sie einen neuen Versuch: »Frau Witte hat gesagt, dass du sehr talentiert bist.«

»Das ist doch alles voll verfickte Scheiße!«, brach es scharf aus Sami heraus. Juli zuckte zusammen.

»Die Wand? Das Projekt?«, hakte sie, äußerlich gelassen, nach.

»Ach, was wissen Sie denn? Von meinem Leben haben Sie doch keine Ahnung!« Er sah sie angriffslustig an.

»Das will ich auch gar nicht. Hör zu, ich bin keine Sozialarbeiterin, ich habe keine Ahnung, wie Jugendliche ticken, geschweige denn, wie *du* tickst. Aber ich habe Ahnung von

Kunst. Ich habe Spaß daran und gestalte und zeichne so gern, dass ich meinen Lebensunterhalt damit bestreite, und nur *das* ist der Grund, warum ich heute hier bin!« Er sah sie irritiert an. »Ich weiß, dass eine weiße Wand unter Druck setzen kann, und kenne den Zweifel, ob man es schafft, sie zu füllen. Ich kenne aber auch das tolle Gefühl, wenn man die Selbstzweifel überwunden und etwas geschaffen hat. Dabei will ich dir gern helfen, aber ich will und kann dich auch gar nicht therapieren. Aber wenn du nicht willst? Whatever. Ich kann damit leben, und ich gehe davon aus, dass du mit sechzehn genug Verstand hast, auch dein Leben im Blick zu haben.« Juli machte eine kurze Pause. »Deine Entscheidung.«

Ruhe zu bewahren sah anders aus. Ihre Worte waren einfach aus ihr herausgebrochen, und sie erwartete, dass Sami gleich ausrasten würde. Doch er stand ruhig neben ihr und sagte schließlich: »Okay. Und es geht nur um Kunst.«

»Es geht nur um Kunst«, wiederholte Juli und streckte ihm die Hand entgegen. »Dann fangen wir noch mal an: Ich bin Juli.«

Sami schüttelte Julis Hand. In seinem Blick lagen Zweifel. Sie selbst zweifelte ebenfalls. »Ich bin Sami.«

»Gut.« Juli setzte sich und holte ihre Materialen, die sie gestern Abend eingepackt hatte, aus ihrer Tasche: Stifte, Kreiden und ihren großen Skizzenblock. »Dann legen wir mal los.«

Die Zeit mit Sami war schnell vergangen, und er hatte eine Idee entwickelt, die bereits konkrete Formen angenommen hatte. Verlust war das Thema, das über allem stand. Sein Thema. Beim Zeichnen tauchte er ab in eine andere Welt und entspannte sich total. Er schien ein anderer Mensch zu sein. Mo hatte recht: Sami hatte großes Talent. Sein Stil erinnerte Juli an *Herakut*; wild und imposant, mit einer berührenden Ausdruckskraft und ungeheuren Wirkung.

Wieder zu Hause hatte Juli ihre E-Mails abgerufen. Ihr deutscher Verlag lud sie nach Berlin ein. Sie hatte dann ihre deutsche Lektorin angerufen und lange mit ihr telefoniert. Am Sonntagnachmittag würde ihr Zug nach Berlin gehen. Neben den Terminen im Verlagshaus hatte sie sich mit alten Studienfreundinnen verabredet, die sie schon viel zu lange nicht gesehen hatte. Dienstagabend würde sie spät zurück in Minden sein. Sami würde am Dienstag alleine an seinen Entwürfen weiterarbeiten müssen. Juli freute sich auf die zwei Tage in Berlin, auf die Großstadt, auf die Arbeit mit ihrer Lektorin, darauf, Katja und Diane wiederzusehen. Die Gedanken an das Haus und an Jan, vor allem die Gedanken an Jan, würde sie in Beekelsen lassen. Johannes hatte angerufen. Mai-Lin und er waren von ihrer kleinen Besuchstour zurück und würden morgen vor Tinas Geburtstagsparty zu ihr kommen, um sie abzuholen und dann gemeinsam zum Dorfgemeinschaftshaus zu gehen.

Juli klappte das Notebook zu. Ganz gleich, wie sie sich entscheiden würde, ihr Zuhause trug sie im Herzen. Oma Lene war Teil ihres Zuhauses. Juli stand auf. Es war kurz nach sechs. Sie ging in den Garten und schnitt ein paar der stark duftenden Rosen. Dann holte sie Oma Lenes Rad aus dem Schuppen und fuhr zum Friedhof, der etwas abseits auf einer kleinen Anhöhe mit Blick auf die Weser lag. Juli stellte ihr Rad ab und ging an der Friedhofskapelle vorbei, in der vor neun Tagen der Trauergottesdienst für Ria stattgefunden hatte. Die Erinnerung daran fühlte sich unwirklich an, ebenso die Worte, die Ria ihr hinterlassen hatte, und über die sie nicht weiter nachdenken wollte. Rias Asche war verstreut, in alle Richtungen verweht, vom Wind getragen. Juli mochte den Gedanken. Ihre Mutter war frei. Das Grab ihrer Großmutter lag etwas versteckt am Ende des Friedhofs, direkt am Damm, der zur Weser wegbrach. Ria hatte Buchsbaum und kleine Rosen gepflanzt.

Juli holte eine kleine grüne Plastikvase vom Brunnen und steckte sie mit den Rosen neben den Grabstein. Helene Fiehne, geb. 12.10.1920, gest. 2.5.2010.

»Tach, Juliane.« Juli war in Gedanken gewesen und zuckte zusammen. Friedekings Helga kam über den Kiesweg auf sie zu. »Na, da hab ich doch richtig geguckt.« Sie stellte sich neben Juli. »Ne, deine Oma. Ein schönes Grab. Darum hat deine Mutter sich immer gut gekümmert. Guck mal, da, Meiers Grab, ne, ne, dat geit doch nich.« Friedekings Helga zeigte kopfschüttelnd auf ein Grab, über das Efeu wucherte. »Müsste dringend mal geschnitten werden, und gegossen wird auch nicht. Und dabei haben Meiers Alten ihnen so viel vererbt. Mann, mann, aber der jungen Frau is et egal.« Meiers junge Frau war inzwischen auch an die sechzig Jahre alt, und anders als Friedekings Helga war Juli der Meinung, dass sich das Andenken der Verstorbenen nun wirklich nicht am Ausmaß der Grabpflege ablesen ließ. Aber sie war hier in Beekelsen, und da war es nun mal so, und so stand sie einfach ruhig neben Friedekings Helga und hörte ihren Ausführungen zu. »Ne, da pflegt man das Grab liebevoll, und dann hat man so'n Grab daneben. Das ist doch eine Schande. Borgmanns, die das Grab daneben haben, haben schon versucht, Meiers junge Frau dazu zu bekommen, sich endlich besser um das Grab ihrer Schwiegereltern zu kümmern. Das hat aber nichts gebracht.«

»Warum ist das eigentlich die Sache von Meiers Jutta? Sind doch die Eltern von Meiers Erich.«

Friedekings Helga sah Juli irritiert an, hatte sich aber schnell wieder gefangen.

»Lene war deine Oma. Wer kümmert sich jetzt darum?«

Noch etwas, über das sie bisher nicht nachgedacht hatte. »Noch bin ich ja da.«

»Du bleibst?«

»Ich sagte, noch bin ich da.«

»Bei dem Wetter muss schon jeden Tag gegossen werden.«

»Und bist du schon mit dem Gießen fertig?« Sie sah Friedekings Helga direkt an. Sollte die sich doch auf den Schlips getreten fühlen.

»Na, dann will ich dich mal nicht länger aufhalten. Tschüs, nech?« Friedekings Helga wirkte ein wenig beleidigt, als sie den Kiesweg zurück zum wunderbar gepflegten Grab ihres Wilhelms ging. Egal. Juli wäre gern in Ruhe am Grab ihrer Großmutter gewesen, allein, und sie hatte keinen Bedarf an irgendeiner weiteren Ausführung über das, was sich nun mal gehörte. Sie hatte vergessen, dass nicht nur die Pflege der Vorgärten wichtig war, Beete ohne Unkraut, perfekt gestutzte Hecken und schön angelegte Blumenrabatten, der sauber gefegte Hof, und akkurat gemähte Rasen nicht zu vergessen, nein, ebenso wurde beäugt und kommentiert, wie die Gräber aussahen. Natürlich, ein gepflegtes Grab war jedem wichtig, aber welche Blumen und Farben sich dort fanden, ist immer noch Geschmackssache. Wichtiger als das schön bepflanzte Grab war doch, dass man die Verstorbenen im Herzen trug und an sie dachte. Und Juli dachte viel an Oma Lene. Und an Ria.

Juli fuhr den Friedhofsberg hinab. Sie wollte Jan sehen. Und sie wollte ehrlich sein. Sie würde ihm sagen, dass sie den Abend mit ihm trotz des Streits sehr genossen hatte, es ihr leidtat und sie ständig an ihn denken musste. Dass sie ihn eigentlich nicht hatte gehen lassen wollen. Dass sich alles so gut angefühlt hatte. Auf ihrem iPod sang Bosse: *»Der Sommer ist noch lang. Everyday is like a new beginning.«* Recht hatte er. Irgendwie. Aber ihr Sommer ging nur bis Ende August. Und wenn schon, sie wollte ihn sehen. Juli fuhr freihändig. Die Sonne im Gesicht, den warmen Wind in den Haaren. Juli flog dahin. In Jans Richtung.

Von der Seite bog ein Traktor viel zu schnell vom Feld auf

die Straße und nahm Juli die Vorfahrt. Schnell nahm sie die Hände zurück an den Lenker, bremste scharf und schaffte es, nicht zu stürzen. Bultemeiers Ingo. Sie erkannte seinen massigen Körper und sein rotes Gesicht. Er hob die Hand zum Gruß.

»Idiot!« Juli stand am Straßenrand und blickte ihm fassungslos hinterher. So jemand konnte nur im Schutzraum der ostwestfälischen Einöde existieren. Juli stieg auf das Rad und fuhr weiter.

Als sie an Tante Friedas Haus vorbeifuhr, stand diese auf ihrem Hof und goss Blumen.

»Juli, Liebes.«

Juli stieg kurz vom Rad und umarmte Tante Frieda.

»Hallo.«

»Wo kommst du denn her?«

»Ich war an Oma Lenes Grab und hab ihr Blumen gebracht.«

»Das ist schön. Ich gehe gleich auch noch mal hoch. Karl hallo sagen und sein Grab gießen. Der Sommer ist trocken und heiß. Da freuen sich die Blumen über Wasser. Wie geht es dir?«

»Gut. Ich habe angefangen, Rias Sachen ein wenig zu sortieren. Es ist ein komisches Gefühl. Was das Haus betrifft, bin ich immer noch ratlos.«

»Das wird sich schon alles finden. Ich wünsche dir, dass du dir die Zeit nimmst nachzudenken. Wie du dich auch entscheidest – du wirst das Richtige tun. Das, was richtig für *dich* ist. So haben es deine Oma und Ria auch gehalten.«

Juli lächelte. Tante Friedas Worte beruhigten sie. Und obwohl sie doch nichts anderes gesagt hatte als Onkel Georg, Tante Karin und Mo, bedeuteten ihr ihre Worte doch besonders viel. Sie drückte Tante Frieda einen Kuss auf die Wange.

»Danke. Ich hoffe wirklich, dass es so sein wird. Ich muss jetzt leider weiter.«

»Bis bald, Liebes.«

Juli hatte sich ein Herz gefasst. Sie bog in den Beekenweg. Heute würde sie nicht umdrehen. Sie wollte Jan sehen und mit ihm reden. Sie stieg vom Rad, stellte es in den Fahrradständer vor dem Haus und ging die paar Stufen hoch, die zur Eingangstür der Wohnung über der Praxis führten, in der Jan wohnte. Gerade als sie die Klingel drücken wollte, öffnete Jan schwungvoll die Tür. Er sah sie verwirrt an.

»Juli?!«, sagte er überrascht.

»Hallo.«

Einen Moment standen sie sich schweigend gegenüber.

»Ich wollte nicht stören, ich wollte nur mal hallo sagen.«

Natürlich wollte sie mehr als das, doch es war zumindest ein Anfang.

»Ähm, das freut mich, aber leider habe ich gerade gar keine Zeit. Ich hab noch vier Hausbesuche. Doktor Mertens ist im Urlaub, deshalb kümmere ich mich momentan auch um seine Patienten. Die Hitze macht den alten Leuten ganz schön zu schaffen.«

Jan hatte seine Arzttasche in der Hand und lächelte sie an. Juli lächelte zurück und wusste nicht, was sie sagen sollte. »Ich freu mich, dass du vorbeigekommen bist, und wir sehen uns bestimmt ganz bald wieder in Ruhe. Aber jetzt muss ich los.« Jan gab ihr einen Kuss auf die Wange, und Juli schloss für einen kleinen Moment die Augen. So war das nicht geplant gewesen.

Jan war an ihr vorbei und ging zu seinem Auto. Juli stand noch immer auf den Stufen. Er legte seine Arzttasche auf die Rückbank und drehte sich noch mal lächelnd zu ihr um: »Wir sehen uns!« Dann stieg er in den Wagen und fuhr vom Hof.

Juli hob die Hand und winkte zaghaft. Jan war verschwunden. Sie ging zu ihrem Rad und fuhr langsam nach Hause. Das hatte sie sich wirklich alles ganz anders vorgestellt. Aber sie war zu ihm gefahren, und sie hatte ihn gesehen. Immerhin.

16. August

Juli lag im Schatten in der Hängematte und schaukelte vor sich hin. Durch das Blätterdach über ihr schimmerte die Augustsonne. Die Luft war heiß, und es ging kein Wind. Obwohl es Abend war, kühlte es sich nicht ab. Die Hitze hing über Beekelsen, schwer und schwül und drückend. Petermann lag träge unter den Fliederbüschen, die im Frühling immer so wunderbar blühten. Auch Juli hatte heute nicht viel geschafft. Tante Karin war vorbeigekommen und hatte ihr geholfen, Rias Kleidung zu sortieren. Über die Hilfe ihrer Tante war Juli sehr dankbar, alleine hätte sie sich heute nicht dazu aufgerafft. Ihre Tante hatte die Kleidung mitgenommen, um sie zum Roten Kreuz zu bringen. Danach hatte Juli sich um den Garten kümmern wollen, hatte es aber nicht bis zum Rasenmäher im Schuppen geschafft, sondern nur bis zur Hängematte, die im Schatten der beiden Birnbäume hing. Es war anstrengend genug, den eigenen Gedanken nachzuhängen. Jan hatte gelächelt. Dass er sich freuen würde, sie zu sehen, und dass sie sich bestimmt ganz bald wiedersehen würden, hatte er gesagt. Aber was hieß das: »Wir sehen uns bestimmt ganz bald wieder«? War das ein Versprechen oder unverbindlich dahergesagt? Vor drei Tagen hatten sie gemeinsam hier in der Hängematte gelegen, ganz nah, und zwischen beiden hatte eine Spannung gehangen, die Juli hatte spüren können.

Sie hatte gar nicht gefragt, ob er heute Abend auch kommen würde. Aber mit Sicherheit waren alle feiertüchtigen

Beekelsener eingeladen, jedenfalls die zwischen achtzehn und fünfundvierzig, grob geschätzt. Und Jan? Jetzt reichte es aber! Sie nahm sich ihren iPod und setzte sich die Kopfhörer auf. Abbys Lieblingsband. Juli stellte auf maximale Lautstärke und grölte laut den Song mit. Dann sah sie auf ihre Uhr. Halb sieben. In einer halben Stunde würden Mo, Tom, Johannes und Mai-Lin kommen und sie abholen. Sie war bereits fertig. Juli hatte sich ihren Jeansrock und ein rotes Top angezogen, die Haare zu einem losen Zopf geflochten und sich dezent geschminkt. Jetzt würde sie einfach Musik hören und nicht weiter an Jan Hansing denken.

»Hey!« Johannes hatte ihr die Kopfhörer vom Kopf genommen und lachte laut. Mai-Lin stand neben ihm. »Da kann man ja laut mithören, wenn man in den Garten kommt. Vorbeugende Therapie gegen die Beekelsener Partymusik heute Abend?« Er grinste. »Da muss ich gleich an früher denken und unsere Touren in die *Box* nach Minden.«

»Zum Glück sind deine Haare nicht mehr so lang wie damals. Das sah so albern aus.« Juli musste lachen.

»Du hattest lange Haare?« Mai-Lin sah Johannes an.

»Und den Versuch eines coolen Ziegenbärtchens. Ich glaube, ich hab noch ein paar Fotos.«

»Das kannst du mir nicht antun.« Johannes hob abwehrend die Hände.

»Wenn wir heute Abend schon um Jahre zurück auf eine Dorfparty ins Dorfgemeinschaftshaus geworfen werden, können wir auch jetzt schon anfangen, uns darauf einzustimmen.« Juli zwinkerte, lief ins Haus und holte schnell das Fotoalbum, das in dem Regal in ihrem Zimmer stand. Als sie zurück war, kamen Mo und Tom gerade durch das schmiedeeiserne Tor und Johannes öffnete eine Sektflasche. Der Korken flog mit einem lauten Plopp durch den Garten. Petermann schreckte hoch, blickte entrüstet in die Runde und lief in Richtung Feld.

»Hey, Leute«, rief Johannes Tom und Mo entgegen, »ihr kommt genau richtig. Ich hab ans Vorglühen gedacht. So wie früher. Also, Mo, du bist leider raus. Aber du kannst die Gläser halten, während ich eingieße.«

Mo knuffte Johannes in die Seite. »War klar! Und vermutlich begründest du die Aktion damit, dass Mai-Lin schließlich die ostwestfälischen Sitten kennenlernen muss.«

Juli lachte. »Mai-Lin, du bekommst noch ein ganz schräges Bild von der Heimat deines Mannes.«

Mo verteilte die gefüllten Sektgläser, ihrs war mit Saft gefüllt. »Hier ist es schräg. Das muss man sich geradetrinken. Auf uns und auf den Abend«, sagte Johannes.

»Auf uns und den Abend«, erwiderten die anderen im Chor. Die Gläser klangen.

»Und, wie sagt man? Nich lang schnacken, Kopp in'n Nacken?« Mai-Lin.

Alle lachten, und Johannes drückte ihr einen Kuss auf die Stirn.

»Du lernst schnell«, bemerkte Tom und fügte grinsend hinzu: »Mit den perfekten Kenntnissen in Ostwestfälisch kommst du wunderbar über den Abend.«

Als sie gegen neun Uhr ins Dorfgemeinschaftshaus traten, hatte Juli den Eindruck, die Reise zurück in längst überwundene Zeiten ginge weiter. Schon von weitem hatten sie die Musik gehört. Das Dorfgemeinschaftshaus machte auf bayerisches Bierzelt. Innen sah es nicht viel anders aus: helle Fliesen, Holzvertäfelung, blaue zur Seite gebundene Vorhänge, rustikale Bauernstühle mit rot-weiß kariertem Sitzpolster, an den Wänden gerahmte Fotos von Dorffesten, die große Theke mit Zapfanlage und schweren eisernen Barhockern – die kippten nicht so schnell um, wenn man Probleme mit dem Gleichgewicht bekam. Noch ganz gut im Gleichgewicht, standen an der Theke schon die, die sich immer schon an die Theke hielten, später an ihr festhielten: Olaf, Jürgen, Heiko, Dirk, Andi, Matze und wie sie alle hießen, einen Willibecher mit frisch gezapftem Pils vor sich. Irgendwie hatten sie schon mit sechzehn, siebzehn, achtzehn ... mit Mitte zwanzig das gleiche Bild abgegeben, wobei der leichte Bauchansatz von früher inzwischen zu einem ordentlichen Bierbauch gewachsen war, die Haarpracht im Gegenzug langsam lichter wurde. An den Tischen saßen die Damen und waren in Gespräche vertieft. Ostwestfälische getrennte Reihe: die Männer an der Theke, die Frauen an den Tischen. Als Juli, Mo, Tom, Johannes und Mai-Lin durch die Tür getreten waren, hatten sie natürlich alle aufgeguckt und die fünf mehr oder weniger auffällig gemustert. Claudia und Sabrina hatten gewinkt, dann wieder die Köpfe mit Michaela, Sabine, Marina, Heidi und Carmen zusammengesteckt und wahrscheinlich alle Details berichtet, die sie seit Tinas Geburtstagskaffee brandneu über Juli erzählen konnten. Über Mai-Lin würden sie sich bestimmt auch austauschen. Davon war auszugehen. Hier passierte ja sonst nichts. Auf dem Tisch vor sich hatten sie Sektgläser stehen, an denen sie hin und wieder nippten. Immer wieder warfen sie Blicke zu ihren Männern und Freunden. Kontrollblicke, nicht dass einer gleich schon unter der Theke lag.

»Das nenn ich doch mal 'ne richtig nette Party.« Mo grinste Juli an.

»Wo du recht hast ...«

»Und ich darf noch nicht mal was trinken.«

»Du hast so viele Schwangerschaftshormone in dir, da brauchst du nichts zu trinken. Du redest auch so wirres Zeug.« Tom grinste breit und küsste Mo. »Aber ich hol mir jetzt mal ein Bier. Soll ich euch eins mitbringen?«

Juli nickte. »Gern.«

»Warte, wir kommen mit, dann kann ich Mai-Lin gleich mal die Thekenprominenz vorstellen.«

»Ich wollte dich schon die ganze Zeit fragen, wie es mit Sami war.« Mo blickte Juli gespannt an.

»Überraschend gut. Der Anfang war recht holprig und nicht richtig geglückt, aber als es dann um das Projekt ging, hat er losgelegt, und ich bin von seinem Talent beeindruckt. Die grobe Richtung, in die es thematisch gehen soll, steht, und er hat erste Skizzen gezeichnet.«

»Genau so habe ich mir das vorgestellt«, sagte Mo stolz.

»Allerdings kann ich am Dienstag nicht. Ich fahre nach Berlin zum Verlag.«

»Dienstag bin ich da, das passt schon. Ich lass ihn einfach weiter skizzieren.«

»Am Freitag bin ich dann wieder dabei.«

»Super, Juli, das freut mich. Ich wusste, dass das passt.« Mo nahm Julis Hand und zog sie mit sich. »Komm, wir suchen Tina. Es kann dauern, bis Tom wieder zurück ist.«

Es war schon recht voll, so dass sie eine Weile brauchten, bis sie Tina gefunden hatten.

»Juli! Mo! Schön, dass ihr da seid!«, begrüßte sie beide fröhlich.

Tina trug ein buntes Sommerkleid und Keilsandalen. Juli fand, dass sie heute sehr schön aussah.

»Alles Liebe und Gute noch einmal.« Juli umarmte Tina und drückte ihr den kleinen Blumenstrauß in die Hand, den sie vorhin im Garten für sie geschnitten hatte.

»Auch von Tom und mir herzlichen Glückwunsch.«

»Danke schön. Was wollt ihr trinken? Mo, ich habe für dich extra alkoholfreies Bier und Sekt gekauft.«

»Tina, du bist ein Schatz!«

Juli, Mo, Tom, Johannes und Mai-Lin sprengten die ostwestfälische Reihe und standen zusammen um einen der Stehtische, die vor der Theke aufgebaut waren. Aus den Lautsprechern wummerte Chartmusik.

Tina stellte sich zu ihnen. »Und? Gefällt euch die Party?«

»Alles bestens«, antwortete Tom und lächelte freundlich. »Eine super Party.«

Tina strahlte.

»Ist ganz schön voll. Sind schon alle da?«, fragte Juli. Die Person, nach der sie den ganzen Abend schon Ausschau hielt, konnte sie nämlich noch nicht erspähen.

»Fast alle. Dörte kommt noch. Die hat noch einen Pressetermin auf dem Kleinenförder Erntefest. Ich glaub, die hat gesagt, sie interviewt den DJ. Aber Jörg-Uwe ist schon da.« Tinas Augen strahlten noch mehr.

»Und hast du Jan Hansing auch eingeladen?« Mo.

»Na klar, und er will's versuchen. Aber weil Doktor Mertens im Urlaub ist, weiß er nicht, wann und ob er es schafft.«

Er will's versuchen. Julis Herz machte einen leichten Hüpfer. Mo zwinkerte ihr heimlich zu, dann verdrehte sie plötzlich die Augen und sagte: »Wenn man vom Teufel spricht …« Juli drehte sich um. Dörte stand in der Tür. Sie trug die hochhackigen Ankleboots, die Juli aus dem Supermarkt kannte, einen engen und sehr kurzen schwarzen Rock, der gerade so ihren Po bedeckte, und ein silbern glitzerndes, tief ausgeschnittenes Top. Sie genoss ihren Auftritt zu später Stunde.

»The arrival of the Knautschgesicht-Diskokugel«, entfuhr es Juli.

»Das nenn ich dann mal passende Arbeitskleidung.« Tom grinste schief.

»Ja, klar, da sieht man gleich den investigativen Journalismus. Das war bestimmt ein ganz tiefgründiges DJ-Interview«, bemerkte Johannes ironisch.

»Ach kommt, so sieht Dörte doch immer aus«, unternahm Tina den ehrenwerten Versuch, Dörtes Outfit zu erklären.

»Und das ist schlimm genug!«, kommentierte Tom. Und nun musste selbst Tina lachen.

Dörte hatte Tina entdeckt und stolzierte strahlend, gekonnt mit dem Po wackelnd und die Hüfte von einer zur anderen Seite schwenkend, auf den Stehtisch zu.

»Tina, entschuldige, dass ich so spät bin. Aber das Interview hat sich zu einem sehr intensiven Austausch entwickelt. Sorry.«

»Fragt sich nur, was sie ausgetauscht haben …«, flüsterte Mo Juli grinsend zu, und Juli musste ein Lachen unterdrücken. Dörte umarmte Tina und hauchte ihr einen Kuss auf die Wange. Dabei schaffte sie es, ihren Hintern gekonnt in Szene zu setzen. Sämtliche Thekenaugen waren darauf gerichtet. Selbst die, die nicht mehr ganz klar waren, blickten scharf. Dann sagte sie ein »Hallo« in die Stehtischrunde, umarmte auch Juli und Mo, küsste Johannes und Tom auf die Wange, schüttelte Mai-Lin die Hand und rauschte an die Tische mit den Damen des Dorfes, die sie teils bewundernd, teils neidisch beäugten.

»Wer war das?«, fragte Mai-Lin, als die Erscheinung vorübergezogen war.

»Dörte«, antwortete Mo, und Mai-Lins Blick sagte alles, was gesagt werden musste.

»Juli!« Kaisers Kai. Juli hatte eine kleine Runde durch den Raum gedreht. Fenster und Türen standen offen. Ein Versuch, frische Luft in den stickigen Raum zu lassen, doch auch draußen stand noch immer die Hitze des Tages. Die Thekentruppe hielt sich inzwischen mit einer Hand am Tresen fest. Das Lachen der Frauen an den Tischen war lauter und affektierter geworden. Aus den Boxen dröhnte *Danza Kuduro*, und erste Mutige hatten sich auf die Tanzfläche gewagt. Ein Schritt nach links. Ein Schritt nach rechts. Mehr oder weniger im Takt. Und dann war Kaisers Kai mit einem Bierglas in der Hand an sie gestoßen. »Das gibt es doch nicht, dass du das bist.« Er versuchte, klar zu gucken und deutlich zu reden. Kaisers Kai. Früher hatte Juli mal für ihn geschwärmt. Ganz früher, zu Beginn der fünften Klasse, als sie Jungs auf dem Mofa noch cool fand und man sich noch in der Phase der einfältig naiven präpubertären Schwärmereien befand. Als Kai nun so vor ihr stand, versuchte Juli sich zu erinnern, was um alles in der Welt sie an ihm interessant gefunden hatte. Mittlerweile war Kai Mitte dreißig, und er trug allen Ernstes eine Krachlederne.

»Hallo, Kai.«

»Na, dann stimmt das doch, was die bei Pranges erzählen, dass du noch da bist. Das mit deiner Mutter tut mir übrigens leid.«

»Danke.«

»Nein, das ist ja echt ein Ding. Wie lange hab ich dich denn wohl schon nicht mehr gesehen?« Er dachte nach, und man sah, dass es ihm in seinem momentanen Zustand nicht so ganz leichtfiel, die Jahre zu überschlagen. Vermutungen darüber, inwiefern es ihm nüchtern leichter fallen würde, stellte Juli besser nicht an.

»Na, wir werden alle älter, nech?«, sagte er schließlich. »Was machst du so? Immer noch in Afrika?«

»Immer noch in Amerika.«

»Afrika. Amerika. Wo ist da schon der Unterschied?« Kai lachte und schlug ihr auf die Schulter. Juli lachte angestrengt mit. Es folgte eine peinliche Stille.

»Und du? Was machst du?«, erkundigte sie sich schließlich.

»Ich arbeite beim Kraftwerk in Weserhagen.«

»Das klingt ja gut.« Dieses Gespräch würde sich zu einem angestrengten Small Talk entwickeln.

»Ja, und dafür, dass ich nicht viel tun muss, werde ich echt gut bezahlt.« Kai grinste. »Mensch, das muss ich den anderen erzählen, dass du da bist. Besuch im kleinen Beekelsen aus Amerika. Bernie!« Er rief in Richtung Theke, und ein kräftiger Kerl drehte sich um. »Bernie, komm mal her und guck, wer da ist.«

Der Kraftprotz stand auf und kam auf sie zu. Giesekings Bernd. Juli und er waren zusammen in der Grundschule gewesen. Früher war Bernd klein und schmächtig gewesen. Jetzt war er ein Schrank. Der Schrank trug ebenso eine Krachlederne.

»Juli?«

»Genau. Hallo, Bernie.«

Bernie war noch nie gesprächig gewesen, Kai dafür umso mehr.

»Der Bernie. Ist groß geworden, nech? Hat den Dachdeckerbetrieb seines Vaters übernommen. Ja, und wenn Manuel und Marko später auch noch kommen, dann sind die Beekelsener Buben vollzählig.« Kai klopfte Bernie auf die Schulter.

»Die Beekelsener Buben?«, fragte Juli.

»Ja, unser kleiner, feiner Verein. Einmal im Jahr veranstalten wir seit vier Jahren unser eigenes Beekelsener Oktoberfest, so richtig mit Krachlederner.« Er fasste sich an den Hosenbund. »Dirndl, Weizen, Brezeln und so.« Kai war ganz stolz.

»Na, das ist ja toll«, war das Einzige, was Juli dazu einfiel. Beekelsener in Krachlederner und Dirndl. Ein Oktoberfest in Beekelsen. Im tiefsten Ostwestfalen. Wenn nichts los war, wurde eben was losgemacht. Bernie hatte Juli ein Bier in die Hand gedrückt.

»Dann mal prost, nech?«

Das hatte sie nun davon, dass sie sich allein in die Tiefen des Dorfgemeinschaftshauses vorgewagt hatte. Nachdem Juli mit beiden angestoßen, einen Schluck getrunken und die Lederhosen gebührend bewundert hatte, sah sie sich hilfesuchend nach ihren Freunden um, die immer noch am Stehtisch standen. Juli hatte das Gefühl, einen kleinen Aussetzer zu haben, und schlagartig pochte ihr Herz bis zum Hals. Bei ihnen stand Jan. Sein Blick wanderte durch den Raum und blieb an Juli hängen. Er lächelte. Sie lächelte zurück, atmete tief ein und ging mit weichen Knien zu ihm.

»Hallo.«

Juli umarmte Jan.

»Hallo.«

Sie standen nebeneinander, Schulter an Schulter. Es fiel Juli schwer, sich auf das Gespräch der anderen zu konzentrieren. Jans Hand berührte leicht die ihre.

»Ihr Lieben, so mitreißend die Party auch ist, Mai-Lin und ich verabschieden uns.« Johannes' Worte holten Juli aus ihrem Taumel.

»Schon?«, fragte Mo.

»Mir ist irgendwie nicht richtig gut«, sagte Mai-Lin. »Wie sagt man, ich bin übel?«

»Dir ist übel. Hoffentlich nicht vom Unterricht deines Mannes in ostwestfälischer Trinkkunde.« Tom.

»Nein, irgendwie hab ich mich den ganzen Tag schon nicht richtig gut gefühlt, und mir war leicht schwindelig.«

»Dann ab nach Hause mit dir. Gute Besserung«, wünschte Juli.

»Bestimmt die Hitze«, sagte Jan. »Sollte es schlimmer werden, ruft einfach an, ja?«

»Machen wir. Danke, Jan. Euch noch einen schönen Abend.« Johannes klopfte zum Abschied auf den Tisch, legte einen Arm um seine Frau und führte sie über die inzwischen wild betanzte Tanzfläche nach draußen.

»Und ich brauche dringend ein bisschen frische Luft. Ehemann, begleitest du mich nach draußen?« Mo sah Tom an und tat ganz hilflos. »Ich arme schwangere Frau brauche deine starken, beschützenden Arme, nicht dass ich auch noch in Kai renne.«

»Na dann, auf geht's. Werd ich das schwangere Schiff mal nach draußen navigieren …«

»Wie ich deinen Charme liebe«, war das Letzte, was Juli von Mo hörte, bevor die Musik und die Menschen im Raum Tom und Mo verschluckten.

Jan und Juli waren allein.

»Schön, dass du da bist«, hörte sie sich sagen.

»Sorry, dass ich gestern so in Eile war«, erwiderte er.

Jetzt sahen sich beide einfach nur an. Juli war dabei, sich in seinen Augen zu verlieren, einfach ihrem Gefühl nachzugeben.

»Ich«, sie unternahm einen Anlauf, »also, ich wollte sagen, dass es mir wegen Mittwochabend …« Weiter kam sie nicht, denn Sabrina stand plötzlich vor ihnen und guckte dramatisch: »Doktor Hansing? Können Sie vielleicht mitkommen? Dörte ist draußen umgeknickt und kann nicht mehr auftreten. Sie hat schlimme Schmerzen.«

Dörte? Juli war kurz davor, Dörtes Leid boshaft zu kommentieren. Dass die kein wirkliches Problem hatte, musste ja nun wohl allen klar sein. Das heißt, natürlich hatte Dörte ein Problem, aber das hatte eher mit ihrer zum Himmel schreienden Selbstinszenierung, dem krankhaften Drang, im Mittelpunkt stehen zu wollen, und dem ungesund ausgeprägten Sexualtrieb zu tun als mit umgeknickten Knöcheln. Doch bevor sie sagen konnte, was sie dachte, küsste Jan sie sanft auf die Wange, sagte »Ich bin gleich wieder da«, folgte Sabrina nach draußen, und Juli blieb allein und verwirrt am Tisch stehen.

Sie sah sich um. An einem Tisch in der Ecke saß Tina. Ebenfalls allein. Vor sich hatte sie eine Flasche Apfelkorn und ein Schnapsglas stehen. Juli ging zu ihr.

»Alles in Ordnung?«

»Natürlich.« Tina strahlte sie an.

»Na klar, und darum sitzt du hier allein mit einer Flasche Schnaps auf deiner eigenen Party?«

»Dir kann man nichts vormachen. Nichts ist in Ordnung.«

Juli wusste, in welche Richtung das Gespräch jetzt gehen würde.

»Jörg-Uwe?«

Tinas Augen füllten sich mit Tränen.

»Nein, komm, nicht weinen. Der ist es nicht wert.«

Sie setzte sich neben Tina und legte den Arm um sie.

»Ich lieb ihn aber einfach.«

»Das tust du nicht. Mensch, du bist meine wunderbare Freundin Tina, du liebst kein Hündchen, das mit dem Schwanz das falsche Frauchen anwedelt und nur darauf wartet, dass es endlich wieder das Stöckchen wirft und es laufen darf.«

Tina lehnte sich an ihre Schulter.

»Mein Kopf weiß ja, dass du recht hast. Aber mein Herz ist einfach begriffsstutzig.«

Tina schenkte Schnaps nach.

»Aber Alkohol ist auch keine Lösung.«

»Du bist so weise.«

Tina leerte das Glas.

»Ach komm. Wo ist er denn jetzt? Seine Frau ist schließlich wieder böse umgeknickt und braucht die Wunderhände Doktor Hansings.«

»Er ist vor einer halben Stunde gegangen, weil er morgen sehr früh rausmuss. Fährt doch seit einem halben Jahr den

Molkereiwagen. Klar, dass Dörte natürlich genau dann umknickt.«

Tina rollte mit den Augen und schenkte noch mal nach. Dieses Mal leerte Juli das Glas in einem Zug.

»Tina? Alles in Ordnung?« Bernie stand am Tisch und sah Tina besorgt an. »Hey, es ist deine Geburtstagsparty. Da darfst du doch nicht traurig sein.« Er suchte nach weiteren Worten, was Juli rührend fand.

»Komm, Bernie, hier wird deine starke Schulter gebraucht.«

Juli stand auf und deutete auf ihren Platz. Bernie setzte sich schüchtern neben Tina. Er suchte immer noch nach den richtigen Worten, dann legte er einfach den Arm um sie. Er war zwar noch nie ein Mann der großen Worte gewesen, aber er schien die Gabe zu besitzen zu wissen, wann man einfach nur da zu sein hatte.

Juli ging an die Theke und bestellte ein Wasser. Matze und Olaf prosteten ihr zu. Sie prostete zurück und ging nach draußen. Jan hatte gesagt, er wäre schnell zurück. Sie würde einfach mal gucken, wo er blieb. Sie hatte ihm schließlich noch all das zu sagen, was sie sich für gestern vorgenommen hatte. Vor der Tür traf sie Mo und Tom.

»Juli, wir fahren.«

Mo sah verkrampft aus.

»Ich habe wieder diese fiesen Rückenschmerzen. Ich glaube, ich muss ins Bett und mich ausruhen.«

Tom stand nervös neben ihr und wirkte mit der Situation ein wenig überfordert.

»Dann seht zu, dass ihr drei nach Hause kommt. Mein Patenkind will Ruhe.«

Juli drückte beide.

»Habt ihr vielleicht Jan gesehen?«

»Den haben wir doch eben extra bei dir gelassen«, entfuhr es Tom, und Mo boxte ihm in die Seite.

Juli lachte. »War schon klar, aber der Herr Doktor wurde zu einem kleinen Dörte-Einsatz gerufen und wollte eigentlich schnell wiederkommen.«

»Der Arzt, dem die Frauen vertrauen. Der Arme. Ein Dörte-Notfall.« Mo verdrehte theatralisch die Augen. »Hey, jetzt mach dir keinen Kopf. Er hat doch nur Augen für dich. Das sieht hier jeder.« Mo strich ihr über die Wange.

»Und Dörte könnte man mir nackig auf den Bauch binden, da ginge nichts. Das wird Jan nicht anders gehen.« Tom grinste sie an.

»Danke für die Ausführung, das mag ich mir nicht weiter ausmalen«, lachte Mo. »So, und bevor Herr Witte mit weiteren unschönen Bildern kommt, sage ich gute Nacht, meine liebe Juli, und ab nach Hause mit uns, mein lieber Tom.«

Juli klopfte Tom lachend auf die Schulter, sagte »Schön, dass es euch gibt« und winkte beiden hinterher. Dann ging sie um das Haus in den Garten, der zum Dorfgemeinschaftshaus gehörte.

Die Luft hatte sich immer noch nicht merklich abgekühlt. Wie spät mochte es sein? Mitternacht? Oder später? Aus dem Haus drangen wummernde Bässe und eine ausgelassene Stimmung in die Nacht. Wolken hingen vor dem Himmel, es waren keine Sterne zu sehen.

»Ich weiß auch nicht, wie mir das schon wieder passieren konnte. Ich bin ein Dummerchen.« Dörtes Stimme. »Zum Glück bist du heute Abend auch da. Nicht auszudenken, was sonst gewesen wäre.« Juli guckte angestrengt in die Dunkelheit. Sie kam näher und sah Dörte auf der Bank unter der Laube sitzen. Jan kniete vor ihr.

»Deine Berührungen tun Wunder. Ich spüre sie nicht nur

am Knöchel«, hörte sie Dörte hauchen. »Oh, ich glaube, ich habe einen Krampf im Oberschenkel. Schau, genau hier.«

Juli hatte mehr als genug. Sie drehte sich um, ging zurück ins Dorfgemeinschaftshaus, stellte sich an die Theke und bestellte sich einen Aquavit, den sie hinunterstürzte. Matze und Olaf nickten ihr anerkennend zu. Dann ging sie zu Tina, die noch immer am Tisch saß und ihren Kopf an Bernds Schulter gelehnt hatte, sagte, sie sei müde, und stürmte nach Hause.

Juli war sauer. Auf Dörte. Auf Jan. Auf sich. Wie erbärmlich war Dörte eigentlich? Sie war verheiratet. Und kaum war ihr Mann außer Sichtweite, schmiss sie sich an einen anderen ran. Juli schüttelte sich. Und dann dieses »Ich Dummerchen«! Sie ging schnell. Und Jan. Er war Arzt. Dass Dörte keinen verknacksten Knöchel haben konnte, musste er doch wohl merken. Das gab es doch wohl nicht. Er hatte gesagt, dass er schnell wiederkommen würde. Aber bei Dörte war Doktor Flirty voll und ganz in seinem Element. Und sie? Juli regte sich darüber auf, dass sie sich so aufregte. Sie würde es hier wirklich nicht länger als nötig aushalten. Das hatte ihr der Abend wieder bestätigt. Ihr war das alles zu blöd. Beekelsen und seine Dorfdramen waren ihr zu blöd, und sie hatte keine Lust, darin mitzuspielen. Dörte lebte ihre eigene Seifenoper, mit sich in der Hauptrolle, daran änderte die Tatsache, dass ihr Name so gar nicht nach publikumswirksamer Telenovela klang, auch nichts. Juli begann zu rennen. Warum regte sie sich noch immer so auf? Als Jan und sie nebeneinanderstanden, hatte sich alles so richtig und gut angefühlt. Und dann: »Deine Berührungen tun Wunder.« Juli rollte mit den Augen. Auf dem Hof ging der Bewegungsmelder an, und sie sah Petermann auf der Bank sitzen. Juli atmete schwer, streichelte über den Kopf des Katers und suchte den Hausschlüssel in ihrer Tasche.

»Juli?« Sie fuhr herum. Jan war mit dem Fahrrad auf den Hof gefahren. »Alles in Ordnung?«

Vor Schreck ließ sie den Hausschlüssel fallen und bückte sich danach. Als sie sich wieder aufrichtete, sah Jan sie fragend an: »Ich hab dich gesucht, und Tina hat gesagt, du seist gegangen, weil du müde bist?«

Juli steckte den Schlüssel ins Schloss. Er hakte. »Du musst dir keine Sorgen machen. Ich muss nicht verarztet werden.«

Jan blickte irritiert. »Dörte?«

Juli funkelte ihn an. »Dass die keinen verstauchten Knöchel hat, sehe selbst ich ohne Medizinstudium! Meinetwegen hättest du nicht aufbrechen müssen, sondern dich mit deinen Händen ruhig um ihren Oberschenkelkrampf kümmern können!«

Juli erkannte ein amüsiertes Lächeln in Jans Gesicht. »Bist du etwa eifersüchtig?«

»Hör zu, Doktor Flirty, ich? Auf die? Das wird mir hier jetzt zu blöd.« Der Schlüssel ließ sich endlich drehen, und die Tür ging auf.

»Hey!« Jan fasste ihr Handgelenk. Juli konnte seine Nähe spüren. Julis Armhärchen stellten sich auf. Sie spürte, wie er seine Stirn an ihren Kopf lehnte. Leise sagte er: »Ich konnte den ganzen Abend nur an eines denken: Samstag, Mittwoch, gestern, an alle anderen Tage. An dich.« Die Spannung füllte sie aus, und es fiel ihr schwer zu atmen. Juli drehte sich zu ihm um. Jans Hand strich behutsam eine Strähne aus ihrem Gesicht. Juli nahm all ihren Mut zusammen, zog ihn an sich und küsste ihn. Und er küsste zurück. Jan hielt sie im Arm, umschloss sie. Und es fühlte sich richtig an.

17. August

Stürmisch hatte sie ihn ins Haus gezogen. Sie waren die Treppe hochgestolpert. Beide hatten sich im Dunkeln angesehen, gelacht und sich immer wieder geküsst. Juli hatte sein weißes Hemd aufgeknöpft. Jans Hände waren unter ihrem Top am Verschluss ihres BHs gewesen. Dann hatte sein Handy geklingelt.

»Scheiße! Das ist mein Diensthandy«, hatte Jan gesagt und den Anruf entgegengenommen. Er hatte sie beim Telefonieren im Arm gehalten, Julis Kopf an seiner Brust. Sie hatte »Seniorenstift Weserblick« und »Herzanfall« verstanden. Jan hatte sofort losgemusst. Aber er hatte sie noch angesehen, zärtlich geküsst und gesagt: »Das wird jetzt leider dauern. Ich komm morgen früh mit Brötchen.« Dann hatte Juli allein auf der oberen Treppenstufe gestanden und dem Moment nachgehangen. Sie war in ihr Zimmer gegangen, hatte das kleine Gaubenfenster geöffnet und war ins Bett gefallen. Aber die Hitze hatte nur langsam das Zimmer verlassen und Juli nicht einschlafen können. Sie hatte noch immer Jans Berührungen gespürt. Seine Küsse. Er hatte sich so gut angefühlt. Irgendwann war sie mit pochendem Herzen in einen unruhigen Schlaf gefallen.

Juli wachte auf, weil Petermann laut miauend auf ihr Bett hüpfte. Er ließ sich nicht vertreiben. Er saß einfach an ihrem Kopfende und sah sie weiterhin miauend an. Juli setzte sich auf und guckte auf den Wecker. Halb acht.

»Och Mann, Petermann, es ist Sonntag.« Sie ließ sich wieder auf ihr Kopfkissen fallen. Petermann setzte sich auf ihre Brust und sah sie vorwurfsvoll an. »Miezekater, ich bin müde.« Doch der Kater blieb auf ihr sitzen und guckte stoisch. Juli musste lachen. »Ich sehe, ich habe keine Chance.« Sie gab auf und stieg aus dem Bett. Petermann lief die Treppe hinab. Juli folgte ihm und füllte seinen Napf. Dann setzte sie Teewasser auf, öffnete die Tür in den Garten und ließ sich auf der kleinen Stufe nieder. Es hatte sich über Nacht doch noch abgekühlt. Juli zog ihr kurzes Nachthemd über die angezogenen Knie. Satt und zufrieden rieb Petermann seinen Kopf an ihrem Arm und setzte sich neben sie. Juli streichelte sein weiches Fell.

»Ach, Petermann, was mache ich denn jetzt?« Der alte Kater schnurrte. »Ich wollte mich nicht verlieben. Ich *sollte* mich nicht verlieben. Und was mache ich? Tu es doch. Unfasslich. Einfach so. Aus heiterem Himmel. Hier, in Beekelsen.« Erneut schrillten die Alarmglocken in ihrem Kopf. Das hier war nicht ihre Welt. In knapp zwei Wochen würde sie abreisen. Sie wollte nicht bleiben, auch wenn Ria es sich vielleicht gewünscht hatte. So sehr sie auch darüber nachdachte, sie fand doch nicht den Sinn in Rias Wunsch. Sie wollte nicht an einem Ort leben, wo jeder jeden kannte und die Menschen alles voneinander wussten, zumindest glaubten, alles voneinander zu wissen. Ihr Zuhause war woanders, sie gehörte hier einfach nicht hin, selbst wenn sich Jan Hansing immer mehr in ihr Herz schlich. Petermann stand auf, lief durch den Garten in Richtung Feld und ließ Juli mit sich und ihren Gedanken allein.

»Frühstück!« Jan stand in der Tür, in dunkelbraunen Shorts, einem grünen T-Shirt und Sneakers, die noch nassen Haare fielen ihm in die Stirn. Er hatte eine Bäckertüte in der Hand, lächelte Juli strahlend an und küsste sie. In Juli breitete sich Ruhe aus, obwohl ihr Herz laut pochte. Jan war da, und in diesem Moment war alles gut.

»Wo hast du an einem Sonntagmorgen in Beekelsen frische Brötchen aufgetrieben?«

»Die hab ich aus Weserhagen mitgebracht. Als ich wieder fahren konnte, hatte die Bäckerei in der Nähe des Seniorenstiftes schon auf.«

»Hast du überhaupt geschlafen?« Juli sah auf die Uhr. Es war halb zehn.

»Ein wenig.« Jans Augen strahlten, und er zog Juli an sich. »Bin recht schnell wieder aufgewacht und war hellwach, weil ich zu dir wollte.« Juli gefiel es, von ihm gehalten zu werden. Dann nahm sie seine Hand und zog ihn hinter sich her in den Garten. »Na dann, komm, ich habe einen starken Kaffee für dich.«

Sie lagen nebeneinander auf dem Rasen im Schatten des großen Apfelbaumes und blickten in den Himmel. Ihre Hände berührten sich. Jan drehte sich auf die Seite, stützte seinen Kopf auf seinen angewinkelten Arm und sah Juli an. In der anderen Hand hielt er einen Grashalm, mit dem er sacht von ihrer Stirn über Nase, Mund, Kinn und Hals hinunter zu ihrem Ausschnitt strich. Es kitzelte, und Juli musste lachen. Er sah sie grinsend an.

»Was denkst du?«, fragte Juli ihn.

»Nichts, ich zähle deine Sommersprossen.«

»Na denn man tau.« Juli schloss die Augen. »Da bist du noch eine ganze Weile beschäftigt.«

Seine Hand strich über ihren Hals, wanderte über ihren Busen und den Bauch. Vorsichtig schob Jan seine Hand unter ihr Top. Seine Finger streichelten um ihren Bauchnabel. Seine Berührungen hinterließen ein Kribbeln auf Julis Haut.

»Du willst mir doch nicht weismachen, dass du noch immer zählst?« Juli schlug die Augen auf und drehte sich zu ihm. »Und wenn ich darüber nachdenke, nehme ich dir auch nicht ab, dass du eben an nichts gedacht hast.« Er zog sie an sich. »Ich habe heute frei«, sagte er leise, dann küsste er sie. Erst zart und vorsichtig. Dann wurden seine Küsse fordernder. Juli wurde heiß, und sie wollte nichts anderes, als dass er sie genauso weiterküsste. Und doch überkamen sie plötzlich wieder die Zweifel. Und sie setzte sich auf.

»Ich muss dir was sagen.«

Jan sah sie an. Verwunderung lag in seinem Blick.

»Das wollte ich schon am Freitag sagen. Wie fange ich am besten an?«

Einfach ehrlich sein. Aber einfach ehrlich zu sein, hieß auch, zu sich selbst ehrlich zu sein.

»Ich denke, ich bin dabei, mich in dich zu verlieben.«

Jan atmete auf. »Puh, und ich dachte schon, jetzt kommt, dass du einen Freund in Cambridge hast.«

»Nein!« Sie musste lachen. »Aber ehrlich gesagt, hat meine letzte Beziehung etwas mit dem, was ich sagen will, zu tun.« Jan sah sie an.

»Ich habe sie erst vor kurzem beendet. Das heißt, ich habe eine Verlobung aufgelöst und die Hochzeit, die für den Winter geplant war, platzen lassen.« Das war das eine. Sie versuchte in Jans Blick zu lesen, was er dachte, wurde aber nicht schlau aus der Art und Weise, wie er sie weiterhin ansah. Weiter mit dem anderen. »Weißt du, ich habe Angst davor, was sich bei mir entwickelt, und frage mich, was das zwischen uns beiden ist und wohin es führt. Ich weiß, dass ich mich Mittwoch wirklich ungeschickt ausgedrückt habe. Was ich sagen will, ist: Ich wohne sechstausend Kilometer entfernt. Cambridge ist mein Zuhause. Dort bin ich angekommen, und dort fühle ich mich verstanden. Nicht hier. Mein Rückflug geht Ende August.«

Jan setzte sich auf, schaute ernst und nachdenklich und strich ihr über die Wange. »Manchmal hat man keinen Einfluss auf das, was das Leben mit einem macht. Was ist, wenn wir versuchen, im August zu bleiben, die Zeit, die du noch hier bist, zu genießen und den Rückflug auszublenden?«

Bei ihm klang alles so einfach, doch das war es nicht. Oder doch?

Juli stand auf. »Ich bin eigentlich hergekommen, um meine Mutter zu beerdigen und zu entscheiden, was ich mit dem Haus mache. Mich zu verlieben, war absolut nicht geplant. Mein Leben ist gerade chaotisch genug. Da kann ich nicht auch noch ein Gefühlschaos gebrauchen. Das mit uns geht nicht. Ich will es nicht.«

Sie wusste nicht, warum sie ihn plötzlich so vor den Kopf stieß.

»Wenn das so ist …« Jan war ebenfalls aufgestanden.

Das war nicht der Gesprächsverlauf, den sie sich erhofft hatte.

»Nein, Jan, so habe ich das nicht gemeint …«, wobei es das war, was sie empfand, »… oder sagen wollen.«

»Juli, ist gut, ich habe es verstanden.« Er wandte sich zum Gehen. »Auch ich war dabei, mich in dich zu verlieben, habe mich da aber wohl vertan, denn die Juli, die mir nicht aus dem Kopf gegangen ist, hat nichts mit der Juli, die hier vor mir steht, zu tun.«

»Was weißt denn du? Du kennst mich doch überhaupt nicht!«, schleuderte sie ihm entgegen.

Ruhig stand er vor ihr. »Viel Glück, Juli. Ich hoffe, dass du die richtigen Entscheidungen triffst.« Dann drehte er sich um und ging. Julis Herz pochte wie wild. Vor Wut auf Jan. Was wusste er schon? Aber sie war auch wütend auf sich selbst. Oder *vor allem* auf sich selbst? Wie hatte das Gespräch ihr so entgleiten können?

Ein Taxi hatte sie zum Bahnhof gefahren. Jetzt saß sie im Zug. Am Fenster flog die Landschaft ruhig dahin. In ihr tobte es. Juli lehnte ihren Kopf an die Scheibe und folgte den vorbeiziehenden Punkten, die am weiten Horizont verschwammen, sich nicht greifen ließen und schließlich verschwanden, wie vage Gedanken, die zwar da waren, unscharf vor dem inneren Auge auftauchten, und doch wie Seifenblasen zerplatzten, sobald man genauer hinsah. Sie war noch immer wütend auf Jan. Und auf sich, weil sie in ihn verliebt war. Zum falschen Zeitpunkt. Am falschen Ort. Juli brauchte ein paar Tage Abstand. Berlin und die Arbeit würden sie ablenken. Zumindest hoffte sie das.

18. August

Juli zählte die Stufen. 71, 72, 73 … Sie hatte Katjas Namen auf dem Klingelschild am Hinterhaus gefunden und geklingelt. Der Buzzer hatte gebrummt, und Juli stieg die Stufen des alten Treppenhauses hoch. 78, 79, 80 … Gestern bei Diane musste sie nur wenige Stufen steigen. Hochparterre hat doch auch was für sich, dachte Juli und erkannte den vertrauten roten Haarschopf, der oben über dem Treppengeländer hing und rief: »Nur noch fünfzehn Stufen, dann hast du es geschafft.« Das bekannte helle Lachen. 93, 94, 95! Katja strahlte sie an und umarmte sie herzlich.

»Juli, das ist wirklich viel zu lange her, dass wir uns das letzte Mal gesehen haben. Ich freu mich so!«

»Und ich mich erst!«

»Wie lange ist es her?«

Katja runzelte nachdenklich die Stirn.

»Das war auf Fredis Hochzeit. Vor fünf Jahren?«, überlegte Juli.

»Ist Fredi schon fünf Jahre verheiratet?«

Juli nickte.

»Du meine Güte, wir werden immer älter.« Katja schüttelte lachend den Kopf, und Juli fand, dass sie sich überhaupt nicht verändert hatte. Sie war noch immer die zarte Fee mit langen roten Haaren und großen blauen Augen, die staunend und leicht entrückt in die Welt blickten.

»Wie dem auch sei, so jung kommen wir nicht wieder zusammen.« Katjas Lachen hallte fröhlich durch das Treppenhaus. »Komm, rein mit dir.«

Juli folgte Katja durch einen kleinen Flur in die Küche, die ein unaufgeräumt-gemütliches Flair verbreitete, wie es nur eine bunt zusammengewürfelte WG-Küche haben konnte. Vor zwei tiefen Fenstern, die Sicht auf den Innenhof boten, stand ein großer alter Holztisch, um den unterschiedlichste Stühle standen. Im offenen Regal eine Sammlung verschiedenster Teller und Gläser, Tees, Gewürze, Lebensmittel. Auf dem Tisch brennende Kerzen in leeren Rotweinflaschen. Ein alter Gasherd, eine Spüle mit einem Abtropfgestell aus Holz. An der Wand darüber ein Poster von Ganesha, das aktuelle Theaterprogramm und ein Poster der deutschen Fußballnationalmannschaft von 1990.

»Setz dich doch. Was möchtest du trinken? Einen Rotwein? Oder vielleicht einen Weißen?«

»Gern einen Rotwein.«

»Bekommst du.«

Katja wirbelte an das Regal, griff eine Flasche Bordeaux und zwei Gläser.

»Und was machst du jetzt mit dem Haus?« Katja saß Juli gegenüber, die Beine im Schneidersitz und den Kopf leicht geneigt. Sie sah Juli fragend an und spielte mit einer ihrer Haarsträhnen. Auf dem Tisch stand bereits die zweite Flasche Wein. Die Kerzen waren fast runtergebrannt. Im Hintergrund lief kubanische Musik. Die Fenster waren geöffnet. Juli blickte aus dem Fenster auf die efeubewachsene Hauswand gegenüber.

»Ich weiß es nicht.« Dann sah sie Katja an. »Aber was ich

weiß, ist, dass ich mir heute Abend darüber nicht den Kopf zerbrechen werde.« Juli lächelte. Katja nickte und schenkte beiden Wein nach.

»Das verstehe ich. Wie geht es eigentlich Diane? Seit sie mit diesem CSU-Fuzzi zusammen ist, haben wir nicht mehr viel Kontakt. Ich kann den nicht leiden. Aber ich denke, das beruht auf Gegenseitigkeit. Allein immer der Anzug und die orangene Krawatte, die der trägt. So ’n karrieregeiler Yuppie-Schnösel, der mich immer politisch missionieren will.« Sie verdrehte die Augen. »Mich! Und Diane ist so spießig geworden. Die letzten Treffen waren immer sehr anstrengend, und ich kann ja leider nie meinen Mund halten. Ich glaube, wir haben vor fünf Monaten das letzte Mal miteinander telefoniert.«

Juli dachte an den gestrigen Besuch. Die Begrüßung mit ihrer alten Freundin war sehr herzlich gewesen, und sie hatte das Gefühl gehabt, dass die vielen Jahre, die sie sich nicht gesehen hatten, ihrer Freundschaft nichts ausmachten. Dennoch war ihr Gespräch sehr oberflächlich gewesen.

»So schade das auch ist, ich gebe zu, dass ich es mir ohne Probleme vorstellen kann.« Juli musste heimlich schmunzeln. War Katja so bunt und lebhaft, laut, quirlig, extrovertiert, barfuß, impulsiv, temperamentvoll und beschwingt, wie sie immer gewesen war, war Diane dezent, apart, diskret, schlicht und edel in Naturtönen angezogen und eingerichtet, schick, in hohen Schuhen und korrekt. Auf der einen Seite freiberufliche Grafikdesignerin, die auch schon mal aus Idealismus Flyer für Non-Profit-Organisationen ohne Werbebudget entwirft, auf der anderen Seite die Abteilungsleiterin einer großen Werbeagentur mit bekannten Kunden. Kreuzberg und Berlin-Mitte.

»Es geht ihr sehr gut. Ruf sie doch einfach mal an. Ganz gleich, ob du ihren Typen magst oder nicht. Wo hat sie Stefan eigentlich getroffen?« Juli hatte Dianes Stefan nur kurz kennengelernt.

»Sie war doch bei der letzten Bundestagswahl mit für die Kampagne der CDU/CSU zuständig.«

Juli erinnerte sich, dass Diane ihr vor einiger Zeit davon erzählt hatte. Als sie Stefan, um genauer zu sein, Doktor fester Händedruck, Augenkontakt, Zahnpastalächeln, ordentlich frisierte Haare Stefan Lembke, BWLer mit Abschluss in Princeton, Promotion in München, MdB, Arbeitskreise Außenpolitik und Wirtschaft, gestern kennengelernt hatte, hatte er wirklich einen dunkelblauen Anzug und eine orangene Krawatte getragen und ausgesehen wie ein CSU-Posterboy. Ihr Typ war er definitiv ebenso wenig wie er Katjas Bild von einem Traummann entsprach, wobei Juli wahrscheinlich auch mit Katjas Wahl Probleme gehabt hätte. Doch Diane war glücklich gewesen, und sie hatten in der großen Wohnung in Berlin-Mitte, ganz nah am Regierungsviertel, auf dem weißen Ligne-Roset-Sofa bei Prosecco und Antipasti vom Lieblingsitaliener um die Ecke, dem Italiener, zu dem auch Karl-Theodor und Stephanie immer gehen, wenn die mal wieder in Berlin sind, einen sehr netten Abend gehabt. Ohne Doktor Stefan Lembke. Und ohne Doktor Jan Hansing … Jan. Juli schüttelte den Kopf, trank einen Schluck Wein und fragte Katja dann: »Was ist eigentlich aus dir und dem netten Geophysiker geworden?«

19. August

Gleich würde der Zug in Minden einfahren. Es war fast Mitternacht. Der Tag war lang gewesen, die letzte Nacht kurz. Sie war viel zu spät wieder zurück im Hotel gewesen, und als ihr Wecker um acht geklingelt hatte, hatte sie kurz verflucht, mit Katja noch durch die Kreuzberger Kneipen gezogen zu sein. Um in Schwung zu kommen, hatte Juli nicht nur eine kalte Dusche, sondern starken tiefschwarzen Kaffee zum Frühstück gebraucht. Dann war sie in den Verlag gefahren, wo sie zusammen mit ihrer Lektorin weiter an Text, Layout und Cover der deutschen *Petermann und Suzie-Lou*-Ausgabe gearbeitet hatte. Juli war mit dem Ergebnis mehr als zufrieden und auf die gedruckte Ausgabe gespannt. Am Abend hatte ein Essen mit ihrer Lektorin und dem Verleger stattgefunden, bei dem sie auch für die weiteren *Petermann und Suzie-Lou*-Bände einen Vertrag abgeschlossen hatte. Die beiden Tage in Berlin waren also erfolgreich gewesen.

Die Bremsen quietschten, und der Zug wurde langsamer. Juli fror leicht. Sie stand auf, zog sich ihre dünne Strickjacke über und nahm ihren Koffer aus der Gepäckablage. Die zwei Tage in Berlin hatten ihr gutgetan, und sie hatte kaum an Jan gedacht. Nun wanderten ihre Gedanken wieder zu ihm. Und zu ihrem Streit. Im grellen Licht der Waggons spiegelte sie sich im Fenster. Einen kurzen Moment hing Juli dem Gedanken nach, dann traf sie ihren eigenen Blick und schaute sich in die Augen. *Neuer Rekord. Du hast es vermasselt, während du dabei warst, dich zu verlieben.* Draußen Dunkelheit. Innen kaltes, alles ausleuchtendes Licht. Sie hatte sich verliebt. Doch was änderte das? Nichts. Im Gegenteil, es machte alles nur noch komplizierter. Der Zug ruckte und hielt. Juli löste sich von dem drängenden Blick ihres Spiegelbilds. Sie nahm ihren Koffer, ging durch den Gang des Waggons und stieg aus.

Das Taxi fuhr vom Hof. Als Juli die Haustür öffnete, strich Petermann um ihre Beine und sprang in den dunklen Flur. Juli schloss die Tür hinter sich und machte das Licht an. Auf den Fliesen vor ihr lagen ein paar Briefe. Späte Trauerkarten. Werbung. Die Tageszeitung. Juli bückte sich, hob die Post auf und ging in die Küche. Petermann saß wartend vor seinem

Napf. Juli gab ihm zu essen, schenkte sich Wasser in ein Glas, setzte sich an den Tisch und schaute auf ihr Handy. Keine Nachricht von Jan. Kein Jan. Warum auch? Sie wäre an seiner Stelle auch mit ihr durch gewesen. Dann stand sie auf, löschte die Lichter, nahm ihren Koffer und ging nach oben. Sie war müde, und dennoch arbeitete ihr Gehirn auf Hochtouren. Ria hatte recht. Sie hatte Angst davor, sich wahrhaftig auf jemanden einzulassen. Daran waren ihre Beziehungen immer gescheitert. Aber die Sache mit Jan konnte daran nicht scheitern – die war von vornherein zum Scheitern verurteilt. Es hatte keinen Sinn, sich darauf einzulassen.

Juli schob die Gedanken beiseite und wollte einfach nur schlafen.

20. August

Juli hörte das vertraute Quietschen des schmiedeeisernen Tores und sah von ihren Skizzen auf. Johannes trat in den Garten. »Na, jetzt hab ich Glück. Ich war heute Mittag schon einmal da.«

»Ich war laufen.« Juli hatte lange geschlafen und war dennoch müde und träge aufgewacht, so dass sie beschlossen hatten, laufen zu gehen, um ihre Lebensgeister zu erwecken. Sie hatte eine große Runde gedreht.

»Hast du gerade Zeit?« Johannes küsste sie auf die Wange und blickte über die Zeichnungen. »Ich will dich nicht bei der Arbeit stören. Sonst komme ich einfach noch mal wieder.«

»Nein, du störst nicht. Ich freu mich über Zerstreuung. Komm, setz dich zu mir.« Juli räumte ihre Skizzen zusammen. Johannes wirkte ein wenig aufgeregt. »Möchtest du einen Eistee?«

»Gern.«

Juli holte ein Glas, füllte frische Eiswürfel in die Karaffe mit

Tee und schenkte Johannes ein Glas ein, das er mit einem Zug annähernd leerte.

Sie sah ihn fragend an: »Dann schieß los mit was auch immer dich beschäftigt.«

»Ist es so offensichtlich?«

Juli nickte: »Jetzt mach es nicht so spannend. Was ist los?«

»Nun gut.« Johannes setzte sich zu ihr und räusperte sich. »Juli, ich möchte dich etwas fragen, und vorher ist es mir aber ganz wichtig, dass du ehrlich bist, ja?« Er klang regelrecht offiziell.

»Ich bin immer ehrlich.«

»Versprochen?«

»Mensch, Johannes! Klar.«

»Also, Mai-Lin und ich werden Eltern.« Er grinste von einem Ohr zum anderen.

»Das sind doch wunderbare Neuigkeiten!« Juli stand auf und umarmte ihn herzlich. »Ich freu mich.«

»Wir waren Sonntag zusammen im Krankenhaus, weil die Übelkeit immer schlimmer wurde und ihr so schwindelig war. Ich hab mir wirklich große Sorgen um sie gemacht und zuerst nicht verstanden, welchen Anlass es bitte für den Arzt geben konnte, uns auf einmal so breit anzugrinsen.«

Juli lachte. »Na das ist doch eine schöne Erklärung.«

Johannes nickte. »Mai-Lin leidet unter einer besonders schweren Form der Schwangerschaftsübelkeit, so dass sie sie erst einmal für ein paar Tage im Krankenhaus behalten haben.«

»Die Arme.«

»Ja, aber es geht ihr schon besser. O Mann, Juli, ich kann's nicht glauben, ich werde Vater!« Johannes strahlte, und Juli strahlte zurück. »Und du wirst ein wundervoller Vater werden!« Juli stupste ihn an. »Mensch, und ich hab, als du so offiziell wurdest, schon gedacht: Was kommt denn jetzt?«

»Ich bin ja auch noch nicht fertig. Also«, er sah sie ernst an, »ich werde beruflich wieder mehr in Deutschland zu tun haben, und Mai-Lin und ich möchten, dass unser Kind auch etwas von seinen Großeltern hat. Außerdem wird mir, je länger ich von zu Hause fort bin, bewusst, wie schön es hier ist und wie sehr ich es hier mag. Bei meinen Eltern ist es allerdings zu eng, um zu dritt für ein paar Wochen einzufallen. Was hieltest du davon, wenn Mai-Lin und ich Oma Lenes Haus, dein Haus, mieten, um, wenn wir in Deutschland sind, hier zu wohnen? Ich würde für einen Verwalter aufkommen, der sich ums Haus kümmert, wenn niemand da ist. Und sollten wir zusammen da sein, passt das bestimmt auch und wäre doch sicher sehr nett. Und solltest du das Haus irgendwann verkaufen wollen, wäre das auch gar kein Problem für uns.« Er sah sie fragend an. Juli merkte, dass sie die Luft anhielt.

»Juli?« Johannes Augen musterten sie, auf eine Antwort wartend.

»Ist das wirklich euer Ernst?«

Johannes nickte. »Und nun sag bitte ehrlich, was du davon hältst.«

»So lieb euer Angebot auch ist und so wunderbar alles klingt, ich weiß nicht, ob ich es annehmen kann. Die Kosten für einen Verwalter sind recht hoch, ich hab mich erkundigt, dazu die Haushaltung. Johannes, das ist wirklich viel.«

»Mach dir darum keine Sorgen. Mai-Lin und ich haben es durchgerechnet, und ich verdiene so viel, dass es schön wäre zu wissen, dass man es für das Richtige ausgibt. Juli, denk jetzt bitte nicht, dass es ein vollkommen uneigennütziges Angebot von unserer Seite aus ist. Mai-Lin und ich denken da auch in unserem eigenen Interesse. Mai-Lin gefällt dieses kleine Haus sehr, und ich fühle mich hier fast genauso zu Hause wie bei meinen Eltern. Erinnere dich daran, wie viel Zeit wir früher zusammen bei euch im Garten verbracht haben. Erst Hausaufgaben, dann Limo in der Hängematte. Wir hätten als kleine Familie einen Ort, an dem wir wohnen könnten, wenn wir in Deutschland sind, und du hättest einfach mehr Zeit, dir darüber klarzuwerden, was du nun machst. Ich fände es sogar schön, wenn wir als Rentner noch immer unsere kleine WG hier in Beekelsen hätten, in der wir uns ein- oder zweimal im Jahr treffen.« Er zwinkerte ihr zu.

»Ich weiß ehrlich gesagt nicht, was ich dazu sagen soll. Ich bin irgendwie überwältigt und ganz schön durcheinander.«

»Sag einfach ja.«

»Aber die Kosten für Reparaturen übernehme ich.«

»Darüber reden wir dann, wenn etwas ansteht.«

»Also, gut. Ja.«

Freude und Leichtigkeit purzelten in ihr durcheinander. Sie würde sich keine weiteren Gedanken um das Haus machen müssen. Um Oma Lenes Haus. Ihr Haus. Das Haus würde bleiben und Raum geben für neue Erinnerungen.

»Super!« Johannes sprang fröhlich auf. »Komm, das müssen wir feiern. Lass uns zusammen das Erntekronebinden aufmischen!«

»Ne, komm, Johannes, das ist dann doch ein bisschen zu viel der Nostalgie. ›Kiek eis, Fiehnes Juliane, dat die hierherkummt, so 'n paar Wochen nach dem Tod der Mudda. Ne, nech?‹ Das kann ich gerade echt nicht gebrauchen.«

Auf ein weiteres Zusammentreffen mit Kaisers Kai und Co oder dem versammelten Bultemeier-Clan, auf die Blicke der tratschenden Damenfraktion an den Bierzeltgarnituren und die einen Willibecher nach dem anderen leerende Männerfraktion am Thekenwagen hatte sie so gar keine Lust. Ebenso wenig auf Dörte. Und dann hatte sie es heute ganz gut geschafft, die Gedanken an Jan auszublenden. Was, wenn er auch da wäre?

»Ach was!« Johannes zog sie hoch und sagte entschieden:

»Dat gifft et nich! Wir gründen eine WG, und ich werde Vater. Das feiern wir jetzt!«

Eine halbe Stunde später standen beide, ein frisch gezapftes kühles Pils in der Hand, in Lohmeiers Scheune. Das Dorffest war bereits in vollem Gang. In diesem Jahr war der Frauenchor für die Erntekrone verantwortlich. Juli sah Friedekings Helga, Reilings Renate und ein paar andere ältere Frauen, eine Schürze umgebunden, kleine Sträuße aus Ähren binden, die dann um das Metallgestell in Form einer Krone gewickelt wurden. Sie waren schon ganz gut vorangekommen. Am Thekenwagen standen die üblichen Verdächtigen: Olaf, Jürgen, Heiko, Dirk, Andi, Matze. Lohmeiers Sandra lief mit einem Tablett voller bis zum Rand gefüllter Schnapsgläser durch die Menschenmasse, forderte regelmäßig obligatorisch auf: »Nich lang schnacken, Kopp in'n Nacken.« In einer Ecke der Scheune standen verlassene Trompeten, Hörner und Posaunen vor leeren Stühlen. Der Posaunenchor hatte gespielt. Manche Dinge änderten sich wahrscheinlich nie. Ein paar Jahre lang war auch Juli, zusammen mit Mo, Tom und Johannes, im Posaunenchor gewesen. »Welcome to the Night of the Erntekronebinden«, sagte sie leise zu sich selbst.

»Juli!« Vollmers Bianca stand vor ihr. »Schön, dass du da bist.«

»Mama, wer ist die Frau?«

An der Hand hielt sie einen kleinen Jungen, der über und über voll Ketchup war.

»Jelko, das ist Juli. Wir sind zusammen in die Grundschule gegangen.«

»Die heißt Juli? Ist das ein Name?«

»Eigentlich heißt sie Juliane, mein Schatz. Sie wohnt jetzt in Amerika«, setzte Bianca an. Juli wunderte sich über Biancas kreativen Ansatz der Namenkunde und wollte gerade selbst versuchen, Jelko zu erklären, dass Juli mehr von einem Namen hätte als sein eigener, da merkte sie, dass er sie mit aufgerissenen Augen anstarrte.

»Amerika«, hauchte er bewundernd, und Juli fühlte sich wie die Freiheitsstatue.

»Komm, was macht man denn, wenn man jemanden kennenlernt?« Bianca sah ihn ermahnend an, und prompt steckte er Juli seine verschmierte Ketchuphand entgegen. Bianca lächelte stolz. Juli sah kurz zu Johannes, der sie nur angrinste, dann nahm sie Jelkos klebrige Hand.

»Guten Tag«, sagte er.

»Hallo, Jelko«, entgegnete Juli.

»Gut gemacht.« Bianca strich ihm über die widerspenstig abstehenden blonden Haare. »Jetzt aber schnell auf die Toilette.« Dann ergänzte sie, an Juli gewandt: »Nicht dass ich nicht mehrfach gesagt hätte, dass er aufhören soll, mit der Ketchupflasche zu spielen. So, jetzt muss ich aber, wir sehen uns bestimmt später noch.« Jelko guckte Juli auch noch an, als ihn seine Mutter hinter sich her in Richtung Toilette zog. Juli betrachtete ihre mit Ketchup verschmierte Hand und drehte sich zu Johannes.

»Lass uns auf dich und Mai-Lin anstoßen.«

Johannes prostete ihr zu.

»Und eines ist klar, sollte euer Baby ein Junge werden, geht der Name Jelko auf gar keinen Fall.«

»Ist das überhaupt ein Name?« Beide fingen schallend an zu lachen.

Immer mehr Menschen kamen zum Dorffest, und die Hitze der letzten Wochen stand in der Scheune. Ein Gewitter hing in der Luft. Lohmeiers hatten die Tore weit geöffnet, aber es ging kein Wind. Johannes und Juli hatten einen Platz an einem Stehtisch in einer hinteren Ecke der Scheune gefunden, von wo sie einen guten Überblick hatten. Eben waren alle Bultemeiers gekommen, Bultemeiers Willi und Erika vorweg, Ingo hinterher. Erika musste extra für das Erntefest noch beim Frisör gewesen sein, denn ihre Kurzhaardauerwelle schien frisch gelegt. Bultemeiers Willi hatte die Haare wie immer zu Seite gekämmt, und sein Gesicht leuchtete und glänzte genauso wie das seines Sohnes. Mit einem Taschentuch tupfte er sich die Stirn. Ingos helle kurze Hose war frisch gebügelt, und sein zu enges grünes Poloshirt steckte in der Hose. Kein schöner Anblick.

Die Mitglieder des Posaunenchors setzten sich wieder, und Lohmeiers Jochen stellte ein Mikro auf eine improvisierte Bühne.

»Der dicke Ortsvorsteher ist da. Das Programm kann losgehen«, sagte Johannes.

Lohmeiers Jochen stellte sich ans Mikrofon: »Ich will dann mal nicht viele Worte verlieren, nach der Begrüßung durch die Pastorin und unseren Landrat Döring folgt jetzt der zweite Programmteil. Der Posaunenchor, dann der Männergesangsverein und im Anschluss unsere Volkstanzgruppe. Der Frauenchor ist fleißig mit dem Binden der Erntekrone beschäftigt. Ich bring euch dann auch gleich noch 'n Schnäpsgen vorbei, das dat allet ein beten besser von Hand gaht, nech?« Dann begann der Posaunenchor, und Juli war überrascht.

»Hat das früher auch schon so gut geklungen, als wir noch dabei waren?«, raunte sie Johannes zu.

Der lachte. »Garantiert nicht!«

Im Anschluss kam der Männergesangsverein. *»Wir pflügen und wir streuen den Samen auf das Land …«* Mochte der Posaunenchor inzwischen wirklich gut spielen, war das Alter der Männer im Gesangsverein gleich geblieben. Schon vor zwanzig Jahren hatten die meisten so ausgesehen: Halbglatze, graue Haare, helle Hose, hellgraue oder beigefarbene Gesundheitsschuhe und beigefarbener Blouson. Blousons im Hochsommer. Unheimlich.

Die beiden Biergläser waren schon wieder alle. Juli war heiß. Sie nickte Johannes kurz zu, nahm die beiden Gläser und kämpfte sich durch die Menschen zur Theke.

»Martin, machst du mir noch mal zwei Gedecke?« War schon praktisch, im Dorf alle mit Namen zu kennen. Olaf, Jürgen, Heiko, Dirk, Andi, Matze nickten ihr zu. Juli nickte zurück. Bräsig lehnten sie an der Theke und bewegten nur hin und wieder im Zeitlupentempo das Glas zum Mund, um es dann alles andere als im Zeitlupentempo zu leeren. Martin stellte zwei Pils und zwei Genever auf den Tresen und nickte ihr ebenfalls zu. Juli nickte zurück. So war er, der Ostwestfale. Kein Wort zu viel.

Posaunenchor und Männergesangsverein waren fertig, und es wurde ordentlich geklatscht. Schon als Kind hatte Juli sich gefragt, ob die Beekelsener zumindest in diesem Punkt empathisch und höflich waren und anerkennend Beifall spendeten oder ob es einfach darum ging, froh zu sein, dass es endlich vorbei war. Oma Lene hatte ihre Frage damals im Raum stehenlassen und sich auch von Julis Beweisführung, dass der Frauenchor immer am meisten Applaus bekäme, obwohl die alten Damen am schiefsten singen würden, zu keiner eindeutigen Aussage hinreißen lassen. Juli versuchte die vier Gläser durch die Menge zu balancieren. Die Volkstanzgruppe stellte sich auf. Die Männer rechts in schwarzen Knickerbockern, weißen Trachtenstrümpfen, dunkelgrünen Westen und weißen Hemden, die Frauen links in weißen Blusen mit Puffärmeln und roten Trachtenkleidern mit dunkelgrünen Schürzen. Juli sah Tina, die sich neben Jörg-Uwe aufgestellt hatte und ihr fröhlich winkte. Tina und Jörg-Uwe als Volkstanzgruppenpaar, noch etwas, das sich anscheinend nie ändern würde. Wie dem auch sei, Juli lächelte zurück, drehte sich um und wollte sich gerade an Matzes Rücken in Richtung Johannes vorbeidrücken, als sie Jan sah. Jan stand, ein Bier in der Hand, auf der anderen Seite des Thekenwagens und war in ein Gespräch mit Hestermanns Norbert, einem Schulfreund Onkel Georgs, vertieft. Er hatte sie nicht gesehen. Zum Glück. Juli war auf ein Treffen mit ihm nicht vorbereitet. Die Musik begann zu spielen, die Volkstanzgruppe marschierte auf und stellte sich in Formation. Köpfe drehten sich, und die Menschen blickten zur Tanzfläche. Jan verschwand aus Julis Sichtfeld. Sie stand jetzt inmitten von Menschen, und das Herz klopfte ihr bis zum Hals. Sie hörte die Musik, das Klatschen, wusste, dass die Frauen sich drehten, die Männer dazu abwechselnd auf ihre Fußsohlen schlugen, dass sie aufeinander zugingen, Partner wechselten, in Paaren Mühlräder tanzten und die Männer sich am Ende vor den Frauen verbeugen würden. Was sie nicht wusste, war, wohin mit sich. Jemand rempelte sie an, und Juli verschüttete ein wenig Bier. Zu Johannes. Erst einmal zu Johannes.

»Da bist du ja wieder. Fast hättest du den Höhepunkt reiner Volkstanzkunst verpasst. Schau, die Mühlenräder in Perfektion.«

Johannes nahm ihr zwei Gläser ab und sah sie an, dann bemerkte er: »Welcher feierwütige Beekelsener Zombie ist dir denn über den Weg gelaufen? Selbst bei Kai in Krachlederner hast du am Samstag nicht so entgeistert geguckt.«

»Nich lang schnacken, Kopp in'n Nacken!«

Juli kippte den Genever runter und musste sich schütteln. Johannes sah sie verwundert an. »Sieht nicht wirklich so aus, als ob es dir jetzt besserginge.«

»Jan, ich hab Jan gesehen.«

Das Fragezeichen in Johannes' Gesicht blieb.

»Ach, das ist alles ziemlich kompliziert«, fuhr sie fort.

»Ich mach in meinem Job nichts anderes, als komplizierte Sachverhalte zu klären.«

»Ja, aber du bist kein Psychologe, du hast einen Job in der Wirtschaft.«

»Ja, und? Spricht mir das jetzt jedes Maß an Empathie und Einfühlungsvermögen ab? Hey, ich bin's, Johannes. Alter Schulfreund mit offenem Ohr. Schon vergessen?«

»Okay.« Juli atmete tief ein. »Ich fürchte, ich bin verliebt, und ich glaube, er auch, zumindest hat er so was in der Richtung gesagt, wobei ich nicht weiß, ob das noch immer zutrifft, denn irgendwie verstehen wir uns immer falsch, und nach unserem Streit am Sonntag denke ich eher, dass er sowieso nichts mehr von mir wissen will. Außerdem kann ich diese ganze Gefühlsduselei momentan nicht gebrauchen. Meine letzte Beziehung habe ich erst vor ein paar Wochen beendet, ich lebe in Cambridge, fliege Ende des Monats zurück und für kurze Flings bin ich nicht gemacht. Dann lieber gar kein Sex. Du weißt schon, falscher Ort, falsche Zeit. Und dann macht mein Herz einen Riesenhüpfer, weil ich ihn hier plötzlich sehe. Ach Mann, ich kann's einfach nicht anders als kompliziert.« Die Worte sprudelten nur so aus ihr heraus.

Johannes legte seinen Arm um ihre Schulter. »Ich fasse zusammen und ordne: Du bist verliebt. Er ist verliebt. Das Timing könnte besser sein. Punkt.«

»Aber ...«

Die Scheune klatschte. Juli sah auf. Die Tänzerinnen und Tänzer hatten sich verbeugt und zogen in Zweierreihen von der Tanzfläche.

»Kein Aber. Mensch Juli, aus dem Alter, in dem wir uns alles selbst unnötig kompliziert gemacht haben, sind wir doch nun schon eine ganze Weile raus. Steh dir doch nicht selbst im Weg und verkompliziere alles. Du bist immer so verkopft. Sind wir nicht in einem Alter, in dem wir ganz gut einschätzen können, wann es sich richtig anfühlt? Und wenn es sich richtig anfühlt, dann sollten Ort und Zeit egal sein. Gerade du stehst doch gar nicht vor so einem großen Problem. Du kannst von überall aus arbeiten. Klar, Neuengland ist deine neue Heimat, dort fühlst du dich wohl und zu Hause. Aber du weißt ja: Wo die Liebe hinfällt … Und jetzt hör auf, immer an allem zu zweifeln.«

»Ihr Lieben.« Lohmeiers Sandra stand mit ihrem Tablett bis zum Rand gefüllter Schnapsgläser vor ihnen. »Nich lang schnacken …«

»Kopp in'n Nacken«, ergänzte Johannes und nahm für Juli und sich zwei Genever vom Tablett. Juli, deren Gedanken noch immer ungeordnet Mühlenräder im Kopf tanzten, stieß mit beiden an.

»Na, dann bin ich ja mal froh, dass man das in der Ferne zumindest nicht verlernt. Gelernt ist gelernt, nech?«, sagte Lohmeiers Sandra und zog mit ihrem Tablett fröhlich weiter.

»Und was jetzt?« Juli sah Johannes an.

»Wie, was jetzt? Jetzt gehst du zu Jan und entschuldigst dich. Genug geschnackt. Nu aber Butter bei die Fische. Ich muss jetzt eh nach Hause, will morgen schließlich wieder früh zu Mai-Lin ins Krankenhaus.«

»Du kannst mich doch nicht einfach hierherschleppen und dann allein lassen«, protestierte Juli.

»Und wie ich das kann. Du bist zweiunddreißig Jahre alt und weißt schon ganz gut, durchs Leben zu kommen.«

»Aber das hier ist nicht das richtige Leben. Das ist Beekelsen.«

»Falsch, meine Liebe. Du *denkst*, es ist nicht das richtige Leben. Also, kein Aber!« Johannes stupste sie leicht in Richtung Theke, prostete ihr dabei zwinkernd zu und leerte sein Pils. »Ich muss dann mal los, nech?«

Johannes hatte ihr dann noch aufmunternd auf die Schulter geklopft. Nun stand Juli, einen leeren Willibecher in der Hand, allein am Stehtisch. Butter bei die Fische? Sie stellte das Glas auf den Tisch. Na dann man tau! Sie würde Jan suchen. Kein Aber. Inzwischen war die Scheune bis auf den letzten Platz gefüllt. Alte und junge Beekelsener saßen zusammen an den Bierzeltgarnituren oder standen an Stehtischen und unterhielten sich ausgelassen. Schlagermusik klang aus den Lautsprechern. Alles wirkte, als müsste es genau so sein, als wäre es immer so. Ganz Beekelsen eine Einheit, harmonisch schunkelnd im Helene-Fischer-Universum. Ein rosa Wattebausch voller Zufriedenheit und Liebe. Juli fasste sich an den Kopf. Sie hatte zu viel getrunken, und dann war es auch noch so drückend schwül. Wenn es in Beekelsen eine Einheit gab, dann die gemeinsame Wand, gebaut auf dem stummen Verständnis dessen, was sich hier gehörte und was nicht. Oder? Sie war von ihrem eigentlichen Vorhaben abgekommen. Sie suchte Jan. Johannes hatte alles sortiert. Sie war verliebt. Jan war, sollte sie ihn wider Erwarten nicht komplett vergrault haben, auch verliebt. Das Timing war egal. Punkt. Johannes hatte recht. Kein Aber. Sie wollte Jan sehen, und sie wollte ihn küssen. Bei der Erinnerung an seine Küsse fühlte sie ein aufgeregtes Kribbeln im Bauch. Wo war Jan?

»Da bist du!« Plötzlich stand Tina freudestrahlend neben ihr. »Ich hab dich gesucht und hatte schon Angst, dass du nicht mehr da bist.« Tina wirkte fröhlich und ausgelassen. In Tinas Rücken erkannte sie Dörte, die sich eng an Jörg-Uwe schmiegte und sich heute mit ihrem knappen schwarzen Dirndl mit pinkfarbener Schürze besonders Mühe gegeben hatte. Tina sah in ihrer Volkstanzgruppentracht im Vergleich zur fleischgewordenen Versuchung Dörte, die ihre besten Attribute ausladend – oder eher einladend, das lag im Auge des Betrachters – hochgequetscht hatte, wie die naive Unschuld vom Lande aus, was sie wahrscheinlich auch war. »Komm, ich geb dir einen aus. Ich muss mich nämlich noch bedanken.« Tina nahm Julis Hand und drehte sich um, um sie in Richtung Theke zu ziehen.

»Guck mal, was Dörte wieder für eine Show abzieht.« Als sie an Dörte und Jörg-Uwe vorbeiliefen, deutete Tina mit dem Kopf in deren Richtung.

»Peinlich, oder? Er hat mitbekommen, wie sie versucht hat, sich auf meiner Party an Jan ranzuschmeißen, als er schon zu Hause war. Das hat ihm nicht gefallen. Da muss sie heute natürlich einen auf ganz anschmiegsam machen. Und er grinst selig. Findest du nicht auch, dass er ein wenig zurückgeblieben wirkt?«

Juli sah Tina groß an. Die lachte nur. Olaf, Jürgen, Heiko, Dirk, Andi, Matze nickten ihnen zu. Tina und Juli nickten zurück.

»Da staunst du, was? Martin, machst du uns zwei Kurze?«

»Ich bin sprachlos!«

»Ich weiß, es hat ein bisschen lange gedauert.«

»Das kann man wohl sagen.«

Der Schnaps wurde vor sie auf den Tresen gestellt.

»Juli, und jetzt möchte ich mit dir anstoßen. Auf Jörg-Uwe und seine Dörte. Jeder bekommt, was er verdient.«

»Auf Jörg-Uwe und Dörte.«

Die beiden Schnapsgläser klangen, und beide stürzten den Genever hinunter. Juli musste sich schütteln. Tina strahlte. Juli wusste noch immer nicht, was in Tina gefahren war, und ertappte sich dabei, die Möglichkeit in Erwägung zu ziehen, dass vielleicht Drogen im Spiel sein könnten. Dann merkte sie, dass Tina nicht sie anstrahlte, sondern ihr Blick dem anderen Ende des Thekenwagens galt. Juli drehte sich um. Bernie lächelte schüchtern zu den beiden herüber. Sie sah wieder Tina an.

»Bernie?«

»Er ist den ganzen Abend an meiner Seite geblieben, war einfach nur da. Als alle Gäste gegangen waren, hat er mir beim Aufräumen geholfen, und wir haben uns die ganze Zeit unterhalten.«

»Bernie? Unterhalten?«

»Ja, wusstest du, dass er als Zivi in einer Einrichtung für schwer körperbehinderte Erwachsene gearbeitet hat und seinen Urlaub damit verbringt, einzelnen Urlaubsreisen zu ermöglichen? Einige von ihnen begleitet er sogar. Im letzten Jahr war er mit jemandem für drei Wochen in Nepal unterwegs. So was macht in Beekelsen irgendwie nicht die Runde. Vermutlich ist das nicht brisant genug, um darüber zu tratschen.«

Tina hatte die Augen nicht von Bernie gelassen, und auch Juli sah sich wieder um. »Der Bernie«, sagte sie und ergänzte in ihren Gedanken: Stille Wasser sind tief. Sie musste zugeben, dass er in ihrer Anerkennung gewachsen war.

»O Mann, Tina, ich freu mich so für dich!«, wandte sie sich wieder an ihre Freundin.

»Ich mich auch! Und danke!«

»Wofür?«

»Dafür, dass du nicht müde geworden bist, mir mein Elend vor Augen zu führen, und dafür, dass du Bernie am Samstag einfach neben mich gesetzt hast.«

Hatte sie das? Stimmt, sie erinnerte sich. Als sie auf der Suche nach Jan war. Auf der Suche nach Jan war sie jetzt auch.

»Ich glaube, er kommt zu uns.«

»Wer?« Jan? Juli hielt den Atem an.

»Bernie!« Tina wurde ganz aufgeregt.

Juli atmete wieder aus.

»Zwischen uns ist noch nichts passiert«, flüsterte Tina Juli zu.

»Na, dann Butter bei die Fische!« Hatte sie das Gleiche heute Abend nicht auch schon zu hören bekommen? Bernie stand neben Tina, und beide strahlten einander an.

»Tach«, sagte er.

»Tach«, hauchte Tina.

»Hallo, Bernie«, sagte Juli und fühlte sich plötzlich überflüssig. Aber das war ihr ganz recht. Sie sah sich um. Olaf, Jürgen, Heiko, Dirk, Andi und Matze nickten ihr zu. Sie nickte zurück. Wo war Jan? In der Scheune konnte sie ihn nicht entdecken. Vielleicht war er draußen.

»Ihr entschuldigt mich? Ich muss dringend frische Luft schnappen«, wandte sie sich an Tina und Bernie, die sich immer noch ansahen. Dann bestellte sie ein Glas Wasser und zwängte sich kurz darauf durch die Menschenmasse in Richtung der großen Scheunentore.

»So schnell sieht man sich wieder!« Kaisers Kai, heute ohne Krachlederne, sondern in Jeans und einem rosa Poloshirt mit großflächigem Aufdruck, die Augen jedoch genauso glasig wie auf Tinas Party. Und dennoch hatte er sie leider erkannt. Schief grinsend stand er vor ihr.

»Hallo, Kai, das ist ja schön, dich zu sehen, aber mir ist es hier drin zu stickig, ich muss mal nach draußen an die frische Luft«, sagte sie.

»Soll ich mitkommen?«

»Danke, nein. Aber weißt du was? Ich glaube Dörte hat Interesse an eurem kleinen Verein. Das klang zumindest so, als wir uns vorhin miteinander unterhalten haben. Die ist heute extra in einem Dirndl gekommen. Und in was für einem! Eben hat sie noch gesagt, dass sie findet, dass Männer in Krachlederner fesch und sexy aussehen. Am Samstag hättest du ihr schon so gut gefallen. Die freut sich bestimmt, wenn du zu ihr gehst und ihr ein bisschen was über euer Vereinsleben erzählst.«

»Meinst du wirklich?« Kai grinste dämlich, und Juli hatte das unbestimmte Gefühl, dass er es gerade sehr bedauerte, heute mal nicht in Lederhose unterwegs zu sein.

»Und ob!« Juli lächelte ihn zuckersüß an und klopfte ihm aufmunternd auf die Schulter.

»Dann komme ich lieber nicht mit dir nach draußen. Tut mir leid.« Kai drehte sich schwankend um und steuerte zurück in die Menschenmenge, sein dralles Ziel vor Augen. Was hatte Tina eben gesagt? Ein jeder bekommt, was er verdient.

Juli trat auf den Hof. Anstatt frischer Luft wehte ihr der Geruch von Bratwurst und Pommes entgegen. Mitten auf dem Hof stand die obligatorische Bratwurstbude samt riesiger Fritteuse. Obwohl es schon spät war, herrschte noch immer große Nachfrage. Auch draußen standen Bierbänke und -tische, an denen fröhliche Beekelsener saßen. Aber an keinem der Tische saß Jan. Juli beschlich die leise Angst, er könne schon gegangen sein. Um einen Tisch saß der Frauenchor. Die Erntekrone war fertiggebunden, und die alten Damen saßen zufrieden beieinander, ein Schnäpsgen zur Belohnung vor sich. Friedekings Helga sah zu ihr hinüber, und Juli hob zum Gruß die Hand. Friedekings Helga nickte lächelnd zurück. Was war das? Kein Köpfezusammenstecken und kein gemeinsames Austauschen darüber, dass ihre Oma sich bestimmt im Grab umdrehen würde, wenn sie wüsste, dass Juli sich so kurz nach dem Tod ihrer Mutter auf einem Dorffest rumtreiben würde? Nichts dergleichen. Juli lächelte verwirrt zurück. Sie ging ein paar Schritte in Richtung Garten. Hier war es ruhiger, und sie war allein. Die Luft war noch immer schwer, und das Gewitter, was sich über den Tag zusammengebraut hatte, hing aufgeladen über dem Dorf. Der Nachthimmel war dunkler als sonst. Man sah keine Sterne. Juli fühlte die aufdringliche Schwüle, die sich ausgebreitet hatte. In der Ferne war leises Donnergrollen zu hören. Sie blickte in den dunklen Garten. Auf der Bank unter einem der Bäume saß jemand. Juli erkannte den Umriss in der Dunkelheit. Ihr Herz begann schneller zu schlagen, und ihre Knie wurden weich. Jan. Er hatte sie nicht bemerkt. Juli fasste sich ein Herz und ging zu ihm.

»Hallo«, sagte sie vorsichtig in die Stille.

»Du bist zurück?«

Sie nickte. Seine Stimme klang teilnahmslos. Er hatte sie nicht angesehen und blickte weiter in den Himmel. Stille. Unsicher stand sie vor ihm. »Was machst du hier allein im Garten?«, fragte sie schließlich.

»Drinnen war es zu stickig. Ich musste an die frische Luft«, antwortete er kühl. Sie hatte es nicht anders verdient. Also, Butter bei die Fische, mit pochendem Herzen.

»Ich war auf der Suche nach dir.«

Er sah sie an. Juli versuchte in seinen Augen zu lesen, aber sein Blick war unergründlich.

»Darf ich mich zu dir setzen?«

Jan nickte, Juli setzte sich neben ihn. Ihre Oberarme berührten sich, und es durchzuckte sie, wie es sie bei ihrer ersten Berührung durchzuckt hatte. Juli fühlte die Spannung in sich, die ins Unermessliche zu wachsen schien. Und dann sprang sie über ihren Schatten, beugte sich vor und küsste ihn einfach. Jan erwiderte ihren Kuss. Kurz. Dann stand er abrupt auf.

»Sag mal, Juli, was wird das hier? Ich habe wirklich keine Lust auf dieses Hin und Her.«

»Jan, es tut mir leid. Ich bin vielleicht nicht der einfachste Mensch, denke zu viel und zweifle an vielem.« Sie stand auch auf und machte einen Schritt auf ihn zu. »Ich weiß auch nicht, warum ich bei dir nicht die richtigen Worte finde, Dinge sage, die ich eigentlich gar nicht so meine, und mich wie eine fünfzehnjährige Oberzicke verhalte. Ich will mich gar nicht mit dir streiten.« Er sah sie an und sagte nichts. »Ich habe nachgedacht, und ja, ich habe mich in dich verliebt, und ich möchte Zeit mit dir verbringen, ohne an den Rückflug zu denken.«

»Aber?«

»Kein Aber.« Sie stand vor ihm und strich ihm die widerspenstige Strähne aus der Stirn, fuhr mit den Fingern über die kleine fragende Falte, die sich zwischen seinen Augenbrauen gebildet hatte. Dann umschlossen Jans Arme ihren Oberkörper, und er küsste sie.

»Doktor Hansing. Juli.« Matze torkelte nickend an ihnen vorbei in Richtung Blumenbeet, und sie hörten ihn sich erleichtern.

»Ja, das nenn ich dann mal ein romantisches Plätzchen«, flüsterte Jan in Julis Ohr, und beide mussten anfangen zu lachen. Matze torkelte, den Reißverschluss schließend, erneut nickend an ihnen vorbei.

»Lasst euch nicht stören. Macht ruhig weiter.« Er schwankte zurück ins dämmerige Licht des Hofes. Das Donnergrollen war lauter geworden. In der Ferne tanzten helle Blitze vor dem schwarzen Himmel.

»Komm.« Jan nahm Julis Hand. »Wir suchen uns einen gemütlicheren Ort.«

Hand in Hand gingen sie durch das dunkle Beekelsen, ohne ein Wort zu sagen. Niemand kam ihnen entgegen. Immer wieder hielten sie an und küssten sich. Es war windig geworden, ein schwerer, fordernder Wind, der die drückende Schwüle des Gewitters durcheinanderwehte und unerträglich werden ließ. Juli spürte es kommen. Dann entlud sich die Luft. Ein Blitz erleuchtete den pechschwarzen Himmel, lauter Donner durchriss die Stille, und die düsteren Wolken öffneten sich. Regen prasselte auf sie nieder, und sie begannen zu rennen. Nach Luft ringend, erreichten sie seine Tür. Er schloss auf.

Atemlos und komplett durchnässt standen sie sich gegenüber. Julis Kleid klebte an ihrem Körper, der Regen tropfte aus ihren Haaren. Jan sah sie an, dann kam er schnell auf sie zu, drückte sie gegen die Haustür und küsste sie leidenschaftlich. Sie spürte seine Hände auf ihrem Körper, seine Lippen. Julis Atem ging schwer. Ihr Blut pulsierte. Sie öffnete sein Hemd, strich über seine Brust und öffnete seinen Gürtel. Er sah sie voller Verlangen an, schob langsam ihr Kleid nach oben und hob sie hoch. Sie umklammerte ihn mit ihren Beinen und fühlte seine Erregung. Jan trug sie die Treppe nach oben. Juli hatte die Hände in seinen Haaren und küsste ihn. Sie wollte ihn, küsste ihn fordernder und umklammerte ihn fester. Jan keuchte und stieß mit dem Fuß die Tür zu seinem Schlafzimmer auf. Juli löste die Umklammerung und stand vor ihm. Er schob ihr Kleid weiter nach oben und streifte es über ihren Kopf. Juli öffnete Knopf und Reißverschluss seiner Hose. Jans Hände wanderten über ihren Körper, öffneten ihren BH, streiften ihn ab. Er hob Juli erneut hoch und legte sie auf das Bett. Juli schloss die Augen und fühlte seine Lippen auf ihrem Busen, seine Hände, die an ihrem Slip spielten und ihn abstreiften, seine Hände an ihrem Busen, seine Lippen, die nach unten wanderten. Juli bog sich in seine Richtung, zog ihn an sich und umklammerte ihn wieder mit ihren Beinen. Sie konnte sich nicht daran erinnern, jemals so begehrt zu haben.

21. August

Als Juli aufwachte, wusste sie im ersten Moment nicht, wo sie war. Licht drang durch die Vorhänge, und von irgendwoher hörte sie Geräusche. Sie war bei Jan. Ein breites Grinsen auf dem Gesicht, kuschelte sie sich in die Decke und atmete seinen Geruch ein. Der Radiowecker auf dem Nachttisch zeigte

7:50 Uhr. Juli sah sich um. Ein Bett, ein großer Schrank, das war es. Sie suchte ihr Kleid, fand es jedoch nicht, dafür lagen vor dem Bett ein zusammengefaltetes T-Shirt und Boxershorts mit einem gelben Post-it, auf dem ein Smiley gemalt war. Sie zog T-Shirt und Boxershorts über, folgte den Geräuschen und fand Jan in der Küche.

»Guten Morgen.« Jan nahm sie in den Arm und gab ihr einen zärtlichen Kuss. »Ich hoffe, ich war nicht zu laut.«

»Nein.« Juli schmiegte sich an ihn. Er roch frisch geduscht.

»Ich muss gleich runter in die Praxis. Hätte ich gewusst, dass du heute zum Frühstück da bist, hätte ich vorher eingekauft.« Auf dem Tisch standen ein großes Vorratsglas Müsli, eine Kanne Milch und ein Schälchen mit Löffel. In einer italienischen Espressokanne kochte Kaffee.

»Ich finde, das sieht genau richtig aus.«

»Ich habe deine Kleidung zum Trocknen draußen auf die Leine gehängt. Kaffee?«

»Du hast was?«

»Ich hab alles zum Trocknen nach draußen gehängt. Das mach ich immer.« Jan schaute unschuldig.

Juli atmete tief ein. »Jan, nicht dass ich etwas dagegen hätte, wenn ganz Beekelsen von uns wüsste, aber meine Unterwäsche auf deiner Leine?«

Er grinste. »Beruhig dich, hängt alles im Bad. Kaffee?«

Juli setzte sich auf einen Küchenstuhl und verschränkte die Arme vor der Brust. »Boah, eine solche Gemeinheit hätte ich dir gar nicht zugetraut.«

»Du hättest deinen Gesichtsausdruck sehen sollen! So süß entgeistert.«

Er hielt ihr eine Tasse mit frischem, herrlich duftendem Kaffee entgegen. Der Kaffee schmeckte wie er roch. Jan kniete sich vor sie und strich mit der Hand über ihre Wange. »Ich fahre heute Abend nach München und komme erst Samstag am späten Nachmittag zurück. Mein Vater wird heute siebzig und feiert morgen Abend ein großes Fest. Ich würde dich ja fragen, ob du Lust hast mitzukommen, habe aber Angst, dass du nach dem Abend unter erlauchter Münchener Medizinprominenz nichts mehr mit mir zu tun haben möchtest.«

Der Gedanke, zwei Tage ohne ihn zu sein, gefiel ihr überhaupt nicht. »Bis Samstag?«

Jan nickte.

»Ich fühle mich geehrt, dass du mich fragen würdest, und bin gerührt, dass du dir Sorgen machst, langatmige Gespräche über medizinische Probleme könnten mich verschrecken.« Juli küsste ihn. »Ich kann aber leider nicht mitkommen, weil ich morgen schon eine Verabredung mit Sami habe, den ich nicht schon wieder versetzen kann.«

»Sami?« Jan guckte plötzlich ernst, und Juli wurde bewusst, was er denken konnte. Sie musste schmunzeln, denn er schien eifersüchtig zu sein.

»Ich habe Mo versprochen, einen ihrer Schüler bei seinem Kunstprojekt zu unterstützen. Morgen ist unser zweites Treffen.«

Sie erkannte Erleichterung in Jans Gesicht. »Du kannst also beruhigt fahren. Ich werde dich vermissen, verspreche dir, mich nicht wieder durch unnötiges Grübeln selbst zu verschrecken, werde den Klatsch und Tratsch über uns allein ertragen und freue mich schon jetzt auf Samstag.«

»Versprochen?«

»Versprochen.«

Jan stand auf. »Ich muss runter in die Praxis. Um den Klatsch und Tratsch müssen wir uns auf alle Fälle keine Sorgen machen. Reilings Renate hat heute Morgen einen Termin zum Belastungs-EKG. Das Fenster des Behandlungszimmers geht raus auf den Hof. Du hast keine Chance, ungesehen zu gehen.« Er grinste.

»Danke, Doktor Hansing. Ich werde freundlich winken.«

»Ich habe nichts anderes erwartet.« Jan küsste sie noch einmal, dann eilte er die Treppe hinab, und sie hörte die Tür ins Schloss fallen.

Als sie eine halbe Stunde später die Haustür hinter sich ins Schloss zog, war sie frisch geduscht, mit seinem Duschgel, und hatte ein Post-it mit »Bis Samstag, Kuss« am Badezimmerspiegel hinterlassen. Sie trug ihr Kleid, darüber sein T-Shirt, und hatte gute Laune. Fröhlich winkte sie Reilings Renate zu, die auf dem Fahrrad strampelte und sie mit großen Augen ansah. Nach dem Belastungs-EKG würde sie flugs auf ihrem Rad zu Pranges strampeln und brühwarm erzählen, was sie heute früh gesehen hatte. Juli war es egal. Das Gewitter hatte die drückende Hitze fortgespült. Die Luft war klar und warm. Sie sah in den blauen Himmel. Es war egal, wie viele Tage der August hatte. Die Luft war Sommerluft, und der Himmel war ein Sommerhimmel.

22. August

Juli ließ den Seeberg hinter sich und lief in Richtung Weserwiesen. Sie hatte sich den Wecker gestellt. Der Morgenhimmel spiegelte sich in der Weser, helle Punkte tanzten funkelnd auf dem Wasser. Vor ihr lag die Marsch. Juli lief auf den Horizont zu, setzte Fuß vor Fuß, atmete ein und aus. Sie war ganz bei sich und genoss die einsame Ruhe des frühen Morgens. Schritt für Schritt auf den eigenen Rhythmus achtend, fühlte sie sich frei und gelöst. Die Zweifel und das Chaos in ihrem Kopf waren verschwunden und schienen kilometerweit entfernt. Sie beschleunigte ihr Tempo und lief weiter auf den Horizont zu. Der Tag war freundlich. Juli sah in den

Himmel. Die Sonne stand nicht mehr so hoch wie noch vor ein paar Wochen, hatte aber noch immer die Kraft des Sommers. Juli dachte an Ria, spürte den Wind im Gesicht und fühlte sich umarmt.

Frisch geduscht und mit einer Tasse Tee in der Hand, setzte sie sich auf die kleine Stufe, die aus der Küche in den Garten führte. Jan hatte kurz angerufen, und es war schön gewesen, seine Stimme zu hören. In zwei Stunden würde sie mit Sami weiter an seinem Projekt arbeiten, und sie war gespannt auf das, was er Dienstag entworfen hatte. Anschließend musste sie dringend zu Mo, die ihr gestern auf die Mailbox gesprochen hatte und nicht wusste, wohin mit ihrer Langeweile. Ihre Frauenärztin hatte ihr Ruhe verordnet, nur dass Ruhe und Mo so gar nicht zusammenpassten. Juli hatte gehofft, sie gestern bei ihrem Onkel und ihrer Tante zum Abendessen zu sehen, aber Tom achtete streng auf die Anweisungen der Ärztin und darauf, dass sie das Bett nicht verließ. So hatten sie zu dritt den Champagner getrunken, den Juli extra gekauft hatte, und auf Johannes' Angebot angestoßen, darauf, dass sie das Haus nicht verkaufen würde. Zumindest vorerst. Es war ein schöner Abend gewesen.

Petermann strich um ihre Beine und rieb seinen Kopf an ihren Knien. Juli nahm ihn auf den Arm und streichelte sein Fell. Petermann schnurrte und schloss wohlig die Augen. »Was machen wir mit dir, alter Miezekater?« Darüber hatte sie bisher gar nicht nachgedacht. Sie konnte ihn nicht in einem Haus zurücklassen, das den Großteil des Jahres leer stehen würde. Es klingelte. Petermann auf dem Arm, stand Juli auf und ging zur Tür.

»Guten Morgen.« Tante Frieda begrüßte Juli mit einer herzlichen Umarmung. Petermann sprang von Julis Arm und strich um Tante Friedas Beine. Tante Frieda verstand, kniete sich hin und kraulte ihn hinter dem Ohr. »Ja, und du sollst natürlich auch begrüßt werden. Guten Morgen, Petermann.« Sie lachte, dann stand sie wieder auf. »Ich wollte nicht stören, dachte nur, ich gucke mal vorbei.«

»Das ist lieb von dir, und du störst nie. Komm rein. Ich habe gerade einen frischen Pfefferminztee aufgebrüht. Der kühlt von innen.«

Beide setzten sich auf die Terrasse. Petermann streckte sich zu ihren Füßen in der Sonne.

»Wie geht es dir, Liebes?« Tante Friedas warme Augen sahen sie an.

»Gut. Es geht mir wirklich gut.«

»Das sieht man, du strahlst. Und du musst mir auch gar nicht sagen, warum«, sagte sie unschuldig, ganz beiläufig.

»Du warst bei Pranges?«

Tante Frieda lächelte und sagte: »Ja, aber du weißt, dass mich das Dorfgetratsche noch nie sonderlich interessiert hat. Mich interessiert nur, dass es dir gutgeht.«

»Das tut es.«

»Und das ist doch das Wichtigste. Es freut mich.« Frieda lehnte sich nach hinten und schloss die Augen. »Deine Großmutter hat diese Zeit des Jahres immer besonders geliebt. Die letzten Tage des Sommers, noch voller Wärme und Sonne, und doch liegt langsam der Herbst in der Luft.«

Juli blickte in den Garten. Dahlien, Astern und Chrysanthemen hatten in den letzten Tagen begonnen zu blühen, und an einem der Apfelbäume hingen frühe, reife Äpfel. Für ihre Großmutter wäre es an der Zeit gewesen, den ersten Apfelkuchen mit frischen Äpfeln zu backen. Juli sah Oma Lene, eine Schürze umgebunden, fröhlich auf der alten wackeligen Leiter stehen und die ersten Boten des Herbstes pflücken. Sie hing dem Bild nach, war glücklich, dass es blieb.

»Johannes möchte das Haus mieten, damit Mai-Lin und er

hier einen Ort haben, an dem sie als kleine Familie Platz haben, wenn sie in Deutschland sind. Sie werden Eltern.«

Tante Frieda öffnete die Augen.

»Ach, wie schön! Das sind ja wunderbare Nachrichten. Der Johannes ist ein guter Junge. Und auch seine Mai-Lin ist bezaubernd.«

Juli schenkte beiden Tee nach. Petermann sprang auf Tante Friedas Schoß, machte es sich gemütlich und genoss es, gestreichelt zu werden.

»Ich weiß nur nicht, was ich mit Petermann machen soll. Ich kann ihn nicht mit nach Amerika nehmen. Das hier ist doch sein Zuhause. Und allein lassen kann ich ihn auch nicht.«

»Mach dir darüber keine Gedanken. Der alte Herr hier zieht einfach zu mir, ist eh oft genug zu Besuch, um sich ein Leckerli zu holen. Das kriegen wir schon hin, nicht, alter Petermann?«

Der Kater schnurrte laut, und Juli verstand dies als Zustimmung.

»Ich denke, ich werde ihn die ersten Wochen abends bestimmt rüberholen müssen, aber dann wird er sich schon dran gewöhnen. Das dauert im Alter länger, doch wir zwei werden uns schon verstehen.«

Bei Tante Frieda war Petermann in den besten Händen, und beide hätten Gesellschaft.

»Und wenn Johannes und Mai-Lin da sind oder du da bist, wird er sicherlich gern im alten Zuhause vorbeikommen.«

Juli stand auf, drückte Tante Frieda und gab ihr einen Kuss auf die Wange.

»Danke.«

»Ach was, da nicht für.«

Sie saßen noch eine Zeitlang gemütlich zusammen, leerten die Teekanne und plauderten über alte Zeiten. Zur Mittagszeit verabschiedete sich Tante Frieda. Als sie den Garten durch das Tor verließ, folgte ihr Petermann ein kurzes Stück und lief dann gemütlich die Straße runter. Bis zum Treffen mit Sami blieb Juli noch etwas Zeit.

Sami hatte die letzten zwei Stunden still vor sich hin gearbeitet und jeden Versuch Julis, ein Gespräch zu beginnen, abgeblockt und ignoriert. Der Junge verunsicherte sie. Er hatte unsagbares Talent und schaffte es mit scheinbarer Leichtigkeit, eigene Welten mit großer Ausdruckskraft zu schaffen, was auf eine hohe Empfindsamkeit schließen ließ. Doch nach außen ließ er sich keine Gefühlsregungen anmerken. Sie versuchte ihn bei seiner Arbeit zu unterstützen, fragte sich aber zunehmend, ob sie nicht einfach überflüssig war. Das Gefühl vermittelte er ihr heute jedenfalls.

»Warum bist du überhaupt gerade in Deutschland, wenn du eigentlich in Amerika lebst?« Samis Frage kam aus dem Nichts. Er sah sie nicht an und arbeitete weiter.

»Meine Mutter ist Anfang August gestorben«, antwortete Juli und war gespannt auf seine Reaktion, doch Sami nickte nur leicht, sah nicht auf und schien weiter in seine Arbeit vertieft. Juli beschloss, sich darüber zu freuen, dass er eine persönliche Frage gestellt hatte, auch wenn sie seine Reaktion auf ihre Antwort nicht einordnen konnte. Sie war keine Psychologin oder Therapeutin und hatte keine Ahnung, was genau er denken könnte oder was in ihm vorging, sie war lediglich seine Projektpatin, sein Kunstcoach. Darum war sie hier. Und seine Entwürfe sprachen eine sehr sanfte Sprache.

»Tom, ist das Juli?!«

Tom hatte Juli die Tür geöffnet. »Ich preise Gott, dass du da bist. Kannst du sie bitte eine Weile unterhalten? Ich muss dringend weiter an meinem Projekt arbeiten, sonst komm ich in Verzug, und ich will die Pläne noch fertig haben, bevor die kleine Madame kommt. Aber die große Madame ruft in einer Tour. Als wollte sie mich aufs Vatersein vorbereiten.« Er verdrehte die Augen. Juli klopfte ihm aufmunternd auf die Schulter.

»Abmarsch an deinen Schreibtisch. Ich übernehme.«

Tom küsste sie auf die Wange. »Du bist ein Schatz. Sie ist draußen.«

Juli fand Mo auf dem Gartensofa. Neben ihr auf dem Tisch lag eine angefangene Tafel Schokolade.

»Juli! Endlich! Wenn Tom auch nur eine weitere Minute auf Gefängnisaufseher gemacht hätte, hätte ich die Scheidung eingereicht.«

»Ist schon klar.« Juli umarmte sie. »Hallo, Cousinchen.«

»Ich komme mir vor wie ein gestrandeter Wal.«

Juli setzte sich neben Mo aufs Sofa, strich über ihren Bauch und sagte lachend: »Du siehst auch aus wie ein gestrandeter Wal.«

»Danke. Du weißt, was man als hochschwangere Frau hören möchte. Schokolade? Bevor ich vor Frust alles aufesse.«

»Gern.« Sie nahm ein Stück der schon sehr flüssigen Schokolade und fühlte sich danach an Jelko und seine Ketchupfinger erinnert. Sie zog ein Taschentuch aus der Hose und wischte damit die Schokolade von ihren Fingern.

»So, und jetzt unterhalte mich!«, forderte Mo sie auf. »Was gibt es Neues?«

»Ich komme gerade aus Weserhagen vom letzten Treffen mit Sami.«

»Super! Wie ist es gelaufen?«

»Eigentlich ganz gut. Die Entwürfe sind fertig, und Suse hat alles besorgt, was wir brauchen. Dienstag beginnt er an der Wand, und ich weiß, dass es genial wird.«

»*Eigentlich* ganz gut?«

»Ich werde einfach nicht schlau aus ihm. Er irritiert mich, und ich fühle mich überfordert, weil ich meistens überhaupt nicht weiß, wie ich ihm begegnen soll.«

»Was meinst du mit ›ihm begegnen‹?«

»Heute hat er auf alle meine Versuche, ein Gespräch anzufangen, nicht reagiert.«

»Aber er war da und ist geblieben?«

»Ja, warum? Er hat gezeichnet.«

»Und er hat dir das, was er gezeichnet hat, gezeigt?«

»Ja ...«

»Mensch, das ist toll!«

Juli hatte Probleme, Mos Freude nachzuvollziehen.

»Juli, Sami ist mit seinen Entwürfen und Skizzen normalerweise sehr speziell und teilt sie nicht. Einmal hat er in der Schule einen Mitschüler geschlagen, weil der es gewagt hatte, ihm beim Zeichnen über die Schulter zu gucken.«

»Und das erzählst du mir erst jetzt?! Danke, das wäre vielleicht eine Info gewesen, die ich zu Anfang gern gehabt hätte.«

»Warum, es klappt doch? Wenn Sami bleibt und seine Entwürfe mit dir bespricht, dann hast du seinen Respekt. Er ist normalerweise sehr verschlossen und lässt nur ganz wenige Menschen an sich ran. Er ist niemand, der viel von seinem Leben und seiner Geschichte preisgibt. Im Gegenteil. Wenn du es schaffst, dass er seine Kunst mit dir bespricht, hast du es richtig gemacht und viel erreicht.«

Nachdenklich saß Juli neben ihrer Cousine. Samis Frage fiel ihr wieder ein. Und ihre Antwort. Das, was sie über ihn gelesen hatte. Sami hatte eine Geschichte, und vielleicht war es schwer für jemanden mit seinem Background, anders auf ihre Antwort zu reagieren. Aber er hatte immerhin eine persönliche Frage gestellt.

»So, genug davon«, riss Mo sie aus ihren Gedanken. »Was

mich mindestens genauso interessiert: Wie läuft's mit dem Herrn Doktor?« Mo klimperte mit den Augen und nahm sich selbst noch ein Stück von der Schokolade. Ihr schienen die schokoladenbeschmierten Finger nichts auszumachen. Na, da hätte die kleine Madame ja ein feines Vorbild.

Juli grinste.

»Ah, ich sehe, dass es da offenkundig wohl Neuigkeiten gibt. Also los, ich darf mich nicht unnötig aufregen.«

Als Tom mit drei Milchkaffee in den Garten kam, lagen Juli und Mo zusammen auf dem Sofa und kicherten, wie sie es früher als Teenager oft zusammen getan hatten.

»Ich glaub, ich hab ein Déjà-vu«, lachte Tom, als er die Tassen auf den Tisch stellte. »Geheimnisse? Eine Frau darf ihrem Mann nichts verheimlichen.«

»Wenn du mich weiter behandelst, als wärst du mein Gefängnisaufseher, lasse ich mich scheiden!«

»Ich interessiere mich nur für die Neuigkeiten!« Tom küsste Mo zärtlich auf die Stirn.

»Juli hat eine Nacht mit Jan verbracht.«

»Endlich!«, bemerkte Tom trocken.

»Jetzt hab ich das Déjà-vu. Es ist doch echt schön, wahre Freunde zu haben.« Juli konnte sich ein Lächeln nicht verkneifen.

»Hallo, allerseits!« Nun kam auch noch Johannes in den Garten, als hätte er auf seinen Auftritt gewartet. Er grinste von einem Ohr zum anderen.

»Johannes?!«

»Ich hoffe, ich störe nicht, aber ich muss euch was sagen!«

»Dass Juli und Jan sich endlich nähergekommen sind und Mo hofft, dass die beiden jetzt ein Paar werden?« Juli warf ein Sofakissen gegen Toms Schulter. Johannes sah sie groß an und schüttelte dann den Kopf.

»Nein, das nicht. Aber das wurde ja auch langsam mal Zeit. Also, ich«, er machte eine Pause und schaute feierlich in die Runde, »werde Vater!«

»Hey, das ist phantastisch!« Tom war aufgestanden und umarmte Johannes.

»Komm her, und lass dich herzen!« Mo winkte ihn zu sich, und Johannes wurde ausgiebig gedrückt. Juli nahm ihn in die Arme und lächelte ihn an. »Geht's Mai-Lin besser?«

»Warum? Ging es ihr nicht gut?« Mo richtete sich auf.

»Sie liegt im Krankenhaus«, antwortete Johannes. »Aber keine Sorge, es geht ihr schon besser. Sie ist müde und schläft viel, ihr Kreislauf spielt noch immer ein bisschen verrückt, ihr ist schwindelig, und sie leidet an extremer Übelkeit. Wenn alles gutgeht, kann ich sie am Sonntag aber abholen.«

»Die arme Mai-Lin. Grüß sie bitte lieb von uns, ja?«

»Ja, richte ihr bitte Grüße vom Wal und vom Gefängnisaufseher aus.« Tom grinste und streichelte über Mos Bauch.

»O Mann, Leute, ich habe gerade echt das Gefühl, ich habe ein Déjà-vu.«

Mo, Tom und Juli begannen lauthals zu lachen.

»Was?!« Johannes blickte fragend in die Runde.

Es war spät geworden. Sie saßen noch immer zusammen um den Gartentisch, Käse, Baguette, eine angebrochene Flasche Rotwein und Wasser vor sich. Juli wurde plötzlich bewusst, wie sehr sie die drei vermisst hatte. Natürlich hatte sie auch in Amerika gute Freunde, mit denen sie gern zusammen war, und dennoch fragte sie sich, ob diese sie wirklich kannten. Freundschaften waren in Amerika oberflächlicher als in Deutschland. Was sie oft sogar sehr angenehm fand. In diesem Moment aber genoss sie die Vertrautheit, die zwischen ihr, Mo, Tom und Johannes herrschte. Selbst bei Abby war sie sich nicht sicher, ob diese wusste, wie Juli wirklich war, obwohl sie die Freundschaft zu ihr als eng und vertraut bezeichnen würde und sich von ihr verstanden fühlte. Mo, Tom und Johannes kannten Juli allerdings schon seit Kindertagen. Besonders in den letzten Tagen hatte sie gemerkt, dass sie ihnen nichts vormachen konnte. So gut kannten sie sie. Nichts zwischen ihnen war vage und unverbindlich, es gab kein Zwischen-den-Zeilen. Juli hatte vergessen, wie sich ungezwungenes und tiefes Vertrauen und federleichte Selbstverständlichkeit anfühlten.

»Wisst ihr, dass ihr die besten Freunde seid, die man haben kann?«, fragte sie in die Runde. »Ich werde euch vermissen, wenn ich bald wieder zurück in Cambridge bin.«

»Und wir dich.« Mo nahm ihre Hand.

»Hast du inzwischen eine Ahnung, was du mit dem Haus machen wirst?«, erkundigte sich Tom.

»Ach, das wollte ich euch doch schon die ganze Zeit erzählen! Ja, inzwischen weiß ich, was ich mit dem Haus mache! Ich habe ein Angebot bekommen, das ich nicht ablehnen konnte, so wunderbar war es.«

Tom und Mo sahen sie gespannt an.

»Johannes, möchtest du weiterreden?«

Irritiert blickten Tom und Mo zu Johannes.

»Ich habe Juli das Angebot gemacht, das Haus zu mieten. Bei meinen Eltern ist es zu eng, und so haben Mai-Lin, unser Baby und ich einen Ort, an dem wir wohnen können, wenn wir in Deutschland sind. Und Juli muss sich erst einmal keine weiteren Gedanken darüber machen, was sie mit dem Haus anstellt. Es bleibt ihr Haus, in dem sie natürlich immer wohnen kann.«

»Wir gründen sozusagen eine weltweit verstreute WG«, ergänzte Juli fröhlich.

»Mit Dependancen in Peking, Cambridge und Beekelsen«, führte Johannes weiter aus.

»Cool. Um in Johannes' Wirtschaftsvokabular zu bleiben: Das nenne ich eine Win-win-Situation! Kommt, darauf stoßen wir an.« Tom hob sein Glas.

»Wenn ich schon mit Wasser auf diese wunderbaren Neuigkeiten anstoßen muss, bestehe ich darauf, dass Harmenhusen auch als Dependance geführt wird, und ich wünsche mir einmal im Jahr ein WG-Fest im Garten des WG-Hauptsitzes in Beekelsen.«

»Einverstanden!«, sagte Johannes.

»Abgemacht!« Juli sah in die vertrauten Gesichter ihrer drei Freunde und war glücklich.

23. August

Juli fuhr in Rias altem Golf den Dicken Berg hoch. Das Verdeck war nach hinten geklappt, ihre Haare wehten im Fahrtwind, und sie hörte laut Musik. Jan würde heute wiederkommen, und sie wollte ihn bekochen. Am Morgen hatte sie herrlich duftende reife Tomaten im Garten geerntet, und in Oma Lenes Korb auf der Rückbank waren Penne, Parmesan, durchwachsener Speck und Rotwein, frische Eier, dunkle Schokolade und Schlagsahne. *»Was kann uns schon passieren, wenn wir uns endlich, endlich kombinieren?«*, sang Klaas Heufer-Umlauf. »Was kann uns schon passieren, wenn wir uns endlich kombinieren?«, sang sie lauthals mit.

Erntefest in Beekelsen. 22. bis 24. August. Juli fuhr am Schild vorbei. Sie hatte fast verdrängt, dass heute und morgen der gesellschaftliche Höhepunkt des Jahres in Beekelsen stattfinden würde. Heute Abend Tanz auf dem Festzelt und morgen der große Erntewagenumzug. Nein, sie würde nicht mittanzen. Sie freute sich auf einen Abend mit Jan.

Zurück zu Hause band sie eine Schürze ihrer Großmutter um, drehte die Musik laut auf und begann fröhlich mit den Vorbereitungen.

Juli brach die Schokolade in Stücke, schmolz sie, geduldig rührend, über einem Topf mit heißem Wasser. Oma Lene hatte immer gesagt, dass Schokolade Gottes Entschuldigung für Gemüse sei. Und was sagte Abby immer? »Chocolate comes from cocoa, which is a tree, that makes it a plant. Chocolat is salad.« Juli musste schmunzeln. Vor sich hin summend, trennte sie Eier, schlug Eigelb und Zucker cremig, rührte etwas Cointreau, den sie im Schrank gefunden hatte, und anschließend langsam die etwas abgekühlte geschmolzene Schokolade unter. Dann schlug sie Eiweiß zu Eischnee und die Sahne steif. Beides hob sie vorsichtig unter die Schokoladencreme, widerstand der Versuchung, mit dem Finger zu dippen und zu kosten, und stellte die Mousse in den Kühlschrank. Juli nahm den Schoko-Schneebesen in die Hand. Als Kind hatte sie ihn immer abschlecken dürfen. Sie grinste. Warum nicht?

Mousse au Chocolat auf der Nasenspitze, setzte sie Wasser auf und räumte die benutzten Schüsseln zur Seite. Dann überbrühte sie die Tomaten mit dem kochenden Wasser, häutete sie, entfernte den Stielansatz, schnitt sie in Würfel, schälte und zerkleinerte Zwiebeln, Knoblauch und den durchwachsenen Speck und halbierte eine kleine rote Peperoncini, entfernte die Kerne und schnitt sie in feine Scheiben. In einem schweren Topf erhitzte Juli etwas Olivenöl, briet den Speck darin knusprig an, dünstete Zwiebeln, Knoblauch und Peperoncini mit und gab schließlich die Tomatenwürfel hinzu. Eine gute all'arrabbiata brauchte Zeit. Juli ließ die Sauce vor sich hin köcheln. Abschmecken und würzen würde sie später. Sie hängte die Schürze zurück, nahm ihr Notebook und setzte sich in den Garten. Es war kurz nach zwei. Vielleicht war

Abby online. Sie hatte sich seit ihrer Rückkehr aus Berlin nicht mehr bei ihr gemeldet.

Nachdem sie Abby erreicht und eine Weile mit ihr geskypt hatte, war Juli wieder ins Haus gegangen. Während sie die Sauce mit etwas von dem guten Meersalz, Zucker und Balsamicoessig gewürzt und Kapern hinzugegeben hatte, wunderte sie sich über sich selbst. Abby hatte gefragt, wie es ihr ginge, aber sie hatte keine Lust gehabt, mit ihr darüber zu reden, und das Gespräch auf die Zwillinge gebracht. Sonst hatten ihr die Gespräche mit Abby immer gutgetan, jetzt kam ihr der sicherlich gutgemeinte Rat ihrer Freundin plötzlich oberflächlich vor, und sie fühlte sich unfair, schließlich hatte Abby kaum die Möglichkeit, sie wirklich zu verstehen. Abby kannte nur einen Teil von ihr, den Teil, den Juli sie hatte kennenlernen lassen. Sie hatte immer vermieden, über ihre Kindheit in Beekelsen und ihr Verhältnis zu Ria zu reden. Was ihre Vergangenheit betraf, war es leicht gewesen, im Vagen zu bleiben. Juli schob die Gedanken beiseite und kostete die Sauce. Fertig. Später würde sie noch einmal mit Salz und Pfeffer abschmecken. Nun wollte sie sich erst einmal frisch machen, schließlich würde Jan ganz bald bei ihr auftauchen. Der Anrufbeantworter blinkte. Sie musste das Telefon nicht gehört haben, als sie im Garten gesessen und geskypt hatte. Jan. »Hallo, ich bin's. Ich hätte gern deine Stimme gehört und versuche es auch noch mal auf deinem Handy. Ich bin fast in Beekelsen, muss aber gleich weiter, weil ich gerade in den Seniorenstift gerufen wurde. Ich weiß nicht, wie lange es dauert, und du kannst mich leider auch nicht erreichen. Ich würde lieber gleich zu dir gefahren kommen. Aber wir sehen uns dann später. Ich freu mich!« Juli sah auf die Uhr. Es war halb fünf. Sie suchte ihr Handy. Es war auf lautlos gestellt. Eine Nachricht auf der Mailbox. Damn. Jetzt konnte sie ihn nicht zurückrufen. Sie tippte »Ich freu mich« und schickte es ihm als Nachricht.

Er wusste nicht, wie lange es dauern würde. Vielleicht war es nur ein kurzer Einsatz, kein schlimmer Notfall, ein leichtes Herzflimmern vielleicht, das beim beruhigenden Anblick Doktor Hansings und einem Glas Wasser einfach wieder verschwand, und er wäre ganz bald hier. Juli ging die Treppe nach oben. Sich frisch zu machen, würde auf keinen Fall schaden.

Drei Stunden später hatte sie noch immer keine Nachricht von Jan. Juli lag ausgestreckt auf dem Rasen, das Handy neben ihr. Sie guckte in den Himmel. Wohl doch kein leichtes Herzflimmern, eher eine Notfall-Epidemie. Musik klang aus dem Festzelt über das Feld. *»Das Booooot, mit den beiden Fischern von San Juan …«* Erntefest.

Tina kam durch das Tor in den Garten. Sie strahlte.

»Tina? Was machst du denn hier?«, fragte Juli irritiert und setzte sich auf.

»Ich hole dich ab!«, sagte Tina wie selbstverständlich.

»Wohin?«

»Na, aufs Zelt!«

Juli sah sie entgeistert an. »Du, nein danke. Ich hab schon andere Pläne und habe mich in den letzten Tagen wirklich genug unters Volk gemischt.«

»Keine Ausreden! Es ist nur einmal im Jahr Erntefest, und wenn du schon da bist, möchte ich auch mit dir feiern.«

»Tina, es freut mich, dass du mit mir feiern möchtest, und ich feiere auch gern mit dir, aber nicht auf dem Erntefest. Ein Dorffest in der Woche reicht mir.«

Tina ließ nicht locker. »Die Ausrede zählt nicht! Hey, jetzt komm schon. Willst du lieber allein hier im Garten liegen und dich langweilen?«

»Vielleicht kommt Besuch.«

»Ja, klar …« Tina verdrehte die Augen und stupste gegen Julis Schulter. »Quatsch! Deine Ausreden waren auch schon mal besser. Wer soll denn kommen? Alle sind auf dem Fest.«

Tina schien in den letzten Tagen nicht bei Pranges einkaufen gewesen zu sein. Juli überlegte, ob sie ihr von Jan erzählen sollte. Warum eigentlich nicht? Tina war eine romantische Seele und würde sofort aufhören, sie weiter dazu bewegen zu wollen mitzukommen. Sie wollte gerade loslegen, als Tina ihr zuvorkam: »Und du musst mir beistehen!«

»Beistehen?«

»Heute soll's endlich mit Bernie klappen!«

»Wie? Habt ihr beide es immer noch nicht geschafft?«

»Ich hab mich nicht getraut. Und er sich auch nicht. Juli, du musst mitkommen und mir helfen, bitte.« Sie sah sie flehend an. Juli verwarf die Idee, Tina in ihr Liebesleben einzuweihen, zumindest vorerst, und stand auf.

»Also gut«, sagte sie und atmete durch, »ich komm mit. Aber ich bleib nicht ewig.«

Tina fiel ihr fröhlich um den Hals. »Du bist ein Schatz!«

Jan hatte sich noch immer nicht gemeldet. Sie würde ihr Handy einfach mitnehmen.

Als sie neben Tina in das Festzelt trat, wusste Juli sofort, dass ihre Zeitreise nun in ganz andere Dimensionen vor-, nein, eher zurückdringen würde. Es roch nach Holzdielen, Pils und vielen Menschen. Die Luft war stickig. Sie sah sich um. Das Zelt war schon ziemlich voll. Es war mit Birkengrün dekoriert. Links die große, lange Theke, an der Olaf, Jürgen, Heiko, Dirk, Andi und Matze entspannt lehnten, einen Willibecher mit Pils in der Hand. Wie konnte es auch anders sein? An den Stehtischen davor standen Jung und Alt gemischt und in Gespräche vertieft. Krögers Hermann winkte ihr zu. Juli winkte zurück. Rechts die Bierbankgarnituren mit weißen Papierdecken auf den Tischen, an denen die alten Damen des Dorfes saßen, klatschten und tratschten und ihre Blicke immer wieder durchs Zelt wandern ließen. Reilings Renate, Friedekings Helga, Frömrichs Heidrun, Wiegmanns Elfriede und Redekers Irene. Dahinter die Bar. Juli sah Sabrina, Claudia und Michaela mit einem Glas Sekt in der Hand, lachend in ein Gespräch vertieft. Sie hatten sich richtig aufgedonnert, alles funkelte, ihre Gesichter und ihre Kleidung. Juli sah an sich hinunter: Jeansshorts und Top. Nichts funkelte. Egal. In der Mitte des Zeltes stand die Band auf einer kleinen Bühne. *Manny More* las Juli den Bandnamen. Na, das versprach doch einiges … Auf der Tanzfläche war schon viel los. Roland Kaiser verlor seine Sinne auf Santa Maria. Auch sie musste ihre Sinne verloren haben. Was machte sie hier? Tina zog sie hinter sich her in die Menschenmenge. Schon hatte sie ein Glas Pils in der Hand. »Nein, lieber nicht. Gibt's auch Wasser?«

Tina wippte im Takt der Musik und sah sie verwundert an: »Das kann doch nicht dein Ernst sein!? Komm schon. Es ist nur einmal im Jahr Erntefest!«

»Ich bin nur wegen dir hier und nicht, um zu feiern.«

»Aber kannst du hier sein, ohne in Feierlaune zu kommen? Ich meine, bei der Musik?« Tina grinste sie an und sang lauthals mit: »*Santa Maria, Maria … vom Mädchen bis zur Frau … Umdada, umdada …*«

Juli musste laut lachen: »Erbarmen! Also gut, prost!«

Eine Stunde später hatten sie Bernie immer noch nicht entdeckt und standen zusammen mit Michaela und Sabrina an der Bar. Sabrina erzählte begeistert von ihrem letzten Urlaub auf Mallorca und drückte Tina und Juli ein Glas Sekt in die Hand.

»Wo ist er denn nur?«, fragte Tina, kippte das Glas Sekt hinunter und sah sich angestrengt suchend um.

»Der kommt schon noch.« Juli stellte ihr Glas auf den Tresen und legte ihr die Hand auf die Schulter. »Ganz sicher.«

»Tina, warst du nicht im letzten Jahr auch auf Mallorca?«, fragte Sabrina.

Juli klinkte sich aus dem Gespräch aus. Nicht nur von Bernie war nichts zu sehen, auch von Jan hatte sie noch keine Nachricht bekommen. Sie sah sich um. Im Festzelt herrschte beste Stimmung. Manny More coverte Wolfgang Petry, und die Meute grölte mit: *»Verlieben, verlor'n, vergessen, verzeih'n …«* Sogar die alten Damen auf den Bierbänken schunkelten fröhlich vor sich hin. Die Tanzfläche war voll, und Juli sah Claudia mit Jürgen tanzen. Da hatte sie es tatsächlich geschafft, ihn von der Theke loszureißen. Er bewegte sich unbeholfen – unter den mitleidigen Blicken Olafs, Heikos, Dirks, Andis und Matzes. Dörte und Jörg-Uwe waren inzwischen auch da. Sie schmiegte sich an ihn. Im Vergleich zur tanzenden Glitzerkugel Claudia hatte Dörte heute eher den Land-Domina-Look gewählt. Sie trug enge Lederleggings, ein schwarzes T-Shirt, das im Rücken geschnürt war und den Blick auf den nichtvorhandenen BH freigab, und hohe Lackpumps. Ihre Haare hatte sie streng nach hinten gegelt und sich dramatisch geschminkt. Immer wenn Juli gedacht hatte, ihr Outfit ginge nicht freizügiger, legte Dörte noch eins drauf. Sie musste den Blick abwenden.

»Komm, Juli, ich geb dir 'n Schnäpsgen aus.« Krögers Hermann stand neben ihr. »Hast mir doch das Land verkauft! Uli, machste uns zwei Genever?« Und schon standen zwei Schnäpse vor ihnen. Bisher hatte Juli es geschafft, bei einem Pils zu bleiben, das Glas Sekt stand unberührt vor ihr, aber sie mochte Krögers Hermann, und da war es eine Frage der Höflichkeit, seine Einladung anzunehmen.

»Da nicht für. Ich bin froh, dass du es übernommen hast«, sagte sie.

Krögers Hermann sah sie fröhlich an: »Trotzdem, danke! Na, dann prost, nech?!«

»Prost!«

Juli spürte den Schnaps, wie er ihren Hals hinunterlief und sich anschließend eine Wärme in ihrem Bauch ausbreitete. Sie hatte heute nicht viel gegessen, nur gekocht. Alles stand fertig auf dem Herd und wartete auf Jan. Genau wie sie auf Jan wartete.

»Ein schönes Fest, nech?« Bultemeiers Willi zwängte sich zwischen sie. Sein weißes Hemd spannte über dem Bauch, und der perfekt über die Glatze gekämmte letzte Rest Haare klebte verschwitzt an seinem glänzenden Kopf.

»Was willst du, Willi?«, fragte Krögers Hermann.

»Aaach, nichts, nichts ...« Bultemeiers Willi grinste breit. »Aber als Ortsvorsteher liegt mir die Meinung meiner Bürgerinnen und Bürger eben sehr am Herzen.«

»Komm, Willi. Wahl ist erst wieder in zwei Jahren. Da musst du dich noch nicht so bemühen. Und ich wähle dich eh nicht.« Nun mochte Juli Krögers Hermann noch mehr.

»Das weiß ich«, Bultemeiers Willi drehte sich zu Juli, »aber wo Juliane doch nicht verkauft und in Beekelsen bleibt ...«

»Moment, ich verkaufe zwar nicht, aber das heißt nicht, dass ich bleibe.«

»Nicht?« Er hob die Augenbraue. »Na, wenn du dich so entschieden hast ... Ich meine, so ein leerstehendes Haus erlebt sicherlich keine Wertsteigerung. Und wo du dich doch so gut mit unserem Doktor Hansing verstehst ...«

Juli wurde wütend: »Es gibt Werte, die sich nicht in Geld messen lassen, und das andere geht dich nicht das Geringste an.«

»Wenn du meinst.« Bultemeiers Willi zuckte mit den Schultern. »Wir werden sehen, wer am Ende recht behält. Nun denn, ich will mal weiter, nech?« Er klopfte Krögers Hermann auf die Schulter und schob seinen massigen Körper durch die Menge.

»Nicht ärgern. Ignorieren!« Krögers Hermann zwinkerte ihr zu. »So ist er eben.« Juli nickte, fassungslos vor so viel Selbstgefälligkeit.

»Da ist er!« Plötzlich war Tina ganz aufgedreht. Juli blickte sich um und sah Bernie auf sie zukommen.

»Jetzt bin ich da«, sagte er, als er vor ihnen stand.

»Jetzt bist du da«, sagte Tina.

Jetzt ist er endlich da, dachte Juli und musste bei so viel Unbeholfenheit der beiden schmunzeln. Bernie stand vor Tina und lächelte sie verlegen an, Tina strahlte zurück.

»Hello again, du ich möchte dich heut noch seh'n«, sang Manny More.

»Möchtest du tanzen?«

»Gern!«

Bernie nahm Tinas Hand. Juli sah den beiden hinterher und ertappte sich dabei, wie sie in Gedanken mitsang: *»Uhuhuhu-huhhhh, ich sag nur Hello again, uhuhuhuhuhuh … Hello again. Ich sag einfach Hello again, du ich möchte dich heut' noch seh'n …«*

Ihr Handy vibrierte. Jan. Juli grinste. Was für ein Timing!

»Hallo.«

»Hallo, Juli.« Sie hatte Probleme, ihn zu verstehen. Es war einfach zu laut.

»Jan, einen kleinen Moment, ich geh kurz raus.«

»Wo bist du?« Jetzt verstand sie ihn besser.

»Ich hab mich von Tina breitschlagen lassen und bin auf dem Erntefest. Du siehst, die Verzweiflung ohne dich ist groß.«

Jan lachte. »Ich wäre auch lieber bei dir, aber ich muss zum nächsten Notdienst. Sorry. Ich hoffe, es dauert nicht zu lange. Juli?«

»Ja?«

»Ich freu mich auf später, auf dich. Du hast mir gefehlt.«

Ihr Herz schlug schneller.

»Du mir auch.«

»Ich muss auflegen. Bis ganz bald.«

»Bis ganz bald.«

Juli sah auf die Uhr. Es war neun. Jetzt wo Tina und Bernie sich gefunden hatten, konnte sie auch nach Hause gehen und … Weiter kam sie in ihrem Gedankengang nicht, denn Tina stand wieder neben ihr.

»Tina!«

»Das Lied war vorbei.«

»Und?«

»Und was?«

Juli war fassungslos: »Und dann hast du den armen Bernie auf der Tanzfläche stehengelassen, um zu mir zu kommen?«

Tina sah sie einfach nur an. Juli blickte auf die Tanzfläche, wo kein Bernie mehr zu sehen war.

»Mensch, Tina. Das gibt es doch nicht!«

»Kai hat gewinkt, und ich dachte, ich will mich nicht aufdrängen. Was machen wir jetzt?«

»Wie? Was machen wir jetzt? Du gehst einfach zu Bernie. Fertig, aus.«

»Allein?« Tina bekam nervöse Flecken im Gesicht. »Juli, du musst mitkommen.«

Juli wollte nicht mitkommen. Sie wollte nach Hause und auf Jan warten.

»Juli, bitte! Ich trau mich das nicht allein.« Tina sah sie flehend an. Juli wusste, dass Tina nicht simulierte. Wenn sie nicht mitkäme, würde heute Abend sicherlich nichts mehr aus Tina und Bernie werden.

»Okay«, sagte sie schließlich, »siehst du ihn?«

Tina schob Juli vor sich her in Richtung Theke. *»Wenn selbst ein Kind nicht mehr lacht wie ein Kind, dann sind wir jenseits von Eden ...«* Manny More bediente mit *Jenseits von Eden* noch immer das gefühlvolle Kuscheltanzsegment. Jenseits von Eden fühlte sie sich auch.

»Da vorne steht er. Siehst du? Mit Kai, Manuel und Marko«, raunte Tina ihr aufgeregt ins Ohr.

Na super, dachte Juli, die Beekelsener Buben bierselig vereint. Entschieden nahm sie Tinas Hand und zog sie mit sich. Der Abend wurde nicht jünger, also würde sie eben alles geben, Tina und Bernie endlich zusammenzubringen, um schnell nach Hause zu können.

»Tach, die Herren«, sagte sie in die Runde. »Und? Gibt's hier auch ein Getränk für uns?«

Ein Pils später standen Tina und Bernie verlegen lächelnd und stumm nebeneinander. Dafür redete Kai wie ein Wasserfall. Manuel und Marko versuchten bei Michaela und Sabrina zu landen. Mensch, das war ja kaum mit anzusehen. So konnte es nicht weitergehen.

»Bernie, Tina hat erzählt, dass du dich in deiner Freizeit engagierst und mit Menschen verreist, die schwer körperlich behindert sind?« Tina sah ihn bewundernd an und nickte.

Bernie sagte: »Stimmt.« Und schon war das Gespräch mit ihm wieder vorbei.

»Der Bernie, nech!« Kai schlug ihm auf die Schulter. »So sozial. Wisst ihr, ich flieg nach Malle und lass mir die Sonne auf den Bauch scheinen, und der Bernie hier, der fliegt als Reiseengel um die Welt. Darauf geb ich einen aus.«

»Ne, Kai, danke, aber für mich nicht.«

»Gibt's nicht. Komm, Juli.« Schon stand ein volles Schnapsglas vor ihr.

»Auf den Bernie!« Kai hob sein Glas in die Höhe.

Tina sah sie bittend an und sagte: »Auf Bernie.«

»Also gut.« Juli gab auf, etwas anderes schien ihr nicht übrigzubleiben. »Auf dich, Bernie.« Sie musste sich dringend etwas einfallen lassen. Wenn das so weitergehen würde und Tina und Bernie nicht langsam die Kurve bekämen, wäre sie gleich betrunken.

»Tanze Samba mit mir, Samba, Samba die ganze Nacht …« Manny More spielten fetziger auf. Ihr kam eine Idee.

»Kai, hast du Lust zu tanzen?«, fragt sie kurzentschlossen.

Kai sah sie entzückt an und kam tanzend auf sie zu.

»Wenn mich eine so hübsche Frau auffordert, natürlich.«

Schon standen sie auf der Tanzfläche, und Kai legte los. So hatte sie es sich nicht vorgestellt. Er wirbelte sie aus dem Takt über die Tanzfläche. Juli wurde leicht schwindelig.

»Du bist so heiß wie ein Vulkan«, sang er sie an. Seine Hand lag auf ihrem Po.

Bestimmt schob sie die Hand nach oben und sagte: »Wir wollen doch nicht, dass du dich daran verbrennst.« Juli sah nach Tina und Bernie, die nebeneinanderstanden und verlegen schauten. Das gab es doch nicht. Juli nickte Tina über Kais Schulter aufmunternd zu. Ihr heldenhaftes Opfer schien auch nicht zu helfen. Kais Hand lag schon wieder auf ihrem Hintern. Endlich war das Lied vorbei.

»Wollen wir zwei Tanzmäuse mal gucken, was als Nächstes gespielt wird.« Kai sah sie erwartungsfroh an.

»Ti amo, du sagtest ti amo«, hauchte Manny More ins Mikro. Nein! Julis Opferbereitschaft hatte eine Grenze.

»Puh, Kai. Ich glaube, ich muss was trinken.«

»Noch besser.«

Tina und Bernie standen noch immer stumm nebeneinander. Immerhin etwas näher zusammen.

»Martin, machst du uns noch mal 'ne Runde?«, rief Kai über den Tresen. Martin füllte vier Gläser. »Nich lang schnacken«, Kai grinste leicht schief, »Kopp in'n Nacken!« Stocknüchtern würde sie die weiteren Stunden ohnehin nicht ertragen. Sie musste nur aufpassen, die Situation im Griff zu behalten.

Eine Stunde später brauchte sie frische Luft. Im Zelt war es stickig, sie spürte die Schnäpse, obwohl sie es sogar geschafft hatte, die eine oder andere Runde auszulassen. Draußen atmete sie tief ein und holte ihr Handy aus der Hosentasche. »Beeil dich. Du musst mich retten kommen, sonst bin ich der nächste Notfall!«, schrieb sie an Jan. Als die Nachricht gesendet war, ging sie zurück ins Zelt. Das langsame Annähern von Tina und Bernie, das im Vergleich zu einer Zeitlupe als rasend schnell bezeichnet werden konnte, war nicht auszuhalten. Sie würde es jetzt einfach richtig in die Hand nehmen. Vorher musste sie jedoch noch schnell auf die Toilette. Dort stand Dörte vor dem Spiegel und trug frischen Lippenstift auf.

»Juli«, ihre Augen fixierten sie, »schön, dich zu sehen.« Irgendetwas an Dörtes Tonfall ließ Juli merken, dass sie es nicht ehrlich meinte.

»Dörte.« Sie nickte ihr einfach zu und ging an ihr vorbei auf die Toilette. Auf Dörte hatte sie nicht die geringste Lust. Doch leider stand die, als Juli aus der Kabine heraustrat, noch immer vorm Spiegel. Als hätte sie auf Juli gewartet.

»So ganz allein hier?«, fragte Dörte zuckersüß.

Juli verdrehte die Augen, atmete tief ein und aus, sagte »Erspare uns beiden bitte den weiteren Gesprächsverlauf« und wusch sich die Hände. Das kühle Wasser tat gut, denn ihr war heiß und schwindelig, und sie fühlte sich leicht beschwipst. Aber Dörte ließ sich nicht so leicht abwimmeln.

»Warum? Es geht doch gerade so in die Tiefe.«

»Ich bezweifle, dass du in der Lage bist, Gespräche mit Tiefe zu führen.«

Dörte lachte auf und ging über Julis Kommentar hinweg. »Ich weiß, dass du eher der Typ bist, der sich gepflegt unterhalten möchte. Aber weißt du, Unterhaltungen werden schnell langweilig. Allem Anschein nach auch unserem Jan. Da habe ich ihm wohl mehr zu bieten.«

Das reichte. Juli sah Dörte direkt an. »Ich gebe dir recht, dass es eine deiner Kernkompetenzen ist, die Beine zu spreizen, sobald der Ehemann außer Sicht ist! Ob das etwas ist, was Jan an einer Frau schätzt, sei dahingestellt.«

Dörte kam näher. »Was sind wir denn so empfindlich heute? Und du bist doch auch schnell rumzukriegen, wie ich so gehört habe. Hätte ich dir gar nicht zugetraut.«

»Dörte, du entschuldigst mich?« Juli warf das Papierhandtuch in den Müll und ging zur Tür.

»Och komm, jetzt tu nicht so. Ich freue mich für dich. Ehrlich. Ich weiß, was für ein Wahnsinnsliebhaber er ist.«

Juli war versucht, sich zu Dörte umzudrehen. Es reichte jetzt wirklich. Doch das musste sie sich nicht antun. Sie ließ Dörte einfach stehen.

Ganz wie früher war ihre heutige Zeitreise doch nicht. Früher hätte sie sich weinend in ihr Zimmer verkrochen, heute schüttelte sie über Dörtes Armseligkeit den Kopf, wobei sie merkte, dass ihr Puls vor Wut raste. Sie glaubte Dörte kein Wort. Tina und Bernie lehnten inzwischen aneinander, und Kai textete sie zu. Juli bestellte sich einen Schnaps, kippte ihn hinunter und wusste, was zu tun war.

»So, und jetzt hört ihr mir zu. Kai, du bist jetzt mal leise. Bernie, Tina ist in dich verliebt. Tina, Bernie sieht genauso verliebt aus. Und jetzt steht nicht länger so verlegen in der Gegend rum! Kai, du lässt die beiden allein und suchst dir jemand anderes, dem du von deiner tollen Idee der Beekelsener Buben erzählen kannst. Ihr zwei tut das, an was ihr bestimmt sowieso den ganzen Abend gedacht habt. Und ich geh jetzt nach Hause!« Sie küsste Tina auf die errötete Wange, haute Bernie aufmunternd auf die breiten Schultern, ließ sie stehen und begann sich durch die vielen Menschen zum Ausgang durchzukämpfen. *»Aber eines geb ich zu, das, was ich will, bist du …«*, hatte Manny More gerade den nächsten Song angestimmt. Passte. Zu Tina und Bernie. Und zu ihr. Sie wollte nur noch nach Hause und dass Jan endlich bei ihr auftauchte.

Jemand umschlang sie von hinten und säuselte ihr *»Ohne dich schlaf ich heut Nacht nicht ein, ohne dich fahr ich heut Nacht nicht heim, ohne dich komm ich heut nicht zur Ruh. Das was ich will bist du …«* ins Ohr. Juli roch Schweiß und spürte einen massigen Körper, der sich von hinten an sie presste. Ingo. Er schmiegte seine verschwitzte Wange an ihre.

»Ingo, lass mich sofort los!«, zischte sie bestimmt und rammte ihm mit voller Wucht ihren Ellenbogen in den dicken Bauch, so dass Ingo sofort von ihr abließ. »Sag mal, hast du sie noch alle?«, fragte sie ihn entgeistert.

Sein feistes Gesicht glänzte, seine Augen guckten glasig, und er tanzte sie tatsächlich erneut singend an. »*Ohne dich schlaf ich heut Nacht nicht ein!* Komm schon, du willst es doch auch. *Das, was ich will, bist duuuuu …*« Sein Gesicht war wieder ganz nah an ihrem, und sie roch seinen alkoholisierten Atem.

Sie schubste ihn und zischte deutlich: »Lass mich!« So beschwipst, dass sie wehrlos gewesen wäre, war sie noch lange nicht. Manny More spielten inzwischen *Anton aus Tirol.*

»*Ich bin so schön. Ich bin so toll.* Ich bin der Ingo und so voll …«, lallte Ingo mit. Juli war übel. Der Schnaps, Ingo, seine Nähe, sein Geruch.

»Ingo, sing jemand anderes an. Oder stell dich zu Manny More auf die Bühne, und lass alle daran teilhaben, ja?«

»Aber ich will nur …« Er grinste dämlich und kam nicht

weiter. Juli war auf dem Weg auf die Bühne. Ingo konnte geholfen werden.

»Entschuldigung, darf ich?«, fragte sie den verdutzten Manny mitten im Lied und nahm das Mikro aus dem Ständer. »Hallo, wenn ich mal kurz um eure Aufmerksamkeit bitten darf.« Es fiel ihr nicht mehr so leicht, sich auf die richtigen Worte zu konzentrieren, aber sie würde es schon schaffen. »Keine Sorge, ich fange nicht an zu singen. Der liebe Manny hier übernimmt gleich wieder. Aber Ingo da drüben, der hat ein ganz dringendes Bedürfnis, von dem er mir eben vorgesungen hat, und vielleicht erklärt sich ja jemand dazu bereit, ihm zu helfen?« Im Zelt war es inzwischen still geworden, und alle Augen waren auf sie gerichtet. Ingos Gesicht, das sonst rot glänzte, war ganz blass geworden. »Ingo möchte heute Nacht nicht allein einschlafen.« Einzelne Lacher waren zu hören, und Juli kam in Fahrt. Ihr Blick fiel auf Dörte. »Dörte, du vielleicht?« Wieder einzelne Lacher. Dörte sah sie fassungslos an. »Jetzt guck nicht so entsetzt. Als ob du wählerisch wärst.« Es waren mehr Lacher geworden.

»Eine tolle Vorstellung, Juliane!« Bultemeiers Willi klatschte und musterte sie herablassend. »Das nicht vorhandene Bühnentalent hast du offensichtlich von deiner Mutter geerbt. Deine arme Großmutter. Welche Enttäuschung! Erst die originellen Ideen deiner Mutter, jetzt du. Wenn deine Großmutter das hier hätte erleben müssen …«

Er lachte abschätzig. Julis Blut begann zu kochen.

»Wenn du meinst.« Am liebsten wäre sie ihm in das selbstgefällig grinsende Gesicht gesprungen. »Willi, danke schön für deine Offenheit. Ich will dann einfach auch offen reden. Das kann ganz befreiend sein. Weißt du was? Was du in deinem stumpfen Hirn denkst, interessiert mich nicht. Und genauso wenig hat es Oma Lene oder Ria interessiert, und das ist etwas, mit dem du nicht zurechtkommst. Aber das ist nicht mein Problem, sondern deins.« Juli atmete tief ein. »Es ist mir egal, was du denkst oder meinst. Und wo ich gerade dabei bin …« Wenn schon, denn schon, nech? »Es interessiert mich nicht …« Juli ließ ihren Blick über das Zelt schweifen und blieb am Tisch mit Friedekings Helga, Reilings Renate, Frömrichs Heidrun, Wiegmanns Elfriede und Redekers Irene hängen, die sie alle entgeistert ansahen. »Es interessiert mich nicht, welchen Tratsch die meisten von euch bei Pranges austauschen oder wer wozu seinen Senf dazugibt! Es ist mir egal, was ihr über Ria und mich denkt und was sich hier vielleicht gehört. Es ist mir egal, was man hier auf Beerdigungen trägt und wen man einlädt. Es ist mir egal, woher jemand kommt und ob er seit Generationen in Beekelsen wohnt oder zugezogen ist. Es ist mir egal, wie ein Grab oder der Vorgarten gepflegt und der Rasen gemäht ist. Es ist mir egal, wie andere ihr Leben leben, solange sie damit glücklich sind. Für mich ist es immer wieder erstaunlich, wie sich viele von euch ein Urteil erlauben, obwohl sie nicht die geringste Ahnung haben. Vielleicht schließe ich mich da sogar mit ein. Ich habe keine Ahnung von eurem Leben, weil mein Leben woanders stattfindet. Wenn ihr so glücklich seid, ist das voll okay, aber dann hört auf, andere zu begucken, als wären sie nicht normal. Es kommt darauf an, wie man wirklich ist, wie man in seinem eigenen Leben glücklich ist, ganz gleich ob das nun ins Beekelsener Bild passt oder nicht!«

Totenstille.

»So, Manny, kannst weitersingen.« Sie drückte dem verdutzten Manny das Mikro in die Hand. Tränen schossen ihr in die Augen, und sie wollte auf einmal nur noch weg. Juli sah plötzlich Jan durch die Menge auf sie zukommen. Er nahm einfach ihre Hand und führte sie, ohne ein Wort zu sagen, von der Bühne und durch die Menschen nach draußen.

Die frische Luft traf sie mit einer Wucht. Ihr war schwindelig. Jan hatte seinen Arm um sie gelegt. Leise weinend ging sie neben ihm her, den Kopf an seiner Brust.

»Was machst du denn für Sachen, wenn ich dich allein lasse?«

Es war ihr unangenehm, dass er sie so sah und dass er ihren kleinen Auftritt mitbekommen hatte. Sie wollte nur noch nach Hause. Alles drehte sich, und in ihrem Kopf tobten die Gedanken in alle Richtungen.

»Ich weiß es nicht«, stammelte sie schließlich und schluchzte auf.

»Schscht.« Jan küsste sie sanft auf den Kopf.

24. August

Juli öffnete vorsichtig die Augen und versuchte sich zu sortieren. Sie lag in ihrem Bett. Die Vorhänge waren zugezogen, doch durch einen kleinen Spalt fiel Licht. Es war viel zu hell. Sie stöhnte auf und schloss die Augen. Alles drehte sich. Was war mit ihr los? In ihrem Kopf dröhnte es. Der fade Nachklang des gestrigen Abends. Sie versuchte das Bilderkarussell, das sich munter um die eigene Achse drehte, anzuhalten. Das Festzelt. Tina. Bernie. Ti amo. Dörte. Jenseits von Eden. Ich bin so schön, ich bin so toll, ich bin der Ingo und schon voll. Manny More, der sie groß ansah, als sie ihm das Mikro aus der Hand nahm. Langsam fügte sich alles zusammen, und Juli zog die Bettdecke über den Kopf, weil sie sich gar nicht weiter erinnern wollte. Doch das Karussell drehte sich einfach weiter. Immer schneller. Sie auf der Bühne. Dörtes Blick. Bultemeiers Willi. Ihre eigenen Worte hallten in ihrem Kopf: »Es kommt darauf an, wie man wirklich ist, wie man in seinem eigenen Leben glücklich ist.« Ihr war speiübel. Juli kämpfte sich aus dem Bett und wankte ins Bad. Sie musste sich übergeben. Das Karussell drehte sich weiter. Jan, der sie von der Bühne holte. Juli hing über der Toilette. Jan! Nicht auch das noch. Sie lehnte ihren Kopf an die Toilettenbrille. Er hatte sie nach Hause gebracht. Mensch, Juli, peinlicher geht's nicht, pochte die innere Stimme in ihrem Kopf.

»Ah, die Schnapsdrossel ist erwacht.« O nein! Langsam drehte sie sich um. Jan stand, ein Glas in der Hand, in der Badezimmertür und grinste.

»Geht's dir besser?«

Ein heiseres »Ich weiß nicht« war das Einzige, das sie sich sagen hörte. Juli schämte sich.

»Komm, ich helfe dir auf und wieder ins Bett.« Sie spürte, wie er sie unter den Armen fasste und sie stützte, und ließ es einfach mit sich geschehen.

Als sie wieder in ihrem Bett lag, stammelte sie: »Das ist mir alles so peinlich.«

Jan streichelte sanft über ihre Wange.

»Hier«, er hielt ihr, immer noch grinsend, das Glas unter die Nase.

Juli sah ihn fragend an. »Was ist das?«

»Doktor Hansings Spezialmuntermacher. Ein Geheimrezept.« Jan nickte aufmunternd, und sie trank einen Schluck. Es schmeckte so scheußlich, dass Juli das Gesicht verziehen musste. Jan lachte.

»Das schmeckt fürchterlich.«

»Wirkt aber.«

»Na, ich weiß nicht.« Sie rümpfte die Nase.

»Vertrau mir, ich bin Arzt.« Er küsste sie auf die Stirn. »Versuch einfach noch ein wenig zu schlafen, und dann haben wir den Kater ganz bald ausgetrieben. Ich komme später wieder.«

Juli nickte. Er lächelte sie an, stand auf und schloss leise die

Tür hinter sich. Juli trank schnell den letzten Schluck des scheußlichen Gebräus, ließ sich in die Kissen fallen und zog die Decke über ihren Kopf. Sie wollte schlafen. Nur schlafen. Und nicht an den gestrigen Abend denken.

Traktorengeknatter, Stimmengewirr und fröhliches Gelächter. Juli schlug die Augen auf und wusste im ersten Moment nicht, ob sie noch träumte. Doch hatten die Geräusche eben noch Teil eines Traumes sein können, waren sie jetzt so nah und laut und deutlich zu hören, dass jeder Zweifel verflog. Sie verstand: der Erntewagenumzug! Und alles war auf einmal zurück. Juli fühlte sich elend und versuchte sich mit dem Kopfkissen die Ohren zuzuhalten. Doch selbst so hörte sie das Tuckern der Traktoren. Nicht nur vor ihrem Haus zogen die festlich geschmückten Erntewagen vorbei. Juli kannte alles nur zu gut: den Wagen des Frauenchors mit ausgelassenen alten Damen, beschwingt ein Lied singend, den Wagen der Volkstanzgruppe, alle in Tracht und im Takt winkend, den Wagen des Seemannsvereins in Form eines Schiffs, ältere Herren in beigen Blousons auf dem Wagen des Männergesangsvereins, Olaf, Jürgen, Heiko, Dirk, Andi, Matze auf einem eigenen geschmückten Wagen, ein Pils in der Hand, fröhliche Beekelsener am Straßenrand, Ingo breit grinsend auf dem Wagen der Feuerwehr, nicht zu vergessen den Wagen der Kulturgemeinschaft mit der Beekelsener Prominenz, allen voran Bultemeiers Willi. Bultemeiers Willi … Bloß nicht weiter darüber nachdenken. Was war gestern Abend nur in sie gefahren? Sie würde sich nie wieder in der Beekelsener Öffentlichkeit zeigen können, denn sie war wirklich auf die Bühne gegangen und hatte deutlich gesagt, was sie dachte. Plötzlich musste sie grinsen. Sie hatte es wirklich gemacht! Und wie sie alle geguckt hatten! Ingos entrückt-dämliches Grinsen. Dörtes schockstarrer, wutentbrannter Blick, ihr puterrot angelaufener Kopf. Allein das war es wert gewesen. Die fassungslosen Gesichter. Juli musste lachen. Sollten sie doch alle auf ihren Erntewagen sitzen, durch das Dorf fahren und über sie den Kopf schütteln. Jetzt hatten sie endlich einen Grund. Ihr war noch immer ein wenig übel, aber sie fühlte sich besser, was an Jans Wundermittel liegen konnte, aber auch an der kleinen Freude, sich getraut zu haben, ehrlich zu sein – wenngleich der gestrige Abend doch einen leicht schalen Nachgeschmack hatte. Sie hoffte mit ihrem Rundumschlag nicht alle verletzt zu haben. Sie wollte nicht denen zu nahe treten, die sie mochte, vor allem nicht Jan. Und es war ihr noch immer unsagbar peinlich, dass er sie so erlebt hatte. Gestern Abend und heute Morgen. Sie erinnerte sich, dass er versprochen hatte, später wiederzukommen. Einen weiteren unangenehmen Moment wollte sie ihm und sich ersparen. Sie brauchte eine Dusche. Und sie musste sich dringend die Zähne putzen. Vorsichtig stand sie auf und ging ins Bad.

Während ganz Beekelsen auf dem Festzelt unter der Erntekrone tanzte und zum Weserlied schunkelte, lag Juli in der Hängematte und schaukelte sacht hin und her. Durch das dichte Blätterdach schimmerte die Sonne. Es war heiß, doch es ging ein leichter Wind. Sie hatte sich eine eiskalte, frische Limonade gemacht. Petermann döste auf ihrem Bauch und schnurrte zufrieden. Hin und wieder riskierte er einen verschlafenen Blick, um Juli aufzufordern, ihn weiter hinter dem Ohr zu kraulen. Ein dicker Käfer brummte über ihrem Kopf und steuerte die Stockrosen an. Juli schloss die Augen und atmete tief ein. Es roch nach Sonne, trockenem Gras, Rosmarin und Thymian, den Rosen ihrer Großmutter, die ein letztes Mal verschwenderisch zu blühen beschlossen hatten und einen schweren Duft verströmten, ein letztes Aufbäumen, bevor der Herbst käme. Sie hörte das vertraute gedankenverlorene Summen ihrer Großmutter und sah sie mit einer Gießkanne in der Hand durch den Garten gehen. Oma Lene. Leicht gebückt, die grauen Haare zu einem losen Knoten gebunden, in einem Sommerkleid, eine ihrer selbstgenähten Schürzen umgebunden, die gütigen Augen, die vertrauten Falten, das zufriedene Lächeln. Oma Lene drehte sich zu ihr, sah sie voller Liebe an und sagte: »Es kommt nicht darauf an, was die anderen sagen oder denken. Es kommt darauf an, wie du dein Leben lebst.« Dann veränderte sich das Bild, und auf einmal war es Ria, die durch den Garten ging, ebenfalls gedankenverloren summend. Zufrieden. Ihre ruhelose Mutter strahlte die gleiche innere Ruhe aus, die Juli bei Oma Lene das Gefühl tiefer Geborgenheit gegeben hatte. Dann löste sich das Bild auf. Sonnenpunkte tanzten durch ihre geschlossenen Lider, und Juli merkte, dass sie weinte. Nicht aus Traurigkeit, sondern aus Liebe – und Sehnsucht. Aus dem tiefen Empfinden und dem Verständnis, das sie in sich fühlte und das sie wie eine dichtgewebte Decke umhüllte. Juli öffnete die Augen. Oma Lene und Ria hatten ihren Weg gefunden und verstanden, was es hieß, das eigene Leben zu leben. Wie aber sollte ihr Leben aussehen? Sie war sich nicht sicher, ob sie überhaupt eine Ahnung hatte. War sie auf dem richtigen Weg?

Jan war wiedergekommen – wie er es versprochen hatte. Juli lag auf dem Rasen, den Kopf auf eine Hand gestützt, und betrachtete Jan, der mit geschlossenen Augen neben ihr lag. Eine Haarsträhne fiel ihm in die Stirn. Er hatte die Arme hinter seinen Kopf verschränkt, das Gesicht in Richtung Sonne, und lächelte zufrieden. Sie kuschelte sich an ihn, er legte den Arm um sie. Juli wusste keinen Ort, an dem sie in diesem Moment lieber gewesen wäre, trotzdem fühlte sich alles unwirklich an. In einer Woche würde sie im Flieger zurück nach

Cambridge sitzen. Sie atmete tief Jans Duft ein, fühlte die Wärme seiner Haut. Was waren sieben Tage? Es ging um den Augenblick. Und in genau diesem Augenblick hatte sie Schmetterlinge im Bauch … und ein deutliches Hungergefühl. Sie hatte bisher noch nichts gegessen. Auf dem Herd wartete die all'arrabbiata, im Kühlschrank die Mousse au Chocolat.

»Soll ich uns eine Kleinigkeit zu essen machen?«, fragte sie und setzte sich auf. Petermann hatte sich an Jans andere Seite geschmiegt und ließ sich zufrieden streicheln.

»Das klingt nach einem super Plan.« Jan blinzelte in die Sonne. »Kann ich helfen?«

»Leiste du ruhig weiter dem alten Petermann Gesellschaft.«

»Wir machen, was du sagst. Nicht wahr, Petermann?«

Juli musste lachen und stand auf.

»Bei mindestens einem der Herren weiß ich, dass das auf ihn nicht zutrifft.«

»Wir sind entrüstet und wissen nicht, wen du meinen könntest.«

Sie beugte sich nach unten und küsste ihn lachend. »Ich erspare mir jetzt jeden weiteren Kommentar.« Dann ging sie ins Haus.

Sie saßen sich auf der Terrasse gegenüber, einen Espresso vor sich. Alles war so, wie sie es sich für ihr Wiedersehensrendezvous vorgestellt hatte. Der Garten lag im Dämmerlicht, und sie hatten Kerzen angezündet. Aus dem Haus drang leise Musik. Erneut Jack Johnson. *»I got you. I got everything. I've got you. I don't need nothing more than you.«*

Juli musste an den gestrigen Abend denken.

»Danke, dass du mich gestern von der Bühne geholt und nach Hause gebracht hast.«

Jan lächelte sie an und nahm ihre Hand.

»Du hast so verloren gewirkt.«

»Irgendwie war ich es in dem Moment auch.«

»Wie meinst du das?«

»Ich weiß nicht, wie ich es ausdrücken soll.« Sie überlegte, suchte nach den richtigen Worten. »Und ich möchte mich auch nicht wieder mit dir streiten. Versteh das, was ich zu erklären versuche, bitte nicht falsch.«

Jan nickte.

»Mir schnürt es hier in Beekelsen die Kehle zu, und ich habe das Gefühl, nicht atmen zu können, einfach von hier wegzumüssen«, fuhr sie fort. »Ich bin hier aufgewachsen und kenne alle von klein auf. Ebenso kennen alle mich und meine Geschichte, seit Ria mit mir vor Oma Lenes Tür stand und mich bei ihr gelassen hat. Seit meiner Kindheit habe ich das Gefühl, dass die meisten hier sich gar nicht dafür interessieren, *mich* wirklich kennenzulernen. Seit ich klein war, wurde alles, was ich mache oder sage, mit meiner Mutter in Verbindung gebracht. Ich war immer nur Die-Tochter-von. Und immer dieses Gerede im Ort: ›Das arme Kind, wächst so ganz ohne Mutter auf, weil die meint, ihren Träumen nachzuhängen‹, ›Was soll aus Juliane schon werden, bei den Flausen, die ihre Mutter im Kopf hatte?‹, ›Die arme Helene, muss sie nun zusehen, dass sie zumindest Juliane vernünftig groß bekommt‹ oder ›Ne, Juliane, von dir hatten wir nichts anderes erwartet‹.« Jan streichelte sanft ihre Hand. »Auch Ria ist geflohen, aber sie hat es geschafft, damit abzuschließen. Weißt du, sie hat mir einen Brief hinterlassen, in dem sie schreibt, dass sie die Freiheit, die sie den Großteil ihres Lebens gesucht, erst gefunden hat, als sie sich und ihre Herkunft angenommen hat. Und wo hat sie ihre Freiheit schließlich gefunden?«

»Hier?«

Juli nickte. »Und das verstehe ich nicht! Wie kann man etwas, nach dem man ewig strebt, dort finden, wo der Horizont so eng gefasst ist?«

»Das musst du vielleicht auch gar nicht verstehen. Es war Rias Suche, nicht deine.«

»Ja, aber es beeinflusst mich. In allem. Es macht mich aus. Es bedingt, wie ich groß geworden bin. Es bestimmt mein Leben und wie ich gesehen werde.«

»Ich kann verstehen, dass es dich geprägt hat und vielleicht immer noch prägt. Ich weiß aber nicht, warum es beeinflussen soll, wie du gesehen wirst. Warum macht es dir so viel aus?«

»Weil alle so davon überzeugt sind, im Recht zu sein und urteilen zu dürfen. Als Bultemeiers Willi gestern wieder damit anfing, Ria beleidigte und meine Großmutter erwähnte, da hatte ich einfach genug, und alles, was sich die ganzen Jahre aufgestaut hatte, musste raus. Gesagt werden.«

»Ich war da und habe deine und seine Worte gehört. Auch du hast geurteilt. Vielleicht wollte er einfach nur seinen Sohn verteidigen, weil du ihn beleidigt hast.«

Juli zog ihre Hand weg. Sie merkte, dass sie wütend wurde. »Wenn ich ihn beleidigt und getroffen habe, wunderbar! Ich habe mich verteidigt! Ingo war so aufdringlich, hat mich immer wieder an sich gedrückt und nicht losgelassen. Dabei hat er mir immer wieder gesagt, dass er mehr will. Ich lass mich von Ingo nicht anfassen! Ich habe es ihm mehrfach deutlich zu verstehen gegeben. Ich lasse mich von niemandem anfassen, von dem ich nicht angefasst werden will!« Jan wollte etwas sagen, aber sie ließ ihn nicht zu Wort kommen. »Weißt du, wen ich noch beleidigt habe? Und das vollkommen bewusst? Dörte!«

Er sah sie fragend an. »Wieso Dörte?«

»Die hat mir allen Ernstes versucht klarzumachen, dass ich

zu langweilig für dich bin und du mehr willst als gepflegte Gespräche.«

Jan lachte herzhaft.

»Das ist nicht lustig! Sie hat mich beglückwünscht, weil du ja so ein Wahnsinnsliebhaber seist.«

Jan lachte noch immer. Na, zumindest er hatte Spaß. Juli fand das alles gar nicht lustig. Wütend stand sie auf. »Und?«

Er sah sie, immer noch fragend, an, lachte. »Und?«

»Warst du ihr Wahnsinnsliebhaber?«

Sie hauchte das Wort so, wie Dörte es gestern gehaucht hatte.

Jan schmunzelte. »Bist du etwa eifersüchtig?«

»Darum geht es hier gerade gar nicht!«

Er war ebenfalls aufgestanden und kam auf sie zu. Juli drehte sich von ihm weg.

»Hey«, er umarmte sie von hinten, »Dörte interessiert mich nicht, und sie hat mich auch noch nie interessiert. Mehr als ein Arzt-Patienten-Verhältnis haben wir nicht, hatten wir nie und werden wir auch nie haben. Sie will dich doch nur verletzen. Sie ist oberflächlich, aufgesetzt, anstrengend und so überhaupt nicht anziehend.«

Juli schwieg. Sie spürte seinen Atem an ihrem Ohr. »Ich kann dir aber sagen, wer mein Typ ist«, flüsterte er. »Du.« Er legte sein Kinn auf ihren Kopf. »Mach dir nicht so viele Gedanken über alles und jeden. Lass sie doch einfach reden. Vielleicht versuchst du es so zu betrachten: Viele von ihnen haben noch nie was anderes gesehen. Aber vielleicht beneiden sie dich. Weil du aus Beekelsen rausgekommen bist und«, er formte mit seinen Fingern Gänsefüßchen, »›im Land der unbegrenzten Möglichkeiten‹ lebst.«

»Mensch, Jan, du hast keine Ahnung, wie sie alle sein können. Für sie bist du der charmante Doktor Hansing. Ich bin Juli, Juliane. Rias Tochter. Das Gerede wird nie aufhören. Du bist aus München weggezogen, weil du einen anderen Weg gehen wolltest, als dein Vater es sich gewünscht hat. Einen Weg, der nicht durch deinen Familiennamen vorbestimmt ist. So viel anders ist das auch nicht.«

Er wurde ernst. »Eigentlich wollen wir alle doch das Gleiche: unser Leben in Ruhe leben, ohne dass uns jemand vorschreibt, wie wir zu leben hätten. Ich. Du. Ria. Die Menschen hier in Beekelsen, Dörte, Ingo. Ich glaube, Ria hat ihnen immer wieder das Begrenzte ihres Horizonts vor Augen geführt. Du genauso. Und das macht ihnen Angst. Deine Großmutter war eine mutige Frau, Ria war ebenso mutig, und du bist es auch. Einige sind bestimmt unzufrieden mit dem Leben, das sie führen, aber zu schwach, es zu ändern. Andere sind genau mit dem zufrieden, was sie haben. Vielleicht ist ihr Verhalten auch nur eine Verteidigung des eigenen Lebens.«

»Aber sie dürfen doch leben, wie sie wollen! Ich möchte einfach in Ruhe gelassen werden, mich nicht rechtfertigen müssen, und ich will nicht, dass über mich geurteilt wird.«

»Genau wie du meinst, dass sie dich in Schubladen stecken, urteilst du doch aber auch über sie. Ob du es nun bewusst willst oder nicht. Wie hast du gestern gesagt? Es kommt darauf an, wie man in seinem eigenen Leben glücklich ist.«

Juli lehnte sich an ihn und dachte darüber nach. *Eigene Freiheit liegt in einem selbst. Solange man nicht mit sich im Reinen ist, wird die Suche kein Ende nehmen*, hatte Ria in ihrem Brief hinterlassen.

»Vielleicht hast du in mancher Hinsicht recht«, sagte sie schließlich, »aber das Gefühl, eingeengt zu sein, bleibt.«

Jan sagte nichts und hielt sie einfach fest.

25. August

Als Juli die Augen öffnete, saß Jan auf der Bettkante und sah sie munter an. »Guten Morgen, Schlafmütze«, sagte er und gab ihr einen Kuss auf die Nasenspitze.

Juli blinzelte verschlafen. »Du bist ja schon angezogen. Wie spät ist es?«

»Es ist halb acht«, erwiderte er lächelnd, »die Praxis öffnet gleich.«

»Warum hast du mich nicht geweckt?« Sie setzte sich im Bett auf.

»Du hast so tief und fest geschlafen. Ich muss jetzt los. Sehen wir uns später?«

»Auf jeden Fall!« Juli umarmte ihn und atmete tief ein. Er war rasiert, frisch geduscht und roch einfach perfekt. Jan strich sacht ihre Haare zur Seite und küsste zärtlich ihren Hals. Ein Schauer lief ihr über den Rücken. Sein Mund an ihrem Ohr, seine Zunge, die vorwitzig an ihrem Ohrläppchen spielte.

»Doktor Hansing, wenn Sie so weitermachen, kommen Sie heute nicht pünktlich in Ihre Praxis!«

Jan grinste und stand auf. »Bis später.« Dann hörte sie ihn die Treppe hinunterlaufen und die Haustür hinter ihm ins Schloss fallen. Juli fiel wieder zurück ins Kissen. Sie konnte später kaum erwarten. Wie würde es werden, sich am Ende des Monats von ihm verabschieden zu müssen? Es blieb noch eine Woche.

Juli hatte gerade die Blumen vorm Haus gewässert, als Tina mit dem Fahrrad auf den Hof fuhr.

»Ich hab noch frei und dachte mir, ich schaue mal vorbei.«

»Das ist schön.« Juli musste an Samstagabend denken. Ob Tina sie verstanden hatte? Sie hoffte, dass Tina sie nicht auf ihren Auftritt ansprechen würde. »Komm rein. Ich hab frische Limonade gemacht. Möchtest du ein Glas?«

»Das klingt gut, gern.«

Tina folgte Juli ins Haus.

Nachdem Juli zwei große Gläser gekühlte Limonade eingeschenkt hatte, gingen die beiden Frauen auf die Terrasse.

»Wunderbar!« Juli ließ sich neben Tina auf die Bank fallen. »Erzähl! Ich hoffe, du hast Neuigkeiten?« Sie grinste ihre Freundin an, und Tina strahlte zurück.

Ein »Hach« war das Einzige, was über deren Lippen kam, und es sagte alles. Tina schloss die Augen und lehnte sich zurück.

»Na endlich!« Juli stupste Tina leicht in die Seite und lehnte sich ebenfalls zurück. Eine Weile saßen sie zufrieden schweigend nebeneinander. Sonnenpunkte tanzten vor Julis geschlossenen Lidern.

»Juli?«

»Ja?«

»Warum hast du mir nichts von dir und Jan Hansing gesagt?«

Juli öffnete die Augen und blinzelte Tina an, die sie ernst musterte.

»Ich wollte es dir sagen. Aber dann waren du und Bernie wichtiger. Außerdem weiß ich selbst nicht so recht, was da ist.«

»Was genau weißt du selbst jetzt noch nicht richtig?«

»Ich weiß, dass es sich wunderbar anfühlt. Ich weiß aber auch, dass ich in ein paar Tagen wieder zurückfliege.«

»So bald schon?«

»Ich wollte bleiben, bis ich alles geregelt habe. Jetzt hat sich alles gefügt. Und das ist es jetzt. Zumindest was das Organisatorische betrifft. Johannes mietet das Haus. Tante Frieda kümmert sich um Petermann.«

»Das heißt, dass doch nicht alles geregelt ist.«

»Manches lässt sich vielleicht nicht regeln.«

»Mensch, Juli, Jan ist ein so toller Mann.«

»Ich weiß, aber er lebt hier. Und ich in Cambridge. Und ich werde nicht darüber nachdenken zurückzuziehen. Ich gehöre hier nicht hin.«

»Vielleicht hast du dem Ort aber auch nie eine richtige Chance gegeben.«

»Wie meinst du das?«, fragte Juli überrascht.

»Juli, versteh mich nicht falsch. Ich finde, dass du Samstagabend viel Wahres gesagt hast, und es war so wunderbar, Dörtes entgeistertes Gesicht zu sehen.« Tina lächelte vergnügt, dann wurde sie wieder ernst. »Aber in Beekelsen gibt es auch viel Gutes. Du kannst nicht einfach alles so verallgemeinern.«

»Ich habe nicht alle gemeint.«

»Ich weiß. Trotzdem hat es wie ein Rundumschlag gewirkt. Du musst akzeptieren, dass sich viele in Beekelsen wohl fühlen, gern hier leben und zu Hause sind. Ich gehöre auch dazu. Sicherlich sind hier alle sehr aufeinander bezogen, manche vielleicht zu sehr. So ist das eben up'n Dörpe. Aber ich würde zum Beispiel niemals in der Anonymität der Großstadt leben wollen. Dich hat es genervt, dass Friedekings Helga, Reilings Renate und Co zum Trauerbesuch gekommen sind. Ich sehe darin eine sehr schöne und liebe Geste. Und glaub nicht, dass sie nur kommen, weil sie neugierig sind. Ich denke, es kommt von Herzen, und ich finde es großartig, wenn des Verstorbenen so noch einmal gedacht und ihm die Aufwartung gemacht wird. Sicherlich drücken sie sich manchmal, gut, wohl eher meistens, nicht richtig geschickt aus, aber sie haben das Herz am rechten Fleck und sind, wenn man genau hinsieht, wirklich liebenswürdig. Das ist es, was ich an dem Leben hier mag. Bis auf ein paar Ausnahmen kann man sich auf alle verlassen, und fast jeder ist hilfsbereit. Hier stehen die Menschen zu dem, was sie sagen. Ich mag diese Verbindlichkeit, dass man weiß, was man am anderen hat. Über Bultemeiers Willi und Ingo müssen wir nicht sprechen. Da gebe ich dir vollkommen recht. Ich kann vor allem den Alten nicht leiden. Aber er setzt sich für Beekelsen ein, das muss man ihm lassen. Das bekomme ich auf der Kreisverwaltung mit. Da legt er sich auch mal mit dem Landrat an, wenn zum Beispiel Geld für die Sanierung des Kindergartens benötigt wird.«

Tina machte eine Pause und legte die Hand auf Julis Arm. »Ich weiß, dass du immer das Gefühl hattest, dich für deine Familie rechtfertigen zu müssen und dass du dir viele Kommentare sehr zu Herzen genommen hast, das gilt jetzt auch noch. Aber ist dir schon mal der Gedanke gekommen, dass die Kommentare, so unbeholfen sie auch waren, vielleicht einfach ein Versuch waren, dir zu helfen? Sicherlich ist es nicht leicht, das als Kind zu verstehen. Aber ich würde mich sehr freuen, wenn du heute, als erwachsene Frau, die du bist, einfach mal darüber nachdenkst.«

Wieder eine Pause.

»Das musste ich dir einfach sagen. Es ist mir wichtig. Denk bitte einfach noch mal über das, was ich gesagt habe, nach. Okay?«

Juli nickte und wusste nicht recht, was sie sagen sollte. Tinas Handy piepste. Sie holte es aus ihrer Tasche, und ihre Augen leuchteten. »Eine Nachricht von Bernie. Er hat sich den Mittag und Nachmittag freigeschaufelt, um meinen Urlaubstag mit mir zu verbringen.«

»Na dann los, lass ihn nicht warten.«

»Ehrlich?«

»Klar. Schön, dass du da warst.«

Tina sah Juli zuversichtlich an. »Es wird sich alles finden. Bei Bernie und mir hat es das auch getan. Wir sehen uns aber noch, bevor du abfliegst?«

»Auf jeden Fall!« Juli drückte ihre Freundin fest. Dann saß Tina auch schon auf ihrem Fahrrad und fuhr fröhlich klingelnd vom Hof. Juli winkte ihr hinterher, Tinas Worte im Kopf.

Wie versprochen dachte Juli über Tinas Worte nach. Rias Worte schoben sich zwischen ihre Gedanken, und sie verspürte dringenden Redebedarf. Daher setzte sie sich aufs Fahrrad und fuhr zu Tante Frieda.

»Juli, min Deern. Schön, dass du zu Besuch kommst«, wurde sie von Tante Frieda an der Haustür begrüßt.

»Hallo, Tante Frieda!« Sie umarmte die alte Freundin ihrer Großmutter.

»Ich wollte gerade zu meinem Karl. Die Blumen gießen. Begleitest du mich?«

»Gern.«

Tante Frieda schloss die Tür hinter sich, und gemeinsam gingen sie in Richtung Friedhof. Der Tag war hell, und es war angenehm warm. Früher war Juli oft zusammen mit ihrer Großmutter zum Grab ihrer Urgroßeltern gegangen. An Oma Lenes Hand. Nun hatte sich Tante Frieda bei ihr untergehakt.

»Tante Frieda, kann ich dich was fragen?«

»Was möchtest du wissen?«

»Stört es dich nicht, dass hier alle eine festgefahrene Meinung haben und nichts unkommentiert bleibt?«

»Och, hin und wieder stört es mich schon, aber meistens ist es ja gar nicht böse gemeint. Wie kommst du darauf?«

»Tina war heute Morgen zu Besuch, und wir haben uns lange unterhalten. Sie meint, dass ich den Beekelsenern manchmal unfair gegenüber wäre und mir zu viel zu Herzen nehmen würde.«

»Das kann schon sein.« Tante Frieda wurde ernst. »Ich will dir was erzählen. Friedekings Helga zum Beispiel war mit deiner Großmutter in einer Klasse. Unter uns gesagt, sie ist nicht unbedingt die Hellste. Und auf Reilings Renate haben Helene und ich zusammen aufgepasst, als die klein war.« Tante Frieda lachte. »Sie war früher schon so neugierig. Ich weiß, dass beide anstrengend sein können, aber ich weiß auch, dass sie das Herz am rechten Fleck haben und mir immer helfen würden. Käme, was wolle. Und das trifft nicht nur auf die beiden zu, das gilt für viele hier in Beekelsen. Genau das habe ich im Kopf, wenn ich mich mal wieder über sie ärgere. Letztendlich kommt es darauf an, dass man sich aufeinander verlassen kann und füreinander da ist.«

Sie standen vor dem Grab ihrer Großmutter, Seite an Seite. »Deine Oma dachte das Gleiche. Oh, was hat sie sich manchmal geärgert, wenn schon wieder über Ria getratscht wurde. Sicherlich. Und ich weiß, dass sie sich hin und wieder auch wütend aufs Rad gesetzt und klärende Gespräche geführt hat. Aber sie wusste, dass es schlichtweg unbeholfene Äußerungen waren und jeder der Tratschenden auch für Ria und dich da gewesen wären. Und sind.« Tante Frieda umarmte sie. »Weißt du, dass ich mit Ria ein ähnliches Gespräch geführt habe?«

Juli sah Tante Frieda überrascht an.

»Mit Ria?«

»Ja, sie war zum Kaffee gekommen und hat über das Gleiche nachgedacht, ein paar Wochen bevor Helene gestorben ist.«

Eine Weile standen beide schweigend nebeneinander, dann sagte Juli: »Ria hatte verstanden.«

»Das hatte sie, min Deern.« Tante Frieda nickte und sah sie an. »Aber da ist doch noch was, das dich beschäftigt.«

»Ich glaube, ich habe mich auf dem Erntefest vielen gegenüber unangemessen verhalten.«

»Ach was, du warst ehrlich. Vielleicht ein bisschen zu deutlich. Krögers Hermann hat mir von deinem, wie soll ich es nennen, Auftritt erzählt. Wir Ostwestfalen gelten zwar als stur, das heißt aber nicht, dass wir nicht auch nachdenken können. Ich habe das Gefühl, dass alle daraus lernen können. Übereinander. Und voneinander. Und dann hatte es doch was Gutes.« Tante Frieda drückte Juli aufmunternd und nahm die grüne Plastikgießkanne, die neben dem Friedhofsbrunnen stand. »So, dann muss ich jetzt aber wohl mal Blumen gießen.« Sie ging zum Grab ihres Karls.

Juli stand noch eine Weile am Grab ihrer Großmutter. Ihr Onkel musste da gewesen sein, denn in einer Vase befand sich ein frischer Strauß Astern. Sie dachte über Tante Friedas Worte nach. Über Tinas Worte. Und Rias Brief. Über das, was Jan gestern zu ihr gesagt hatte. Vielleicht war es an der Zeit, genauer hinzusehen. Sie konnte nicht erwarten, selbst so gesehen zu werden, wie sie war, wenn sie selbst nicht genau hinsehen wollte. Womöglich war es das, was ihre Mutter gemeint hatte.

Juli nahm die Astern aus der Vase, füllte frisches Wasser nach und stellte die Vase zurück an ihren Platz. Dann schloss sie sich wieder Tante Frieda an. Am Friedhofstor verabschiedeten sie sich voneinander, und Juli versprach, sich bald wieder bei Tante Frieda zu melden. Sie würde natürlich nicht abreisen, ohne sich zu verabschieden.

Jetzt war es Abend. Petermann räkelte sich zu Julis Füßen auf den noch warmen Steinen, die Augen geschlossen. Sie saß am Gartentisch, ein Glas kühlen Weißwein vor sich, und zeichnete. Petermann und Suzie-Lou. Weitere Entwürfe für das neue Buch. Petermann und Suzie-Lou einem verdächtigen

Streuner hinterherschleichend, Suzie-Lou auf einem Baum, Petermann in der Sonne vor sich hin dösend.

Juli war so vertieft in ihre Arbeit, dass sie nicht mitbekam, dass Jan durch das Tor getreten war. Lächelnd sah er ihr eine Weile beim Zeichnen zu. Sie arbeitete an Petermanns perfektem Gesichtsausdruck, die Sonnenstrahlen auf seinem Fell genießend. Jan war hinter sie getreten. Sacht strich er ihre Haare zur Seite und küsste zärtlich ihren Hals. Sie erschrak kurz, dann legte sie den Stift zur Seite. Ein Schauer lief ihr über den Rücken. Sein Mund an ihrem Ohr, seine Zunge, die vorwitzig wieder an ihrem Ohrläppchen spielte. Er machte genau da weiter, wo er am Morgen aufgehört hatte, und sie wollte mehr davon.

26. August

»Juli, es war so schön, dich endlich kennengelernt zu haben!« Mai-Lin umarmte sie. »Und ab jetzt sehen wir uns öfter!«

»Wie abgemacht, spätestens im nächsten Sommer. Und dann sind wir schon zu dritt.« Johannes strahlte.

»Abgemacht ist abgemacht!«, ergänzte Juli. Sie standen gemeinsam auf dem Hof. Ein Taxi, das Johannes und Mai-Lin zum Flughafen bringen würde, wartete an der Straße.

»Schön, dass es dir wieder bessergeht, Mai-Lin. Und ich freue mich so für euch. Habt eine gute und entspannte Reise.« Sie begleitete beide zum Taxi.

»Zàijiàn, wie man bei uns sagt.« Mai-Lin war schon eingestiegen.

»Zàijiàn, Mai-Lin.« Dann umarmte Juli Johannes. »Danke«, sagte sie ernst, »für alles! Ich weiß nicht, wie ich es in Worte fassen soll.« Johannes küsste sie auf die Wange.

»Hey«, er sah sie lieb an, »noch einmal: Du musst mir nicht

danken. Wir danken dir. Weißt du, Freundschaft, das ist wie Heimat.«

»Das hast du geklaut! Das ist von Tucholsky.« Juli lachte.

Johannes hob entschuldigend die Arme. »Ertappt.« Er grinste: »Meine Mutter schenkt Mai-Lin jedes Jahr einen Abreißkalender mit weisen Sprüchen zum Geburtstag. Den hab ich mir gemerkt, und er passt doch.«

»Das stimmt wohl.«

Mai-Lin klopfte an die Scheibe.

»Los jetzt, auf ins Taxi. Nicht dass ihr am Flughafen hetzen müsst. Deine Frau braucht noch Ruhe.«

Johannes umarmte sie noch einmal.

»Wir sehen uns.«

»Ganz bald.«

Dann stieg auch er ins Taxi, und sie fuhren los. Juli stand an der Straße und winkte beiden hinterher.

Wieder im Haus rief sie ihre E-Mails ab. Wie immer gab es eine ganze Menge Werbemails, ihre Lektorin hatte geschrieben, und die Fluggesellschaft wies sie darauf hin, dass ihr Rückflug noch bestätigt werden musste. Der Rückflug. In fünf Tagen würde sie im Flieger sitzen. Nach kurzem Zögern rief Juli die angegebene Nummer an und bestätigte den Flug. Anschließend saß sie still am Tisch. Nachdenklich. Durch die geöffneten Fenster strömte warme Sommerluft ins Haus, trotzdem fror sie leicht. In fünf Tagen schon. Es brachte nichts, sich den Kopf zu zerbrechen. So war es eben. Juli schaute wieder auf den Bildschirm ihres Notebooks. Auch Abby hatte gemailt und geschrieben, dass sie sie vermisse und es daher Zeit würde, wieder nach Hause zu kommen. Schnell antwortete sie und gab die Daten ihres Rückfluges durch. Abby würde sie am Flughafen abholen und nach Hause fahren. Nach Hause … Juli hing ihren Gedanken nach. Sie lebte in Cambridge, und sie lebte gern dort. Jan wusste das, genauso wie er wusste, dass sie zurückfliegen würde, selbst wenn es ein Thema war, über das beide nicht wieder geredet hatten. Juli fühlte sich nicht gut. Sie freute sich darauf, wieder nach Cambridge zu fliegen, und doch hielt sie etwas zurück. Tinas und Tante Friedas Worte hatten etwas in ihr ausgelöst. Aber was es auch war und was immer es zu bedeuten hatte, rumsitzen würde auch nicht weiterhelfen. Juli stand auf. In einer halben Stunde traf sie Sami. Sie packte ihre Zeichenutensilien zusammen und nahm dieses Mal auch ihre eigenen Skizzen mit. Wenn er wieder so wortkarg in seine Arbeit vertieft sein würde, könnte sie selbst weiter an ihren neuen Entwürfen arbeiten.

Als Juli ankam, war bereits alles vorbereitet. Juli sah Spraydosen, Farbeimer, Pinsel, und Sami hatte begonnen seinen Entwurf auf die Mauer zu übertragen. Suse kam mit einem weiteren Karton voller Spraydosen aus dem Jugendzentrum.

»Bin ich zu spät?«, fragte Juli und guckte verwundert auf ihre Uhr.

»Nein«, lachte Suse, »Sami war etwas früher hier. Er ist schon seit einer Stunde da und hing im Jugendzentrum rum. Er hat mich ganz verrückt gemacht, deshalb dachte ich, wir könnten schon mal alles vorbereiten.« Sie stellte den Karton ab. »So, das ist alles. Da ich keine Chance hatte, auch nur einen Blick auf seinen Entwurf zu werfen, bin ich ehrlich gespannt, was dabei rauskommt.«

»Es wird genial«, versprach Juli, »lass dich überraschen.«

Suse nickte. »Gut, die Arbeit ruft. Sollte was sein, findet ihr mich im Jugendcafé.« Suse hob die Hand und ging zurück.

»Hi, Sami.«

Sami reagierte nicht. Juli zuckte mit den Schultern, setzte sich auf den Schulhof und beobachtete ihn eine Weile bei der

Arbeit. Er ging geschickt und sicher vor, und es wirkte, als wüsste er genau, was er tat. Sie nahm ihren eigenen Skizzenblock aus der Tasche. Ihre Bilder waren das komplette Gegenstück zu dem, was an der Wand entstehen würde; Petermann und Suzie-Lou, harmlose, lustige und bis ins kleinste Detail liebevolle Bilder für ein Kinderbuch, ohne große Aussagekraft, dem entgegen ein großes, gewaltiges Bild in düsteren Farben, das gleichermaßen eine Geschichte, Samis Geschichte, erzählen würde. In ihrem Studium hatte sie ebensolche Bilder gestaltet und gemalt. Jetzt zeichnete sie die Welt eines Katers und dessen vorwitziger Katzenfreundin.

Sami stand vor ihr: »Deine Zeichnungen?«

Überrascht blickte Juli zu ihm hoch. Er lächelte. Juli nickte.

»Darf ich?«, fragte Sami und ließ sich neben sie fallen.

»Natürlich. Ich habe dir ja auch die ganze Zeit über die Schulter gucken dürfen.«

Sie reichte ihm die Mappe. »Es sind die ersten Skizzen für mein neues Buch, ein Kinderbuch.« Obwohl Juli es gewohnt war, ihre Skizzen zu zeigen, merkte sie, dass sie ein wenig aufgeregt war. Sie musste über sich selbst schmunzeln, da ihr allem Anschein nach wirklich etwas an Samis Meinung lag. Sie mochte den Jungen. Sehr. Das war schnell gegangen. Vorsichtig blätterte er durch ihre Skizzen und ließ sich dabei Zeit.

»Ist es das, womit du immer schon dein Geld verdienen wolltest?« Er sah sie an.

»Ja, wobei … Also doch, klar. Sicherlich habe ich im Kunststudium andere Sachen im Kopf gehabt, aber dann hat es sich einfach ergeben, dass ich vom Illustrieren und Schreiben von Kinderbüchern leben kann, und ich bin dabeigeblieben.«

»Was ist mit den anderen Ideen? Warum hast du sie aufgegeben?«

»Ehrlich gesagt, weiß ich es nicht«, hörte sie sich sagen.

»Aber ich bin zufrieden und glücklich, dass ich vom Zeichnen leben kann und keinen anderen Job machen muss. Und doch gebe ich zu, dass dieser Luxus vielleicht bequem gemacht hat.«

»Hängt dein Herz daran?« Seine dunklen Augen blickten ernst.

»Ob mein Herz am Zeichnen hängt? Natürlich. Ich zeichne liebend gern und weiß, dass es das ist, was ich machen möchte.«

»Ich meinte, ob dein Herz an dem hängt, was du zeichnest. Willst du dein Leben lang Kinderbücher voller Katzen illustrieren?«

Juli dachte nach. »Ja, schon. Es sind meine Geschichten. Ich glaube, dass Bilder oder Zeichnungen nur gut werden, wenn man mit dem Herzen dabei ist. Ob ich mein Leben lang Petermann«, sie zeigte auf eine Skizze, die Petermann zeigte, wie er faul in der Sonne döste, »den es übrigens wirklich gibt, zeichnen möchte, weiß ich nicht. Vielleicht muss ich mich ein bisschen weniger in Bequemlichkeiten einrichten und wage dann auch neue Experimente.« Juli war verwundert über ihre eigenen Worte, die sie in ihrer Ehrlichkeit selbst überraschten.

Sami nickte und drückte ihr den Skizzenblock zurück in die Hand. »Die sind sehr gut«, sagte er, und Juli musste lächeln. »Danke. Dein Lob bedeutet mir viel.«

»Mein Lob ist dir wichtig?«

Sie nickte. »Du bist talentiert, Sami. Ich bin beeindruckt davon, mit welcher Selbstverständlichkeit du es schaffst, deinen Skizzen oder dem, was hier auf der Mauer entsteht, Tiefe zu geben und eine Geschichte zu erzählen.«

Juli hatte den Eindruck, dass er nicht wusste, wie er mit ihrem Kompliment umgehen sollte. Eine Weile saßen beide nebeneinander und blickten schweigend auf die Wand.

»Wie lange werde ich wohl brauchen, bis es fertig ist?«, fragte er schließlich.

»Schwer zu sagen. Du arbeitest schnell. Vielleicht noch fünf oder sechs Projekttage? Es kommt darauf an, wann du zufrieden bist und meinst, dass es fertig ist. Bei mir dauert das immer ewig.« Sie dachte an ihren Rückflug, daran, dass sie nicht dabei sein würde, wenn er sein Bild für fertig erklärt. »Freitag wird übrigens leider unser letztes Treffen sein. Ich fliege am 31. zurück.«

»Wie?« Er sah sie an, und seine Augen verengten sich zu schmalen Schlitzen.

»Ich fliege in fünf Tagen zurück nach Hause, aber ich würde mich …«, weiter kam sie nicht, denn Sami war aufgesprungen. Mit voller Wucht trat er gegen den Karton mit den Spraydosen.

»Sami!« Juli war aufgestanden und auf ihn zugegangen. »Ich würde mich wirklich freuen, wenn wir in Kontakt blieben und du mir Fotos schickst.«

Ungehalten und wutentbrannt sah er sie an, Verbitterung und Zorn lagen in seinem Blick. Er machte einen Schritt auf sie zu, und Juli fürchtete, gleich würde er seine Wut an ihr auslassen. Ihr Herz raste, aber sie blieb stehen und hielt seinem Blick stand.

»Wozu dann dieser verlogene verfickte Scheiß hier!?«, schrie er sie an. Er drehte sich um, trat noch einmal gegen Kartons mit den Spraydosen und schlug seine Faust mit voller Wucht gegen die Wand. Dann lief er davon.

Juli saß an der Theke des Jugendcafés, ein Glas Wasser vor sich. Ihr Herz schlug noch immer wie wild, und sie fühlte sich elend. Suse saß neben ihr.

»Ich hab's dann wohl komplett verbockt.«

»Quatsch«, Suse schüttelte entschieden den Kopf, »du hast

ganz viel erreicht. Sami ist immer zu den Treffen erschienen, und er wird auch Freitag wiederkommen. Du wirst sehen.«

»Ich weiß nicht.« Juli war skeptisch und hatte keine Ahnung, was sie erreicht haben sollte, und dass Sami Freitag wiederkam, glaubte sie ebenso wenig.

»Ja, Sami hat seine Wut nicht immer unter Kontrolle, und ich weiß, dass solche Ausraster total mitnehmen können. Aber die Wut galt nicht dir. Er hat in den letzten Wochen gelernt, seine Frustration schon viel besser in den Griff zu bekommen. Dieses Projekt macht ihm so viel Spaß, dass er nicht nur regelmäßig kommt, sondern sogar früher da ist. Und wenn er dich nicht mögen würde, wäre er doch gar nicht so ausgerastet. Glaub mir, ich kenne Sami schon eine ganze Weile. Ihm liegt viel an diesem Projekt. Ich habe ihn noch nie so lange an etwas dranbleiben sehen. Vielleicht hättest du ihm nur früher sagen sollen, dass du Ende des Monats wieder fliegst.«

»Nach dem, was ich von ihm gehört habe, hatte ich nicht gedacht, dass meine Begleitung so wichtig für ihn sein würde, dann hätte ich die Patenschaft doch gar nicht erst übernommen.«

»Ach was, egal wie lange du jetzt dabei bist oder nicht, du hast ihn positiv beeinflusst und etwas angestoßen. Freitag ist er wieder da, wirst sehen. Letztlich wird Sami sein Projekt ohnehin allein fertigstellen müssen. Und das wird er auch. Es ist seine Leinwand, und es ist ein Lernprozess.«

»Na, dann hoffen wir mal … Ich würde mir für ihn wünschen, dass er die Sache durchzieht.«

Später saß Juli am Esstisch über ihren Entwürfen und war doch nicht in der Lage, einen klaren Gedanken zu fassen. Das Treffen mit Sami und sein Wutausbruch geisterten durch ihren Kopf. Auch Mo hatte am Telefon gesagt, sie solle nicht zu viel darüber nachdenken und sich ablenken. Aber zeichnen half heute offenkundig nicht. Auch der Rückflug beschäftigte sie. Ihr stand ein Gespräch mit Jan bevor. Rumzusitzen und sich den Kopf zu zerbrechen, half nicht weiter. Juli stand auf. Sie musste etwas tun und hatte auch schon eine Idee. Sie würde Jan später nach der Sprechstunde einfach abholen und mit einem Picknick überraschen, das war der perfekte Plan. In der Küche zu wirbeln, würde sie doch sicher ablenken. Da war sie ganz wie ihre Großmutter. Juli guckte in den Vorratsschrank. Schnell wusste sie, was sie zubereiten würde und was sie noch kaufen musste. Es war halb fünf. Wenn sie alles rechtzeitig schaffen wollte, musste sie sich beeilen. Sie nahm sich den geflochtenen Einkaufskorb, mit dem bereits ihre Großmutter einkaufen gegangen war, und machte sich auf den Weg zu Pranges. Hatte sie in den letzten Wochen immer einen großen Bogen um den kleinen Beekelsener Supermarkt gemacht, hatte sie nun beschlossen, es einfach zu wagen und einen Fuß über die Schwelle zu setzen. Unvoreingenommen. Außerdem backte Pranges Werner köstliches Brot, und genau das brauchte sie für den Abend.

Als Juli die Tür öffnete und in den Laden trat, hörte sie das vertraute helle Klingeln des kleinen Messingglöckchens. Hinter der Kasse stand Pranges Angelika und war mit Friedekings Helga in ein Gespräch vertieft.

»Tach auch!« Beide blickten auf, und Juli war gespannt auf ihre Reaktion, doch sie konnte in Friedekings Helgas Blick nichts lesen.

Pranges Angelika lächelte sie freundlich an. »Tach, Juliane. Schön, dich wiederzusehen. Hattest in den letzten Wochen bestimmt viel zu tun. Wie geht es dir?«

»Mir geht es eigentlich ganz gut. Und jetzt habe ich das meiste auch geschafft.«

»Johannes mietet das Haus?« Friedekings Helga schaltete sich in das Gespräch ein.

Juli nickte.

»Das hätte Helene gefallen.«

Juli war irritiert. Sie hatte damit gerechnet, dass Friedekings Helga nach ihrem Auftritt am Samstag eher eingeschnappt war, aber sie lächelte sie an und tätschelte ihre Hand. »Deine Oma hätte nicht gewollt, dass Bultemeiers Willi das Haus bekommt. Oder die Ländereien. Haste richtig gemacht, Juliane.«

»Das finde ich auch«, pflichtete Pranges Angelika bei.

Juli hatte den Eindruck, dass es beide ernst meinten. Und sie war verblüfft, damit hatte sie nicht gerechnet.

»Ähm, danke«, sagte Juli zögernd.

»So, nu aber genuch geschnackt. Womit kann ich dir helfen. Bist doch wahrscheinlich zum Einkaufen da, nech?«, holte Pranges Angelika sie aus ihren Gedanken.

»Stimmt. Ich hätte gern ein Baguette und brauche leckeren Käse.«

»Dann komm mit an die Verkaufstheke.«

Juli folgte ihr durch den Laden. Pranges Angelika schlug ein Baguette in Papier ein und reichte es ihr. Es war noch warm und roch wunderbar nach frischem Brot. Anschließend entschied sich Juli für einen reifen Brie, Ziegenfrischkäse und zwei Stück leckeren Bergkäse, dann suchte sie die anderen Sachen, die sie noch brauchte, zusammen. Oliven, eine Zitrone, eine Flasche guten Rotwein, Weintrauben.

»Dass du dich noch aus dem Haus traust!«, zischte es plötzlich hinter ihr. Sie erkannte die Stimme sofort und drehte sich freundlich lächelnd um.

»Dörte, ich freu mich auch, dich zu sehen.«

Dörte hatte einen Einkaufskorb in der Hand, der farblich wunderbar zu der Röte ihres Gesichtes passte, und es war offensichtlich, dass sie innerlich kochte. Sie beugte sich vor und sagte deutlich, so dass es jeder im Laden hören konnte:

»Sieh zu, dass du wieder nach Amerika verschwindest. Hier bekommst du nie wieder einen Fuß in die Gemeinde.«

Im Laden war es ruhig geworden. Juli war sich sicher, dass Friedekings Helga und Pranges Angelika die Ohren spitzten. Juli blickte Dörte ausdruckslos ins Gesicht. Dann ließ sie sie bei den Konserven stehen und ging zur Kasse.

Pranges Angelika und Friedekings Helga taten unbeteiligt. Als Juli ihren Einkaufskorb abstellte, konnten beide sich allerdings ein Grinsen nicht verkneifen. Juli grinste mit.

Draußen setzte sie sich kopfschüttelnd auf das Fahrrad. Sie grinste noch immer und hatte gute Laune. Fröhlich vor sich hin pfeifend, fuhr sie nach Hause.

Im Garten erntete sie frische Kräuter, Petersilie, Schnittlauch und Basilikum. Zurück in der Küche gab sie die Petersilie zusammen mit den grünen und schwarzen Oliven, Knoblauchzehen, Olivenöl, Zitronensaft und etwas Semmelbrösel in eine hohe Schüssel und zerkleinerte alles mit dem Pürierstab. Aus dem Vorratsschrank holte sie das gute Meersalz und die Pfeffermühle, kostete das Oliven-Petersilie-Pesto und war sehr zufrieden. Es schmeckte genau so, wie sie es sich vorgestellt hatte. Sie gab es über die restlichen Nudeln vom Vortag, und fertig war der Pastasalat à la Juli. Anschließend hackte sie die restlichen Kräuter fein, rührte den Ziegenfrischkäse glatt und mischte die Kräuter unter. Etwas Meersalz, Pfeffer und Paprikapulver dazu. Fertig. Juli kostete. Etwas fehlte. Sie rieb ein wenig Zitronenschale ab. Perfekt. Dann sah sie auf die Uhr. Es war Viertel nach sechs. Die Praxis würde in einer Viertelstunde schließen. Juli wusste, dass Jan heute keinen Notdienst hatte. Schnell packte sie alles in den Korb, dazu ein Holzbrett für den Käse, zwei Teller von dem alten Geschirr ihrer Großmutter, Messer und Gabeln, zwei Weingläser, einen Korkenzieher, ein Teelicht, Streichhölzer. Aus dem Wohnzimmer holte sie die große Patchworkdecke, die sie Ria vor ein paar Jahren zu Weihnachten aus Neuengland mitgebracht hatte. Dann lief sie nach oben, machte sich rasch frisch und war kurz darauf, den Picknickkorb in der Hand und die Decke über dem Arm, aus der Tür.

»Überraschung! Wir gehen picknicken!« Juli strahlte. »Hopp, aufs Rad, und los geht's.«

»Hallo, schöne Frau!« Er küsste sie. »Das lass ich mir doch nicht zweimal sagen. Warte, ich hole kurz meinen Schlüssel. Brauche ich sonst noch was?«

»Nö!« Sie deutete auf den Korb. »Ich habe alles dabei.«

Jan lief die Treppe hinauf und war kurz darauf wieder bei ihr. Er versuchte einen Blick in den Korb zu erhaschen.

»Nichts da! Erst wenn wir da sind.«

»Und wo geht's hin?«

Juli war aufs Rad gestiegen und losgefahren: »Mir nach! Wettrennen!«

»Hey, das ist ungerecht. Ich muss mein Rad noch losschließen!«, rief er ihr hinterher. »Aber warte nur, ich krieg dich schon!«

Juli lachte übermütig und trat fest in die Pedale. So schnell Oma Lenes Rad fahren konnte, raste sie durch den Eikenkamp. Jan kam näher. Reilings Renate fegte den Hof und guckte verwirrt, als Juli an ihr vorbeirauschte.

»Tach, Renate!«

Gefolgt von Jan. »Tach, Frau Reiling!«

Juli bog in den Weserauenweg. Fast hatte er sie. Das Rad ihrer Großmutter war am Limit. Kurz bevor es links in den Seeberg ging, fuhr er neben ihr. »Hab dich!«, rief er und sah sie lächelnd von der Seite an. Juli erwiderte sein Lächeln. Nebeneinander fuhren sie in Richtung Weserwiesen. Die Stoppelfelder badeten golden im warmen Licht der Abendsonne. Die Hitze des Tages über der Landschaft ließ die Luft flimmern. Am Loch stiegen sie von ihren Rädern.

»Da wären wir. Bereit, etwas Verbotenes zu tun?«, fragte sie ihn verwegen.

»Unbedingt.«

»Na dann, auf.«

Sie versteckten ihre Räder in einem kleinen dichten Tannenwäldchen und kletterten über den morschen Zaun. Bultemeiers Ingo rumpelte auf dem Traktor vorbei in die Wesermarsch. Juli und Jan duckten sich hinter die Brombeersträucher. Als sie merkten, dass sie beide die Luft angehalten hatten, begannen sie lauthals zu lachen. Juli nahm Jans Hand. »Das war knapp. Komm, ich kenne einen Ort, den man vom Feldweg aus nicht einsehen kann.« Geduckt und kichernd wie kleine Kinder auf verbotenen Pfaden gingen sie Hand in Hand weiter.

Auf einem kleinen Stück Wiese, umschlossen von wuchernden wilden Rosensträuchern direkt am Ufer, breiteten sie die Decke aus und ließen sich darauffallen.

»Augen zu«, forderte Juli Jan auf, und er gehorchte. »Und nicht blinzeln.« Er nickte und hob die Hand wie zum Schwur. Sie öffnete den Korb und richtete alles an. Als Letztes zündete sie das kleine Teelicht an, öffnete die Weinflasche mit einem Plopp und goss den Wein in die Gläser.

»So, jetzt darfst du die Augen wieder öffnen.«

»Wow, Juli, das sieht toll aus. Danke.« Er küsste sie. »Und ich habe einen Riesenhunger. In der Praxis war heute so viel los, dass ich gar nicht zum Essen gekommen bin.«

Als sie satt und zufrieden lang ausgestreckt auf der Decke lagen, drehte Jan sich zu Juli. »Du siehst so nachdenklich aus«, sagte er und sah sie fragend an. Er hatte sich auf die Seite gedreht und beobachtete Juli eingehend.

»Ach, das Kunstprojekt mit Sami war heute nicht so erfolgreich. Ich habe was Falsches gesagt, und dann ist alles aus dem Ruder gelaufen.«

Sie berichtete von dem schwierigen Beginn des Treffens, wobei sie schnell wieder miteinander warm geworden waren. Dann erzählte sie ihm, dass sie etwas gesagt hatte, was Sami zum Ausrasten gebracht hatte, wie wütend er gewesen war, wie überfordert und hilflos sie sich gefühlt hatte und dass er seine Faust mit voller Wucht gegen die Mauer geschlagen hatte und davongerannt war. Was genau sie gesagt hatte, behielt sie jedoch für sich. »Ich habe lange mit Suse, der Sozialarbeiterin aus dem Jugendzentrum, die auch am Projekt mitarbeitet, gesprochen und mit Mo, und beide meinen, dass ich mir zu viele Gedanken mache. Sie glauben, dass ich viel erreicht habe, weil Sami mich als Kunstcoach akzeptiert und dass er am Freitag bestimmt wieder da sein wird. Ich hoffe wirklich, dass sie recht behalten.«

Jan sah sie nachdenklich an. »Der Junge liegt dir am Herzen«, stellte er dann fest.

»Er ist wahnsinnig talentiert und hatte es in der Vergangenheit wirklich nicht leicht.«

»Ich denke, Mo und die Sozialarbeiterin können Sami schon sehr gut einschätzen«, redete Jan ihr gut zu. »Beide kennen Sami schon eine ganze Weile. Und Mo weiß genau, was sie tut. Ihre Schüler, und besonders die ihres Projekts, liegen ihr sehr am Herzen. Sie weiß, was und warum sie dir das zutraut. Der Junge scheint nicht viele Menschen zu haben, mit denen er sich austauschen kann oder will. Wahrscheinlich hat er niemanden, mit dem er über seine Bilder reden kann, bis auf dich.«

Und genau das ist es: Ich bin in fünf Tagen nicht mehr da,

dachte sie. Dann lehnte sie sich an Jan und sagte: »Wahrscheinlich hast du recht, wahrscheinlich habt ihr alle drei recht. Ich lasse Freitag einfach auf mich zukommen.«

Es hatte zu dämmern begonnen. Juli hatte Wein nachgeschenkt. Jans Kopf lag auf ihrem Schoß, die Augen hatte er geschlossen.

»Weißt du eigentlich, wer dein Vater ist?« Er sah sie an und setzte sich auf.

»Er war Seemann.«

»Seemann?«, fragte er verwundert. Juli schmiegte sich an ihn, und seine Arme umschlossen sie.

»Ich weiß nur, dass sein Name John Moore war. Ria hat ihn in Hamburg kennengelernt, und beide haben eine leidenschaftliche Zeit miteinander verbracht. Als Ria merkte, dass sie schwanger war, segelte er schon wieder über die Weltmeere.«

»Dann fließt in deinen Adern also Seemannsblut.« Er nahm ihre Hände und strich sanft über die leicht sichtbaren Adern ihres Unterarms. Still guckten sie auf den ruhigen See. Das Wasser war eine glatte Fläche, in der sich der Abendhimmel spiegelte. Obwohl Juli an keinem anderen Ort der Welt hätte sein wollen, waren ihre Gedanken woanders. Noch fünf Tage. Sie wollte den Moment halten und nicht loslassen. Ihr pochendes Herz übertönte das leise Flüstern. Das Herz war lauter. Doch das Flüstern war da.

»Woher kommt eigentlich der Name? Loch?«, riss Jan sie aus ihren Gedanken, und sie war dankbar dafür.

»Ehrlich gesagt, das weiß ich gar nicht. Es ist eben einfach das Loch. Und das war es immer schon.«

»Das Loch«, wiederholte er kopfschüttelnd.

»Wir sind hier up'n Dörpe, da haben Seen solche Namen.« Sie setzte sich auf, drehte sich um und sah ihm schmunzelnd in die Augen. »Jedem sein Loch. In Schottland haben sie Loch Ness, und hier haben wir eben Loch Beekelsen.«

»Loch Beekelsen.« Jan musste lachen. »Dann erzählst du mir gleich wahrscheinlich auch die Legende von Beeky, dem Beekelsener Nessie.« Er zog sie an sich, aber Juli entwand sich ihm. Sie stand auf und ging ein paar Schritte in Richtung Wasser.

»Wer weiß. In Beekelsen gibt es so einige seltsame Kreaturen.« Sie streifte ihr Kleid von den Schultern. »Lust, der Sache auf den Grund zu gehen?« Ihre Füße waren im Wasser, und sie öffnete ihren BH. »Oder zu viel Schiss, von Beeky in die Tiefe des Lochs gezogen zu werden?« Frech grinsend spritzte sie ihn nass.

»Na warte!« Jan war aufgestanden und hatte sich bereits das T-Shirt ausgezogen. Juli lief lachend in den See. Eine Ente verschwand aufgeregt schnatternd im Schilf. Sie tauchte unter, tat ein paar Züge unter Wasser und kam wieder an die Oberfläche. Jan war nicht zu sehen. Sie blickte sich um. Alles war ruhig. Das stille Wasser des Lochs brach nur durch ihre Bewegungen. Ein leichter Wind war aufgekommen, und das Schilf wiegte sacht. Die Blätter der Birken am Ufer raschelten leise.

»Jan?«, fragte sie in die Stille. Wo war er? Sie sah in alle Richtungen. Auf einmal streifte sie etwas leicht am Bauch. Juli zuckte erschrocken zusammen. Grinsend tauchte er vor ihr auf, zog sie an sich und küsste sie. In seinem Kuss lagen Verlangen und Aufrichtigkeit. Fünf Tage. Das leise Flüstern in ihrem Kopf. Nicht jetzt. Juli ließ sich fallen. In diesem Moment gab es nur sie und ihn.

Es war dunkel. Das kleine Gaubenfenster von Julis Zimmer war geöffnet, doch es wehte kein einziger Lufthauch hinein. Jans Körper an ihrem Rücken. Er hatte den Arm um sie gelegt und atmete gleichmäßig. Juli konnte nicht schlafen. Es war weit nach Mitternacht. Die leuchtenden Ziffern ihres Weckers zeigten an, was sie nicht auszusprechen vermochte: Die Zeit zog vorbei. Zu schnell. Juli lag ganz ruhig, aber in ihr tobte es. Obwohl sie in diesem Moment einfach nur neben Jan liegen und den Moment genießen wollte, konnte sie nicht anders, als immer wieder an den Abflug zu denken. Einfach sein. In vier Tagen. Sonntag. Sie mussten reden. Ein- und ausatmen. Ganz ruhig. Die Augen geschlossen. Ein und aus.

»Kannst du nicht einfach bleiben?« Jans leise Frage in die Dunkelheit. Kurz schien ihr Herz stillzustehen. Ganz ruhig. Ein- und ausatmen. Aber ihre Gedankengänge verselbständigten sich wieder und verwirrten sie.

27. August

Der Wecker zeigte 5:34 Uhr. Juli hatte nur wenig geschlafen. Immer wieder hatte sie über Jans Frage nachgedacht. Während er tief und fest geschlafen hatte, hatte sie ihm eine Weile dabei zugesehen. In vier Tagen würde sie abreisen. Zurück nach Cambridge. Und er würde hierbleiben. Daran hatten auch ihre Gefühle für ihn nichts geändert. Sie strich ihm durch die Haare und schlich sich aus dem Bett, schloss leise die Tür hinter sich und ging nach unten.

Sie öffnete die Fenster zum Garten und ließ die Morgenluft ins Haus. Petermann war bereits von einem seiner nächtlichen Ausflüge zurück, er strich ihr um die Beine. Sie nahm ihn hoch und verbarg ihr Gesicht in seinem weichen und vertrauten Fell. Früher hatte das auch immer geholfen, wenn sie nicht weitergewusst hatte. Heute war die Unruhe geblieben, das vage, jedoch bekannte Gefühl, die Kontrolle über das, was sie im Leben wollte, zu verlieren. Sie stand eine Weile so da, den alten Kater auf dem Arm, und schaute gedankenverloren in den Garten, dann drehte sie sich um, ging ins Haus, machte sich einen Tee und setzte sich an den Küchentisch. Sie würde fliegen. Und sie musste mit Jan reden. Das wusste sie. Sie wusste auch, dass es nichts half, weiter darüber nachzudenken, also stand sie auf, suchte Mehl, Zucker und andere Zutaten zusammen, band sich eine der alten Küchenschürzen um, die ihre Großmutter immer getragen hatte, und begann zu backen.

Sie hatte gerade die Bananen-Walnuss-Muffins aus dem Backofen geholt, als Jan verschlafen in Boxershorts und T-Shirt in der Küchentür auftauchte. Er umarmte sie von hinten und küsste ihren Nacken. »Ich habe dich beim Aufwachen vermisst.«

»Vorsicht, heiß.« Juli jonglierte mit dem heißen Backblech. Er rieb sich müde die Augen, und sie hätte sich am liebsten wieder an ihn geschmiegt, aber etwas hielt sie zurück. »Frühstück?«, fragte sie stattdessen.

»Jap, sehr gern. Die Muffins riechen köstlich.« Jan ließ sich zufrieden auf einen Küchenstuhl fallen. »Daran könnte ich mich glatt gewöhnen.« Juli fühlte, wie sie verkrampfte. Die Morgensonne schien durch die offene Gartentür, aber ihr war kalt. Noch vier Tage. Sie würde fliegen. Ihre Augen trafen die seinen, die sie glücklich ansahen. Juli holte tief Luft …

»Schicke Schürze. Steht dir wunderbar.« Jan grinste.

Sie schaffte es nicht. Seufzend atmete sie aus und warf den Topflappen nach ihm. »Ich fasse es nicht! Was habe ich mir da an den Küchentisch geholt!«

Sie war so feige! Eine Hacke in der Hand, ließ sie all ihre Unzufriedenheit am Unkraut im Garten aus. Wütend hackte sie in der Erde. Nachdem Jan in die Praxis aufgebrochen war, war sie in Aktionismus verfallen. Der Rasen war gemäht und gewässert, die Beete ebenso. Jetzt war das Unkraut an der Reihe. Sie hatte es gewusst! Wie hatte sie sich nur darauf einlassen können? Es war doch von Anfang an klar gewesen, dass sie wieder fliegen würde. Ihr. Ihm. Den August würde sie bleiben, das hatte sie ihm gesagt. Und der August ging irgendwann in den September über. Und dann wäre sie nicht mehr hier. Dann *war* sie nicht mehr hier. »Kannst du nicht einfach bleiben?« Er durfte das nicht fragen. Das ging nicht. Das war genau das, wovor sie Angst gehabt hatte. Sie hatte gewusst, dass dieser Moment kommen würde. Juli hackte und rupfte. In vier Tagen würde sie im Flieger sitzen, schließlich war alles geregelt … *Nichts* war geregelt. Nichts. Gar nichts … Ihr Herz pochte wild, und ihre Gedanken fanden immer wieder zu ihm. Warum hatte sie bloß ihren Gefühlen nachgegeben und sich darauf eingelassen?

Wütend rammte sie die Hacke in die Erde. Doch es brachte alles nichts. Wenn sie weiterhin ihre Wut in den Beeten auslassen würde, wären die schönen Rosen ihrer Großmutter wahrscheinlich dahin. Sie musste mit jemandem reden, der sie kannte und wusste, was in ihr vorging. Juli lehnte die Hacke an den Zaun, ging entschieden ins Haus, packte die Muffins, die vom Frühstück übrig waren, in den Korb ihrer Großmutter und setzte sich aufs Fahrrad. Mo würde sie verstehen.

»Sag mal, was hast du denn gemacht?« Ihre Cousine saß im Schatten eines großen Sonnenschirms und sah sie fragend an. Juli guckte an sich hinunter. Mit verdrecktem T-Shirt und schmutzigen Knien stand sie, den Korb in der Hand, auf der Terrasse. »Ich musste ganz dringend zu dir.«

»Oje«, ihre Cousine war aufgestanden und kam langsam auf sie zu, eine Hand auf dem Bauch, die andere im Rücken, »das klingt nicht gut.« Juli zuckte mit den Schultern. Mo nahm ihr den Korb ab, stellte ihn auf den Tisch und spickte hinein. »Ich gehe nicht davon aus, dass du nur zu mir musstest, um köstlich duftende Muffins vorbeizubringen.« Sie umarmte sie, drückte ihr einen Kuss auf die Wange und hielt sie eine Weile, dann griff sie nach der leeren Karaffe. »Ich hole frische Limonade. Und dann reden wir.«

»Ich kann auch gehen.«

»Das schaffe ich schon. Setz dich einfach in den Schatten. Ich bin gleich wieder da.«

Schon war Mo im Haus verschwunden. Juli ließ sich auf das Gartensofa fallen und atmete tief durch. Auf dem Fahrrad hatte sie nicht weiter nachgedacht, sondern sich nur auf das Strampeln konzentriert. Sie merkte, dass sie aus der Puste war.

»So.« Mo war zurück und schenkte kalte Limonade aus der beschlagenen Karaffe in ein Glas, das sie Juli reichte, setzte sich neben sie und wandte sich ihr zu. »Jetzt nimmst du einen Schluck, und dann erzählst du, was du auf dem Herzen hast. Auch wenn ich es mir fast denken kann.«

»Ich bin genau an dem Punkt, vor dem ich Angst hatte«, brach es aus Juli heraus.

Mos vertraute Augen sahen sie wissend an. Sie hatte bereits verstanden.

Juli nickte zaghaft. »Er hat heute Nacht gefragt, ob ich nicht einfach bleiben kann. Warum fragt er denn so was? Es macht das Ganze so schwer.«

»Weil er sich in dich verliebt hat. Und du dich in ihn.«

»Das wollte ich aber nicht. Und das geht auch nicht!«

»Und *warum* geht das nicht?«, fragte ihre Cousine ruhig.

»Weil ich in vier Tagen in den Flieger nach Boston steige und es das dann war!«, entfuhr es ihr.

»Ehrlich, Juli, sag mir, warum es das dann gewesen sein muss?« Mo ließ nicht locker.

Juli seufzte. »Ich weiß, dass meine Gefühle verrücktspielen, wenn ich bei ihm bin oder nur an ihn denke. Ja, Himmelherrgott, ich bin in ihn verliebt, und das nicht nur ein kleines bisschen. Es fühlt sich richtig an. Aber ich weiß auch, dass es auf diese Entfernung nicht funktionieren kann. Welche Perspektive haben wir? Ich lebe in Cambridge. Dort ist mein Lebensmittelpunkt, mein Zuhause. Jan lebt hier, in Beekelsen. Dazwischen liegen acht Flugstunden.«

»Juli, mach nicht immer den gleichen Fehler, und sieh nicht alles so Schwarz oder Weiß. Es gibt auch etwas dazwischen. Wäre das zwischen dir und Jan es nicht wert, es zu versuchen?«

»Was soll das bringen? Sich vorzumachen, dass es funktionieren könnte, wäre nicht fair.«

»Hast du keine Angst davor, dass du dir irgendwann vorwerfen würdest, nicht mutig genug gewesen zu sein?« Mo sah sie ernst an.

»Ich sehe leider einfach keinen anderen Weg.«

»Habt ihr denn schon mal darüber gesprochen?«

Sie schüttelte den Kopf: »Ich habe es heute Morgen nicht geschafft.«

»Juli«, sagte Mo eindringlich, »ihr kommt nicht drum rum.«

»Ich weiß.« Juli merkte, wie ihre Stimme zitterte und ihr Tränen in die Augen schossen. »Es tut nur so weh. Ich muss ehrlich zu mir selbst sein.«

»Ach, Juli«, Mo strich ihr sachte über den Kopf, »warum stehst du dir immer selbst so im Weg? Ich glaube nicht, dass du ehrlich zu dir bist. Wenn es so weh tut, warum läufst du dann weg? Wenn dir der Abschied so schwerfällt, wieso gibst du dem Ganzen dann keine Chance?«

»Weil es irgendwann noch mehr weh tun würde. Ich kann nicht anders«, schluchzte sie. »Es ist wie eine Blockade.«

»Schscht«, versuchte Mo sie zu beruhigen, »weißt du, auch wenn ich mir so sehr wünsche, dass es für Jan und dich einen Weg gibt, ist es deine Entscheidung, ob du diesen Weg gehen willst. Egal, wie du dich entscheidest, ich gehe ihn mit dir. Ganz gleich, wo du bist und wie viele Flugstunden zwischen uns liegen.«

Die beiden saßen noch eine ganze Weile auf dem Gartensofa, Juli den Kopf an Mos Schulter gelehnt. Ruhig. Beieinander.

Jan hatte ihr die Haustür geöffnet. Aufgewühlt stand sie vor ihm. Er wollte sie küssen, aber sie schüttelte unbeholfen den Kopf und wandte sich ab.

»Ich muss mit dir reden.«

Jan hob eine Augenbraue, und sie bemerkte eine kleine fragende Falte zwischen den Augen. »Dann komm rein«, sagte er irritiert. Unsicher ging sie an ihm vorbei die Treppe hinauf in die Küche. Julis Herz schlug bis zum Hals. Sie hielt sich an der Fensterbank fest, den verschwommenen Blick auf den Horizont gerichtet, und atmete tief ein. Dann drehte sie sich um. Jan lehnte am Küchentisch, seine Augen musterten sie.

»Ich fliege in vier Tagen.«

Er sagte nichts. In seinem Blick erkannte sie, dass er bereits gewusst hatte, was sie sagen würde. Eine beklommene Stille hatte sich zwischen beiden ausgebreitet und füllte den Raum. Sie wollte sich an seinem Blick festhalten, und doch ertrug sie es nicht, dass er sie so ansah, wollte nicht wahrhaben, was sie in seinen Augen erkannte, obwohl sie es war, die die Gewissheit ausgesprochen und die Stille zwischen sie getragen hatte. Es war zu Ende, bevor es richtig angefangen hatte.

»Es tut mir leid.« Sie hielt die Anspannung zwischen ihnen nicht länger aus und wollte gehen.

»Warte!« Jan fasste sie am Handgelenk. »Glaubst du wirklich, dass ich dich einfach so gehen lasse?« Er hielt ihre zitternden Hände, suchte ihre Augen, doch ihr Blick wich seinem aus. »Juli, ich wusste, auf was ich mich einlasse. Und trotzdem habe ich mich in dich verliebt, obwohl ich versucht habe, mich dagegen zu wehren und realistisch zu sein. Aber es ist passiert, und es fühlt sich einfach richtig an. Mir ist es egal, wo du wohnst. Ich möchte dich in meinem Leben wissen.«

»Ja, aber wie soll das gehen? Ich lebe sechstausend Kilometer entfernt, und ich bin glücklich dort. Du lebst hier, bist hier angekommen. Hier ist deine Praxis. Du bist *hier* glücklich und gehörst hierhin. Wo soll da ein Weg sein? Sich drei- oder viermal im Jahr zu sehen, ist doch keine Perspektive!«

»Wie sollen wir wissen, ob es nicht vielleicht funktionieren könnte, wenn wir uns keine Chance geben?«

»Jan, es macht keinen Sinn!« Sie entzog ihm ihre Hände. »Dich in dem Glauben zu lassen, dass es einen Versuch wert sei, wäre nicht fair.«

»So einfach ist es nicht. Mensch, Juli, da ist doch mehr zwischen uns.«

»So sehr ich es wollte, es kann nicht funktionieren. Ich bin in dich verliebt, ja, aber wohin kann das Ganze denn führen? In ein oder zwei Jahren des Hin und Her. Zusammen und doch getrennt. So stelle ich mir keine Beziehung vor, und so kann keine Beziehung funktionieren. Das schaffe ich nicht. Es wäre nicht ehrlich, wenn ich zu dir sagen würde: ›Warte auf mich.‹ Ich komme nicht zurück. Ich kann hier nicht leben.« Sie blickte zu ihm auf und fest in seine Augen. »Die Zeit mit dir war wunderschön, aber es ist vorbei.« Sie hatte es ausgesprochen. Es gab keinen Weg zurück. Genauso wie es keinen gemeinsamen Weg gab.

»Du gibst uns also definitiv keine Chance?«

»Wenn wir ehrlich sind, hatten wir nie eine Chance.« Juli

wollte nicht zulassen, an ihren Worten zu zweifeln. Es gab keine Chance, es gab keinen gemeinsamen Weg.

Jan tat einen Schritt zurück. Sein Blick war leer. War er ihr heute Nacht noch so nah gewesen, war er nun weit von ihr entfernt. Ihn so zu sehen, schnürte ihr die Kehle zu. Sie wollte die Hand nach ihm ausstrecken, ihm die unbändige Haarsträhne aus dem Gesicht streichen, in seinen Armen versinken, ihn ein- und nicht wieder ausatmen. Doch sie würde jetzt gehen.

»Leb wohl.« Sie ließ ihn wortlos zurück und ging die Treppe hinab. Draußen brach das Sonnenlicht über sie herein. Aufrecht ging sie zu ihrem Rad, obwohl alles in ihr zusammengefallen war, und fuhr wie ferngesteuert heim; leer und verzweifelt, mit Tränen in den Augen.

Als sie die Haustür hinter sich geschlossen hatte, bebte ihr Körper, und sie sackte laut schluchzend in sich zusammen. Juli weinte und löste sich auf. Es war vorbei. Und es tat weh. Unsagbar weh. Sie hatte es gewusst, aber sie konnte nichts tun, denn es war vorbei gewesen, bevor es überhaupt begonnen hatte. Sie war allein und stand für sich. Wie immer. Aber so war es. Das war ihr Leben.

28. August

Ihr Handy klingelte. Juli schreckte hoch. Sie hatte wirr geträumt, und die verschwommenen Traumbilder hingen nach wie vor in ihrem Kopf. Oma Lene, die an ihrem Bett gesessen und ihr über den Kopf gestrichen hatte. Ria auf der Bühne, in ihrem Element. Oma Lenes Augen, die sie wissend ansahen. Jans Augen, voller Enttäuschung und Unverständnis. Sie allein im leeren Haus vor kargen grauen Wänden, ihr pochendes Herz in der Hand, die Fenster weit geöffnet, der Horizont, der näher rückte und sie zu verschlucken drohte. Juli saß aufrecht im Bett und atmete schwer. Sie war erschöpft und fühlte sich krank. Das Handy auf dem Nachttisch klingelte wieder. Es war Mo. Sie hatte keine Lust zu reden. Sie wollte nicht. Alles, was sie wollte, war, dass die Tage vergingen. In drei Tagen wäre sie wieder zu Hause. An ihrem sicheren Ort. Weit weg. Weit entfernt von Jan. Es würde nicht mehr so weh tun. Sie würde den August einfach abstreifen und hinter sich lassen, um im September zu beginnen. Neu. Von vorn. Sie würde wieder atmen können und nicht bei jedem Atemzug an ihn denken. Die Frage, ob es richtig war, würde verstummen, und sie würde wieder in ihr Leben schlüpfen. Ihr Handy piepste. Eine weitere Nachricht von Mo. Juli wollte einfach die Welt vergessen. Sie ließ sich wieder in ihr Kissen fallen, zog die Decke über den Kopf und schloss die Augen. Dann drehte sie sich auf die Seite, rollte sich zusammen und hielt sich an sich fest. Irgendwann schlief sie ein und wachte erst am frühen Abend wieder auf. Das Gespräch mit Jan hatte an ihr gezehrt. Sie fühlte sich schlapp und lustlos. Deshalb füllte sie auch nur schnell Petermanns Futternapf, kochte sich einen Tee und verkroch sich dann wieder tief unter ihrer Decke, wo sie hoffte, dass der Schlaf sie bald von ihren wirren Gedanken erlösen würde.

29. August

Sie öffnete die Augen. Durch den Rollladen fielen helle Sonnenstrahlen ins Zimmer.

»Juli?« Mos Stimme auf der Treppe. Kurz darauf öffnete ihre Cousine die Tür und kam ins Zimmer.

Juli hatte jegliches Zeitgefühl verloren. Mo setzte sich mühsam auf die Bettkante und blickte sie ernst an. »Ich habe mir so was schon gedacht.«

Juli versuchte sich zu sortieren. »Was machst du denn hier? Du sollst doch im Bett bleiben und dich schonen.«

»Und wie soll ich mich schonen, wenn du mich nicht schonst?« Mo strich ihr liebevoll über den Kopf. »Na, jetzt komm. Es wird alles nicht besser, wenn du dich im Bett verkriechst. Ich koche uns einen Tee. Das wird …«

»… helfen«, ergänzte Juli leise den Satz, den ihre Großmutter immer gesagt hatte.

Als sie die Treppe hinunterkam, hatte ihre Cousine gerade dampfenden Tee in zwei Tassen eingeschenkt und auf ein Tablett gestellt. »Lass uns in den Garten, ja?« Sie balancierte das Tablett in der Hand oberhalb ihres beeindruckenden Bauches und ging voraus ins Freie.

Beide setzten sich auf die Bank im Schatten des Apfelbaumes. Mo stellte das Tablett auf einen Baumstumpf. Neben ihnen lag Petermann zufrieden in der Sonne und döste. Juli schloss die Augen und atmete tief den Duft ein. So, wie sie es früher immer gemacht hatte, wenn es ihr nicht gutgegangen war und Oma Lene Tee für sie gekocht hatte. Als sie die Augen wieder öffnete, fand sie Mos Blick.

»Du hast es ihm gesagt?«, fragte ihre Cousine.

Juli nickte leise.

»Und wie hat er reagiert?«

»Er möchte es versuchen.«

»Und du bist dir wirklich sicher, dass du es nicht doch auch versuchen möchtest?«

»Mo, ich weiß ehrlich nicht, wie das funktionieren soll«, erwiderte Juli resigniert.

»Noch mal, Liebes, wenn beide Parteien wirklich wollen, muss es doch auch einen Weg geben.«

»*Wenn* beide wollen. Mensch, Mo, ich möchte meinen Freund nicht nur ein paar Mal im Jahr sehen. Zwischen Jan und mir liegt ein Ozean. Er ist Landarzt, hier ist sein Leben, und mein Leben ist in Cambridge. Es wäre nicht fair, ihn hinzuhalten und ihm zu sagen ›Lass es uns versuchen, wir finden einen Weg‹, wenn es doch keinen gemeinsamen Weg gibt.«

»Hat er es verstanden?«

Sie schüttelte den Kopf. »Zu sehen, was in seinem Blick lag, hat so weh getan.«

»Ach, Cousinchen«, Mo nahm sie in den Arm, »ich mache mir Sorgen, dass du dich vor allem selbst belügst und es irgendwann bereust.«

»Mo«, Juli richtete sich auf, »ich bin froh, dass du da bist und ich dich habe, und ich weiß, dass du mir alles Glück der Welt wünschst, aber wirklich, es ist vorbei. Es hätte überhaupt nie anfangen dürfen.«

Sie wirkte bestimmt, obwohl sie sich in dem, was sie gerade sagte, nicht sicher fühlte. Mos Worte klangen in ihrem Kopf, fanden ihr Echo in Rias Worten. Sie schob sie beiseite. Um ihrer Cousine und sich zu beweisen, dass sie richtig gehandelt hatte, stand sie energisch auf. »Genug davon. Bevor es zurück nach Amerika geht, ist noch viel zu tun. Wie spät ist es?«

Mo blickte auf ihre Uhr. »Halb eins.«

»Um zwei treffe ich Sami, bis dahin will das Abschiedsessen geplant sein!«

»Das Abschiedsessen?«

»Bevor das Haus neue Geschichten schreiben wird, möchte ich noch einmal alle hier zusammenhaben. Morgen Abend.«

Mo sah sie an, und ihr Blick sagte: Ich kenne dich, weiß, wie du bist und was du wirklich fühlst. Du kannst mir nichts vormachen. Dann nickte sie und seufzte: »Also gut.«

»Wunderbar. Warte, ich hole die Kochbücher.« Juli ging ins Haus. Sie war froh, dem wissenden Blick ihrer Cousine nicht länger standhalten zu müssen.

Als sie in Rias Golf auf den Lehrerparkplatz fuhr, war das Menü geplant: Kichererbsenmus, Tomatensalsa, Guacamole, Zitronen-Knoblauch-Oliven-Hähnchen und als Nachtisch Oma Lenes Apfelkuchen mit Schlagrahm. Sie hatte telefoniert, und alle hatten zugesagt: Mo und Tom, Tante Frieda, Tina, die mit Bernie kommen würde; auch Tante Karin hatte für sich und Onkel Georg zugesagt, allerdings nur unter der Bedingung, dass sie dafür heute zum Abendessen zu ihnen käme. Nach dem letzten Treffen mit Sami würde sie einkaufen fahren. Zumindest hoffte sie, dass Sami zu ihrem Termin erscheinen würde.

»Du siehst heute aber scheiße aus.« Sami stand, eine Spraydose in der Hand, an der Wand und sah sie grinsend an.

»Solange ich nur so aussehe und mich nicht so benehme«, entfuhr es ihr.

»Sorry«, murmelte Sami, drehte sich wieder um und sprayte weiter. Juli tat ihre harsche Reaktion leid, sie war froh, dass er gekommen war. Sie stellte sich neben ihn.

»Ebenfalls sorry. Heute ist nicht mein Tag.« Sami nickte und sprayte weiter. Er musste früh angefangen haben, denn er war schon viel weiter als noch am Dienstag. Juli setzte sich und sah ihm beim Sprayen zu.

»Tut mir leid, das mit deiner Mutter. Also, dass sie gestorben ist«, sagte er auf einmal.

»Danke«, erwiderte Juli. Dann herrschte wieder Stille.

»Ich stelle es mir schwer vor, wenn die eigene Mutter stirbt.« Sami sah nicht auf und sprayte weiter.

»Sich von jemandem zu verabschieden, ist immer unsagbar schwer. Weißt du, ich habe meine Mutter eigentlich gar nicht richtig gekannt. Erst später, als ich schon erwachsen war, sind wir uns ein wenig nähergekommen. Aber ich denke, da war es zu spät, um die verpassten Jahre wieder aufzuholen. Ich bin bei meiner Großmutter aufgewachsen. Nun sind da so viele Fragen, die ich ihr gern stellen würde, und es gibt vieles, über das ich gern mit ihr reden würde, um es zu verstehen, aber es geht leider nicht mehr. Das ist es, was mich traurig und auch wütend macht.«

»Mit den Flügeln der Zeit fliegt die Traurigkeit davon.« Sami hatte sich ihr zugewandt und sah sie offen an. »Das habe ich auf einer Trauerkarte gelesen, als meine Oma gestorben ist«, fuhr er fort, »und ich habe es mir gemerkt, weil ich gehofft habe, dass es stimmt. Aber um mich war alles so schwarz und schwer. Irgendwie war alles voll Wut.« Er setzte sich neben sie.

»Und jetzt?«

»Ich fühle mich leichter. Da ist nicht mehr nur noch Wut.«

»Das ist gut.«

Eine Weile saßen beide nebeneinander und sahen auf die Mauer.

»Meine Mutter möchte wieder Kontakt zu mir haben.«

»Und du?«

»Ich weiß nicht. Warum? Sie hat meinen Bruder und mich einfach verlassen und ein neues Leben begonnen. Welche Mutter, die ihre Kinder liebt, macht so was?«

Juli dachte über seine Worte nach, dann antwortete sie: »Vielleicht musste sie erst lernen, sich selbst zu lieben, um andere lieben zu können. Meine Mutter hat mir einen Brief hinterlassen, über den ich mich sehr geärgert habe. Ich habe mich darin falsch verstanden gefühlt, und es hat mich wütend gemacht, dass sie sich in mein Leben einmischt, wo sie doch nie da war. Inzwischen weiß ich, was sie meint; auch wenn ich noch immer denke, dass sie nicht in allem recht hat und ich nicht alles verstehe. Aber das muss ich auch gar nicht. Vielleicht müssen wir lernen, Müttern Fehler zuzugestehen. Manche machen kleine, andere große Fehler. Aber sie sind unsere Mütter. Nimm dir die Zeit, die du brauchst, dich zu entscheiden, ob du wieder Kontakt zu ihr haben möchtest.«

Sami lehnte sich nach hinten, verschränkte die Arme hinter seinem Kopf und sah in den Himmel. »Meine Oma hat sich immer gewünscht, dass meine Mutter sich wieder meldet.«

»Dann gib ihr und dir einfach eine Chance. Du kannst bestimmen, wie sehr du sie in dein Leben lassen möchtest.« Juli legte sich neben ihn.

»Und wenn ich merke, dass ich sie nicht mag und gar nicht in meinem Leben haben möchte?«

»Dann weißt du es und kannst damit abschließen.«

»Ich habe Angst davor, dass es weh tut.«

»Vielleicht muss es manchmal weh tun, um echt zu sein.«

Beide lagen schweigend nebeneinander und folgten mit ihren Augen den Wolken, die über den hellblauen Himmel zogen.

Schließlich stand Sami auf. »Danke«, er suchte nach Worten, »du bist voll korrekt. War cool, dass du meine Patin warst.«

Juli setzte sich auf. »War cool, dass ich deine Patin sein durfte.« Sie lächelte ihn an. »Ich habe gern Zeit mit dir verbracht. Du musst mir ein Foto von deinem fertigen Werk schicken, das ich mir in Amerika dann stolz in die Wohnung hängen kann.«

»Geht klar.« Sami suchte sich eine neue Spraydose und arbeitete weiter.

Im Gespräch mit Sami hatte alles zusammengefunden und Sinn gemacht. Und ihr eigenes Leben? Darüber wollte Juli gerade gar nicht nachdenken. Zu viel Chaos, zu viel Schmerz, zu vieles, das sie lieber verschlossen hielt. Aber es fühlte sich gut an, wenigstens Samis vielleicht ein bisschen geordnet zu haben.

Juli stand allein in der Küche, eine Schürze um die Taille gebunden, etwas Mehl im Gesicht und an den Händen. Der Teig für den Kuchen ruhte im Kühlschrank, und sie schälte die erste frühe Ernte des kleinen Apfelbaumes. Sie hatte noch genug Zeit, bevor sie zu ihrem Onkel und ihrer Tante aufbrechen würde. Bis dahin würde der Apfelkuchen fertig sein.

Immer wieder wanderten ihre Gedanken und Gefühle zu Jan. Belog sie sich selbst? Was, wenn sie es wirklich bereuen würde? Sosehr sie sich auch einzureden versuchte, dass es nichts weiter als der August gewesen war, wusste sie, dass ihr Herz anders empfand. Juli ließ sich auf einen Küchenstuhl fallen und legte das Messer aus der Hand. Wenn sie ehrlich zu sich war, dehnte ihr Herz sich, wenn sie an ihn dachte, so weit in seine Richtung aus, dass es weh tat, ihr die Lunge zusammendrückte und es schwer war zu atmen. Sie vermisste ihn. Doch es gab keinen gemeinsamen Weg. Der August war vorbei, und ihr Herz würde es verstehen. Sie hatte das einzig Richtige getan.

Mit der Schürze wischte sie sich Tränen aus den Augen, dann nahm sie den nächsten Apfel und schälte weiter. Die Schale fiel rund und in einem Stück als Kringel auf den Tisch. Sie viertelte den Apfel, entfernte die Kerne, schnitt die Viertel in kleine Stücke und nahm den nächsten Apfel.

Kurze Zeit später backte der Kuchen im Ofen. Juli saß, ihre Skizzen vor sich ausgebreitet, am Küchentisch. Petermann strich um ihre Beine. *Hängt dein Herz daran?* Samis Frage. *Und doch klingt auch in dir das Rufen. Du bist ebenso auf der Suche nach einem Sinn in deinem Leben, den du bisher nicht gefunden zu haben scheinst.* Die Worte ihrer Mutter.

Juli blätterte weiter. Ein leeres Blatt lag vor ihr. Apfelkuchenduft hing in der Luft. Sie strich über das weiße Papier, nahm einen Bleistift, spitzte ihn vorsichtig an und notierte in kunstvollen Buchstaben und mit dazu passenden Zeichnungen Oma Lenes Apfelkuchenrezept.

Onkel Georg stand am Grill, und Tante Karin stellte eine Schüssel mit Kartoffelsalat auf den Tisch. Mo saß in der Hollywoodschaukel und lehnte an Tom.

»In zwei Tagen reist Juli schon wieder ab. Kinder, wo ist der August geblieben?« Ihre Tante schüttelte den Kopf, schenkte Sekt nach und setzte sich. »Weißt du schon, wann du das nächste Mal kommst?«

»Ehrlich gesagt, habe ich darüber noch nicht nachgedacht.«

»Auf keinen Fall erst nächsten Sommer«, schaltete sich Mo entschieden ein. »Die kleine Madame soll doch wohl nicht ewig warten müssen, bis sie dich endlich kennenlernt.«

»Ich komme ganz bald wieder. Versprochen.« Und sie meinte es so. Juli wusste, dass nicht erst wieder zwei Jahre vergehen würden.

»So, die ersten Steaks sind fertig.« Onkel Georg stellte einen Teller auf den Tisch, setzte sich dazu und öffnete ein Bier. »Ich habe übrigens gestern versucht, dich zu erreichen, hatte aber kein Glück.« Ihr Onkel musterte sie, und Juli fühlte sich nicht wohl. »Ich wüsste jemanden, der ein guter Verwalter wäre. Der Neffe von Krögers Hermann. Solltest du Interesse haben, wäre es gut, wenn du ihm noch alles zeigst, bevor du fliegst. Ich gebe dir später seine Nummer.«

»Ich war gestern schlecht zu erreichen.«

»Ich weiß.« Mehr sagte er nicht.

»Danke, dass du dich gekümmert hast. Ich rufe ihn gleich morgen früh an«, sagte sie schnell. Der Blick ihres Onkels ruhte weiter auf ihr. Er kannte sie und konnte ihr ansehen, dass etwas nicht stimmte. Sie wurde unruhig und wechselte das Thema. »Es ist schön, dass ihr morgen kommt.«

»Wann geht es los, und können wir etwas mitbringen?«, fragte ihre Tante.

»So gegen 18 Uhr? Und bringt einfach gute Laune mit, den Rest habe ich da.«

»Es kann sein, dass ich es nicht pünktlich schaffe. Ich bin die letzten zwei Tage für Jan in der Praxis eingesprungen und muss morgen vielleicht seinen Bereitschaftsdienst übernehmen.«

Julis Herz krampfte. »Für Jan?«

Wieder der durchdringende Blick ihres Onkels. »Ja, für Jan.«

»Warum?«, erkundigte Juli sich unsicher.

»Er hat sich die letzten zwei Tage freigenommen.«

»Das ist gut, dass der Junge auch mal an sich denkt. Er arbeitet einfach zu viel«, schaltete sich ihre Tante ein.

»Na, in zwei Tagen geht es ihm *bestimmt* wieder besser!« Tom fixierte Juli, und sein Angriff traf sie hart.

Sie sah, dass Mo ihm die Hand auf die Schulter legte und ihn beschwichtigend ansah. »Die zwei freien Tage hat er sich verdient. Und Mama ist froh, dass Papa mal wieder etwas zu tun hat und aus dem Haus kommt. Stimmt's?«, warf sie in die Runde.

»Stimmt!« Tante Karin begann zu lachen.

»Was soll das jetzt heißen?«, tat ihr Onkel konsterniert.

»Ach komm, Georg, tu nicht so, es hat dir Spaß gemacht, wieder in der Praxis zu sein. Ob du den Wochenendbereitschaftsdienst übernehmen kannst, hat Jan überhaupt nicht gefragt«, fuhr ihre Tante sichtlich amüsiert fort.

»Wie dem auch sei«, ihr Onkel drehte sich zu Juli, »ganz gleich, ob ich nun pünktlich bin oder nicht, wir freuen uns auf morgen. Auch wenn wir traurig sind, dass du so bald fliegst.« Er stand auf, um die letzten Steaks zu wenden. Ihre Tante nickte, und Tom hatte den Blick abgewandt. Mo sah sie an und zuckte mit den Schultern. Juli stocherte im Essen. Sie hatte keinen Hunger, und ihr war schlecht.

»Ihr entschuldigt mich kurz?« Sie stand auf und ging ins Bad. Ihr war heiß. Sie ließ kaltes Wasser über ihre Handgelenke laufen und betrachtete ihr Spiegelbild. »Warum, Juli? Warum?«, fragte sie sich selbst, lehnte den Kopf für einen kurzen Moment an den Spiegel. Dann ging sie zurück zu den anderen und setzte sich lächelnd an den Tisch.

»Alles in Ordnung?«, fragte Onkel Georg. Er sah sie an, und sein Blick war aufmerksam und wach.

»Ja, ja, alles in Ordnung«, erwiderte Juli eilig. Dann schob sie eine Gabel mit Salat in ihren Mund.

Später lag Mo ausgestreckt auf der Hollywoodschaukel, die Hand auf dem Bauch. Onkel Georg bereitete Espresso zu, und Tante Karin räumte das dreckige Geschirr in die Spülmaschine. Tom hatte leere Flaschen im Arm und war auf dem Weg ins Haus.

»Tom, hast du einen Moment?«

»Ich weiß nicht, ob ich Lust auf das Gespräch habe.«

»Ich möchte aber versuchen, es dir zu erklären.«

»Mensch, Juli, ich verstehe dich nicht. Da passiert dir so ein guter Kerl wie Jan. Ihr zwei passt super zusammen. Warum läufst du immer weg und schmeißt einfach alles hin?«

»Das ist nicht fair. Ich …« Sie unternahm den Versuch einer Erklärung, doch er fiel ihr ins Wort.

»Ich weiß, was du sagen willst, aber tut mir leid, ich will es nicht hören. Für mich bist du feige. Juli, du bist meine Freundin, du bist mir wichtig, und ich möchte, dass es dir gutgeht. Aber in diesem Fall bin ich anderer Meinung als du. Ich hätte gedacht, du wärst mutiger.« Er schaute sie fragend an, aber Juli brachte keinen Ton heraus. Was hätte sie auch sagen sollen? Mehr als ein Schulterzucken brachte sie nicht zustande. Er warf ihr einen letzten, nachdrücklichen Blick zu und ging ins Haus.

Als sie später nach Hause kam, wartete Petermann vor der Haustür. Sie öffnete die Tür, und er schlich vor ihr ins Haus. Juli füllte seinen Napf, goss sich ein Glas Wasser ein, setzte sich an den Tisch und starrte in die Leere, die sie umgab. Eine Weile saß sie so in der Küche. Ihre Gedanken waren bei Jan. Vielleicht war sie feige, und zur Liebe gehörte Mut. Aber auch ein Hauch von Hoffnung. Doch es gab keine Hoffnung.

Juli stand auf und ging ins Bett. Erschöpft fiel sie in einen unruhigen Schlaf und glitt in einen taumelnden Traum.

Ria lag neben ihr. Ihre Hand umschloss Julis. Sie sah sie an und flüsterte: »Es gibt immer einen Weg, genauso wie es immer Hoffnung gibt. Du musst es nur zulassen.«

30. August

Juli setzte Fuß vor Fuß. Es war früh am Morgen. Frühnebel hing über der Marsch, eine dichtgewebte Decke, die die Weite einhüllte und die Welt umfasste. Auf einem der gepflügten Felder stand einsam ein Kranich, spannte seine Flügel, flog empor und verschwand in Richtung des Horizonts. Sie sah ihm nach, wollte mit ihm fliegen, sich leicht fühlen. Frei. Juli atmete schwer. Sie wusste, dass sie schnell lief. Schritt für Schritt konzentrierte sie sich nur auf das Laufen, darauf, einfach Fuß vor Fuß zu setzen, an nichts zu denken und den Kopf freizukriegen. Sie wollte nicht weiter nachdenken oder den Traumbildern der Nacht nachhängen, ihr Herz nicht zu Jan wandern lassen. Sie wollte nichts fühlen. Juli rannte. Erste Sonnenstrahlen brachen durch den Nebelschleier, tanzten funkelnd auf der Weser, die ruhig und glatt dahinfloss. Die Luft war kühl und roch nach dem Ende des Sommers. Der Nebel riss auf und lichtete sich. Um Juli blieb es grau. In ihr brannte alles, doch sie lief weiter. Schneller. Schritt für Schritt. Fuß vor Fuß.

Nachdem sie geduscht und erste Sachen zusammengepackt hatte, hatte sie den Neffen von Krögers Hermann angerufen und mit ihm lange über das Haus und alles, was er zu tun haben würde, gesprochen. Er hatte wirklich nett und zuverlässig gewirkt, dennoch war es seltsam gewesen, das Haus und alles, was zu ihm gehörte, in fremde Hände zu geben. Jetzt saß sie auf dem Sofa und blickte sich um. Im Haus würde fast alles so bleiben, wie es war. Und dennoch würde sich alles ändern. Sie ging in die Küche, band eine Schürze um und begann mit den Vorbereitungen für das Abschiedsessen.

Die Tomaten-Salsa war bereits fertig. Juli schrubbte die frischen kleinen Kartoffeln in der Spüle. Sie hatte Fenster und Tür in den Garten geöffnet. Es ging ein leichter Wind, doch draußen war es heiß, und die Hitze des Tages hatte die angenehme Kühle des frühen Morgens vertrieben, als wollte der Sommer zeigen, dass er noch nicht vorbei war. Aber der August war es. Er war vorbei. Fast. Sie wollte nicht weiter darüber nachdenken, holte das große Holzbrett aus dem Küchenschrank und begann die Kartoffeln entschieden in Hälften zu schneiden. Der August hatte vorbei zu sein. Das scharfe Messer glitt durch die Kartoffeln und schnitt in Julis Finger. Stumm betrachtete sie die Wunde, das Messer noch immer in der anderen Hand. Blut tropfte auf das Holz. Juli erwachte aus ihrer Starre, wickelte ein Küchentuch um ihren Finger und drückte auf den Schnitt. Aus dem Verbandskasten nahm sie ein Pflaster. Wenn sich doch nur jede Wunde so leicht stillen lassen könnte. Dann nahm sie das Messer wieder in die Hand und machte weiter. Als sie alle Kartoffeln in Würfel geschnitten hatte, ging sie in den Garten, wo Petermann im Schatten der Rosensträucher döste. Die Beete waren schon wieder trocken. Bevor sie morgen abreisen würde, musste sie unbedingt noch einmal wässern. Sie kniete sich hin und strich über Petermanns weiches Fell. Er schurrte wohlig. Juli stand wieder auf, wässerte ausgiebig die Blumen und Kräuterbeete, schnitt Rosmarin und Thymian, erntete die letzten reifen Tomaten und ging wieder in die Küche. Dort zupfte sie vorsichtig die Kräuterblätter von den Zweigen, hackte den Rosmarin und pellte die Zehen einer kompletten Knoblauchknolle. Für den Moment war sie fertig. Sie sah auf die Uhr. Halb zwei. Es würde reichen, das Hähnchen um kurz vor sechs in den Backofen zu schieben. Juli ging ihren weiteren Zeitplan durch. Sie würde das Kichererbsenmus zubereiten, dann mit dem Hähnchen beginnen und sich am Ende um die Guacamole kümmern. Dann fiel ihr auf, dass sie vergessen hatte, Brot zu kaufen. Schnell legte sie die Schürze ab und eilte aus dem Haus. Der kleine Supermarkt hatte samstags bis zwei Uhr geöffnet? Das würde sie gerade noch schaffen. Hoffentlich gab es noch Baguette. Schon saß sie auf dem Rad und fuhr vom Hof.

»Tach auch.« Das Glöckchen klingelte, als Juli in den Laden stürmte.

»Tach, Juliane.« Genau wie vor ein paar Tagen stand Pranges Angelika hinter der Kasse und war in ein Gespräch mit Friedekings Helga vertieft.

»Angelika, habt ihr noch zwei Stangen Baguette?«

»Na, lass uns doch mal gucken gehen.« In aller Seelenruhe ging Pranges Angelika mit ihr zur Brottheke.

»Schau, du hast Glück. Die letzten beiden Baguettes sind dann also für dich.« Sie nahm sie aus dem Korb, wickelte sie in Papier und reichte sie über die Glastheke. »Hier, min Deern.«

»Wunderbar«, sagte Juli erleichtert und folgte Pranges Angelika zurück zur Kasse.

»Onkel Georg, Tante Karin, Mo und Tom und Tante Frieda kommen heute nämlich zum Abendessen. Tina und Bernie auch. Ich gebe ein kleines Abschiedsfest.« Sie wunderte sich über sich selbst, dass sie so viel mitteilte.

»Ein Abschiedsfest? Heißt dass, du fliegst wieder zurück?«, erkundigte sich Friedekings Helga.

»Ja, morgen.«

»Und was ist mit dir und unserem Doktor Hansing?«, fragte Pranges Angelika. Noch vor kurzem hätte die Frage Juli wütend gemacht, und sie hätte sie als neugieriges Gewäsch abgetan, in diesem Moment aber spürte sie, dass Pranges Angelika weniger neugierig als vielmehr besorgt war.

»Er lebt hier. Ich lebe in Neuengland … und ich möchte nach Hause.«

»Nach Hause«, wiederholte Friedekings Helga. »Ist das Haus deiner Oma nicht dein Zuhause?«

»Irgendwie schon, und das wird es immer sein. Das Zuhause meiner Kindheit, meine Heimat. Aber jetzt lebe ich nun mal woanders und fühle mich dort auch sehr wohl. Es wird Zeit für mich zurückzufliegen.«

»Schade, du hast Beekelsen ganz gutgetan, min Deern.« Friedekings Helga tätschelte unbeholfen ihre Hand. »Kommst mal wieder, ja?«

»Das werde ich.«

Als Juli aus dem Laden trat, war sie gerührt. Was war das gerade gewesen? Sie wusste nicht, ob sie vorher jemals so offen mit Friedekings Helga und Pranges Angelika über sich geredet hatte, und sie hatte das Gefühl, die beiden hatten versucht, sie zu verstehen. Sie würde wiederkommen. Onkel

Georg und Tante Karin waren hier. Mo und Tom und bald ihr Patenkind. Tina. Johannes und Mai-Lin würden da sein. Und Jan war hier. Wie würde es sein, ihn wiederzusehen? Julis Herz schmerzte, dehnte sich aus und wollte zu ihm, doch sie setzte sich aufs Rad und fuhr zurück. Morgen früh ging ihr Flieger, und sie hatte das Abschiedsessen vorzubereiten.

Es war noch zu früh, um das Fleisch anzubraten, darum holte sie die beiden Dosen Kichererbsen aus dem Vorratsschrank, goss die Kichererbsen in ein Sieb und brauste sie unter kaltem Wasser ab. Sie presste den Saft zweier Zitronen aus, schälte zwei Knoblauchzehen, mischte alles mit Olivenöl, etwas Kreuzkümmel, Koriander und Chilipulver, gab ein wenig Wasser hinzu und pürierte die Masse. Juli probierte und gab noch ein wenig Salz hinzu. Perfekt. Sie stellte es zur Seite und blickte auf die Uhr. Es war drei. Sie lag gut in der Zeit. Zitronenhähnchen und Guacamole konnten noch ein wenig warten. Sie nahm ihren Skizzenblock und den Bleistift vom Schrank, schlug die nächste leere Seite auf und schrieb *Kichererbsenmus* in großen, orientalisch verzierten Buchstaben auf das Papier.

Eine Dreiviertelstunde später klappte Juli ihren Block zu, holte die große, schwere Pfanne ihre Großmutter aus dem Schrank und stellte sie auf den Herd. Sie nahm die Hähnchenbrustfilets, die sie beim Metzger geholt hatte, aus dem Kühlschrank, spülte sie unter Wasser ab und trocknete sie anschließend. Dann erhitzte sie Olivenöl. Das Fleisch zischte, als sie es goldbraun anbriet und mit Meersalz und Pfeffer würzte. Petermann kam, angelockt vom Duft, ins Haus gelaufen und miaute. »Nichts da, du hast vorhin schon dein Futter bekommen«, lachte Juli, stellte die Filets zur Seite und schwenkte die Knoblauchzehen, die sie heute Mittag vorbereitet hatte, in der heißen Pfanne und mischte sie anschließend mit den Kartoffelwürfeln, grünen und schwarzen Oliven und gab kräftig Meersalz und Pfeffer hinzu. Noch etwas Olivenöl, und alles kam auf das tiefe Backblech, die Hähnchenbrustfilets oben drauf. Juli sah sich um. Die Küche war ein einziges Schlachtfeld. Sie würde als Erstes alles aufräumen und dann den großen Tisch im Garten decken. Dann würde sie schnell die Guacamole zubereiten und das Hähnchen in den Ofen schieben. Die Zeiger der Küchenuhr standen auf halb fünf. Alles passte.

Eine Stunde später war die Küche sauber und der Tisch im Garten festlich gedeckt. Juli hatte den Tisch unter den Apfelbaum gestellt und eine große weiße Leinentischdecke darübergelegt. Darauf hatte sie Oma Lenes Goldrandgeschirr, die guten Kristallgläser und das Silberbesteck verteilt. Mitten auf dem Tisch hatte sie eine große alte Porzellanvase mit einem bunten Strauß Gartenblumen platziert; Rosen, Dahlien, Strohblumen, Stockrosen und Sonnenblumen in üppiger Pracht. Im Baum hingen Lampions. Juli saß auf einem der zusammengewürfelten Stühle, blickte über die festlich gedeckte Tafel und war mit sich zufrieden. Petermann streifte um ihre Beine.

»Alter Miezekater«, sie nahm ihn hoch und schmiegte sich an ihn, »ich werde dich vermissen.« Der Kater stupste seinen Kopf gegen ihre Stirn und schnurrte. »Du wirst es bei Tante Frieda gut haben und dich anständig benehmen, ja?« Sie hatte sich schon oft von Petermann verabschiedet, aber heute war es anders. Alles war anders. Juli wollte loslassen und festhalten zugleich. Der Kater sprang von ihrem Schoß und lief in Richtung Feld. »Ich komme wieder, alter Petermann«, sagte sie in die Stille des Gartens. Schon war er durchs schmiedeeiserne Tor verschwunden. In ihren Augen standen Tränen.

Juli atmete tief ein, aber es half nichts. Das Leben nahm seine eigenen Wege. Sie stand auf und strich das Tischtuch glatt.

»Hier, Liebes, damit es zurück in Cambridge nach zu Hause schmeckt!« Tante Frieda drückte ihr ein Glas selbstgekochte Mirabellenmarmelade in die Hand. »Du hast bestimmt viel zu tragen, aber vielleicht findest du ja noch ein Plätzchen dafür.«

»Auf alle Fälle. Danke, und schön, dass du da bist.« Herzlich drückte Juli die alte Freundin ihrer Großmutter.

»Ich bin gern gekommen.«

Aus dem Garten drang Mos Lachen vors Haus. »Sind die anderen etwa schon alle da?«

Juli nickte. »Geh einfach in den Garten. Ich bin auch gleich so weit.«

»Und du brauchst keine Hilfe?«

»Nein, das schaffe ich schon. Such dir ein schattiges Plätzchen und mach es dir mit einem kühlen Getränk gemütlich.«

»Das werde ich. Heute ist es wieder ganz schön heiß. Aber wir wollen uns nicht beklagen. Der Herbst kommt schon früh genug. Wollen wir uns über die Sonne freuen, solange sie scheint.«

Juli öffnete den Backofen.

»Ich halte dir das Backblech.« Tom stand hinter ihr und hatte schon Topflappen in der Hand.

»Danke, das ist lieb von dir.«

»Juli«, er sah sie an, »entschuldige bitte, dass ich gestern so direkt war. Ich wollte dich nicht verletzen.«

»Ich weiß.« Sie lächelte ihn an, und er nahm sie in den Arm.

»Ich möchte doch nur, dass es dir gutgeht und du glücklich bist«, sagte er.

»Ich weiß«, wiederholte sie, »ich erwarte auch gar nicht, dass du mich verstehst. Vielleicht verstehe ich mich selbst nicht richtig. Aber ich weiß, dass es, selbst wenn es weh tut, die richtige Entscheidung ist.«

Sie küsste Toms Wange und zuckte mit den Schultern. Dann sagte sie: »Komm, die anderen warten«, nahm das Blech aus dem Ofen und drückte es in seine Hände.

»Juli, das sieht köstlich aus.« Alle hatten sich um den Tisch versammelt. Ihr Onkel, ihre Tante, Mo und Tom, Tante Frieda und Tina samt Bernie, der ein wenig schüchtern neben ihrer Freundin saß.

»Schön, dass ihr alle gekommen seid.« Juli war aufgestanden und blickte in die Runde. »Ich möchte mich heute bei euch bedanken. Es ist nicht leicht, die richtigen Worte zu finden, aber ich weiß nicht, wie ich das alles ohne euch geschafft hätte. Zu wissen, dass es euch gibt und ihr einfach da seid, bedeutet mir unsagbar viel. Danke. So, und jetzt reicht es mit der Sentimentalität. Heute soll ein fröhlicher Abend werden.« Sie hob ihr Weinglas. »Auf den Abend und darauf, dass es nicht der letzte Abend in diesem Garten sein wird.«

»Darauf, dass du ganz bald wiederkommst!«, ergänzte Mo und drückte Julis Hand. Die Gläser klangen.

»Lasst es euch schmecken. Guten Appetit.«

»Kann ich dir helfen?« Tina steckte den Kopf in die Küche. Juli schnitt gerade den Apple Pie.

»Klar, du kannst gern die Sahne schlagen.« Sie drückte ihr den Mixer in die Hand. »Schön, dich so strahlend zu sehen«, sagte sie zu ihrer Freundin.

Tina lächelte. »Manchmal kann ich es selbst kaum glauben. Der Bernie … O Mann, hättest du mir vor einem Monat gesagt, dass ich mich in ihn verlieben würde, hätte ich dich ausgelacht und gedacht, du hättest nicht mehr alle Tassen im Schrank.«

Beide lachten. Dann wurde Tina ernst. »Und mit dir und Jan? Kein Happy End?«

Juli zuckte innerlich zusammen, als Tina Jans Namen aussprach. Sie seufzte: »Kein Happy End. Es passt einfach nicht. Der Zeitpunkt, die Entfernung …«

»Ach Mensch«, sagte Tina hilflos und strich ihr über den Arm, »tut mir leid.«

»Ist schon gut.« Juli versuchte zuversichtlich zu klingen, und doch war gar nichts gut.

In Tinas Blick las sie, dass sie wusste, dass Juli log, aber Tina fragte nicht weiter, sondern sagte einfach nur: »Ich werde dich ganz schön vermissen.«

»Ich dich auch.«

Juli lehnte sich in ihrem Stuhl zurück und sah in die Runde. Tom hatte den Arm um Mo gelegt, sie ihren Kopf an seine Schulter. Tina und Bernie strahlten sich an. Ihre Tante und die Freundin ihrer Großmutter waren in ein Gespräch vertieft, und ihr Onkel sah sich im Garten um, schien eigenen Gedanken nachzuhängen. Langsam wurde es dunkel, und Bernie hatte die Lampions angezündet. Auf dem Tisch standen leere Espressotassen, Weingläser, eine geöffnete Flasche von Oma Lenes Birnenschnaps und kleine kristallene Schnapsgläser. Aus dem Haus klang klassische Musik in den Garten. Die Stimmung war fröhlich, leicht und unbeschwert. Genauso hatte sie sich den Abend vorgestellt, selbst wenn sie sich nicht so fühlte. Ihre Gedanken stoben immer wieder zu Jan, und es gelang ihr nicht, ihr schlagendes Herz im monotonen Klang zu halten.

»Juli?« Tina hatte die Hand auf ihre Schulter gelegt und sie aus ihren Gedanken gerissen. Bernie stand hinter ihr. »Ich muss morgen früh raus, darum müssen wir leider schon gehen.«

Juli stand auf.

»Hab eine gute Reise und komm gut an.« Tina drückte sie. »Ich weiß, dass der Anlass deines Besuchs traurig war und ist, aber ich bin froh, dass du da warst.«

Juli erwiderte die Umarmung ihrer Freundin. »Ich melde mich. Versprochen. Und dann bin ich bestimmt nicht erst im kommenden Sommer zurück.«

Bernie stand unbeholfen vor ihr, und Juli umarmte auch ihn einfach. »Ich wünsch euch beiden alles Gute. Pass gut auf sie auf, ja?«

Bernie nickte, und sie musste schmunzeln. Er war wirklich kein Mann vieler Worte. Tina winkte in die Runde und ging händchenhaltend mit Bernie durch das schmiedeeiserne Tor.

»Ich mache mich dann auch besser mal auf den Weg.« Tante Frieda war aufgestanden. »Es war ein sehr schöner Abend.« Sie nahm Juli in den Arm und sagte: »Siehst du, nun hat sich alles gefunden.« Sie lächelte. »Deine Oma wäre stolz auf dich, das weiß ich. Und deine Mutter auch.« Rührung, Trauer, ein großes Vermissen, das Gefühl, geborgen zu sein; in Juli fielen die Emotionen durcheinander, und sie spürte, wie ihr Tränen in die Augen stiegen. Hatte sich denn wirklich alles gefunden?

»Liebes«, Tante Frieda legte sacht eine Hand auf ihren Arm, »es gibt keinen Grund, traurig zu sein. Alles bleibt, und die Geschichte ist noch lange nicht zu Ende. Es geht weiter. Es geht immer weiter.«

Juli drückte ihr einen Kuss auf die Wange. »Danke.«

»Da nicht für. Und nun komm gut zurück nach Amerika. Um den alten Petermann musst du dir keine Sorgen machen. Wir haben heute Morgen ein langes Gespräch geführt. Das wird schon klappen mit uns beiden.«

Juli konnte sich genau vorstellen, wie Tante Frieda und Petermann in der Morgensonne nebeneinander auf der Holzbank vor Tante Friedas Haus gesessen hatten, wie Tante Frieda ihn gestreichelt, sich mit ihm unterhalten und wie Petermann geschnurrt und sich wohlig neben ihr ausgestreckt hatte. Sie musste lächeln.

»So gefällst du mir schon wieder besser.«

Juli begleitete Tante Frieda vors Haus.

»Auf bald!«

»Auf ganz bald!«

Sie setzte sich wieder zu den anderen. »Alles bleibt, und die Geschichte ist noch lange nicht zu Ende«, wiederholte Mo Tante Friedas Worte. »Wenn das Haus erzählen könnte ...«

»Es wären fröhliche Geschichten«, war sich Tante Karin sicher. »Hier im Garten haben wir unsere Hochzeit gefeiert.« Sie lehnte ihren Kopf an die Schulter ihres Mannes. »Mos Taufe. Helene hatte darauf bestanden, und ich sehe sie noch heute strahlend, eine weiße Schürze umgebunden, durch die Küche wirbeln. Ich habe so viele wunderbare Erinnerungen an diesen Ort. Weihnachtsfeste voller Lichterglanz, eine Tür, die immer offen, Helene, die für einen da war.«

Onkel Georg lächelte seine Frau an.

»Ich denke an Helenes Schokokuchen«, sagte Tom.

Mo stupste ihn lachend an. »Das ist ja mal wieder typisch.«

»Was?« Tom tat entrüstet. »Helene hat den besten Schokokuchen der Welt gebacken.«

Mo schüttelte den Kopf. »Ich denke an Oma Lenes Pfannkuchen.«

»Über mich Witze machen und selbst nur ans Essen denken«, fiel Tom ihr ins Wort.

Mo verdrehte die Augen: »Göttergatte, ich werde nonchalant über deinen Kommentar hinwegsehen und fortfahren.

Ich denke an die dicke und kuschelige Daunenbettdecke, unter der Juli und ich, wenn ich hier übernachtet habe, heimlich gelesen haben. Ich denke an die Dose, die immer mit unseren Lieblingssüßigkeiten gefüllt war und an die wir uns heimlich geschlichen haben, wenn Oma ihren Mittagsschlaf gemacht hat. Und ich denke an Omas große Schachtel voller Knöpfe, die wir sortiert haben, wenn Oma an ihrer Nähmaschine saß. Goldene Knöpfe mit Ankern, schimmernde Perlmuttknöpfe …«

Onkel Georg lachte. »Ach ja, die Knopfkiste … Ich sehe Ria und mich durch den Garten toben, auf der Schaukel, die am Birnbaum hing, und im Baumhaus spielen, das uns unser Großvater dort im Apfelbaum gebaut hatte. Ich denke an das herzliche Lachen meiner Mutter, daran, dass sie Ria und mir immer die Gewissheit vermittelt hat, wir könnten alles, was wir uns vorgenommen haben, erreichen. Wir wussten, dass das Haus immer unser Zuhause sein würde. Ich sehe, wie sie Mo und Juli mit dem gleichen Leuchten in den Augen angesehen hat wie Ria und mich. Und ich denke an Ria, meine unruhige Schwester, die hier schließlich zu sich gefunden hat, wie sie gedankenverloren durch den Garten geht, die Rosen schneidet und dabei genau dasselbe Lied summt, das unsere Mutter immer gesummt hat.« Juli nahm die Hand ihres Onkels. Seine Worte hatten sie berührt. Es war still.

Juli atmete tief ein. »Oma Lene, die in der Küche Gemüse putzt oder kocht oder backt und die Hände mit Mehl bestäubt hat. Ich sitze auf dem Küchentisch, sehe ihr zu und versuche, meine Kartoffel mit genauso einem perfekten Schalenkringel zu schälen, oder ich darf glücklich einen Teigschaber abschlecken, mit Teig auf der Nase. Ich erinnere mich an das leise Schnarchen, wenn sie auf dem Sofa liegt und ihren Mittagsschlaf hält. Mo und ich stehen leise kichernd vor ihr, beugen uns ganz nah zu ihr herunter und zählen ihre Sommersprossen. Am stärksten erinnere ich mich jedoch an ihre Schritte auf der Treppe, die ich gehört habe, wenn ich abends im Bett lag. Das vertraute Knarzen der Stufen. Die Tür, die sich öffnet. Oma Lenes Hand, die über meinen Kopf streicht, ihr ›Gute Nacht, Juli‹. Augen, die mich ansehen und mir zeigen: Du bist hier beschützt und geborgen, geliebt.« Onkel Georg drückte ihre Hand. Alle schwiegen. Sie nahmen Abschied von ihrer Geschichte, wie sie bisher mit dem Haus verbunden gewesen war. Doch alles blieb, und die Geschichte war noch lange nicht zu Ende. So hatte es Tante Frieda gesagt. Eine neue Geschichte würde beginnen. Eine andere Geschichte. Das Haus und ihre Erinnerungen würden bleiben, und trotzdem würde Raum für Neues sein. Neue Kapitel würden geschrieben werden. Wie auch immer diese ausgehen würden.

»Ich hasse es, mich von dir zu verabschieden. Das mochte ich noch nie.« Mo stand mit Tränen in den Augen vor ihr. »Ich weiß, dass es nicht zu meinen Stärken gehört, aber dieses Mal ist es besonders hart. Schieb's auf die Hormone, ja?«

Juli umarmte ihre Cousine fest. »Ich komme ganz bald wieder, auch um eure bezaubernde Madame kennenzulernen.« Auch ihr fiel es nicht leicht, tschüs zu sagen.

Mo schniefte, und Juli kramte ein Taschentuch aus der Tasche ihrer Shorts, ein Stofftaschentuch mit den gestickten Initialen ihrer Großmutter, das sie vor ein paar Tagen in Rias Schrank gefunden und eingesteckt hatte.

»Hier.«

»Eins von Oma Lenes Taschentüchern. Noch eine Erinnerung.«

Juli nickte und sagte lächelnd: »Erprobt im Tränentrocknen der Enkeltöchter.«

Mo schnäuzte geräuschvoll und musste ebenfalls lächeln.

»Dann wird es bestimmt auch wunderbar die Tränen ihrer Urenkeltochter Leni trocknen.«

»Es wird eine Leni?«

»Ja«, Tom nickte, »eine kleine Helene, genannt Leni.«

»Eigentlich wollten wir den Namen erst nach der Geburt bekanntgeben«, erklärte Mo, »aber ich finde, es gibt keinen besseren Moment als heute.«

»Ach, ihr zwei«, Juli drückte beide, »einen schöneren Namen gibt es nicht. Ich freu mich.«

»Und du kommst wirklich bald wieder?«

»Also, hör mal.«

»Versprochen?«

»Versprochen.«

»Mach's gut«, Tom drückte sie, »und wir nehmen dich beim Wort.« Er wandte sich an seine Frau und reichte ihr die Hand. »Komm, Wal, auf geht's, bevor wir nach Hause schwimmen müssen.«

Mo sah Juli an. »Ist er nicht charmant, mein Ehemann?« Dann nahm sie schniefend seine Hand, und beide gingen Hand in Hand zum Auto. Juli lachte, und als sie vom Hof fuhren, winkte sie ihnen hinterher.

Als sie wieder ins Haus kam, räumte ihre Tante gerade das schmutzige Geschirr in die Spülmaschine.

»Tante Karin, das kann ich doch später machen.«

»Ach was, das hab ich schnell gemacht, und du hast später bestimmt noch genug zu tun. Geh du ruhig zu deinem Onkel in den Garten.«

Bestimmt schob ihre Tante sie aus der Küche. Onkel Georg saß allein auf der Holzbank. Er sah auf und lächelte sie an. Juli setzte sich zu ihm.

»Ich hab mit dem Neffen von Krögers Hermann telefoniert und mit ihm über alles gesprochen. Er weiß Bescheid und kommt den Schlüssel bei dir abholen, wie wir es abgesprochen haben.«

»Gut.« Ihr Onkel lehnte sich zurück und legte den Arm um sie. Juli schmiegte sich an ihn.

»Es war schön, was du heute über Ria gesagt hast«, sagte sie in die Stille.

Ihr Onkel schwieg, und Juli wusste, dass er nach den richtigen Worten suchte. »Weißt du, Juli, ich habe immer gehofft, dass sie irgendwo ankommt und zu sich selbst findet. Sie wirkte oft so getrieben. In erster Linie von sich selbst. Als dann unsere Mutter krank wurde, war sie plötzlich wieder da. So, wie sie es nie gewesen war. Sie hat hier das gefunden, wonach sie immer gesucht hatte. Ich habe viel darüber nachgedacht und weiß nicht, was genau es war. Ich denke aber, dass sie verstanden hat, dass es einen Ort gibt, an dem man zu Hause war und an dem man immer zu Hause sein wird. Dass es nichts bringt, vor dem, was man ist und fühlt, fortzurennen, sondern dass es das Wichtigste ist, sich selbst anzunehmen.«

»Ich weiß nicht. Klingt es nicht irgendwie paradox, dass sie sich an dem Ort, vor dem sie ihr Leben lang weggelaufen ist, gefunden hat?«

»Warum sollte es paradox sein? Vielleicht musste sie diese Reise machen, um zu verstehen, wer sie ist. Sie hat sich angenommen. Und sie hat die anderen angenommen, wie sie sind.«

Juli dachte über seine Worte nach. Über Rias Worte. Ihren Brief.

»Was ist mir dir?« Die Frage ihres Onkels riss sie aus ihren Gedanken. Julis nebensächliches »Was soll mit mir sein?« täuschte nicht darüber hinweg, dass sie längst wusste, was er in ihr las.

»Meinst du, es ist die richtige Entscheidung zu fliegen?«

»Onkel Georg, mein Leben passiert woanders.«

»Wirklich? Passiert dein Leben nicht da, wo *du* bist?« Ihr Onkel sah sie unverwandt an. Liebe lag in seinem Blick. Juli wusste, dass er keine Antwort erwartete. Er wusste, wer sie war. *Wie* sie war.

»Und du bist wirklich sicher, dass wir dich morgen nicht zum Flughafen fahren sollen?« Ihre Tante war aus der Küche in den Garten getreten und kam auf sie zu.

»Ja, das Taxi ist zu sechs Uhr bestellt. Ihr müsst wirklich nicht so früh aufstehen. Wenn ich das nächste Mal komme, holt ihr mich dafür ab.«

»Darauf lassen wir uns ein, nicht, Georg? Und nun komm, es ist schon spät, und Juli hat bestimmt noch einiges zu packen. Lass uns aufbrechen.«

Langsam stand ihr Onkel auf. »Können wir dir noch irgendwie helfen?«, fragte er, doch in seinem Blick hing noch immer die andere Frage.

»Nein«, antwortete Juli schnell, »danke für das liebe Angebot und die ganze Hilfe in den letzten Wochen.«

Ihre Tante umarmte sie und sagte: »Du bist genauso für uns da wie wir für dich. Komm gut wieder nach Cambridge«, sie gab Juli einen Kuss auf die Wange, »und melde dich bitte kurz, wenn du angekommen bist, ja?« Juli nickte. »Gut, ich hol noch schnell meine Tasche. Bin gleich wieder da.« Schnellen Schrittes ging ihre Tante wieder ins Haus.

Onkel Georg, ihr Fels und sicherer Hafen, stand vor ihr. Er nahm sie in seine Arme, und es war gut. »Ich hab dich lieb«, flüsterte sie mit Tränen in den Augen.

»Ich dich auch«, antwortete er und hielt sie einfach nur fest.

Juli streifte durch das Haus. Von Zimmer zu Zimmer. Sie hatte ihren Flug bereits online eingecheckt, aufgeräumt, ihre

Sachen zusammengepackt, und dennoch fand sie nicht zur Ruhe. Es war fast Mitternacht. Das Haus wirkte seltsam leer, doch in ihrem Kopf schwirrte es, und sie fühlte sich merkwürdig aufgewühlt.

Die Frage ihres Onkels: Passiert dein Leben nicht da, wo du bist? Ein befangenes *Warum?*, das leise in ihrem Kopf wisperte und sie verunsicherte.

Sie stand vor den Fotos im Esszimmer. Das alte Familienbild, ihre Großmutter, die voller Liebe ihren Mann ansah. Julis Einschulungsbild. Zusammen mit Mo im Garten. Am Weihnachtsbild blieb sie hängen. Oma Lene, Ria und sie. Drei Generationen. Großmutter, Mutter und Tochter. Jede mit ihrer eigenen Geschichte, die alle in andere Richtungen wiesen und doch wieder zusammenliefen. Hier im Haus, dem Ort, von dem aus sich alle Fäden spannten und sich ebenso kreuzten und wiederfanden. Ihr Blick wanderte weiter zu dem Foto von Ria und sich auf Cape Cod, dem offenen und befreiten Lachen ihrer Mutter, ihren glücklich strahlenden Augen. Das Bild, das sie von Ria gehabt hatte, hatte sich in den letzten Wochen verändert. Sie verstand Rias Weg und hatte eine Antwort auf die Frage gefunden, warum ihre Mutter ausgerechnet hier angekommen war. Selbst wenn diese Antwort vage wirkte, erkannte Juli, dass sich mit jedem Schritt von damals bis hier ein Kreis geschlossen hatte.

Doch was bedeutete dieses Verstehen für sie? Was war das *Hier*? *Passiert dein Leben nicht da, wo du bist?* Wieder die Frage ihres Onkels. Wo war sie? Lief sie weg? Vor sich selbst? Um irgendwann einzusehen, dass sie *hier* immer in sich getragen hatte? Das war es, was Ria in ihrem Brief geschrieben hatte. Den Mut zu haben, in sich zu schauen und anzunehmen, was man erkennt. Jan. Den ganzen Tag hatte sie versucht, ihr Herz unter Kontrolle zu halten, nun barst es in seine Richtung. Juli vermisste ihn, wollte zu ihm, bei ihm sein. Die alte Uhr im

Wohnzimmer schlug Mitternacht. In sechs Stunden würde ein Taxi sie abholen und zum Flughafen fahren. Sie würde fliegen, das hatte sie entschieden. Juli fing ihr Herz wieder ein und nahm das Foto von der Wand, sie würde es mit nach Cambridge nehmen. In einem war sich ihre Mutter immer treu geblieben; sie hatte stets selbst entschieden und nie Angst gehabt vor dem, was die Entscheidung mit sich brachte.

Im Bücherregal entdeckte sie Rias geliebte Lyrikbände. Marie Luise Kaschnitz. Nelly Sachs. Hilde Domin. Ein kleiner dünner Band mit dem Titel »Hier«. Juli nahm ihn in die Hand, blätterte durch die Seiten und überflog einzelne Verse, als sie an einem Gedicht hängenblieb. *»Mein Körper / im Schlaf eine Kompaßnadel / die ihren Nord sucht«*, schrieb Domin und drückte das aus, was Juli empfand. Die Worte berührten sie und trafen ihre Seele. Ihre orientierungslosen Gedanken, ihr Herz, das sich längst ausgerichtet hatte. Jan. Schnell klappte sie das Buch zu und wollte es wieder ins Regal stellen, als sie merkte, dass Ria mit einem Eselsohr eine Seite markiert hatte. Langsam öffnete sie erneut den schmalen Gedichtband und strich über die Seite. *»Nicht müde werden«*, die Stimme ihrer Mutter, »*Nicht müde werden*, Juli. Das Leben ist ein Wunder und will riskiert werden. Du musst dich nur darauf einlassen.« Ria sah sie an, Liebe lag in ihrem Blick, ein tiefes Verstehen. Dann war sie verschwunden und hatte ihre Tochter allein zurückgelassen, doch Juli hatte endlich verstanden.

Sie lauschte in sich, hörte das Herz in ihrer Brust schlagen. Ihr Herzschlag kannte nur einen Namen. Ohne ihn zu sein, gab ihr ein Gefühl von Verlorenheit. Das war ihr Leben. Es passierte, wo sie war, und es fühlte sich richtig an.

Juli stellte den Gedichtband zurück ins Regal, ging langsam durch den Flur, durch die Haustür, über den Hof, auf die Straße. Sie ging schneller, Schritt für Schritt fand sie ihren Weg. Das Durcheinander hatte sich gelichtet, und sie sah klar. Sie begann zu laufen. Der dumpfe Schein der Straßenlaternen leuchtete in die Dunkelheit. In Beekelsen war es ruhig. Nur ihre Schritte auf dem Asphalt hallten durch die Nacht. Juli rannte, ließ den Eichengrund hinter sich und bog in den Beekenweg. Sie wusste, was sie wollte. Atemlos stand sie vor seiner Haustür und klingelte Sturm, aber die Tür blieb geschlossen. Kein Licht im Haus, keine Schritte auf der Treppe. Juli klingelte erneut, klopfte. »Jan?« Er musste einfach da sein! Doch niemand öffnete. Sie lehnte den Kopf gegen die Tür, atmete tief ein und aus und versuchte sich zu beruhigen. Wahrscheinlich hatte er Bereitschaftsdienst. Sie setzte sich vor die Haustür, hier würde sie auf ihn warten. Das Licht oberhalb der Tür ging aus, und sie saß ruhig im Dunkeln. Allein mit sich und ihren Gedanken. Irgendwann würde er kommen. Und dann würde sie da sein. Über ihr leuchteten die Sterne. Wie hatte sie so lange das beiseiteschieben können, was in ihr geklungen hatte? Sie hatte sich selbst belogen. Juli fror und zog die Beine an.

»Juli?« Jans Stimme. Seine Hand auf ihrem Knie. Sie öffnete die Augen. Er hockte neben ihr. Im ersten Moment wusste sie nicht, wo sie war. »Hey, was macht du denn hier, mitten in der Nacht?«, fragte er leise.

»Ich musste zu dir.« Sie suchte seine Augen. »Ich …«, es war nicht leicht, die richtigen Worte zu finden, »ich bleibe. Ich weiß nicht, wie lange, aber ich kann nicht fliegen, ohne uns eine Chance gegeben zu haben, und ich hoffe, dass du mir … uns … auch noch eine Chance gibst.« Ihre Stimme zitterte, ebenso ihre Hände, ihr Körper. Alles in ihr bebte. »Jan, es tut mir leid …«

Er lehnte seine Stirn für einen Moment gegen die ihre und strich sacht über ihre Wange. Dann küsste er sie zärtlich, hob sie hoch und trug sie ins Haus. Den Kopf an seiner Schulter, wusste sie sich angekommen. Sie konnte seinen Herzschlag spüren, im Gleichklang mit dem ihren. Nichts hielt sie zurück. Hier war der Ort, an dem sie sein wollte.

31. August

»Dies ist der letzte Aufruf für Flug Nummer 662 von Frankfurt nach Boston. Frau Juliane Fiehne, bitte kommen Sie zum Gate. Das Boarding ist gleich abgeschlossen. Dies ist der letzte Aufruf für Flug Nummer 662 von Frankfurt nach Boston. Frau Juliane Fiehne, bitte kommen Sie umgehend zum Gate. Das Boarding ist gleich abgeschlossen.«

Die Sonne schien durch die Jalousie. Jan schlief. Juli betrachtete ihn, wie er neben ihr lag. Sein Atem ging gleichmäßig. Lächelnd strich sie ihm die widerspenstige Haarsträhne aus der Stirn, fuhr über sein Gesicht und schmiegte sich an ihn. Tief atmete sie ein. Und nicht mehr aus.

Epilog

Mo drückte ihre Hand. »Danke.« Sie strahlte glücklich, Leni auf dem Arm. »Ich hätte mir keine perfektere Tauffeier vorstellen können.« Juli lachte fröhlich und drückte ihre Cousine und ihr Patenkind. Leni streckte ihr die dicken Ärmchen entgegen. Sie war eine Mischung aus Mutter und Vater; von Mo hatte sie die dichten blonden Locken, die sich um ihr süßes Gesicht mit den großen blauen Augen kringelten, von Tom das entspannte Wesen.

»Na, komm her, du kleine Zuckerschnecke. Oha, bist du schwer geworden.«

»Meine Tochter ist nicht schwer.« Mo tat entrüstet.

»Doch, ist sie. Schwer süß!« Tante Karin drückte ihrer Enkelin einen Kuss auf die Wange.

»Möchte noch jemand von dem Lamm?« Onkel Georg stand am Grill und guckte in die Runde.

»Ich gern«, rief Johannes. Mai-Lin saß neben ihm und wiegte glücklich den kleinen Henry in ihren Armen. »Sag mal, Juli, steht das Rezept für dieses traumhafte Lammfilet auch in deinem Kochbuch?«, wandte sich Johannes an sie.

»Und die Salate und alles, was du wieder gezaubert hast?«, ergänzte ihre Tante. Juli nickte.

»Das hätte Oma Lene so gefallen. Ihre und Julis Rezepte in einem liebevoll gestalteten Buch. Und es ist kein einfaches Kochbuch, sondern eher ein Zauberbuch. Vielleicht lerne ich mit diesem sagenhaften Werk ja auch endlich, vernünftig zu kochen«, bemerkte Mo, von Tom grinsend mit einem trockenen »Wenn du köstlich kochen würdest, müssten wirklich Zauberkräfte am Werk sein« kommentiert.

Juli setzte sich neben Tante Frieda auf die Bank, die ihr Leni abnahm und ihr Gesicht immer wieder hinter ihrem Tuch versteckte. »Kuckuck!« Leni klatschte vor Freude in die Hände. Juli lehnte sich zurück. Mo und Tom, Johannes und Mai-Lin, ihr Onkel und ihre Tante, Tante Frieda und Toms Eltern waren im Garten ihres Hauses beisammen. Ein Jahr war es her, dass sie zurückgekommen war. Die Türen und Fenster des alten Haues waren geöffnet, und leise Musik klang in den Garten, mischte sich mit dem fröhlichen Stimmengewirr. Der alte Petermann strich um ihre Beine. Es war warm, und doch wehte ein leichter Wind, der die Blätter des großen Apfelbaumes, unter dem sie alle saßen, leise rascheln ließ. Windlichter leuchteten in den Abend, und die Rosen, die noch immer verschwenderisch blühten, wiegten sich sacht und verbreiteten ihren betörenden Duft. Zu Hause. Juli lächelte glücklich. Alles war genau so, wie es sein sollte.

Wie schnell ein Jahr verging. Tina und Bernie waren auf Hochzeitsreise, Sami hatte seinen Abschluss bestanden und machte ein freiwilliges soziales Jahr. Ein Foto seines großartigen Kunstwerks hing in ihrer Küche, und Juli war mächtig stolz. Außerdem hatte sich Sami entschieden, seiner Mutter eine Chance zu geben und einem Treffen zuzustimmen. Die beiden trafen sich nun alle zwei Wochen und hatten beschlossen, sich bei einer Familientherapeutin Hilfe zu suchen. Die Zeit konnte Wunden heilen. Das wusste Juli mittlerweile auch.

Plötzlich umarmte Jan sie von hinten und küsste sanft ihren Nacken. Sie neigte ihren Kopf zur Seite und sah ihn an. Seine vertrauten grünen Augen. Sein Lächeln. Die feinen ironischen Lachfalten um seinen Mund. Eine Haarsträhne fiel ihm ins Gesicht. Sie strich sie zur Seite. Juli war angekommen. »Ich liebe dich«, flüsterte sie und legte ihren Kopf an seine Schulter. *Hier* war sie zu Hause.

Die leckersten Rezepte aus Julis Zauberbuch

Blueberry Pancakes

200 ml Milch, 40 g zerlassene Butter, 2 Eier, 200 g Mehl, 2 TL Backpulver, 2 EL Zucker, eine Prise Salz, 1 gute Handvoll Blaubeeren

Die Eier trennen. Das Eiweiß zu Eischnee schlagen, und die Eigelbe mit der zerlassenen Butter und der Milch vermischen.

Mehl, Backpulver, Zucker und Salz ebenfalls vermischen, und die flüssigen mit den trockenen Zutaten vermengen, dabei jedoch nicht zu viel rühren. Der Teig kann ruhig klumpig bleiben, so werden die Pancakes schön locker.

Den Eischnee vorsichtig unterheben, dann die Blaubeeren.

Eine Pfanne mit Butter leicht einfetten und auf mittlerer Stufe erhitzen.

Pro Pancake etwa 3 bis 4 Esslöffel Teig in die Pfanne geben, aber so, dass die Pancakes sich nicht berühren.

Erst wenden, wenn sich auf der Oberfläche der Pancakes kleine Blasen bilden.

Aus der Pfanne nehmen, und mit Ahornsirup, warmer Butter oder Puderzucker genießen.

Penne mit Ofentomaten

für 4 Personen
500 g Kirschtomaten, 1 Knoblauchzehe, Thymian und Rosmarin, feingehackt (oder getrocknet), 1 EL Zucker, 3 EL Balsamicoessig, 5 EL gutes Olivenöl, Meersalz und frisch gemahlener schwarzer Pfeffer, 400 g Penne, frisch geriebener Parmesan

Backofen auf 160 °C (Umluft) vorheizen. Tomaten waschen und halbieren. Knoblauch schälen und in hauchdünne Scheiben schneiden.

Tomaten dicht mit Schnittfläche nach oben in eine mit Backpapier ausgelegte Auflaufform legen. Knoblauch zwischen die Tomaten stecken.

Kräuter darüber verteilen, dann den Zucker darüberstreuen. Essig und Öl mit einem Esslöffel darüberträufeln, und mit Meersalz und Pfeffer würzen.

Im Backofen 40 bis 50 Minuten (je nach Wunsch) garen.

Penne zeitlich passend kochen.

Oma Lenes Buttermilchkaltschale mit frischen Beeren

für 4 Personen

600 g Buttermilch, 300 g Natur-Sahnejoghurt, 3 EL Zitronensaft, Mark von einer Vanilleschote, 75 g Puderzucker, ¾ Päckchen Instant Vanillesaucenpulver (ohne Kochen), frische Beeren wie Blaubeeren, Himbeeren, Brombeeren, ein paar Blätter frische Minze

Alle Zutaten, bis auf die Beeren und die Minze, in eine Schüssel geben und vermischen. Dann kühl stellen.

Kurz vor dem Servieren aus dem Kühlschrank nehmen, auf Schälchen oder Suppenteller verteilen, und die frischen Beeren darübergeben.

Mit frischer Minze garnieren.

Tante Friedas Limonade

für ca. 2 Liter

Saft von 8 ausgepressten Zitronen, 125 g Zucker, 200 ml heißes Wasser, 1,5 l kaltes Wasser, 1 kleine Prise Salz, 1 Stängel frische Minze

Zitronen auspressen. Zucker in einen Krug füllen und mit heißem Wasser übergießen. Rühren, bis der Zucker aufgelöst und das Wasser klar ist.

Zitronensaft dazugeben und mit 1,5 l kaltem Wasser auffüllen. Eine kleine Prise Salz dazu, damit die Limonade später nicht bitter schmeckt.

Die Minze hinzugeben und mit Eiswürfeln servieren.

Tonis Lime-Cheesecake

für eine Springform, Durchmesser 26 cm
150 g Vollkornbutterkekse, 50 g Cantuccini, 125 g Butter, 5 Blatt weiße Gelatine, 500 g Magerquark, 250 g Mascarpone, 100 g Puderzucker, 4 Bio-Limetten, 300 g Sahne

Eine Springform mit Backpapier auslegen. Vollkornbutterkekse und Cantuccini in einen Gefrierbeutel geben und fein zerbröseln. Keksbrösel mit geschmolzener Butter verkneten und auf dem Boden der Springform verteilen. Fest andrücken und kalt stellen.

Die Limetten heiß waschen und abtrocknen. Schale von drei Limetten abreiben und alle Limetten auspressen.

Gelatine laut Packungsanleitung in kaltem Wasser einweichen. Quark, Mascarpone und Puderzucker glattrühren.

Gelatine bei mittlerer Hitze in einem kleinen Topf auflösen und den Limettensaft unterrühren. 5 EL der Quarkmischung rasch unter die Gelatine, dann gründlich unter die restliche Quarkmischung rühren.

Sahne steif schlagen und mit der Limettenschale unter die Quarkmischung heben. Masse auf dem Keksboden verteilen und zugedeckt mindestens 4 Stunden im Kühlschrank fest werden lassen.

Pavlova mit frischen Beeren

für 4 Personen
3 Eiweiß, 1 Prise Salz, 175 g Zucker, 1 TL Speisestärke, 1 TL Weißweinessig, 400 g Schlagsahne, 500 g frische Beeren

Backofen auf 110 °C (Umluft) vorheizen und ein Backblech mit Backpapier auslegen.

Die Eiweiße mit Salz steif schlagen. Nach und nach den Zucker einrieseln lassen und so lange weiterrühren, bis eine feste und glänzende Baisermasse entstanden ist. Die Baisermasse auf dem Backblech zu einem Kreis ausstreichen, dabei sollte der Rand etwas höher sein. Dann auf der mittleren Schiene im Backofen ca. 90 Minuten trocknen lassen. Anschließend herausnehmen und vollständig auskühlen lassen.

Kurz vor dem Servieren die Sahne steif schlagen und auf dem Baiser verteilen. Nun mit den Früchten belegen.

Pastasalat à la Juli

für 4 Personen
500 g Pasta nach Wahl, 20 schwarze entsteinte Oliven, 20 grüne entsteinte Oliven, 2 Knoblauchzehen, 5 EL Olivenöl, 1 großer EL weiche weiße Brotkrumen, 2 TL Zitronensaft, 4 EL frische gehackte Petersilie, Meersalz und frisch gemahlener schwarzer Pfeffer

Pasta nach Packungsanweisung al dente kochen, zur Seite stellen und abkühlen lassen.

Oliven und Knoblauch mit einem Mixer oder Pürierstab zerkleinern. Nach und nach das Öl hinzugießen. Brotkrumen, Petersilie und Zitronensaft dazugeben und erneut gut mixen. Mit Salz und Pfeffer abschmecken.

Oliven-Petersilie-Pesto über die kalte Pasta geben und gut durchmischen.

Das Pesto passt auch hervorragend zu warmen Nudeln. Dann einfach Parmesan dazu reichen.

Bananen-Walnuss-Muffins

für 12 Muffins

350 g Mehl, ½ TL Natron, ½ TL Backpulver, 150 g weiche Butter, 125 g Zucker, 2 große Eier, 250 ml Bananenpüree (3 mittelgroße Bananen), 100 g grob gehackte Walnüsse

Den Backofen auf 190 °C (Umluft) vorheizen. Muffinform entweder ausbuttern oder Papierförmchen in die Mulden setzen.

Weiche Butter und Zucker schaumig rühren, bis alles hell und cremig ist, dann die Eier nacheinander hinzugeben und so lange weiterschlagen, bis alles gut verrührt ist.

Bananen mit der Gabel sorgfältig zerdrücken, bis keine Stückchen mehr zu sehen sind. Die Walnüsse hacken.

Mehl, Natron und das Backpulver miteinander vermischen.

Alle Zutaten mit einem Holzlöffel zusammenmischen, so dass sich alles gerade verbindet. Den Teig in die Muffinform geben und ca. 18 Minuten backen.

Tomatensalsa

für 4 Personen

1 mittelgroße Zwiebel, 1 Knoblauchzehe, 250 g Cocktailtomaten, 1 Bund frischer Koriander, 2 EL gutes Olivenöl, ¾ TL Vollrohrzucker, ½ TL Meersalz

Die Zwiebel und die Knoblauchzehe schälen und in kleine Scheiben schneiden. Die Cocktailtomaten vierteln.

Tomaten, Zwiebel, Knoblauchzehe, Zucker und Meersalz vermischen.

Das Öl in einer kleinen Pfanne erhitzen, und die Tomatenmischung darin 3–4 Minuten dünsten. Dann vom Herd nehmen und zusammen mit den Korianderblättern in einer Küchenmaschine oder mit dem Pürierstab zu einer nicht zu glatten Salsa mixen.

Guacamole

für 4 Personen
2 reife Avocados, 1–2 Knoblauchzehen, geschält und feingehackt, 1–2 EL Limettensaft, 1 große Tomate, in kleine Stücke geschnitten, 1 Handvoll frische Korianderblätter, feingehackt, Meersalz

Avocados halbieren, entkernen und das Fleisch in eine Schüssel geben. Knoblauch und Limettensaft hinzugeben und mit einer Gabel nach Belieben zur Guacamole zerdrücken. Am Ende Tomatenstücke und Korianderblätter unterheben und mit etwas Meersalz abschmecken.

Zitronen-Knoblauch-Oliven-Hähnchen aus dem Ofen

für 4 Personen

geschälte Knoblauchzehen einer Knoblauchknolle, 4–6 Hähnchenbrustfilets, 7 EL Olivenöl, 4 Zweige Rosmarin, fein gehackt, Meersalz und frisch gemahlener schwarzer Pfeffer, 1 kg neue Kartoffeln, gründlich gewaschen, 100 g grüne und schwarze Oliven, 1 große Bio-Zitrone, in Scheiben geschnitten

Den Ofen vorheizen, E-Herd 200 °C, Umluft 180 °C.

2 EL Olivenöl in einer Pfanne erhitzen, und Hähnchenbrüste rundherum goldbraun anbraten. Dann mit Salz und Pfeffer würzen und herausnehmen. Anschließend die Knoblauchzehen im heißen Öl kurz anbraten und wieder herausnehmen.

Die Kartoffeln mit Schale in grobe Würfel schneiden und mit dem feingehackten Rosmarin, den Knoblauchzehen, den Oliven und 5 EL Olivenöl mischen und gut mit Meersalz und dem frischen schwarzen Pfeffer würzen.

Kartoffeln auf die Fettpfanne geben, die Hähnchenfilets darauflegen und im heißen Backofen 35–40 Minuten braten. Die Zitronenscheiben eine Viertelstunde vor Ende der Garzeit zwischen die Kartoffeln stecken oder auf die Hähnchenbrust legen.

Oma Lenes Apfelkuchen

für eine Tarteform, 26 cm Durchmesser
Teig: 420 g Mehl, 1 TL Salz, 2 EL Zucker, 250 g kalte Butter (am besten eisgekühlt), 100 g Palmin, 120–160 ml sehr kaltes Wasser
Füllung: 5 große säuerliche Äpfel, 40 g Mehl, 70–100 g Zucker (je nach Geschmack der Äpfel), 1 TL Zimt

Mehl, Salz und Zucker vermengen. Butter und Palmin mit dem elektrischen Mixer untermischen, bis alles krümelig aussieht. Dann das sehr kalte Wasser hinzugeben und nur so viel vermengen, bis der Teig zusammenkommt. Anschließend den Teig auf eine bemehlte Arbeitsfläche legen und sehr schnell zu einer Scheibe drücken, in Frischhaltefolie einwickeln und mind. 2 Stunden in den Kühlschrank legen.

Die Äpfel schälen, in Scheiben schneiden und gründlich mit den restlichen Zutaten vermischen. Gern etwas durchziehen lassen.

Ofen auf 225 °C Umlauft vorheizen. Eine Tarteform mit Butter fetten. Den kalten Tag in zwei Stücke teilen. Eines davon auf einer leicht bemehlten Arbeitsfläche ausrollen, bis der Teig 2–3 cm dick ist. Nun den Teig in die Tarteform legen, die Seiten gut andrücken und mit den Äpfeln füllen.

Anschließend das zweite Teigstück ebenfalls ausrollen und in 2 cm breite Streifen schneiden. Mit den Streifen ein Gitter auf dem Kuchen weben.

Den Kuchen 15 Minuten bei 250 °C backen, dann mit Alufolie abdecken, die Temperatur auf 190 °C reduzieren und 50 Minuten weiterbacken, bis der Apfelkuchen goldbraun ist.

Kichererbsensalat

für 4 Personen

1 Dose Kichererbsen, 1 TL Koriandersamen, 1 TL Fenchelsamen, 5 große Tomaten, 2 rote Zwiebeln, geschält, 1 Bund Koriander, Blätter abgezupft und feingehackt, 1 EL Sesamöl, Limettensaft, nach Geschmack Meersalz

Kichererbsen abgießen und abbrausen. Koriander und Fenchelsamen in einer heißen Pfanne anrösten, bis die Samen duften, dann in einem Mörser zermahlen. Sesamöl in der Pfanne erhitzen und gemahlenen Koriander und Fenchelsamen zusammen mit den Kichererbsen unter Rühren anbraten. Danach vom Herd nehmen und abkühlen lassen.

Die Tomaten in Würfel schneiden, die roten Zwiebeln in feine halbe Ringe. Alles vermischen, feingehackte Korianderblätter hinzu, und mit Limettensaft und etwas Meersalz abschmecken.

Bulgur mit ofengetrockneten Tomaten

für 4 Personen

12 Romatomaten, geviertelt, 170 g Bulgur, 75 g Kürbiskerne, 75 g Pinienkerne, 2 Handvoll Minzeblätter, fein gehackt, 2 Handvoll Basilikumblätter, feingehackt, 1 Dose Kichererbsen, abgetropft, Meersalz und frisch gemahlener schwarzer Pfeffer, Olivenölspray, Olivenöl, etwas Zitronensaft nach Geschmack

Backofen auf 125 °C (Umluft) vorheizen, und ein Backblech mit Backpapier auslegen.

Dann die Tomatenstücke auf das Blech legen, mit Meersalz und Pfeffer würzen und mit dem Olivenölspray fein besprühen. Für 2 bis 2 ½ Stunden im Backofen trocknen lassen.

Den Bulgur in einer Schüssel mit 625 ml heißem Wasser übergießen und entsprechend der Packungsangabe quellen lassen, dann abspülen und das restliche Wasser ausdrücken. Kürbiskerne und Pinienkerne in einer Pfanne anrösten und zur Seite stellen. Etwas Olivenöl in einer Pfanne erhitzen, und die Kichererbsen darin unter Rühren anbraten. Alle Zutaten vermengen und mit Meersalz und Pfeffer, gegebenenfalls mit etwas Zitronensaft, abschmecken.

Olivenbutter

150 g weiche Butter, 5 EL Olivenöl, 1 Knoblauchzehe, geschält und sehr fein gehackt, 2 EL Tomatenmark, 1 Handvoll schwarze Oliven, gehackt, etwas Meersalz nach Geschmack

Die Butter und das Olivenöl in einer Schüssel mit der Gabel gleichmäßig vermischen. Das Tomatenmark und den Knoblauch unterrühren. Am Ende die Oliven unterheben, und mit Meersalz abschmecken.

Gegrillte Polenta-Ecken

für 4 Personen
½ Bund gemischte Kräuter, Thymian, Oregano und Rosmarin, feingehackt, 500 ml Gemüsebrühe, 500 ml Milch, 250 g Polenta (Instant), 5 EL Olivenöl, Meersalz und frisch gemahlener schwarzer Pfeffer

Die Kräuter zusammen mit der Gemüsebrühe und der Milch in einen Topf geben und mit Ruhe unter Rühren aufkochen lassen. Polenta einrühren und ebenfalls unter Rühren langsam aufkochen lassen. Dann den Herd ausschalten und alles 5 Minuten ruhen und quellen lassen, dabei aber hin und wieder umrühren.

Derweil ein Backblech mit Frischhaltefolie auslegen. Dann das Olivenöl unter die Polenta mischen, alles mit Meersalz und frisch gemahlenem schwarzen Pfeffer abschmecken und gleichmäßig auf das Backblech streichen. Die Polenta eine Stunde auskühlen lassen.

Die Polenta in die gewünschte Form (Streifen, Rechtecke, ...) schneiden und jede Seite auf dem Grill bräunen.

Semifreddo al mascarpone

für 4 Personen
100 g Amarettini, 50 g dunkle Schokolade, 2 ganz frische Eier, 3 EL kalter Espresso, 40 g feiner Zucker, ½ Päckchen Vanillezucker, 250 g Mascarpone, 100 ml Schlagsahne

Amarettini in einem Gefrierbeutel mit dem Nudelholz zu feinen Bröseln krümeln, und die Brösel mit dem Espresso mischen. Die dunkle Schokolade feinhacken.

Nun die Eier trennen, und die Eigelbe mit dem Zucker und dem Vanillezucker schaumig schlagen, dann den Mascarpone unterrühren. Anschließend Eiweiße und Sahne steif schlagen und beides vorsichtig mit den Amarettini-Bröseln und der Schokolade unter die Mascarpone-Creme heben.

Eine Kastenform mit Frischhaltefolie auslegen, die Masse hineinfüllen, mit Frischhaltefolie bedecken, und die Form für 3–4 Stunden in das Gefrierfach stellen. Etwa 1 Stunde vor dem Servieren aus dem Fach nehmen und im Kühlschrank antauen lassen.

Köstlich dazu schmecken frische Beeren.

Lammfilet im Kräutermantel

für 4 Personen

8 Lammfilets, 4 EL Olivenöl, 4 EL getrockneter Estragon, 2 EL getrockneter Thymian, 2 EL getrockneter Salbei, 2 EL Meersalz, 1½ EL frisch gemahlener schwarzer Pfeffer

Die Kräuter mit Meersalz und Pfeffer vermischen. Die Lammfilets mit Olivenöl bestreichen und in der Kräutermischung wenden. Auf dem heißen Grill rundherum zart grillen.

Eine kleine, persönliche Anmerkung

Ich komme aus einem kleinen Ort in Ostwestfalen und hatte dort eine wundervolle Kindheit voller Freiheit und Weite, und selbst wenn ich das Gefühl, hinter den Horizont gucken zu wollen, gut nachvollziehen kann und nun in Heidelberg zu Hause bin, ist meine Heimat nach wie vor dieser Ort meiner Kindheit, von dem Beekelsen sicherlich sehr viel hat. Wichtig ist mir jedoch zu betonen, dass den Bewohnern Beekelsens keine realen Personen zugrunde liegen und sie frei erfunden sind.

Danksagung

Vom ersten Gedanken bis zum gedruckten Buch war es ein langer Weg, auf dem mich viele Menschen begleitet und unterstützt haben.

Henrik, Johann, Elisa und Philip, ein Riesendankeschön an euch, dass ich in Gedanken verreisen und Zeit mit Juli verbringen konnte, dafür, dass ihr mir den Freiraum lasst zu schreiben und mich aushaltet, wenn ich hin und wieder alles um mich vergesse und mich in meine Geschichten verabschiede.

Tine, Steffi und Lisa, meine bewährten Erstleserinnen, habt Dank für eure Meinung, eure Kritik, eure unterschiedlichen Blickwinkel und eure wunderbare Unterstützung.

Britta, dich muss ich auch erwähnen und mich für die gemeinsame Reise zurück bedanken. Deine Meinung war und ist mir bei dieser Geschichte unsagbar wichtig.

Ich danke meinen Lektorinnen Anne Gabler, die sich für dieses Buch eingesetzt und wichtige Impulse gegeben hat, und Lisa Kopelmann, die das Manuskript mit dem richtigen Blick einfach fabelhaft lektoriert hat.

Und zu guter Letzt ein fröhliches Ahoi und Dankeschön an Axel Bosse, den ich beim Schreiben ganz oft im Ohr hatte und der mir spontan erlaubt hat, diesem Buch ein Songzitat aus seinem Titel »Schönste Zeit« voranzustellen. Yeah, yeah, yeah.